外国生态文学选译

梁　坤 / 主编
阿地里·居玛吐尔地　刘慧颖 / 译

雪豹的后裔

［吉尔吉斯斯坦］
玛尔·拜基耶夫
苏勒坦·热耶夫
钦吉斯·艾特玛托夫
著

中国环境出版集团·北京

图书在版编目（CIP）数据

雪豹的后裔/（吉尔吉斯斯坦）玛尔・拜基耶夫，（吉尔吉斯斯坦）苏勒坦・热耶夫，（吉尔吉斯斯坦）钦吉斯・艾特玛托夫著；阿地里・居玛吐尔地，刘慧颖译. —北京：中国环境出版集团，2022.11

（外国生态文学选译）

ISBN 978-7-5111-5195-7

Ⅰ. ①雪…　Ⅱ. ①玛…②苏…③钦…④阿…⑤刘…　Ⅲ. ①中篇小说—小说集—吉尔吉斯—现代②短篇小说—小说集—吉尔吉斯—现代　Ⅳ. ①I36445

中国版本图书馆 CIP 数据核字（2022）第 115320 号

著作权合同登记：国字：01-2021-6769 号

出 版 人　武德凯
责任编辑　周　煜
封面设计　宋　瑞

出版发行　中国环境出版集团
（100062　北京市东城区广渠门内大街 16 号）
网　　址：http://www.cesp.com.cn
电子邮箱：bjgl@cesp.com.cn
联系电话：010-67112765（编辑管理部）
发行热线：010-67125803，010-67113405（传真）

印　　刷　北京中科印刷有限公司
经　　销　各地新华书店
版　　次　2022 年 11 月第 1 版
印　　次　2022 年 11 月第 1 次印刷
开　　本　850×1168　1/32
印　　张　11.25
字　　数　230 千字
定　　价　68.00 元

陌生而魅力无穷的吉尔吉斯斯坦文学
（代序）

吉尔吉斯斯坦（即吉尔吉斯共和国，以下简称吉国）对于大多数中国普通百姓而言是一个陌生的近邻。它与我国拥有 1000 多公里的边界线，1992 年 1 月与我国建立外交关系，是我国领土接壤、山水相连、睦邻友好的邻居。吉尔吉斯斯坦位于欧亚大陆的腹心地带，不仅是连接欧亚大陆和中东的要冲，还是大国势力东进西出、南下北上的必经之地。因此也成为目前欧陆“一带一路”的核心地区，地理位置十分重要。特殊的地理环境使吉尔吉斯斯坦成为东西方文化的荟萃之地。古老的游牧文化特质培养了吉尔吉斯人开放的心态和豪爽的性格，东西方文化的影响和熏陶使他们既保持了自己悠久的草原游牧文化的特征，同时也吸纳了来自琐罗亚斯德教（拜火教）、伊斯兰教、佛教、基督教、东正教、萨满教等不同宗教文化的养分，呈现出多元文化共存的特征。这种多元并举的文化特征也培养、滋润和造就了灿若群星、富有才华的著名诗人、小说家和艺术家。他们不仅为吉尔吉斯斯坦现代文化的发展，而且也为人类文明做出了自己独特的贡献。

吉尔吉斯共和国国土面积接近 20 万平方公里，人口 630 多万，有吉尔吉斯、俄罗斯、乌克兰、乌兹别克、哈萨克、塔塔尔、东干（中亚回族）等数十个民族。吉尔吉斯为其主体民族，占总人口的百分之七十五以上，首都是比什凯克。吉尔吉斯斯坦除了与我国接壤之外，还与乌兹别克斯坦、哈萨克斯坦、塔吉克斯坦接壤。国土面积的百分之三十为海拔 3000 米以上的山区，山川纵横，层峦叠嶂，冰川绵延，雪峰耸立，山中湖泊众多，碧波荡漾，风景迷人。伊塞克湖堪称欧亚大陆上的一颗明珠，是世界高山湖泊中蓄水量较大的湖泊之一。

吉尔吉斯族与我国的柯尔克孜族是同源民族，发源于欧亚大陆的叶尼塞河上游地区。在我国的历史典籍《史记》《汉书》就开始有记载，被称为“鬲昆”“坚昆”。在我国后续的各种史料中分别被称为“结骨”“契骨”“黠戛斯”“吉利吉思”“布鲁特”等。公元 9 世纪曾一度称雄漠北，建立“黠戛斯汗国”，并与大唐王朝建立了密切关系，曾一度成为大唐帝国的附属国。唐朝曾建立“坚昆都护府”，黠戛斯得到唐朝的庇护。在之后的漫长历史发展过程中，因各种战乱，吉尔吉斯（柯尔克孜）逐渐分批次向西迁徙，并在中亚及天山南北、帕米尔高原定居。19 世纪中叶，沙俄的疯狂扩张使吉尔吉斯绝大部分领土被清朝政府割让给俄国，造成了目前一个民族分属不同国家的局面。作为唐代大诗人李白的出生地，吉尔吉斯斯坦与中国的文化联系可以追溯到遥远的古代，而如今随着“一带一路”倡议的不断推进，中吉两国的睦邻友好关系不断得到稳步发展，文明互鉴、文化交流也进入了繁荣发展的快车道。2022 年北京冬奥会期间，吉尔吉斯斯坦总统扎帕罗夫应邀访问我国，中吉两国元首签署的中吉两国经典著作互译出版文件便是这种友好交往最有力的证明。

20 世纪 90 年代初苏联解体，各加盟共和国纷纷宣布独立。吉尔吉斯斯坦也是在苏联解体的动荡时期宣布独立的，并于 1991 年成立了吉尔吉斯共和国，简称为吉尔吉斯斯坦。独立后，这些新兴的国家内部不断掀起一波又一波的改革浪潮。力求摆脱苏联影响的激进的民族主义思潮不断涌现，意识形态领域更是出现了保守传统与走向多元化、多极化的长期争论。社会、经济、文化生活也出现鱼龙混杂、杂乱无章的混乱局面，人民的生活水平每况愈下。面对社会转型期的乱象，人们开始思考新兴国家的发展前途和命运，开始反思如何正确认识和面对社会现实，如何在稳步的发展中解决各种社会矛盾，人们的思想意识也面临着艰难的抉择和严峻的挑战。所有这一切也给曾经一度繁荣的吉尔吉斯斯坦文学界带来了前所未有的危机：比如由于社会急速转型，吉尔吉斯文学各种思潮涌动，具有 60 多年历史的吉尔吉斯斯坦作家协会从一个极具社会影响力的社会团体分裂成为若干个各自独立、互不关联的小团体。文学书籍的出版印刷数量锐减，曾经作为标杆引领整个国家文学发展方向、声名显赫的国家级综合性文学刊物《阿拉套》和大型文化类综合性报纸《吉尔吉斯斯坦文化》等停刊，文学批评及文学研究除了在大学课堂上留有些许余地，发出微弱的声音之外，基本上销声匿迹。社会大转型、大动荡、大变革并没有给吉国带来文学创作的革命性转变和巨大的发展机遇，而是遇到了前所未有的近十多年的危机和消退。直到进入21世纪，这种局面才有所缓解，吉尔吉斯文学创作才开始呈现出复苏的迹象。回顾吉尔吉斯斯坦独立30多年来的文学发展轨迹，可以从以下几个方面加以审视和总结。

一、渊远流长的文学传统：从口头到书面

吉尔吉斯的文字使用可以追溯到非常久远的时代。其先民最早曾使用过一种岩画文，把生活中个别重大事件以及猎手们的狩猎情景刻在岩石上。这种文字符号从吉尔吉斯先民早期生活过的叶尼塞河流域、阿尔泰山脉、塔拉斯河流域都有所发现。在7世纪左右，吉尔吉斯先民在叶尼塞河流域，以及后来迁徙到塔拉斯河流域之后的一段历史时期内，还曾使用过鄂尔浑-叶尼塞-塔拉斯文。其中代表性的碑铭文献有《苏吉碑》《塔拉斯碑》等，不仅记录了吉尔吉斯人古代社会生活，而且也体现了古代诗歌的韵律、风格、隐喻、特性等古老韵文的表现形式，是吉尔吉斯先民用文字记载的最早碑铭文献。因为这种文字普及面小，在频繁征战与不断迁徙过程中，除了留存下一部分石碑铭文，其他资料早已失传。迁徙到中亚的吉尔吉斯人曾一度使用当时在中亚广为流传的以阿拉伯文为基础改制的察合台文。这种文字一直沿用到20世纪初。俄国十月革命胜利之后苏联成立，中亚吉尔吉斯人曾一度使用拉丁文，后来又改用基里尔文基础上改制的吉尔吉斯文，并使用至今。

吉尔吉斯最古老的文学即口头文学，毫无疑问是由史诗歌手、部落谱系和神话传说讲述者、民间歌手、故事家等口

头创作、口口传唱、代代相继的。这些民间艺人们是吉尔吉斯民间口头传统的创作者、传承者、传播者和保存者。史诗、神话、传说、故事、谚语、赞祝词，以及种类繁多、与民族的生活密切相关的民歌是吉尔吉斯族传统中最古老的口头艺术表演形式，也是20世纪吉尔吉斯现代文学的滥觞。总览吉尔吉斯源远流长的民间口头文学传统，其韵文创作和流传的作品所占比重很大，这与吉尔吉斯语言的发音特点，以及广大人民喜欢即兴创作诗歌的民族传统文化特点密不可分。俄国著名语言学家拉德洛夫说，吉尔吉斯是一个连平时说话都带有韵律的民族。这表明吉尔吉斯语有着极为鲜明而独特的韵律特征。

在上述口头传统中，史诗和叙事诗是吉尔吉斯民间文学最重要的组成部分，已知和已经搜集整理刊布的各类史诗、叙事诗有50多部。吉尔吉斯史诗分为神话史诗和英雄史诗。神话史诗主要以远古的狩猎生活为内容，反映吉尔吉斯古老的神话观、自然观和对世界的独特认识，代表性作品有《布达依克》《阔交加什》《艾尔托西吐克》《交达尔别西木》《加尼西和巴依西》等。而规模宏大、家喻户晓、具有世界影响的长篇口头史诗《玛纳斯》是吉尔吉斯英雄史诗的代表作。《玛纳斯》三部曲于2013年被列入联合国教科文组织“人类非物质文化遗产代表作名录”。之前，中国《玛纳斯》于2009年被列入。除了《玛纳斯》以外，民间流传的著名的英雄史诗还有《库尔曼别克》《塞依特别克》《西尔达克别克》《江额勒木尔扎》等。爱情叙事诗主要有《库勒木尔扎和阿克萨特肯》《奥勒交拜和凯西木江》《阿克玛格杜姆》等。

诗歌是吉尔吉斯人源远流长的文学形式，长期以来都是吉尔吉斯文学的主流。从 18 世纪开始，其口头传统诗歌开始逐渐向现代书面诗歌过渡，并先后出现了以卡勒古勒巴依、阿热斯坦别克·布伊拉什、介恩交克、托合托古勒·萨特甘诺夫等为代表的一大批口头兼书面的著名诗人，在吉尔吉斯传统的口头诗歌与现代诗歌之间搭建起了一座彼此相通的桥梁。如果说 18—19 世纪的诗人们继承和发展了吉尔吉斯源远流长的口头诗歌创作传统，那么 20 世纪初的俄国十月革命所带来的社会深刻变革则催生了新一代书面诗歌，并产生了一批优秀的书面诗人，掀开了吉尔吉斯现代诗歌的序幕。

20 世纪初的俄国十月革命以及苏维埃共和国的建立所带来的社会变革及扫盲运动的深入推进，促进了吉尔吉斯现代诗歌的诞生，一批优秀的书面诗人脱颖而出。诗歌创作风格也由传统向现代转型，并积极吸纳苏联多民族文学的各种风格和形式，开创了吉尔吉斯文学创作的新时代。与此同时，小说、戏剧创作也从无到有，并得到突飞猛进的发展，尤其是小说创作迅速成长为与其悠久的诗歌传统比翼齐飞的文学形式，甚至后来居上，逐渐成为吉尔吉斯文学的主流，很快造就了一大批优秀的小说家。这些优秀小说家、剧作家以雄厚的创作实力给读者呈现出一大批优秀的现实主义小说和戏剧，他们的作品不仅在中亚文学、苏联文学中独树一帜，甚至在欧亚文学中也占据重要一席。

二、苏联文学：一个无法割舍但渐行渐远的文学存在

苏联时期，吉尔吉斯斯坦现代文学作为苏联文学的一个组成部分，在积累深厚的俄罗斯文学传统、苏联多民族文学以及口头文学传统的浸淫之下，不断吸纳来自各方面的滋养，从无到有，不断壮大，与整体的苏联文学同步发展，走过了七十多年的稳步发展历程，走出了一条属于自己的独特发展之路，并且谱写了一段辉煌的华章。

20世纪，钦吉斯·艾特玛托夫（1928—2008）创作出了一大批经典作品，在苏联文学中喷薄而出，独树一帜，代表了20世纪吉尔吉斯文学的最高水平，而且独领风骚几十年，甚至成为20世纪下半叶以降苏联文学发展的风向标，并在世界文学坐标系中烙上了自己独具特色的鲜明印记。

除了艾特玛托夫之外，在20世纪吉尔吉斯斯坦文学版图中也有一些不能忽视的作家、诗人。觉马尔特·勃肯巴耶夫（1910—1944）、图格里拜·斯德克别科夫（1912—1997）、乌扎克拜·阿布德卡伊莫夫（1909—1963）、纳斯尔丁·拜帖米绕夫（1916—1999）、加利利·萨德考夫（1932—2010）、托略干·卡斯穆别科夫（1931—2011）、夏特曼· 萨迪巴卡索夫（1932—1983）、玛尔·拜基耶夫（1935—2022）、卡扎特·阿赫马托夫（1941—2015）等人的小说、戏剧创作，以及卡斯穆·特尼斯塔诺夫（1901—1938）、阿勒·托坤巴耶夫（1904—1988）、阿勒库勒·奥斯莫诺夫（1915—1950）、苏云柏·叶热利耶夫（1921—2016）、索然拜·居苏耶夫（1925—2016）、巴依得乐达·萨尔诺盖耶夫（1932—2004）

等人的诗歌能够反映20世纪吉尔吉斯斯坦的小说、诗歌繁荣发展的历史轨迹和艺术水平。其中，钦吉斯·艾特玛托夫与阿勒·托坤巴耶夫、阿勒库勒·奥斯莫诺夫、图格里拜·斯德克别科夫等被认为是吉尔吉斯斯坦文学百年发展史上不可逾越的四座高峰。后三位也都曾分别获得过苏联时期的斯大林奖、吉尔吉斯斯坦托合托古勒·萨特勒甘诺夫国家文学奖等奖项。出自他们笔端的《阿勒屯克孜》《阿加尔》《茹克亚》《我们时代的人》《蓝旗》《雪青马》《战场》《玛纳斯之子赛麦台》《断刀》《来吧，来吧》《雪豹的后裔》《时代》等小说、戏剧作品则被评价为20世纪吉尔吉斯文学的经典。

俄国十月革命以及苏联社会的民族融合、社会转型发展对于吉尔吉斯精神，以及民族文化的发展而言开启了创新发展、开拓进取的历史新纪元。文学评论家姆·鲍格达诺娃评论图格里拜·斯德克别科夫的创作时曾说："这位青年诗人的诗歌创作才华一方面从民间诗歌的泉源中汲取了精神，并得以发扬光大。另一方面，诗人受到了俄罗斯古典文学和苏维埃文学的良好影响。"艾特玛托夫在谈及自己的创作经验时也毫不避讳地说，吉尔吉斯斯坦的古老口头文化传统，以及丰厚的俄罗斯文学传统是他创作的源泉。苏联时期成长起来的吉尔吉斯作家、诗人们，几乎无一例外都是受到了古老的吉尔吉斯民间传统文化，以及苏联多民族文化的滋润和培养。这一点不仅可以从以艾特玛托夫为代表的所有在苏联时期功成名就，并名扬苏联文学界的上述老一辈作家、诗人们的创作中感受到，也可以从库瓦特别克·居苏瓦里耶夫（1941—）、萨艮·阿赫玛特别柯娃（1949—）、夏依洛别克·杜依谢耶夫（1950—）、巴赫特古丽·乔图饶娃（1955—）、苏勒坦·热耶夫（1958—）等跨世纪的一大批中青年作家诗人们的创作中得到体现。

值得一提的是，吉尔吉斯斯坦作家、诗人们的作品从20世纪五六十年代就开始被翻译成中文，并被我国读者所知晓。比如图格里拜·斯德克别科夫于1949年获得苏联斯大林奖的长篇小说《我们时代的人》，艾特玛托夫的《查密莉雅》《白轮船》《艾特玛托夫小说集》，阿勒·托坤巴耶夫的《诗集》等是最早翻译介绍给我国读者的吉尔吉斯作家、诗人的作品。20世纪80—90年代开始，艾特玛托夫作品的翻译达到高潮，他的几乎每一部作品都无一例外地被翻译成中文介绍给中国读者，甚至出现过他的《一日长于百年》《断头台》等作品在苏联出版后立刻被我国多家出版社争先出版的情况。近几年来，在“一带一路”倡议的推动下，吉尔吉斯斯坦文学也开始有了一定规模的译作。比如，由作家出版社出版的被列入“一带一路”沿线国家经典诗歌文库的《吉尔吉斯斯坦诗选》（两卷本），2020年《世界文学》第5期推出的“吉尔吉斯斯坦文学作品选”小辑等。此外，艾特玛托夫的几乎所有作品均被翻译成中文出版，并且版本众多，研究成果亦层出不穷，篇幅所限，此不赘述。

三、国家独立：迷茫中艰难探索的文学

1991年苏联解体之后，吉尔吉斯斯坦文学迎来了一个新的历史转折期。人们追求独立、民主、创新、自由的新思想、

新浪潮狂飙突进，动荡的社会环境，经济危机造成人们生活每况愈下，使年轻一代作家、诗人的创作进入一种亢奋而无序的迷茫期。他们苦苦追寻，试图为复杂的社会问题寻找答案。这种探索不仅体现在新生代的作品中，在老一代作家的作品中也有突出反映。艾特玛托夫的《卡桑德拉印记》《崩塌的山岳》，卡扎特·阿赫马托夫的《阿尔哈特》，库瓦特别克·居苏瓦里耶夫的《冰冷的墙》《太阳还没有完成自己的画像》，苏勒坦·热耶夫的《洪流》，女作家敏迪·玛马扎伊诺娃的《阿依马然》，夏依洛别克·杜依谢耶夫的《盲流》等长篇小说均属此列。

反思历史，回顾过去是独立之后吉尔吉斯斯坦文学发展的一个突出趋势，并且得到长足发展。尤其以 18 世纪、19 世纪及 20 世纪初对于民族觉醒、民族复兴有功绩的近代历史人物为内容，歌颂他们为民族历史文化做出历史功绩的作品极为突出，引发了一次反思历史的浪潮。比如吉·素万别考夫的长篇小说《我挚爱的巴尔斯可汗》（2002 年），托略干·卡斯穆别科夫的长篇小说《入侵》（2000 年）和《抢劫》（2004 年），贾·托合托纳利耶夫的《奥尔曼汗》（2000 年第 1 卷，2001 年第 2 卷），《夏布丹勇士》（2006 年），埃尔尼斯·图尔苏诺夫的长篇小说《巴勒瓦依》（2002 年）和《包荣柏》（2004 年），斯·斯塔纳里耶夫的长篇小说《卡斯穆·特尼斯塔诺夫》（2001 年）等便是其中较有影响的作品。

在诗歌创作领域，吉尔吉斯斯坦诗歌也出现了一些值得回味和思考的新思潮、新手法和新内容。诗歌创作积极向现代转型，传统的创作形式和内容面临退出社会历史舞台。作家、诗人们积极探索和努力开创吉尔吉斯斯坦文学创作的新时代。但是，作家、诗人们所期待的新文学时代并没有如期而至。对于面临失业，捉襟见肘，穷困潦倒的作家、诗人们来说，文学创作变成了一种精神追求的奢望。虽然很多满怀文学创新追求的作家、诗人们义无反顾地投入到自己挚爱的文学探索和创作事业中，但在失落与绝望，彷徨与期待中，为了用微薄的稿费收入维持生计，媚俗的低级主题和内容充斥于他们的作品中。当然，伴随着自由的思想，独立的精神，各种文学体裁、题材的创新、探索也在吉尔吉斯斯坦当代文学中占据显著位置。总而言之，当代吉尔吉斯斯坦文学依然迎来了具有后现代主义风格的创作新时代。

在这种探索中，不乏一些成功案例。艾特玛托夫于 21 世纪推出的两部重量级长篇小说《卡桑德拉印记》《崩塌的山岳》不仅成为吉尔吉斯斯坦的文学新经典，而且成为享誉世界文坛的佳作。不仅在吉尔吉斯斯坦，在世界各国都产生了重大影响，引起文学家们的热烈评论，同时在读者中也引起了广泛讨论。吉尔吉斯斯坦人民诗人索然拜·居苏耶夫的爱情长篇叙事诗《卡纳特与查丽娜》于 2003 年出版，在吉国青年读者中引起强烈反响并很快被译成俄罗斯、土耳其、乌兹别克文出版，引起各国读者巨大反响。这部作品继承和延续了以吉尔吉斯斯坦伟大诗人阿勒·托坤巴耶夫为代表的前辈诗人们的韵文体长篇叙事诗的创作传统，给吉国文学带来了一次诗歌的盛宴。苏勒坦·热耶夫的长篇小说《洪流》2015 年出版之后更是很快获得一片好评，不仅获得吉尔吉斯斯坦 2019 年度钦吉斯·艾特玛托夫国际文学奖，而且在西方文学界也大获成功，2017 年在瑞典斯德哥尔摩国际文学大赛上斩获大奖之后，2019 年又于布鲁塞尔国际文学节上获得首届亨利克·显克微支文学奖，成为吉尔吉斯斯坦文学近年来走向世界，在世界范围内产生重大影响的一部作品。

四、新希望，新征程

经过十年多的探索与反思，进入 21 世纪的吉尔吉斯斯坦文学从 2000 年之后才开始缓过神来，出现一些新的转机和好的迹象：一度因为观念相左而分裂成四个独立小团体的吉尔吉斯斯坦作家协会重新组合成为统一的全国性文学创作团体，甚至有些地区的地方分支机构也恢复成立。吉国作协与世界笔会组织建立联系，展开活动，并成立了吉尔吉斯斯坦笔会中心，诗歌研究院成立并开始投入工作，作家协会也重新获得了政府部门的预算投入，《阿拉套文学》《文学报》等新报刊得以创办。在创作上有突出成绩，发表或出版精品佳作的作家、诗人获得了不同层次的奖励。吉国各部门也开始积极扶持和关注吉国文学的发展，2006 年吉国议会通过了《吉尔吉斯斯坦国家文学扶持发展规划方案》的法律，使文学发展和规划第一次被纳入国家预算框架内，并从法律层面保障了文学的发展。将艾特玛托夫的生日 12 月 12 日确定为“国家文学日”，使之成为每年定期的法定节日。所有这些举措都为整个吉国社会关心文学问题，扶持文学创作，推动全民阅读创造了条件。著名作家、诗人的各种规模的纪念活动、作品研讨活动也吸引了社会各界对文学创作的关心、关爱，使文学创作、文学评论开始复苏，并得以向好发展，产生了一批有影响的作品。有些作家出版了若干卷本的作品集，而阿·阿赫马塔里耶夫主编的10卷本《吉尔吉斯文学史》得以出版则标志着吉国文学发展到了一个新水平。这一时期出版的长篇小说大多数是历史题材的作品，说明作家们的视角基本上集中在反映历史、反思历史方面，以文学方式回顾和总结历史成为他们热衷的题材，但是反映当下社会变革、描述当今人们生活面貌的作品并不多。

显而易见，吉尔吉斯斯坦长篇小说创作出现了一个繁荣期。关涉民族团结、国家统一、社会稳定等重大问题是这一阶段长篇小说的核心主题，尤其是对民族历史的回顾和探源寻根成为热点。虽然苏联解体所带来的社会巨变、社会动荡和社会经济生活的倒退给文学发展带来了巨大的危机感，但经过十多年的痛苦摸索甚至停顿，进入21世纪之后各种社会因素引发的文学危机逐渐开始消退，吉尔吉斯斯坦文学开始出现缓慢复苏迹象，作家、诗人们开始审视和反思自己亲身经历的复杂社会现实和重大社会转型，并纷纷用自己独特的艺术方式将其反馈给读者。但是由于受到经济萧条，资金缺乏的影响，出版的作品不仅印数很少，传播面很窄，读者数量很少，而且也没有引起评论家们的关注和评价讨论，整个文学界几乎一片沉寂。当然这种现象似乎只存在于吉尔吉斯斯坦的母语作家群体及其作品，与此相对应的另一种景象是，在吉尔吉斯斯坦与吉尔吉斯语共同普及推广并广泛使用了70年的俄语文学创作却焕发出其持久的发展动力。20世纪90年代以来，随着吉尔吉斯斯坦议会立法将吉尔吉斯语确定为国语，俄语的社会作用和地位明显降低，国家资助减少，造成苏联时期发达的文学翻译事业也举步维艰，面临危机。那些只懂俄语而不懂吉尔吉斯语的人逐渐被主流文学圈边缘化，不涉文学创作与活动，甚至被排除在吉尔吉斯斯坦主体文学发展潮流之外。这就造成了曾经在苏联时期辉煌一时的苏联文学殿堂轰然坍塌，所有曾经十分活跃的各阶层文学创作活动消弭殆尽，读者数量锐减，使得在苏联基础上成立的独联体范围内，除了艾特玛托夫或者玛尔·拜基耶夫等少数几个人之外，人们对吉尔吉斯斯坦的当代文学几乎一无所知。因为只有上述两位著名双语作家的作品不仅在吉尔吉斯斯坦国内，而且在其他独联体国家也经常再版发行或有新作出版。

当然，历史车轮永不停，文坛自有继承人。从国家独立，经过近 30 余年的转型期，然后进入一个新的发展时代，吉尔吉斯斯坦文坛已经基本上完成了更新换代。一大批曾经叱咤苏联文坛的老一辈作家、诗人逐渐退出历史舞台，新一代则逐渐成了吉尔吉斯斯坦文学的主流。目前，引领吉尔吉斯斯坦文学走向的基本上都是 20 世纪 80 年代末期成长起来的，比如苏勒坦·热耶夫、夏依洛别克·杜依谢耶夫等作家、诗人。

吉尔吉斯文学脱离苏联文学而走向独立发展道路 30 年以来，经历了消沉、低迷、复苏的历史发展过程。经过近十年在迷茫中摸索，到了 2000 年之后才开始出现转机，作家们开始大胆探索，不断创新，走出了自己的独特发展轨迹。文学创作回归本真，开始成为吉尔吉斯斯坦社会发展、民众生活的重要精神财富和引领社会思想意识形态的动力，发挥自己的思想主导功能，并开始形成具有独特民族风格与精神气质的创作内容与形式。当然，作家们在创作中虽然开始有意识地与苏联时期沿续的社会主义现实主义创作方式保持距离，但是他们的创作，尤其是中老年作家的创作依然没有完全放弃苏联文学的现实主义创作手法和技巧，而批判现实主义、魔幻现实主义、后现代主义的创作尝试也开始凸显，并有强劲的发展动力。总之，当下吉尔吉斯斯坦文学中，后苏联时代的创作和当代新思潮不断涌动，各种思潮的博弈开始成为新时代吉尔吉斯斯坦文学创作的主流。

总体而言，当今的吉尔吉斯斯坦文学主要有以下三个方面的特征：第一，现代主义文学创作。代表性作品为库瓦特别克・居苏瓦里耶夫最初创作完成于 1964 年，但直到 1991 年吉尔吉斯斯坦独立之后才得以出版的具有强烈存在主义倾向的长篇小说《冰冷的墙》。第二，后现代主义文学创作。其代表性作品为卡扎特・阿赫马托夫的长篇小说《围绕太阳的日子》和《阿尔哈特》。第三，批判现实主义创作。以艾特玛托夫具有鲜明的末世论思维的《崩塌的山岳》为标志。

当然，过去几十年及当前的吉尔吉斯斯坦文学依然可以被看作是一种过渡时期的文学，其鲜明的过渡性特征与过渡性社会现实一脉相承并密切关联。从当前的文学发展来看，凸显了作家、诗人们关注现实社会的新思维、新形态，表现出他们探索具有当代性、现代性社会功能和辩证关系的文学观念的勇气。社会变革、全球化语境、科学技术的飞速发展使人们的生活也驶上了迅速变革的快车道，世界的每一个角落都无法脱离历史发展的潮流。吉尔吉斯斯坦作家、诗人们的创作也紧随时代的步伐，不断在创新的道路上探索和迈进，并且在世界范围赢得了广泛读者。

最后，有必要对入选《雪豹的后裔》这部小说集中的三位作家的创作及作品做一个简单交代。艾特玛托夫被学界称为是“苏联文学的最后一位神父”“中亚草原升起的文学巨星”。他的创作实践早已成为世界文学中的一个独特现象而被世界文学界津津乐道。他的每一部作品都堪称经典，是中亚文学走向世界的无与匹敌的样板，在世界文学坐标系中如同闪亮夺目的星座占据着永恒的位置。作为吉尔吉斯斯坦文学，乃至整个中亚文学的标志性人物，他的创作吸收了古老的吉尔吉斯民间文化传统和史诗的宏阔视角，并融入苏联多民族文学的丰富营养，用独特的视角、宏大的结构、新颖的笔法、优美的语言将现实与神话、历史与现状、人性与道德、当下与未来、地球与宇宙等复杂的事物巧妙地杂糅在一起，描绘了吉尔吉斯以及中亚社会生活、人生百态、环境人文，探索了人与人、人与自然和谐共存的生存哲理，向人类面临的严峻的社会及生态问题发出诘问，努力探索，寻找出路，表现出了强烈的超前忧患意识，给当代世界文学注入了独特而神奇的中亚文化元素。他在创作中灵活巧妙地运用吉尔吉斯神话传说和民歌，赋予作品主人公多面向、多维度的思想和复杂性格，让其思维在现实生活和充满幻想的神话世界中穿梭。尖锐的现实矛盾和动人的神话在作品中相互交融，互为因果，给人以非同一般的艺术享受和思想启迪。在苏联作家中，他是唯一一位先后三次获得苏联国家奖的作家。1958年以中篇小说《查密莉雅》一炮打响，步入了苏联文学的最高殿堂。这部小说被法国作家路易·阿拉贡誉为是“一部描写爱情的空前杰作”。《查密莉雅》《我那包着红头巾的小白杨》《骆驼眼》《第一位老师》结集成《草原和群山的故事》，出版后获得1963年列宁奖。中篇小说《别了，古里萨雷》《白轮船》，长篇小说《一日长于百年》先后获得1968年、1977年、1983年苏联国家奖。除了上述获奖作品之外，其他重要作品还有中篇小说《花狗崖》《早来的仙鹤》《雪地圣母》《成吉思汗的白云》，以及长篇小说《断头台》《卡桑德拉印记》《崩塌的山岳》等。凭借其作品的优秀品质和独特主题思想，他还曾在法国、德国、奥地利、意大利、印度、日本、美国等国获得各种不同的文学以及哲学奖项。

艾特玛托夫的作品根植于民族文化土壤，渗透着人道主义精神，充满哲学思辨，表现出浓郁的民族特色和人性美的光芒。根据联合国教科文组织20世纪末的统计，他是当今世界上拥有读者最多的作家之一，作品被译成一百八十多种文字，先后多次获得世界各国的多种文学奖、哲学奖。选入本书的非虚构回忆性散文《玛纳斯-阿塔山的冰峰雪岭》为中国国内首次翻译出版，从一个新的角度透射出艾特玛托夫文学的独特风格及人性的光辉。他的作品对我国新时期文学产生的影响是巨大的。王蒙先生曾指出，艾特玛托夫与海明威、卡夫卡、加西亚·马尔克斯是对我国新时期文学产生影响最大的四位外国作家。而且，艾特玛托夫作为这四位作家中唯一一位具有社会主义意识形态背景的作家，他的作品意蕴深刻，语言优美，充满朴素人性美和人道主义精神。其作品对于刚刚摆脱十年“文革”，进入改革开放时期的我国各民族作家所产生的影响是难以估量的。王蒙、路遥、张承志、张贤亮、张炜、高建群、冯骥才、古华、迟子建、郭雪波等一大批作家都曾表达过自己对艾特玛托夫的喜爱，谈到过自己在创作中或多或少受到艾特玛托夫的影响的事实。如果从我国多民族作家的创作中寻找艾特玛托夫的影子，我们可能会排列出很长的名单。

玛尔·拜基耶夫（1935—2022）是吉尔吉斯斯坦天才的剧作家、小说家。其作品文笔流畅、构思巧妙、充满戏剧性，以反映吉尔吉斯古代生活及都市知识分子生活的作品见长。他是吉尔吉斯斯坦作家中继艾特玛托夫之后脱颖而出，以自己的文学创作成就而产生广泛国际影响的又一位吉尔吉斯文学名家。同艾特玛托夫一样，他也是同时用吉尔吉斯文和俄语进行创作的双语作家。出版的作品集有《黑蜘蛛》《雪豹的后裔》《回归》《足迹》《别人的幸福》《金秋》等大量小说和剧作。他的小说和剧作也被翻译成乌兹别克、哈萨克、乌克兰等多种文字出版，《别人的幸福》《雪豹的后裔》《金秋》《暴风雨》《新年到来的前夜》《最后的航线》作品被改编成电影，《孩子们长大成人了》《迷途的人》《幻觉》等剧作曾在苏联各地及欧洲多国剧场反复演出，深受观众喜爱。本书辑录的《黑蜘蛛》是拜基耶夫早期作品的代表作，而《雪豹的后裔（又名《远古时代的回响》）》则是其中篇小说中影响广泛的佳作，也是作家颇具影响力的小说代表作。《雪豹的后裔》被吉尔吉斯斯坦著名导演托略莫西·奥凯耶夫改编成同名电影获得巨大成功，并获得第35届柏林国际电影节银熊奖。作品以吉尔吉斯古代原始狩猎时代的生活为背景，塑造了阔交加什这位神箭手的传奇人生。这部小说成功地将吉尔吉斯古代神话用现代艺术表现形式加以重新演绎，创造出了感人至深的史诗般的神奇艺术效果。作品堪称古代神话传说与现代文学创作的珠联璧合，是一部达到很高艺术境界的生态小说佳作。小说以生动感人、充满戏剧性的故事情节和流畅生动的语言，描述了原始部落时期狩猎时代吉尔吉斯先民与大自然、人与动物之间彼此相依相伴又不乏你死我活、争锋对立、残酷斗争的悲剧故事。作品借助寓言、神话的曲折故事情节，以史诗般宏大叙事风格，描述了古代吉尔吉斯人狩猎生活的生动场景，反映了吉尔吉斯人民古老而深刻的生命观、自然观、价值观，并凸显出作品深邃而充满寓意的哲理意蕴和强烈的警世意义，堪称一部发人深省的生态启示录，对于当今社会的生态保护观念具有重要的启发意义。

吉尔吉斯斯坦人民作家苏勒坦•热耶夫（1959 年—）是吉尔吉斯斯坦新生代文学的代表人物，是一位极具实力，厚积薄发的小说家、剧作家，也是一位用吉尔吉斯语和俄语写作的双语作家。其中篇小说《手握太阳的孩子》、长篇小说《洪流》以及一系列短篇小说无论在吉尔吉斯语读者中还是在俄语读者中都获得广泛好评。他的《噢，姑娘们》《王冠》《女王的眼泪》等戏剧则在俄罗斯及西方观众中找到了知音，演出大受欢迎，其戏剧作品也在莫斯科、伦敦、阿斯塔纳、德黑兰、伊斯坦布尔等多地反复演出。究其原因是他将欧洲戏剧传统同东方哲学、欧亚大陆传统文化巧妙地融合在一起，创作出了极具现代性的话剧作品。他凭借自己富有实力的小说和剧作先后获得吉尔吉斯斯坦托合托古勒国家文学奖和列宁共青团奖。因其在文学领域的巨大成就，还曾斩获蒙古国成吉思汗金奖、土耳其阿塔图尔克奖等多个外国文学奖项，作品被翻译成十多种语言在世界各地出版。艾特玛托夫曾评价他是“伟大文学队伍的后继者”，并对其创作给予了高度评价。2017 年他凭借长篇寓言小说《洪流》在瑞典斯德哥尔摩国际文学大赛上斩获大奖。2019 年 11 月，在布鲁塞尔荣膺亨利克·显克微支文学奖。2000 年以来苏勒坦·热耶夫还先后斩获独联体国家“团结友谊星”文学奖（2010 年），上海合作组织“丝绸之路人文合作奖”（2012 年）等奖项和荣誉。这些褒奖无疑是对他文学创作的最大肯定和鼓励，我们相信在不久的将来他还会为各国读者奉献出更加优秀的作品。

阿地里·居玛吐尔地

2022 年 6 月 24 日

目录

雪豹的后裔

玛尔·拜基耶夫　著

阿地里·居玛吐尔地　译

高山上狂风呼啸，陡峭的悬崖在寒风中闪闪发光。高耸入云的冰山雪峰上雪崩暴发，扬起漫天大雪冲向山谷，发出震耳欲聋的轰鸣声。沿着山谷缓慢流动的小河已凝冻成一条蓝色的冰河。远处山崖上悬挂着的瀑布也已冻成奇妙无比的冰柱，如同晶莹剔透的玻璃一般闪亮透明。山下谷地中，远远望去，如同水盆般的大小湖泊也已经冻透，湖底闪着幽蓝的神秘光芒。山谷间偶尔可以看到被雪半掩着的飞禽尸体。野狼饿得不断发出嗥叫，用利齿拼命撕咬着冻死的飞禽的尸体。

在两座高山中间，一片开阔地上支着20余间大小不一的白色毡房。这是被称为“白色雪豹”的一个猎人部落的所在地。四周寂静无声。天空中飞扬弥漫的风雪让太阳失去光芒，让世界变得模糊不清。在茫茫大雪中，从只露出一半的毡房窗户上飘出的袅袅青烟表明这里还存活着生命。从旁边的一座毡房里传出婴儿“唔哇，唔哇！”的哭闹声。

在毡房门旁，一条壮年猎犬一动不动地将头藏在怀里，静静地睡着。呼啸的寒风不断吹起它颈部灰色的鬃毛。

一间用野兽皮搭成的简易小毡房中央的火塘中燃烧着牛粪。架在火塘铁架上的一口大黑锅内，烧开的水咕噜咕噜地发出响声。已步入中年的一家之主哈森此时正坐在火塘旁边。一个八九岁的小女孩把脑袋倚在他的膝盖上。饥饿已经让小女孩的脸上出现了浮肿，黑黑的眼眸中发出一种异样的光芒。

哈森温柔地抚摸着孩子的头不断地抚慰她，才让饥饿难耐的小女孩慢慢安静下来。

“只要明天天晴了，我们就会有吃的，好孩子，你暂且忍耐一下吧……”

“唔哇，唔哇！”一个正在吃奶的孩子却在放声哭泣。

孩子的母亲不断地挤着自己的乳房，试图挤出哪怕一滴乳汁来喂怀里的孩子。几滴雪白的乳汁最终硬是被挤出乳头滴入婴儿口中，但孩子似乎根本没有察觉到，乳汁顺着他的小脸颊往下滑动滚落。女人忍不住伤心地抽泣起来。哈森默默地看了她一眼，顺手接过孩子，把手伸向孩子的胸部。他可以感觉到孩子的心跳，于是他站起身来，披上皮大氅，走出了小毡房。毡房门一推开，一股呼啸的寒风立刻掀起门帘，似乎要一口气把人们赖以生存的最后一点希望——那火塘里熊熊燃烧的火吹灭。小女孩爬到毡房门边把门帘的绳带绑到门框上。哈森深一脚浅一脚地向不远处褐色山谷中的一个山洞走去。那个山洞里住着老妪萨依卡丽太太和她那半傻的儿子。老太太有神功会咒语。她可以将妖魔鬼怪驱离猎人的驻地，用神功阻止妖魔鬼怪骚扰猎人部落。她还可以念诵神奇的咒语并配合使用各种手段为部落里的人治病。如果出现严寒、干旱、饥饿以及其他天灾人祸，她总是会苦苦哀求野山羊神苏尔艾其科（灰色母野山羊神）并向天神腾格里祈祷，向造物主祈求安康，保护部落民众。在整个白色雪豹部落中无人比这位萨依卡丽老太太更受人尊敬了。现在整个吉尔吉斯族人中再也找不到比她活得更长久的人了。萨依卡丽老太太的百岁生日已经是很久以前的事了。即便如此，她说话依然利索，坚定而十分得体，虽然早已失明，但她神志清楚，思路清晰，备受猎人们敬仰。人们遇事向她讨教，请求指点迷津。她是整个部落的母亲。她那用石头垒砌的山洞房子犹如老巫婆的住所：门口两边立着一排庄严肃穆、双眼圆睁的石人雕像。屋内墙上挂着的木板，上面的古老文字无人能懂，屋顶上横七竖八地吊着很多用来治病的干枯蛇尸。木柜里放满了各种草药和神奇的树叶，各种不知名的动物的鬃毛，还有一只灰色母野山羊的完整标本。萨依卡丽老太太此时正在燃烧的火塘上熬着各种植物根须的大黑铁锅旁，嘴唇颤动，口中念念有词。在她的下方，她的半傻儿子萨雅克正在哼哼唧唧不停地哭闹。他已经六十多岁，头发、胡须都已经变白，但是眼睛却依然充满自信的天真的光芒。萨雅克心智不全，还一直停留在幼儿阶段。

“你坚持坚持吧，我的马驹！苏呋！苏呋！[①]神奇的草啊，愿你成为我儿子的食粮吧。”萨依卡丽老太太舀出锅里的草药汤端给儿子。萨雅克抬起头来听到了门外面有人踏雪而来的脚步声。

“喂！”他吼叫一声，用双手拍打着地面。

他母亲也注意到了有人走近，她掀开头巾，露出戴有硕大银耳环的耳朵细听起来。

哈森带着一股寒风和雪花走进了石头屋。

“萨依卡丽母亲！腾格里神似乎要把我的孩子带走。”他慌忙开口说道。

萨依卡丽同情地望着哈森并在他脸上轻轻吻了一下，眼里滚动着泪花。哈森则伸手抚摸着萨雅克的头表示问候。

萨依卡丽老太太拿起一只木碗，从锅里舀了一碗草药汤端给哈森。

---

① 巫师作法时一边念咒语一边都会间杂地发出“苏呋！苏呋！”的声音。

“这不是我的草药汤，是药物圣人乌鲁克曼的草药汤。苏呋！你把这拿过去给你妻子和孩子喝吧。”

哈森端着碗走出石屋门。萨雅克则将头埋入母亲的膝盖哼哼唧唧地哭闹起来。

老太太把手伸向野山羊标本大声喊道：“哦！神奇的野山羊神啊！你总会在危难时刻对我的孩子们发慈悲，赐予他们丰富的肉食。恳请你向腾格里神为我们祈求阳光吧！可别让我们的后代都在这大雪中灭绝了。”

灰色野山羊标本似乎对老太太点了点头，又似乎用无神的眼睛看了看老太太。此时，野山羊标本上那对上过油漆的眼睛里似乎突然散发出了一道神奇的光芒。

突然，萨雅克好像想起或者顿悟了什么，猛然抬起头站起身跑出石屋，在厚厚的雪中，深一脚浅一脚，磕磕绊绊地跑向坐落在部落驻地最靠近雪山的那座著名英雄猎人阔交加什的毡房。萨雅克苍白的头发被寒风吹得蓬松起来，他从孩提时代就没有长全的脑袋对寒暑好像并不十分敏感。

阔交加什的毡房与其他猎人的毡房并没有多大区别，只是在门框上悬挂着一只灰白色雪豹的头颅标本，以此表明这间毡房里住着部落的英雄。毡房内的网格状木栅栏上挂着很多狼皮和雪豹皮，正中的木栅栏上挂着弓箭，还插着两只长矛。地上铺着硕大的棕熊皮。

身体修长、英姿飒爽的阔交加什正光着膀子坐在燃烧的火塘旁，身边坐着他十岁左右的儿子卡拉古勒。孩子的怀里露出一根煮熟的香肠。他的妻子祖莱卡开始用木勺从锅里舀出肉汤倒入木碗里。她在锅里翻搅了半天才从锅底找出一块肉，放入木盘中端过来放到皮制餐桌上，然后用眼神示意儿子去叫醒在一旁闭着眼睛躺着的爷爷卡尔普拜。

阔交加什的父亲卡尔普拜曾经也是一位威猛的神奇猎人和英雄，他臂力过人，眼睛明锐，曾统领猎人部落将近半个世纪。有一次，卡尔普拜出门打猎，正准备拉弓射箭时发现自己的右手开始颤抖，射出的箭也只是擦过了黄羊便落到地上。明白自己已经年老力衰，眼睛也已失去往日犀利的光芒，卡尔普拜回到驻地之后便立即召集部落所有尊贵的长老，表明自己已经不能够继续担任部落首领了。他说：“统领部落的人必须具备超凡独特的本领。乡亲们！现在你们最好从你们中间找一个这样的人，推举他为部落汗王，服从他的领导吧。”说完，他放飞了手中的猎鹰。而他的儿子阔交加什当时已经在白雪豹部落中成长为一个浑身充满力量、睿智聪明、毅力过人、心地善良、公正无私的勇士。如果说起他的射箭技术，那在整个部落中也是百发百中无人能敌。他甩投石器，石子儿飞出的距离足有别人两倍远。飞奔的野山羊会被他同时射出的两根箭矢射中：一根射中脖子，另一根射中大腿。于是在当时，猎人们都异口同声地推举阔交加什为首领。年迈的萨依卡丽老奶奶还曾向腾格里神祈祷，赐予他衷心的祝福和祈愿。从那时起，白雪豹部落的民众就将自己的命运寄托在阔交加什身上。部落民众的日常生活保障都由阔交加什负责，而生老病死等大事则由以萨依卡丽老奶奶为首的长老们负责协商办理。

“爷爷！”卡拉古勒叫了一声。

卡尔普拜睁开眼睛，缓缓抬起头。孩子提起水壶倒水让爷爷洗手。老头儿一边洗手一边祝福孙子。祖莱卡把放着那块肉的盘子摆到公公面前。老头儿切一块肉放入嘴里，然后递给孙子卡拉古勒，并示意他递给妈妈。

祖莱卡用疑问的眼神看了看阔交加什。

老头儿说："老人是最能忍耐饥饿的。"

阔交加什似乎也同意父亲的观点，点点头示意妻子拿起肉。祖莱卡拿起肉切一小块给儿子，然后将其放到一边。看样子是不好意思在公公面前吃肉。

恰在此时，萨雅克猛然跑入毡房，默默地坐到铺开的餐布一边。

祖莱卡只好从每人的碗里舀出一些肉汤分给萨雅克喝。萨雅克慢慢觉察到老头和小孩嘴里正嚼着肉。

阔交加什示意妻子切一点肉给来客分享。祖莱卡将自己留下的肉切一半摆到萨雅克面前。

萨雅克如同受宠若惊的小狗一样哼哼着将肉块放入自己手中的碗里，然后又不顾一切地跑出门去。

"喂！你这可怜虫，这是要到哪里去？自己吃吧！"阔交加什大声说道。

萨雅克摇摇头，用手比划着表达出了吃奶的婴儿的形象。

"哦，你真是神之子。那就去吧！去吧！"阔交加什对他说。萨雅克端着热气腾腾的一碗肉汤，一步一步向哈森的毡房走去，在厚厚的雪地上留下一串弯弯曲曲的脚印。走到毡房门口时他却不小心脚下一滑，将手中的木碗掉落到地上。热乎乎的肉汤全部洒在雪地上，立刻渗入雪中瞬间消失了。萨雅克停住脚步，疯狂地用双手扒拉着雪地，因找不着那块肉而失声痛哭起来。

卧在哈森家门口的黄色大猎犬抬起鬃毛蓬松的脑袋，朝着山谷方向“哦唔！哦唔！”地吠叫了几声。

萨雅克也抬起头望了望山谷方向，止住了流淌的眼泪，脸上露出了充满希望的喜悦之情。他看到山谷对面山岗上出现了一头孤独的母野山羊。母野山羊站在温泉旁边用蹄子踏破泉水表面薄薄的冰层，小心翼翼地啃着薄冰下面露出的发黄的小草。

萨雅克兴奋地踏着厚雪，脚步缓慢，深一脚浅一脚地跑回阔交加什的毡房。

灰色母野山羊似乎也发现了萨雅克跑动的身影。它抬起头看了看萨雅克，发现他在往反方向走，越走越远，于是便放心地继续啃着露出薄冰的草尖。

阔交加什拿着弓箭走出毡房。

萨雅克则一个毡房一个毡房地跑着，兴奋地将驻地上游方向出现了一只母野山羊的消息告知牧村里的人们。

阔交加什像猫一样躬着身体，借助冰封的悬崖避开母野山羊的视线，逐步向谷地上游走去。但是当他走过最靠边的一间毡房时，母野山羊似乎发现了他的行踪，快速移步向一侧的山崖方向跑去。猎人踩着齐腰深的雪，紧紧尾随而追。哈森和另外两个猎人也拿着各自的弓箭跟了上去。

早已经饥饿难耐，受尽严寒之苦的大人小孩都纷纷走出房门，用充满期待的眼光目送猎人们追着猎物远去。

人们纷纷祈祷着：“噢，神圣的腾格里神啊！请赐予我们食物吧！千万不要让猎人们空手而归啊！”

萨雅克脸上充满笑容，一蹦一跳地哼哼叫唤着。因为他知道阔交加什的箭矢从来不会空飞。猎人一定会有所收获，绝不会空手而归。

母野山羊艰难地推开冰冻的厚雪，想为自己开出一条生路，渴望尽快离开猎人们的视线。哈森和他身边其他两位猎人深一脚浅一脚在厚雪中无法加快自己的步伐，逐渐与野山羊拉开了距离。只有阔交加什紧紧地跟在野山羊后面，艰难地破雪前行。

在前面逃生的母野山羊也罢，从后面紧追不舍的猎人也罢，都在严冬中受尽了饥饿和严寒的折磨与危难，早已经筋疲力尽，但他们都被各自怀揣的强烈的求生欲望支撑着、鼓舞着，奋力拼搏，一前一后，全力以赴地向遥远的悬崖峭壁顶部缓步攀登。

猎人好几次拉弓搭箭射向前面的猎物。但是，从侧面吹来的强风不仅阻碍了箭矢的飞行力度，而且硬是让射出的箭矢改变了方向，落到猎物侧面。

精疲力竭的猎人好几次摔倒，整个人被埋进雪坑里，嘴里灌满冰冷的雪块。母野山羊回过头不时观察猎人的动静，也不时停下脚步喘口气稍稍休息片刻，并且时刻观察猎人那双紧握弓箭的夺命之手。

阔交加什鼓足最后的力气奋力往前冲，速度比野山羊稍快，因此他和母野山羊之间的距离也在慢慢地不断缩小。山崖顶部也已经近在眼前，如果母野山羊顺利到那儿，毫无疑问它一定会安全脱身。

猎人单膝跪地，又一次艰难地用早已经冻僵、已经失去自由活动能力的双手拉弓搭箭向前面的猎物射出了箭矢。箭矢嗡嗡呼叫着飞向猎物。母野山羊的脑袋立刻耷拉下来，嘴鼻埋入雪中。

阔交加什兴奋地大笑起来，吻了一下手中的弓箭，然后把弓箭扔到一边，喘着粗气，仰面躺倒在雪地上。

从他后面尾随而来的哈森及其同伴也抑制不住兴奋，大声吼叫起来。村寨里的一群猎犬吠叫着出发，踩着厚雪一蹦一跳地冲了上来。站在山下用期待的眼光目不转睛地观望的人们见此情景也兴奋地彼此拥抱在一起，不断地向苍天祈祷表达感恩之情。

“啊！造物主啊！我们感谢您的恩赐。您保护我们渡过了饥饿的难关！”

萨雅克高兴地用手掌不断拍打着胸脯，开始晃动身体忘我地跳起舞来。

阔交加什也对自己很满意，展开双臂，抬头望天，露出开心的笑容：母野山羊的肉帮助猎人们渡过眼前的危机直到太阳普照大地；猎人们与家人其乐融融、有说有笑地围坐在火塘边一边吃着野味一边喝着滚烫的肉汤的情景似乎已在眼前。此时此刻，他的鼻孔张大，似乎已经同往日一样嗅到了煮熟的野山羊肉香随风阵阵飘来。突然，受伤的母野山羊的呻吟传入耳际，猎人这才转头朝自己射中的猎物望去。母野山羊已经不顾疼痛顽强地拖着受伤的身体艰难地往前移动了一段距离，在洁白的雪地上留下一条血红的印记，被箭矢射中的左肩不停地流淌着冒着热气的鲜血。

吠叫的猎犬们此时已经争先恐后地冲过阔交加什，在悬崖边围住了受伤的母野山羊。母野山羊无可奈何地睁大惊恐的眼睛看着围在自己周围的猎犬，似乎在绝望中向猎人求助。猎人们兴高采烈地跑到已经被猎犬团团围住的母野山羊跟前——猎物再也不可能失去了。阔交加什从腰间的刀鞘中拔出匕首，手脚并用，在雪中向母野山羊靠近。刹那间他的眼神和母野山羊绝望的眼神彼此交汇在了一起。母野山羊睁着大大的迷人的眼睛，似乎用哀求的眼神紧紧盯着猎人，喘着粗气不断收缩着它那膨胀的圆圆的肚皮，洁白的乳汁从其乳头断断续续溢出。此时此刻受伤的母野山羊在阔交加什眼中突然变成了一个腹部被箭矢射中的年轻孕妇，眼里发出痛苦的、哀求的、异样的光芒。猎人的心突然堵到了嗓子眼，脸朝下一头栽进雪中。

阔交加什重新抬起头来。母野山羊依然静静地盯着他，似乎在向他发出最后的哀求，箭矢依然插在其左肩上，鲜血依然不停地流淌。阔交加什最终来到母野山羊跟前，并将吠叫不止的猎犬赶到一边。然后将母野山羊肩上的箭矢拔了下来。他的手伸到母野山羊的乳房下面时，突然接住了从母野山羊乳头上流出的满满两个手掌的热乎乎的雪白乳汁。他手捧着乳汁，赶着猎犬，用一只手拿起染满鲜血的箭矢，来到随后赶上来的猎人们身边。

母野山羊鼓足最后的力气往山崖顶上爬去，肩部受伤部位流淌的血开始在严寒中逐渐凝固，伤口处的鲜血也停止了流淌。

哈森和同来的猎人们甚至因为阔交加什在如此危难的时刻放走了已经到手的猎物，而想把阔交加什撕得粉碎。阔交加什无奈地把手掌中留存的乳汁向他们展示了一下。

一位年轻的猎人拉弓搭箭再一次对准了缓步移动的母野

山羊，年老的猎手巴卡斯甩手一掌打在他胳膊上，阻止了他。

“难道你要射杀乳房肿胀的猎物吗？你这混蛋！”老猎手对年轻猎人骂道。

“巴卡斯大叔！人都已经快要饿死了。难道这时候我们还要吝惜一个野生动物吗？孩子们早已经饿得受不了，都快饿死了！”哈森不无愤怒地说道。

“我们绝不能成为神圣的腾格里神的罪人。孩子，也许造物主派来母野山羊神是想试探一下我们的贪欲。我们还是忍一忍吧！”阔交加什说道。

一部分猎人愤愤不平地开始往山下走去。山下那些抬头仰望、望眼欲穿的大人小孩们也对阔交加什的行为感到疑惑不解。

摆脱生命危机，沿着山崖边沿缓缓离去的母野山羊的身影依然清晰可见。

阔交加什回到家中，把弓箭扔到一边，脱下已经湿透的软皮靴。

儿子卡拉古勒来到父亲身边。

“爸爸，您为何把到手的野山羊又放走了？它是否直立身体站了起来？”他问道。

卡拉古勒提出这样的问询是有原因的：按照吉尔吉斯人古老的传统，每一位猎人一生中只能射杀一千只猎物，当猎人射杀的猎物数量达到一千只时，最后一只猎物会在猎人面前直立身体站起来，提示他猎杀的猎物数量已经到了一千。如果这位猎人继续猎杀野生动物，那他就会遭到神灵的惩罚而变成残疾或者丧命。他曾不止一次从爷爷口中听到过这个神奇的传说。

阔交加什默默地低着头盯着火塘中燃烧的火焰，眼前又一次出现了那只被自己射中的怀孕的母野山羊的身影，那只母野山羊甚至突然间再一次变成了一名孕妇，睁大那双驼羔眼似的大眼睛紧紧地盯着他……

“它，好像就是神圣的野生动物保护神。”阔交加什喃喃自语道。

“你怎么知道它是野生动物保护神呢？”阔交加什的父亲眯着眼睛嗡嗡地低声发问。

“它……在我眼前突然变幻成了一个孕妇。”阔交加什回答。

正在缝补儿子皮大衣的祖莱卡停下手中的针线活儿转过头来也惊奇地看着他。

“如果变成一位孕妇出现，那它毫无疑问就是神圣的‘灰色母野山羊神’。你放走她就对了。腾格里神啊，请保护我的独生子安康吧！”老人此时摊开双掌向老天爷祈祷，为儿子祈求安康。

卡拉古勒此时坐到了爷爷膝盖上。

“爷爷！如果遇到了‘灰色母野山羊神’会发生什么事情呀？”

“‘灰色母野山羊神’是我们的母亲，也是世间所有野生动物的母亲，是神圣的高山，大地山水的主人。让它流血，惹它愤怒的人定会遭到天神的诅咒，其家族会遭到灭顶之灾甚至从人间消失。啊，腾格里神啊，请原谅我儿子的罪过吧！”老人祈祷完，用双手捋了捋双颊上雪白的胡须。

“我把它身上的箭矢拔下来，将它放走了。”阔交加什说，

“它有身孕而且乳房胀得很大，快要产仔了。”

“你做得很对，孩子！儿媳妇啊，等天气暖和一点你去一趟神圣山洞，向天神祈祷，祈求原谅，祈求祝福吧。你就说为了丈夫让神圣的山羊神流了血而祈求原谅！”

“好的，爸爸！”祖莱卡惊慌忐忑的情绪此时才慢慢平静下来，开始继续手中的活计。

“哎呀，我的独生子啊！哎呀，我的眼珠子啊！我不能失去你呀！邻居们……”一位妇女凄惨的哭喊声突然打破了暂时的寂静。凄惨的哭声从外面传进来，让屋里人的心神又陡然紧张起来。

“带走吧！把我也带走吧！这个遭诅咒的严冬！”巴特玛把已经断了气的孩子紧紧地抱在怀里，不停地恸哭着、抽泣着。

哈森走到妻子跟前想安慰她，但是被妻子揪住了衣领怒吼：“我好可怜啊！真不知道是在哪一个该诅咒的倒霉的日子让我遇见了你啊，我！难道我是为了在严寒中冻死或者饿死才跟着你来到这里的吗？走！你把我送回娘家去！那里衣食无忧，既有肉吃也有火烤。走！你这倒霉的混蛋，趁着还有一口气咱们赶紧走！离开这倒霉的鬼地方！”

哈森一时找不到合适的语言安慰妻子，只好不停地抚摸着巴特玛被风吹乱的长发。

女人那令人心颤的悲恸哭声被寒风吹向不远处的悬崖峭壁上击碎，然后变成一阵模糊的嗡嗡声回荡在山谷中，大自然似乎故意不想让大地上生物的悲恸声被造物主以及天上的神圣太阳听清。

饥饿无力的猎人们领着羸弱不堪的妻子儿女从各个毡房

里走出来，默默地看着巴特玛。没有一个人前来抚慰这个可怜的女人。

“好吧！今天就和她离婚。”萨依卡丽老奶奶很不高兴地说道……

雪豹部落的长老们聚集在萨依卡丽老奶奶的山洞里。家族部落的首领萨伊卡丽老奶奶如同一座石雕神像一般盯着火焰，坐在上席位置说道：

“孩子们！俗话说，经过商定后即使割下自己的拇指都不会感觉疼痛。我们大家都想想办法吧！我们的神灵被惹怒，给我们带来了灾难。我们已经失去了所有的坐骑，几乎一无所有了。你们最好下山，到山下蒙都孜拜的冬窝子去一趟，向他借一点过冬的冻肉和马匹。要不然我们可能会冻死、饿死在这里，全部落都要灭绝了。”老人镇定地说出有点绝望的话。

在座的人都耷拉着脑袋，冥思苦想了半天也没有人想出其他更好的办法。

“如果我们向蒙都孜拜借牲畜，那他就会向我们索命。我们会失去孩子们。”阔交加什的父亲卡尔普拜老人不无担心地这样回答。

“对！我们不去。那个嗜血狂会和我们决战，夺去我们的性命。”几个猎人也嗡嗡地压低声音随声附和。

“难道我们不能对他说以后用貂皮、虎皮加倍奉还吗？”哈森加了一句。

猎人们暗自斟酌哈森的话语，又陷入沉思默默无声了。

“造物主不会就这么丢下我们！我们还是向神圣的腾格里神祈祷，寻求安康吧！只要今明两天天气放晴太阳普照大地，神圣的母野山羊神会赐予我们食物的！我们绝不能失去信心和希望。再忍耐一下吧！”巴卡斯老人这样安慰大家。

“腾格里神这一次除了凛冽的严寒和冰雪之外没有赐给我们任何东西。要不我们派人到阿坦太的冬窝子去一趟如何？”图格里老人提出这样的建议。阔交加什立刻回答道：“那等我们从阿坦太的驻地返回之前，恐怕我们部落的一半人已经不在人世间了。我们只能选择去一趟离我们最近的蒙都孜拜的冬窝子驻地交涉一下试一试。”

“如果徒步前往，那至少需要四天时间。等我们回来部族里恐怕也没有活人了。”卡尔普拜提醒说。

“如果我们翻越冰山的话只需一天时间。”卡勒斯老人附和了一句。

“在这样恶劣的天气里翻越冰山那无人能够幸免于难。难道我们中间还有被死神漠视、拥有无限寿命的神人？”卡尔普拜老人有些激动起来。

“那么孩子们！你们还有什么别的办法和智慧？都提出来大家一块商量商量？”萨依卡丽奶奶抬起头发问。

“我们也只能前往蒙都孜拜的驻地向他求救了。您祝福我们路途安康吧！奶奶！”阔交加什站起身，单膝跪在老人面前回答。

“你是阔交加什吧？你身边还有谁？”萨依卡丽奶奶询问。

“就我一个人去。没有别人！”

“一个人去会丢掉性命。”老人轻轻地推了推阔交加什。

“我和他一起去！”猎人图格里站了起来。

“您太老了。”萨依卡丽阻止他道。

“我去！”旁边一位瘦高的猎人站了起来。

“你过来！”老人对他说，“你把左手伸出来给我。”

猎人把左手伸出来。

“你寒气太多。”老太太号了号他的脉之后说，“你到不了那里。”

“我去！”另一位少年猎人站起来。

“你的筋骨还没有长全。你只会成为阔交加什的累赘。”

哈森走过来跪在阔交加什身边。老人用手抚摸着他的脸颊和脑袋。

“我的孩子，哈森。你们的生命寄托在彼此身上。”老人从大锅里舀起一碗水，把几滴水用手洒到地上，几滴水洒到灰色母野山羊的标本上，然后把碗里剩下的水递到猎人们面前。阔交加什吻了吻老人的手，然后接过木碗喝了一口递给了哈森。哈森喝了一口之后把碗递回到老人手中。

萨依卡丽老奶奶摊开飞蓬枝头一般瘦弱的双手，带领族人开始进行祈祷祈祝仪式：

“愿你们一路顺利。一路上有柯孜尔圣人陪伴。遇到艰难险阻时有先辈的灵魂保佑你们。啊，神圣的野生动物保护神啊！您是高山雪峰和汹涌奔腾的河水的主人。求您保佑我的孩子们安康，给他们指明道路和正确的方向，千万不要吝惜您的善良。啊，我们的腾格里神啊！千万不要伤害我们部落仅有的如同整个部落的一双眼睛一样的两位勇士啊，祈求您保佑他们吧。”

在座的人高举起双手为两位年轻猎人祈祷祝福。

萨雅克如同小狗一般舔着老母亲的手背。

* * * * * *

狂风怒吼，把大地天空裹入白色雪霾之中。阔交加什与哈森抓住长长的绳子，相互帮衬着，顺着悬崖往下爬去。一个滑倒陷入厚雪里，另一个马上伸手将对方拉出来。两人有好几次甚至差一点被雪崩埋在大雪里丧命。在严寒中将要冻僵时，他们就躲到山崖的背风处躲避一下凛冽的寒风，喘口气休息休息再继续前行。

“起来，快起来！”

“等一等！让我再休息一会儿吧！”阔交加什根本不听同伴的话。于是，哈森只能使劲推他。

“你已经快被冻僵了，阔交加什。马上站起来！不然会被冻死在这里。”哈森拿起一团雪在朋友的脸上和胸膛上擦拭起来。阔交加什缓缓回过神来，然后站起身，像熊一样弓着身体，四肢并用不停地往下爬去，一直爬到浑身又开始热气腾腾……他们精疲力竭再也无法迈开一步的时候，才终于到达了山崖下面的穆孜托尔小盆地。形状怪异令人惊恐的悬崖峭壁，晶莹剔透的各种冰柱，黑咕隆咚深不可测的裂缝，处处都充满危机，让人提心吊胆。他们脚上戴上防滑铁圆环顺着冰面小心翼翼地往下移动。无论谁不小心滑一跤，那他们俩都会葬身崖底无一幸免。他们腰上绑着粗壮的绳子在冰面上慢慢移动。阔交加什在前，哈森紧随其后不停地用手抓住两边突出的冰凌。突然，阔交加什脚下一滑，带着哈森径直滑向一个黝黑的冰缝。他顺手紧紧抱住了一个突起的冰凌，但这块冰凌断裂了。两位猎人如同踩着滑雪板一样顺着发出幽蓝色光的冰面快速向命运的终点，那条黝黑的冰缝滑去。

惊心动魄的吼叫声划破了寂静的天空，在山谷中久久回响。对面雪山上出现了轰隆隆的雪崩，山谷里经过一段风雪弥漫的景象之后重又恢复平静……寒冷的雪雾背后，朦胧的太阳隐约显出黄色铜盘一样的面容。阔交加什在冰缝口吊在了绳子上。

“哈森大哥！哈森大哥！”阔交加什不停地呼喊着，但哈森却毫无回应。原来，他被卡在了一个冰缝里，前额上淌着鲜红的血液，好像失去了生命一样。

“山水大地之主啊！神圣的母野山羊神妈妈！我因为不认识您才让您受了伤，让您流淌了神圣的血液。您的诅咒就让我一个人承担吧。祈求您让我的独生子，让我的乡亲安康吧。我自己的罪恶就让我自己来面对，接受惩罚吧。”

阔交加什猎人在这样生死攸关的时刻向神灵真诚地表达歉意，请求原谅。

哈森开始缓缓恢复神智，醒了过来，但是他那冻僵的胳膊已经没有一点力气了。

“哈森大哥！请你割断绳子保护你自己的生命吧！如果我们俩人都见不到蒙都孜拜死在这里，那乡亲们也一定都会饿死，全族灭绝。你赶快把绳子割断吧！快点，不要顾及我了。我已经不行了。我已经遭到‘灰色母野山羊神’的诅咒了。”阔交加什向哈森苦苦哀求着。

哈森把绳子慢慢往上拉，试图将阔交加什拉上来。但是卡住他的冰块发出声响。他的匕首、褡裢和腰带也都离他比较远。

“哈森大哥！你尽快割断绳子保命吧。”阔交加什在下面不断地喊叫，“割断绳子，我反正快要死了。”

听到阔交加什的哭声，哈森开始挣扎着往前移动，伸手想抓过自己的匕首。

“你不要管我！想一想家乡的孩子、老人和乡亲们吧！”阔交加什一边劝哈森割断绳子，一边试着解开腰上的绳子，但是都没有成功。于是，他开始不停地用牙齿咬，试图咬断绳子解脱。

哈森经过一番努力，终于抓到了匕首。

阔交加什已经硬是用牙齿咬断了绳子的四分之一部分。他脸上流淌着泪水，嘴角流着鲜血。

抓到匕首之后，哈森用匕首开始在冰面上凿开一个一个小洞用来做踩踏支点。阔交加什则不顾一切地咬着毛绳，嘴角边不停地流出鲜血。只要他再努力咬断一点，哈森就会脱离重负。阔交加什精疲力竭，浑身上下开始变得冰冷僵硬。绳子开始从阔交加什咬断的地方逐渐松散开来。一点儿……又一点儿……

哈森一只手抓住冰面上凿开的口子向上爬了点，再抓住第二个口子又往上爬了一点。现在两人的命运就系在一根毛绳上，就看毛绳的承受力了。就在毛绳即将断裂的最后关头，阔交加什伸手抓住了毛绳断口处，因为此时哈森正好也爬上来了。

大笑声响彻山谷。俩朋友浑身已经被鲜血浸染，他们坐在冰缝边沿，为刚刚与死神擦肩而过而感到兴奋。他们头顶上又出现了一阵轰鸣声，雪崩又一次向他们冲过来。眨眼间山谷下方又被冲天的雪霾笼罩。

四周陷入一片白色寂静之中，万籁俱静。蓝天摆脱了雾霾露出了蔚蓝的面容，太阳也放射出耀眼而灿烂的光芒。

茫茫的雪地上出现了两个黑影——一个是阔交加什，另一个是哈森。

他们顽强地从雪下爬出来继续前行，沿着山谷往下游走，然后登上了山崖顶部，最后又进入谷地。虽然已经意识到迷路了，但是他们决定尽量按照先前的记忆选择前行的道路，一路往下游走去，直到精疲力竭为止。

最后，他们实在无法移动双腿，精疲力竭地躺在地上。

“你看，你看。”哈森突然兴奋地叫着把手伸向弓箭。

阔交加什睁开眼睛，看到了奇迹。“灰色母野山羊神”居然静静地站在他们面前。

“等等!”阔交加什夺过了哈森手中的弓箭。

“灰色母野山羊神”登上山顶消失了。只留下雪地上的一行蹄印。他们跟随母野山羊的蹄印绕过了山崖。此时，他们面对眼前的情境，忽然间兴奋地高声欢呼起来。看见下游出现一个清澈的没有冻结的小湖，湖边支着珍珠般的白色毡房。毡房天窗上飘出袅袅炊烟，周边旷野中马群在自由徜徉。这真是一个让人向往，舒适、理想、和谐的人类生活情景。

“你看那边？”阔交加什对哈森说。

灰色母野山羊就静静地站在远处。

“喔！神圣的野生动物保护神啊！感谢您给我们引领了道路。是您保护我们摆脱了死神，是您给我们指明方向把我们带到了这里。衷心感谢您。”猎人们毕恭毕敬地不断向“灰色母野山羊神”致敬，表达内心的感激之情。

部落汗王蒙都孜拜的高大毡房从远处就能看见，十分显眼。那毡房宏伟壮观，上半部的盖毡呈白色，壁围白毡上用鸟爪图案装饰，毡房内部更是华丽无比，令人感慨。这位汗王高大英俊，浑身充满英雄气概，年龄在五十岁上下。他上身披一件丝绸大氅，胳膊肘支在一个绿色枕头上，一手拿着旱烟管吞吐着浓浓的旱烟，一手捧着一本书在读。蒙都孜拜有两个老婆。他与发妻生活了十年却没有一男半女，于是便从毗邻的牧村娶来了一位穷人家的姑娘阿依凯，两人也已经生活了五年，但是这个女人也没有为蒙都孜拜生下一男半女。两个老婆按照传统分别居住在两间毡房里，彼此不影响对方的生活。发妻在主毡房里，小妾则在大毡房里，有时他们仨也会在一个毡房里吃饭聊天。四十岁左右的发妻别尕依姆的身材健壮，体态丰满如同一头壮年母鹿，此时正在一边用捻线坨子捻线。年轻美貌的小妾则在毡房右侧一旁和面。火塘上的大锅里正煮着肉。

“夫公！请你从书本中给我们也分享一些智慧吧！”蒙都孜拜的发妻对丈夫主动发话。

“难道你们也好奇书里的智慧？”蒙都孜拜将眼神从书本上移开，抬起头朝别尕依姆笑了笑。

“为了能让我们得体地伺候你，你时不时与我们分享一些书里的智慧一点也不为过吧。对不对，妹妹？”别尕依姆一边说一边还问旁边的阿依凯。

阿依凯笑容可掬地点了点头。

“这本书讲的是人类生活的钥匙，是一位居住在巴拉萨衮名叫居素普的智者所写的。”说着，蒙都孜拜开始读起来：

在一位智慧汗王的领地上，

羔羊与豺狼共同生活，

为了每天及时喝水解渴，

他们并肩同行前往泉边。

“哎呀！”别尕依姆好奇地说，“世上哪会有这样的事情？狼毕竟是狼啊。”

“书本上是这样写的。”蒙都孜拜说。

门外传来牧羊犬的吠叫声和冲向山口方向的声音。

别尕依姆披上大衣走出门去。

阿依凯则乘机俏皮地闪动着迷人的眼睛快步跑到丈夫面前跪下，把可爱的小脸蛋伸了过去。蒙都孜拜在她脸上亲吻了一下，然后又陶醉地嗅了嗅她美丽发丝散发出的香气。

“哦，宝贝！我何时能看到同你身上的气味一样的婴儿出生啊。”

“这事可都掌握在您和造物主的手里，亲哥哥。”阿依凯回头看了一眼门口方向，然后伸出嘴巴示意丈夫让她也吸一口旱烟。

蒙都孜拜把手中的旱烟管伸了过去。她吸了一口感觉很陶醉，然后闭着眼又求吸一口。

“好了。这东西年轻人吸多了不好。”蒙都孜拜宠爱有加地指了指爱妾。

“再来一口吧。就一口。”她开始像小孩子一样撒起娇来。

蒙都孜拜不忍心，又将旱烟管伸了过去。阿依凯又深吸了一口烟，娇滴滴地把脖子伸向丈夫。

别尕依姆从外面回来，不无尴尬地站在一边。蒙都孜拜不好意思在发妻面前亲吻阿依凯，只好在她脸上轻轻地拍了拍。阿依凯站起身，一脸不快地移步回到厨房坐下重新开始和面。

“汗王！有两个十分诡异的人从雪山上下来，正向我们这边走来了。”别尕依姆不无惊惶地说道。

蒙都孜拜警觉地拿起挂在毡房木栅顶上的大刀，将其压放到顺手就能拿到的被子下面。牧羊犬的吠叫声由远而近，毡房门帘也被掀开了。

“萨拉木，您好！”阔交加什和哈森带着一股寒风走进了毡房。

“哎呀！”阿依凯吓得下意识地紧紧抱住了别尕依姆。

“你们是何人？来自哪里啊？”蒙都孜拜开始发问。

猎人们早已经筋疲力尽，此时此刻只要从眼睫毛上轻轻拉一下，他们就会倒下睡着。两人衣着褴褛，胡须和头发上都结着冰凌，看上去很可怕。

“大哥，你真的没认出来吗？”哈森开口说道，“我们是白雪豹部落的人。”

“你们真的像白雪豹。”蒙都孜拜带着戏谑的口气笑道。

两个女人也忍不住笑出了声。

阔交加什瞪大眼睛看了她们一眼，她们的笑声戛然而止。

“哦。你等等，对！对！”蒙都孜拜继续说，“阔交加什勇士，哈森女婿，是你们吗？”

“是的，大哥！是我们。”阔交加什答道，“大雪纷飞，多日见不到太阳，我们遭遇严重雪灾。部落家族因严寒饥饿濒临灭绝了。我们特意过来是想向您求救，向您暂借一些冻肉和马匹急用。到了夏季，我们会用珍贵的貂皮等物品加倍偿还。大哥。”

“那我要是不给呢？”蒙都孜拜笑着问道，口气中略带挑衅。

“那我们白雪豹部落就从人间消失了。”哈森失望地回答。

“我们并不是来乞讨的，而是来向您暂借。”阔交加什也有些不快地回答，因为他看出蒙都孜拜是故意在他两个老婆面前显摆自己的能力和财富。

“我们在末日来临之际，不顾严寒冰雪与命运顽强抗争，翻越冰峰雪岭，战胜无数困难才来到这里。大哥，请您发发慈悲，挽救一下我们部落的生命。您绝不会白白付出，日后定有丰厚回报。”哈森开始发出祈求。因为他知道阔交加什年少气盛，有时说话不注意分寸。他担心阔交加什说话不当，会得罪蒙都孜拜，引他生气而让他们所有的希望和努力统统落空。

“家主人啊！你就发一发慈悲吧。”别尕依姆也在一边用温柔的语气劝说起丈夫来，“猎人们是不会忘记别人的善心和好处的。”

“那好吧！”蒙都孜拜思忖片刻回答道，“你们需要牲畜，而我需要人口和士兵。奥伊拉特人重新开始强大起来了，不久前还偷袭我们，抢走了我的两百匹马。我给你们一群马，到时候你们全副武装下山来配合。如果我们不把我们共同的敌人消灭在原地，他们明天就会吞掉我们。你们怎么看？”

“猎人从来就不会向人类动武，大开杀戒，大哥。”阔交加什有些为难地回答。

“即使敌人毁坏你们的家园，强暴你们的妻女，猎人们也会熟视无睹吧？”蒙都孜拜瞥眼看了看旁边的两位妻子讥笑道。

“那我们会把来犯敌人的皮剥下来摊开在石头上。”阔交加什无法忍受蒙都孜拜的讥笑，用坚定有力的语气回答道。

“按照父辈的传统，猎人从来不会主动去进犯相邻而居的人类，大哥。”哈森为了缓解逐渐紧张起来的气氛，开始向蒙都孜拜进行解释，“只有别人侵犯我们族人时，全体族人才会不顾生命与其抗争到底，大哥。”

“哦，你们的做法很对。”蒙都孜拜回答道，“假如你们的朋友遭到敌人的围攻你们怎么办？”

“只要生命尚存，我们对朋友的友谊会以同样的方式义无反顾地加以回报。善心要用善心加倍回报。” 阔交加什说道。

“你看，这话合我心意。喂，老婆子，有什么吃的赶快拿上来招待客人吧！”蒙都孜拜这才开始转变态度。

阿依凯好奇地看了看年轻的猎人。她好像不止一次从人们口中听说过这位猎人的传奇故事。随着胡须上和头发上的冰凌逐渐融化，阔交加什也逐渐显露出宽阔的前额和坚毅而英俊的脸庞。阿依凯对男人们的话语毫无兴趣，而是避开猎人们的眼神从一旁不停地偷窥他们。阔交加什却对此毫无察觉。

“勇士们请上座。先喝点肉汤吃点肉放松放松。你们肯定已经冻坏了吧。”别尕依姆说道。

“谢谢嫂子！我们不饿。”阔交加什不想让对方知道自己已饥饿难耐，因此故意推辞，但锅里的肉香早已飘入他的鼻孔，引得他饥肠辘辘，垂涎欲滴。

“从有福的人家里空嘴出去可不好，也不符合规矩。如果那样，今后双方都会诸事不顺。”别尕依姆不无责备地强调。

阿依凯舀出锅里的肉汤倒入碗里，奉送到猎人们面前。

“接上！可不能推辞你们年轻嫂子的手啊。”蒙都孜拜开心地发话。

阔交加什这才抬起头来看了一眼面前的阿依凯。他这时才发现眼前的女人的确貌美过人，小巧玲珑。脸蛋纯洁而白净，如同初乳般单纯新鲜，惹人喜爱。猎人们已经无法再拒绝，连连称谢。

别尕依姆切肉，阿依凯切面。阿依凯那迷人的眼睛如同驼羔的双眸。阔交加什回想起自己射猎灰色母野山羊神时，受伤的灰色母野山羊也曾这样注视过他，其目光亦如是。

温暖的房间，醇香的肉汤让客人们很快恢复了体力，心情也变得大好。

“这是汗王们吸的旱烟，它会给你们提神。”蒙都孜拜说道。

阔交加什拿过烟管不假思索地大口吸了起来。

“感觉怎么样？”蒙都孜拜等待着回复。

阔交加什如同进入迷幻世界一样立刻感到一种从未有过的异样的迷茫和迷醉，便张开嘴傻笑起来。他半醉不醉地又吸了一口旱烟……

“当百花盛开时，你们带着少男少女们来参加婚宴庆典吧，阔交加什勇士！你们大哥的妹妹要出嫁了。”别尕依姆开口发出了邀请。

“收到邀请必须去，没有邀请不能去。这不是我们历来的传统吗？嫂子。”哈森兴高采烈地大声回复，表示接受了邀请。

“你们最好随身带着武器过来。奥伊拉特的汗王一到夏季就十分猖狂嚣张。假如他那时率兵突然前来侵袭，你们不会坐视不管吧！”蒙都孜拜又重新发问道。

“请你放心吧，大哥！”阔交加什说完又一次定睛看了一眼阿依凯。

蒙都孜拜的手下勇士们开始高声吆喝着，驱赶着马群用套马绳抓捕肥壮的马匹。蒙都孜拜为客人出门送行时，白雪覆盖的高山上又开始刮起寒风，雪花不断地被狂风吹落到山谷中。

两位猎人告别蒙都孜拜，骑着马驱赶着获得的马匹上了路。走出一段距离后，阔交加什回头遥望，突然发现站在蒙都孜拜白色大毡房门前的一个身影。眼光敏锐的猎手似乎清楚地看到了那人影闪动着的驼羔般美丽的那双大眼睛。他又一次回想起了那只被自己射伤的灰色母野山羊发光的眼睛。

阿依凯则目送猎人们远去，一直到望不到他们的背影之后才挑起两头挂着空水桶的扁担朝谷地走去……对阔交加什猎人一见钟情的她，此时已经心潮澎湃心跳不止了……

那天晚上，阿依凯辗转反侧，整个晚上都无法入眠，眼泪止不住一直流淌。

“你怎么啦？”蒙都孜拜惊奇地询问。

她没有回答，而是用双手捂住脸庞依然哭泣。

“是不是别尕依姆惹你生气了？”

阿依凯摇头。

“那你是对现在的生活不满意吗？你现在的幸福生活连你的七代祖宗都不曾梦想过吧？”蒙都孜拜开始有点微怒。

“汗王啊！难道幸福只能用财富来衡量吗？我只要听到婴

儿哇哇的哭声，乳房就会肿胀疼痛流出乳汁。每一次你留宿别尕依姆姐姐那里时，我就会紧紧地抱着这个睡觉。”阿依凯说着把自己亲手缝制裹在布单里的一个布娃娃拿出来给蒙都孜拜看，然后接着说，“有时候它好像半夜发出哭声，我醒过来把乳房送过去，它却从来不吮吸乳头，就像死人一样默默无声……”

“我有什么办法？宝贝！神圣的造物主对我们吝惜一个孩子。难道我心里不痛苦吗？我也一把年纪了，但到现在家里还是静悄悄的。如果我突然死去，亲戚们会瓜分我的财产，敌人会瓜分我的土地和百姓。我没有后嗣，你又很年轻……”说着说着蒙都孜拜也感到非常失落伤心，眼泪也不知不觉开始在眼眶里滚动……

阿依凯赶紧抱住丈夫的脖子放声恸哭。山谷里寒风怒吼，似乎要把世间一切吞噬，毡房的盖毡和围毡在狂风中颤抖。无情的狂风似乎要把盖毡片和只用几根木架支起的轻便的毡房像飞蓬一样吹走，送到一个无底的深渊一样，使本来就为了渴望得到幸福而痛苦不堪的阿依凯的心感到更加痛苦难耐……

* * * * * *

遭受饥饿严寒之苦的人们已经浑身出现浮肿，猎人们领着大人小孩陆陆续续聚集到萨依卡丽老人的石洞里。哈森将一匹肥壮的牝马牵过来。三个年轻力壮的小伙子用绳子拴住马腿将马放倒在地上。

牝马被宰杀完。卡勒斯老人将马肉给每家每户均匀地分配，并让人搀扶着瞎眼的萨依卡丽老母亲坐到肉堆跟前。

卡勒斯指着一部分肉对老太太问道："给谁？"

"给我的孩子哈森！"老太太说。

哈森拿上属于自己的那一份马肉回家了。

"给谁？"

"给图格里兄弟！"

"给谁？"

"给卡尔普拜兄弟！"阔交加什领走了分给他父亲的那一份。

"给谁？"

"给我的孩子萨雅克！"

萨雅克一瘸一拐地走过去领上一份肉，然后自言自语着舔吻了一下母亲的脸颊。老太太宠爱有加地用手揉了揉孩子的耳垂。

肉分完之后卡勒斯老人站到人群中央问大家："有没有人对这次分配有意见？"

"没有！"

"但愿这些肉给我们恢复体力，增加能量吧！"萨依卡丽老太太大声地给予祝福。

过了一会儿，牧村里每一座毡房的天窗上都陆陆续续地开始飘出袅袅青烟，毡房里的火塘里燃烧着的火焰用火红的舌头舔着架在三角铁架上的黑锅底，煮肉锅里的水不断滚动不断沸腾。祖莱卡高兴地拿出口弦琴弹奏起著名的《灰色山峦曲》来。四周立刻被这幽婉的口弦琴声笼罩。动听的琴声飘出毡房，持续不断地融入人心，传得越远就变得越发复杂，不断地飘向蔚蓝的天空……青蓝色的冰川冰凌上开始出现眼泪般滴落的水滴，一滴、两滴、三滴……冰峰上的积雪也开始慢慢融化，已经静止了一个冬天的泉眼喷出泉水，泉水如同已经彼此相思很久的情人一般拥抱在一起，开始悄悄对话，不断融合，最终汇集成一条小河往下游奔流……

春天的太阳把金黄色的阳光洒向顶着白帽的雪峰，闪闪发亮的陡峭山崖，光明照亮大地。福泽的山谷，绿色的森林都沐浴在明媚的阳光里。骆驼刺开出花朵，大地泛绿，百鸟齐鸣。沉默了整个冬天，长久沉入睡眠之中的山谷里开始出现奔腾欢歌的河水。

灰色母野山羊领着两只小羊羔出现在山坡上。它的绒毛变得比以前略灰一些，迈动的前腿一瘸一拐。山崖顶上站着一只花头野公山羊。它那张大的鼻孔能够瞬间嗅到来自四周的危险，竖起的耳朵能够捕捉到来自四方的任何窸窸窣窣的响动。

但是阔交加什要比这头野公山羊还要机智，他的脚步如同猫步一样无声无息，他总是能够完美地隐藏自己的身影和气息，从风的反方向突然出现在猎物跟前。他弯弓搭箭开始射杀黄羊，抬起头时却突然又看到了那只熟悉的灰色母野山羊。于是，他把目标转向其他猎物。箭矢嗡嗡呼叫着向前飞去。站在一边的一头年轻的野公山羊立刻翻转着滚落山崖。突然，有一只小山羊羔慌不择路出现在阔交加什面前，惊慌中不知所措地呆立在那里一动不动。

“哦！这该死的小家伙！”阔交加什吹了一声口哨，此时那小山羊羔才蹦蹦跳跳地往远处跑去。猎人见状兴奋地高声大笑起来。声音响彻整个山谷。

野山羊群开始往山上跑。那只花头野公山羊在最前面开道。众多母山羊及小山羊尾随其后，跳涧越谷，踏石涉水，惊慌中如同长了翅膀一样向前飞奔。灰色母野山羊也领着身边的两只山羊羔在一旁奔跑……阔交加什入迷地看着眼前野山羊们在自己的驱动下出现的奔跑状态和它们优美的动作及身姿，满意地将收获的猎物搭到肩上。猎人们都将各自射杀的猎物或扛或背踏上了回家的路。他们有些人的腰带上晃动着灰兔子，有些人的肩上扛着用套子捕获的、还时不时扑腾翅膀的活石鸡。如果再多加一些如此扑腾的飞禽，这些飞禽可能会把猎人带入天空去翱翔。

村里叽叽喳喳的小孩子和吠叫的家犬都争先恐后迎面而出，似乎是按照传统习俗向猎人们索要猎物喜礼。

在灰色大山脚下有一个黑咕隆咚的山洞，山洞前面的一棵粗大的柏树枝条上绑满各色布条随风飘摇。

洞顶悬挂着白色光滑的石柱，石柱下端有水滴吧嗒吧嗒地滴落下来。下面有一个热气腾腾的泉眼和泉水湖。斜阳透过洞顶的一条条缝隙投射到山洞地面。一群裸体的女人们正浸泡在齐腰深的温泉水中，每个人都伸出双手接住投射下来的阳光。她们中也有阔交加什的妻子祖莱卡。萨依卡丽母亲则如同石雕像般端坐在山洞高处“观察”和聆听着眼前的一切。

“噢，神圣的乌麦女神！请你赐予姑娘媳妇们男儿吧！请不要让你的女仆们失去做母亲的幸福感！”老太太祈祷着。

女人们重复着老太太的祈祷词。

“噢，能力无边的腾格里神啊！请不要对我吝惜小生命！”一个祈祷完另一个接着祈祷，“请你保佑我的孩子健康，免受恶人陷害。”

“噢，神圣的天神啊！祖辈的神灵啊！请保佑我们的土地山水百姓平安，免受敌人侵扰。”

“请不要让我们的首领们失去理智，让亲人之间彼此互相残杀，血流成河。”

“噢，神圣的乌麦母亲啊！千万不要让我的丈夫出轨别的女人。千万要保全我神圣的婚姻，保全我头顶上白色艾列切克的纯洁。”

“噢，母野生动物保护神啊！您是山水大地的神圣的主人。请原谅阔交加什的罪恶吧！在严冬暴风雪中他没有认出您而将您射伤了。请您仔细观察一下他的眼神吧。请您不要伤害他，请您保全他的身体安然无恙吧！千万不要让他与死神相遇。请您用您的宽宏大量保佑他吧！”祖莱卡眼泪汪汪地低声祈祷着。

“噢，造物主的神圣泉水啊！请您洗刷我们的身体和心灵深处的污浊，把所有的伤病和悲伤从我们身上洗去吧！”萨依卡丽老母亲抬头看着阳光祈祷。

妇女们一边洗温泉一边重复着老太太的祈祷词。她们的祈祷声如同掉入水井中奋力振翅也无法摆脱困境的飞禽的振翅声一样，在山洞里引起满洞的轰隆隆的回响，似乎能从石洞顶部的石缝中飞到天空，飞向白雪皑皑的高大雪峰，飞向更高处的腾格里天神耳中。

女人们洗刷梳理完穿上衣裙，头上戴上五彩缤纷的各色头巾走出温泉山洞，从裙子下摆扯下一个布条，把布条绑到洞前的柏树枝条上，唱着悠扬而充满悲伤的歌曲，顺着一条弯曲的羊肠小道往山下村寨走去。

卡拉古勒在牧村中间的小块平地上与伙伴们玩耍，连牦牛的那些蓬头垢面的犊子也和他们一起蹦蹦跳跳地玩耍。孩子们离开它们又跑到草地上翻跟头。灰色母野山羊领着自己的两个山羊羔从远处好奇地看了看这些孩子们的游戏，然后悠闲地继续在远处高山上吃草。

阔交加什和祖莱卡在高山雪水瀑布清澈的水中洗澡，陶醉在自然界的怀抱中，高声欢笑，笑声响彻山谷。夏日的阳光温暖着他们的身体，山中丝绸般柔情纯洁的湖水似乎在抚摸着他们光亮的身体。每一滴水都反射出千变万化、五彩缤纷、晶莹剔透、闪闪发亮的光。广阔的绿色草原、盛开的各色鲜花、笔直挺拔的松树，在它们的怀抱中，高山里的年轻人尽情欢乐，免遭陌生人的打扰。

阔交加什仰面躺在草地上，静静地盯着天上慢慢飘过的朵朵白云。

祖莱卡撒娇地把胳膊绕到他脖子上，但是聚精会神的阔交加什对此并没有在意，因为此时在他眼前朦朦胧胧地出现了阿依凯那迷人的眼睛和娇小的身影，她似乎露出米粒般洁白的牙齿在对他微笑，黑黑的大眼睛更是勾人心魄，表达出无尽的爱意。

“阔交加什！”祖莱卡轻轻地呼唤丈夫的名字。

阔交加什猛然回过神来看着自己的妻子。

“你看到了什么？”

“我看到了神奇的野生动物保护神。”阔交加什回答。

“你到现在还害怕它吗？”祖莱卡抬起头盯着丈夫的眼睛。

阔交加什摇了摇头。

“我已经向腾格里神苦苦祈祷，希望他能饶恕你的罪过。他会饶恕你的罪过的。”祖莱卡说。

阔交加什用粗壮有力的胳膊紧紧地抱住了身边的妻子……

绿色的湖边出现了一群前来喝水的羚羊。它们贪婪地喝着水，并没有被人惊吓到。因为它们认为人们从来不曾惊动过来这里的任何动物。

* * * * * *

腰上绑着绳子的卡拉古勒从高高的悬崖上慢慢爬下来。崖顶上，卡尔普拜握着绳子的另一端，全神贯注地观察着孙子的一举一动。孩子被吊到悬崖壁上的鹰巢边，他伸手抓住蓬头垢面的雏鸟揣进怀里，开始顺着绳子往崖顶方向爬。此时，他头顶上突然出现一只展翅盘旋的老鹰，不断逼近孩子，似乎要把他叼走。卡拉古勒不停地用木棍驱赶着那只老鹰，爬到山顶用弓箭不停地向老鹰射击才迫使老鹰无奈地放弃了夺回自己雏鸟的意图。

一只雪豹被铁夹夹住无法挣脱。猎人们弯弓搭箭，手握绳索将雪豹包围起来。雪豹露出尖刀一般的利齿嗥叫怒吼着，似乎要把所有人的肚子咬破撕碎。它那蓝幽幽的眼睛里燃烧着愤怒的火焰，不断扑向靠近自己的猎人，末端发黑的粗壮尾巴像一头小龙一样不断翻卷摆动。哈森小心翼翼地向雪豹伸出一根木棍。凶猛的雪豹愤怒地咬住木棍的头部。第二位猎手向雪豹扔出绳圈试图用绳子套住雪豹。阔交加什则抓住机会用双手揪住了雪豹的尾巴。猎人们此时立刻蜂拥而上，手脚麻利地将雪豹五花大绑地捆了起来，绑住其四肢，在其嘴里横塞进一根木棍让它紧紧咬住，然后横挂在一根木头上抬回家。

* * * * * *

山谷下游的蒲公英花最早开放，然后花谢凋落，把盛放的机会让给了各色郁金香。蒙都孜拜的牧村五彩缤纷异常美丽，大毡房装饰得华丽无比。整个牧村的百姓都穿起他们各自最珍贵、最华丽的衣服，戴上雍容华贵的服饰，昂首挺胸地骑在马背上。连坐骑都戴上了纯银装饰的辔头、嚼子、胸带、后鞧，马鞍上面再披上绣花的马披。总之，只要能装饰的地方都没有放过。人们好像都努力要将自己最美丽的状态以及财富展示给亲朋好友和前来的客人。在牧村中央停放着两辆装饰华丽的双轮大马车。其中一辆马车上端坐着来自喀什噶尔城，头戴缠头，身穿袷袢的商人。牧人们从各自的毡房里抬出花毡、皮褥子、用骨头雕刻制作的各种物品、用银子装饰的马具以及其他各种东西，并用这些物品交换各种金银首饰、五花八门的贝类饰物、女人用的化妆品、茶叶、玻璃器皿、陶瓷碗碟茶壶以及各种丝绸布料等。

蒙都孜拜的白色大毡房旁边新支起了另外两座毡房。其中一个洁白光亮，如刚剥开的新鲜鸡蛋。这是专门为新婚夫妇支起来的。另一个则是专门用来招待客人的。蒙都孜拜的毡房里汇聚了牧村里各位有头有脸有名望的长老和尊贵人物。人们成半圆形状围坐着。上席正中位置上有一位肥头大耳的商人身穿白色大氅，用胳膊支着丝绸靠垫半卧着，他旁边坐着一位身穿绣花袷袢外套，面目清秀头戴缠头的年轻人。在他们旁边还坐着另外两位陌生的客人。一个身体微胖，看上去老实巴交，另一个中等个头，看上去聪明伶俐很有头脑和思想。铺在客人们面前的餐布上摆满了各种点心、糖果、干果等食物。细长的瓶子里装满大米酿制的白酒。

“各位长老，各位长辈！我们和大商人苏勒坦别克一直以来就是朋友。这位尊敬的朋友总是源源不断地给我们提供各种衣物、生活用品、艺术品、茶叶、丝绸布料等。这一次，我们共同的朋友专门前来为他儿子向我的妹妹加尔肯提亲来了。我们对此应该作何答复呢？”蒙都孜拜开口发问。

长老们刚开始时只是交头接耳彼此谦让没有开口。沉默了一会儿之后，灰白胡须的别克坦老人首先开口说话：“我们曾经与苏勒坦别克的父亲有过交往，你自己则和他本人成了朋友。既然神灵做主让我们成为亲家，我们有啥办法。我们不能逃避好事。我们不是有句话说‘马奶子要让给饥渴之人，姑娘要嫁给前来提亲的人’吗？如果我们能和苏勒坦别克勇士成为亲家，那是两个部族的真挚友情。今后，我们便可以在各自遇到红白喜事或其他各种好事恶事，或者是灾难来临时相互帮衬照应了。”

“大家还有什么话吗？”蒙都孜拜用眼光把在座的长老们一个一个都扫了一圈。

“别克坦老人说得很对！”各位长老异口同声，似乎都同意别克坦老人刚才说的话。

“为了不让我妹妹嫁到远方异族他乡之后忍受孤独，我打算从我们的部族里挑选指派两对已婚年轻夫妇陪同前去，将他们也作为我妹妹的嫁妆赠送给苏勒坦别克亲家。大家对此又有何想法？”

听到此话，长老们都沉默不语。场面一度陷入寂静之中。因为没有人想过蒙都孜拜会给他的亲家赠送如此厚重的礼物。

“大人！你给新娘赠送怎样的嫁妆那都是你自己的事。像您这样尊贵的人给自己的同胞亲妹妹赠送男仆女佣作陪嫁也是自古就有的传统规矩。”贾帕尔库里老人说道。

“一定要好好安抚陪嫁远去的男仆女佣家人，我要给他们每家赠送一打九头的牲畜[①]作为补偿。”蒙都孜拜强调说。

“好啊，感谢您的慷慨大方！”很多人拍手赞同。

正在这时，阔交加什和哈森各自骑着一匹暴烈的种马，卡拉古勒肩头上落着一只雄鹰，手持弓箭长矛的猎人们身穿用各种野生动物皮缝制的衣服，身背箭矢袋的女猎人催赶着嘶鸣的骏马冲进牧村。

春夏交替之际雪豹部落的少男少女们总会成群结队地从高山上下来到山下的牧村参加各种婚庆典礼活动，乘此机会与牧村里的同辈人相识相爱，选择爱人和终身伴侣，彼此托付终身。

“雪豹部落的年轻人来了！猎人们来了！”小孩子们的喊叫声传遍整个村落。

“希望你们喜事连连，嫂子们！”猎人们在马背上大声叫嚷，声音此起彼伏。

“喜事连连还得靠你们。雪豹们！”牧村的姑娘媳妇们喜笑颜开地回答迎合他们。

---

① 吉尔吉斯人在红白喜事时通常会用九头牲畜为一个计算单位向亲家赠送彩礼。九头牲畜包括牛、马等大畜若干，绵羊等小畜若干，合计共为九头(只)。

“今天的喜庆婚礼有趣吗？”猎人们有意调侃。

“有没有趣那还不得靠你们？”女人们这样回答。

好奇的人们从毡房里走出来，不无嫉妒地看着姑娘媳妇们与年轻猎人们之间的调侃，叽叽喳喳议论。年轻媳妇们从头巾下面暗暗跳动眉毛向年轻猎人们打着媚眼，年轻人则暗地里观察着猎人们的能耐和本事。牧村里的青壮少男们也注意观察来自雪豹部落的那些活泼可爱、充满野性之美、气质不凡的姑娘们，暗自从中选择自己的意中人并相互用胳膊肘推搡身边的同伴向他们示意。

当阔交加什和哈森来到蒙都孜拜的白色大毡房跟前时，阿依凯迎面而来接应致敬，并向猎人们表示欢迎。

看到自己日思夜想的心仪美人，阔交加什顿时热血沸腾，心跳加快，下意识地用手遮挡了一下自己袖子上的一块补丁。

“祝婚礼愉快圆满，嫂子。”阔交加什开口说道。

“欢迎你们前来参加婚庆。”阿依凯将卡拉古勒从马背上扶下来并在其脸上亲了一口。

“你是谁的儿子呀？”

“我是阔交加什的儿子。”孩子回答。

阿依凯把孩子紧紧地抱了一下，然后似乎是担心自己咚咚的心跳声被阔交加什听到，便又立刻回转头，快步走进了毡房。

“哦，原来是高山上自由自在的猎人们到了。”蒙都孜拜也高兴地站起身来说，“来来来，客人们请往里坐。”

卡拉古勒把胳膊上的猎鹰递给蒙都孜拜。

“希望您的猎鹰绳索结实有力，巴依叔叔。”卡拉古勒对蒙都孜拜说道。

“我很高兴，孩子。”蒙都孜拜亲切地亲吻了一下孩子的脸，然后说道，“这是我给你的礼物。”蒙都孜拜将银饰腰带从自己腰上解下来递到孩子手上，接着说，“等你长大了就戴上这个腰带好吗？”

“好的。”孩子好奇而满足地回答。

哈森从一个大褡裢里拿出雪豹皮、貂皮等珍贵皮张放在蒙都孜拜面前。客人们都睁大了眼睛贪婪地看着这些珍贵的皮张。

“收起这些礼物吧，老婆子。”蒙都孜拜说着对别尕依姆转过头去。

“哎呀！真好。”老婆子拿起一张闪闪发光的貂皮贴了贴自己的脸。

商人们也抚摸着这些皮子彼此悄声议论着什么。

“我们就如约而来了，大哥。”阔交加什开口道。

“你们真的很棒。把‘雪豹’们安排在客房，姑娘们安排在白色大毡房吧。那么，老婆子，快给客人们倒那个‘液体火焰’吧。”蒙都孜拜催促发妻别尕依姆。

别尕依姆笑容满面地开始为客人们倒瓶子里的烧酒。哈森端起倒满酒的白色碗送到嘴边，闻到一股冲鼻的酒味后立刻皱起了眉头。猎人吃惊地将碗回递给别尕依姆。在座的客人们见状都哈哈大笑起来。阔交加什瞪了一眼嘲笑自己同伴的人们，端起手中的碗将酒一饮而尽。猎人眉毛紧皱立刻站起身跑出了毡房。人们发出了更加响亮更加放肆的笑声。

“您第一次喝这个东西时不也是这个样子吗，夫公！”别尕依姆说道。

蒙都孜拜笑得眼泪都流了出来。笑了一阵子他才忍住，并抬头望着门外。此时，阔交加什却已经瞪着双眼凶狠地拉弓搭箭瞄准了他的胸膛。

“巴依老爷，您是想让我们喝下毒药然后消灭我们是吗？”阔交加什的眼睛早已发红，双眼如同火焰在燃烧。

蒙都孜拜笑得比先前还要疯狂，伸手拿起一个瓶子仰起脖子咕嘟咕嘟地喝下两大口酒，然后把瓶子递给自己老婆。别尕依姆在碗里倒上酒，也慢慢地开始一口一口地品尝起来。阔交加什这时才无可奈何地将手中的弓箭放了下来。卡拉古勒也将拿起的小弓箭藏到了身后。他是什么时候拿起弓箭的，在场的没有一个人注意到。

“给猎人们倒上加了蜂蜜的那个吧。”蒙都孜拜说完，老婆子开始从皮囊里倒发酵的马奶。阔交加什和哈森彼此交换了一下眼神便开始畅饮起来。哈森喝完碗里的马奶很痛快地用手摸着自己的肚皮，把碗回递过去说：“再来一碗。”

“现在够了。先消化消化吧，然后再说。”蒙都孜拜歪着嘴角微微笑了笑。坐在一旁肥胖的商人对身边的同伴低声说着什么。

那个人向蒙都孜拜问道：“您的亲家正在询问猎人们手里是否有春天长出的新鹿角。”

“猎人们只吃野生动物的肉，可从来不吃野生动物的角。”阔交加什也用嘲笑的口吻回答道。

“鹿角有增强男人精力的神奇功效。”商人回答。

“你们为了增强精力就去啃鹿角吗？难道你们自己没有精力吗？抑或是将它也出卖了？”已经有点醉意的哈森带着

嘲讽的口气哈哈大笑起来。

客人们一时无法回答，家主人也觉得有些不自在，毡房里突然出现了片刻的安静。

“我的这些亲戚们居住在遥远的深山之中，对很多东西都一无所知，并且性格直率，爱说笑话。请您不要见怪，也不要生气，亲家。”蒙都孜拜就这样打了圆场。

肥胖的商人点头微笑表示明白和理解。

“如果你们给我们提供鹿角，那我们不仅给你们提供‘液体火焰’，而且还可以提供这个。”商人拿出一杆火枪递到阔交加什面前接着说道，“这是什么你们知道吗？”

猎人来回摸着猎枪，端起来瞄了瞄，不知道这是什么东西，耸了耸肩递给哈森。哈森拿过猎枪仔细地观察了一遍，用手来回摩擦着，然后又掂了掂重量，交到卡拉古勒手上说：“你好像知道是什么吧？”

“这是契丹人的战锤吧？”卡拉古勒回答。

在座的其他人又一次哈哈大笑起来。

“好，真厉害。说得对！”商人说完拿过火枪重新放回自己身后。

阿依凯一边倒马奶一边时不时侧目偷窥阔交加什，但是猎人似乎并没有注意她……

* * * * * *

蒙都孜拜的手下人把一个双手反绑、衣服褴褛的人带向他的毡房。这个可怜虫手中握着白色珍珠。串起珍珠的线已经被扯断，一群小孩在他身后叽叽喳喳吵闹，彼此推搡着捡起掉落的珍珠。蒙都孜拜跨出门外。

“阿尔特克的儿子比亚乐偷了商人的珍珠？”押解小偷的一位年轻人往前推了他一下，另一位则举起了手中的皮鞭。蒙都孜拜示意他放下鞭子。

“你这混蛋是想让我在尊贵的客人们面前丢脸啊。”蒙都孜拜非常生气。

小偷把已经被打得鲜血染红的脸转到一边，喘了一口粗气。

“偷窃行为应该受到怎样的惩罚？”蒙都孜拜用询问的眼光环顾四周的人们。

四周寂静无声，无人作答。

“按照规定，应该把他的左手剁下来。”不知是谁嘟囔了一句。

蒙都孜拜的手下似乎立刻要兑现这一惩罚。他们从刀鞘中拔出了刀。恰在此时，一位老人把马鞭挂在自己脖子上快步走到人群中央。蒙都孜拜示意手下停手。此时，站在人群中的一位怀里抱着孩子的美丽少妇放声恸哭起来。

“尊敬的巴依老爷，请您尊重一下我的年龄，原谅一次我独生子的罪过吧。他媳妇刚刚给他生下了男孩。他一定是想把珍珠项链作为礼物赠送给自己分娩不久的媳妇。一条珍珠项链的价值好像就是五只羊。”老头哀求道。

“六只羊，六只。”坐在一辆两轮大马车里面的商人探出头伸出六个手指头大喊。

“难道我向你祈求礼物了吗？你这可怜虫。”抱着婴儿的小媳妇一边指责那位被捆绑的男子，一边不停地放声大哭。

蒙都孜拜转眼看了看这个小媳妇。

“你们从我的羊圈里给商人送六只羊吧。”蒙都孜拜发布指令。

老头走过去不停地亲吻着蒙都孜拜的手背。

“感谢您的慷慨大度，巴依老爷。但愿神灵永远不忘赐福于您。”

“比亚乐！你要带着你的媳妇前去喀什噶尔，为新婚夫妇当奴仆伺候他们。如果你在那边不守规矩，我会砍下你的头颅惩罚你。”蒙都孜拜微笑着转身准备返回毡房。

“巴依老爷！我的独生子去了那边我的日子咋过呀？”老人的眼里充满了委屈的眼泪。

“你已经拿了六只羊。婚礼结束之后我还会再给你四只羊。”蒙都孜拜说完返回毡房里去了。

比亚乐和妻子索努妮，以及年老的父亲无可奈何地呆呆地站在那里一动不动……

* * * * * *

土岗上铺上了花毡、皮垫、织毯。客人们老老少少一线排开分坐在铺开的花毡上面。中间位置由德高望重的老人们坐下，开始扯起了那些陈年往事。中年男人们围坐在旁边也说东道西，情绪高涨。在另一边，头戴艾列切克白高帽、身穿锦缎丝绒绸子的老年妇人们用挑剔审视的眼光观察彼此，并以对比的犀利眼光观察着穿插于人们中间、忙着为客人们倒水端茶的媳妇们的举止行为，慢慢地一口一口地品尝着碗里的茶。另一边，还有少男少女和年轻媳妇们围坐在一起弹奏三弦考姆兹，纵情地唱着情歌，有说有笑。手脚麻利的年轻小伙子和年轻媳妇们来回穿梭于客人之中，为客人们续茶、倒马奶，端上各种食物和肉。阔交加什和哈森坐在自己的同龄人中间也十分开心。卡拉古勒坐在父亲身边瞪大眼睛好奇地看着周围正在发生的一切，时不时地向父亲问着什么。猎人则迫不及待地回答着儿子的每一个提问。卡拉古勒可是第一次见到这样大的婚礼庆典场面啊。

一个头戴红色细绒圆帽的小伙子走到蒙都孜拜跟前低声对他说道："巴依老爷，阿尔特克的儿子比亚乐不愿意作为陪嫁到远方去给苏勒坦别克当奴仆，带着媳妇逃往山里去了。"

"一定要将他活捉，并将他吊绑到耻辱柱上示众。"蒙都孜拜气得暴跳如雷。

戴着红色圆帽的小伙子毕恭毕敬地退出来，立刻向早已摩拳擦掌、急不可耐地等待命令的手下们示意出发。一队人马便快马加鞭地向山中疾驰而去。比亚乐带着媳妇索努妮和襁褓中吃奶的婴儿马不停蹄地逃往深山之中。巴依老爷手下的勇士们则高声呐喊着从后面追来，马蹄扬起冲天尘埃。骑着快马的追赶者眼看就要追上时，比亚乐急转马头停下来，并对媳妇说："你带着孩子先躲到河对面山谷里去。"

索努妮摇着头拒绝丈夫的指令。

"快点！"比亚乐万分着急，气得挥起鞭子一鞭抽在妻子背上。索努妮眼泪汪汪地扯起缰绳催马开始渡河，巴依老爷的手下催马扬鞭从后面冲了上来。怒火中烧的比亚乐从怀里抽出棒子，迎面冲上前去，挥动手中的棒子将其中一个打翻在地，然后恶狠狠地去对付另一个。对手被他吓得不断后退，并调转马头准备逃跑。但最终巴依的手下凭借人多势众围住比亚乐，不断发起进攻并不断甩出绳套试图套住比亚乐的脖子，比亚乐机智地躲闪，在打翻一位对手之后正准备摆脱追赶者的纠缠时，突然从下游方向又出现了三个人影。比亚乐依然顽强地抗争，毫不退让，但是那些人不断甩出绳套，最后将他坐骑的腿套住，将马拉倒，把比亚乐从马背上拉下来，将他五花大绑地捆了起来。

“你这混蛋傻瓜，到底想逃到哪里去？”戴红色圆帽的家伙一边说一边在比亚乐的胸口上踹了两脚。

“让我当陪嫁，我又不是畜生。”比亚乐毫不客气地回应。

“那你是什么东西？”

“我是人！”比亚乐理直气壮地回答。

“这话你去向巴依老爷说吧。”“红圆帽”向手下人下令返回。他们拉扯着被套住脖子，浑身被捆绑的比亚乐准备回返。可怜的人为了不被绳子勒死只好徒步跟在马后面往前跑。

索努妮从河对岸目睹这一切，紧紧抱着婴儿伤心不已、抽泣不止，然后无可奈何地重新催赶马匹蹚着河水返回，悄悄跟随在他们后面往牧村方向走去。被捆绑的比亚乐跟在那帮人后面跑动，浑身上下已经被鞭子抽打得遍体红印，伤痕累累。此时，村里的婚礼正进入高潮，各种马上竞技活动正在展开。年轻小伙子身轻如燕，为各路客人表演马背游戏和竞技：叼羊、赛马、马背拾银钱、马背角力等。当地小伙子和猎人之间的竞赛进入白热化。白雪豹家族的小伙子们十分显眼，一眼就能被认出来：他们每个人的肩膀上都缝有一块雪豹皮。在各种竞赛中从来没有人能胜过阔交加什。马背角力对搏中，他将对手轻松地从马背上扯下来，然后在人群中寻找自己的心上人，等最终看到心上人那迷人的脸庞时，他的心才平静下来。他的心上人阿依凯在一众姑娘媳妇中也是出类拔萃的，显得异常美丽动人。

可怜的比亚乐被牵到山岗上一个有石头围墙的羊圈里，头朝下吊在一根高大的拴马杆上。比亚乐不停地挣扎反抗着。

“既然已经被我捕获，你还想干什么？”“红圆帽”嘲笑着对他说。巴依老爷的手下都去了婚礼现场。人们都沉浸在婚礼的热闹气氛中，没有人再顾得上，也没有人注意这边发生的事情了。倒吊在拴马杆上的比亚乐已经血液倒流，动脉偾张，脸涨得通红。

婚礼现场的主持人此时大声宣布巴依老爷的指令。

“现在开始精彩的裸女人解骆驼游戏。媳妇们，你们有谁愿意上场？牵走这骆驼？”

场地中央平地上挖了一个坑，坑里打入一个木桩，只有使劲伸出手才能够得着。木桩上紧紧地绑上了一只骆驼的牵绳。一只高大壮实的黑色双峰公驼不停地用牙齿嚼动胃里的反刍草料，若无其事地看着周围的人们，似乎对周围所发生的一切心知肚明。

蒙都孜拜陪着客人们盘腿坐在专门为他们准备的摆放着各种美食佳饮的餐单边，一边同肥胖的商人亲家说笑，一边不停地抚摸着自己的大肚子，摇动身体咯咯地发出笑声。

“媳妇们！如果谁能够将这只骆驼解开牵走，除了公驼之外再外加一只母骆驼的奖励。好吧，趁着巴依老爷还没有反悔，你们有谁要把骆驼绳解开牵走这只骆驼啊。”主持人一边喧嚷一边骑着马在场地中来回走动。

坐在人群中的妇女们用胳膊肘彼此推搡着发出笑声，但是没有一个女人胆敢蒙差上前去解开骆驼。肥胖的商人把主持人叫过来在他耳边轻轻地交代了一些什么。主持人点着头，拿着客人递过来的一个小盒子回到场地中央继续说道：

“媳妇们！如果有谁能将黑公驼解开牵走，除了外加一只母骆驼之外，还会得到这只盒子。盒子里可是装满了各种耳环、戒指和珠宝。”主持人又放大声音宣布。但是依然没有人上场。

蒙都孜拜又将主持人叫过去，在他的耳边交代了几句。他又点着头走上场宣布说：

“巴依老爷说了，解开绳子牵走骆驼的女人无论提出啥要求都会得到满足。”

此时，比亚乐的眼睛已经充满了血。而且太阳正好照在他的脸上，可怜的人满脸汗水，混合着尘土从脸上往下滴落。

“有人上场了！有人上场了！喂，看啊。”人群中出现了一些骚动。

逃亡者比亚乐好不容易才睁开眼睛，看到两个老太太搀扶着一个从头到脚披着黑纱的女人走入场地中央。

“这是谁？是谁的老婆？”人们大声发出问询。

人们都好奇地瞪大眼睛盯着场地中央那位身上披着一块黑纱的女人。没有人知道是哪一位妇女敢如此大胆地上场去解骆驼绳。这还暂时是一个谜。

当两位老太太掀开披在女人身上的黑纱之后，在座的人们发出惊叹声。比亚乐看到这一情景痛苦地呻吟起来。因为走上场地中央，裸体去解骆驼纤绳的女人竟是自己的老婆索努妮。

“噢，原来是索努妮啊。是索努妮，是比亚乐的老婆。”

这个消息很快从坐在场地内的人向场地外围的人传播开来。

“她可是这个地区难得的美人啊。难道她不感到羞耻吗？她这到底是怎么啦？非要这么出场作践自己吗？”

“难道为了获得一只骆驼她就非要这样丢人现眼吗？这不知羞耻的贱货。”

“她可能是对珍珠首饰痴迷了。这个愚蠢的婆娘。”

“如果她是寡妇也就算了。”

“她丈夫会怎么说？”

两个老太太开始扒下索努妮身上的衣服。

“如果你的皮肤比我老婆的白，我就纳你作妾。”有人开始这样大声调侃。

人们放声大笑。笑声中甚至夹杂着淫荡的气息。

“对你这样的人来说，一个老婆都是多余的。”索努妮反驳。

人们肆无忌惮，笑得更加放肆。

两个老太太把女人的上身脱了个精光。当她的胸部被扒开之后，索努妮将自己头上的红头巾解开拿掉。她那飘逸的黑色长发立刻垂下来遮住了她的上半个身子。

“哎呀，这可真是个巫女。”一位老太太情不自禁地发出赞叹。

人群中又发出了放荡的笑声。

好不容易才睁开眼睛的比亚乐每看一眼自己的老婆，就如同被衔在麻雀喙里的蚯蚓一样艰难地挣扎不停。

按照游戏规则，女人被脱了个精光，但是长到脚踝的浓密长发将她的全身都遮住了。

索努妮这时挺直身体不慌不忙地走向那只拴着的骆驼。

比亚乐不想再看到妻子被人嘲笑的模样，只好把眼睛紧紧闭上。

“不要慌，慢慢来。”有人高声给她出主意，有人则发出浪荡的大笑。

肥胖的商人此时又在主持人的耳边嘀咕了什么。

“如果把遮住胸部的长发扒开露出胸部，我们的亲家会给你一匹丝绸。”主持人这样高喊。

“那还是让他自己留着做裹尸布吧。”索努妮冷冰冰地回应。

“哎呀！”

肥胖的商人张大嘴巴，露出参差不齐的大牙齿，瞪大油光的眼睛恶狠狠地盯着女人。

“如果把头发盘起来，不要说一个，巴依老爷会满足你的两个请求。”主持人又大声发话。

索努妮看了一眼骚动不安的人群，将长发收起来卷到自己的脖子上。在座的人群惊奇尖叫了一番之后又迅速安静下来。索努妮那雪白的身姿的确让人心动：全身修长，曲线美妙，洁白无瑕。在座的人就像看到了造物主用心创造出的神仙尤物，对女人美妙的身体赞叹不已。人们逐渐平静下来，都静静地看着这个坚强不屈的女人，不敢再说出任何鄙视或不敬的话语。

索努妮如同白色母鹿一样自信地走到拴绑骆驼牵绳的木桩前，停下脚步，伸出双手，用尽全力连木桩带绳子从坑里拔出来。此时，人们才又“嗡”地开始发出惊叫声。两个老太太赶忙走上来给她披上了黑色披纱。

索努妮立刻穿好衣裙，怀抱着吃奶的婴儿走到了巴依老爷等人面前。

肥胖的商人把盒子打开递到索努妮面前。盒子里装有满满的珍珠耳环、宝石项链、镜子、戒指、手镯、面霜等女人用品。

索努妮将盒子推开，向蒙都孜拜行礼致敬。

“你真的是一个美丽无比，勇敢无畏的女人。你想要什么尽管提出来吧。”巴依老爷以敬佩的口气对她说道，“你说吧，你要什么？”

“刀子。”索努妮说着伸出了手。

“亲家，锋利的刀子可不适合美女拿在手里吧。”商人不无调侃地开口说道。

旁边的人们又哈哈大笑了一番。

“这是我的第一个要求。”索努妮十分坚定地说。

蒙都孜拜见状只好无奈地解下自己挂着匕首的腰带扔到索努妮面前。

索努妮从鞘里拔出匕首径直向山岗方向走去。人们默默地随着她的身影移动着视线，目送她走向高岗。

女人走上山岗，用手中的匕首立刻将捆绑比亚乐的绳子全都割断。早已失去知觉的比亚乐“啪！”地一声掉落到地上。有人端来一盆水将比亚乐从头到脚浇了一遍。比亚乐这才回过神，站起身来，摇摇晃晃地走到妻子身边，用手抬起妻子的下颌，啪地一声，甩手在她脸上狠狠地扇了一巴掌，然后转身离开。索努妮倒在地上满身尘土，忍不住委屈地放声大哭起来。走上来的人们将女人扶起来，不停地安慰她，扶着她，把她送回到家里去……

到了晚上，人们期待已久的婚礼庆典进入另一个高潮。参加会面歌舞活动的年轻男女们必须要即兴创作自己的歌，并当众唱出来。每个人都会将自己一年以来在心中默默创作的歌词唱出来。如果不是自己新创作的歌而是背诵的歌词就会自动淘汰出局。如果口舌愚钝不会编词唱歌，那怎么能赢得自己心仪之人的芳心呢？

在绿色山脚斜坡上，少男少女们围着新娘新郎汇聚在一起欢歌跳舞。离他们再往下一点的地方是前来参加婚礼的年轻人。

年轻小伙子们放开歌喉动情地为自己的心上人唱出情意缠绵的歌曲。姑娘们也大方地用歌声回复对方。在座的年轻人用欢呼声和掌声鼓励歌者继续唱下去。新娘新郎也被邀请到人群中间，手拉手在美妙歌声中扭动身体、摆起胳膊、抖动肩膀跳起传统的新娘新郎会面舞，手牵着手彼此互动交流情感。在座的年轻人两两相邀纵情跳舞。欢快的呼喊声此起彼伏，响彻旷野。

我不能蹚过湍急的洪水，
我不能看到心爱的人，
我不能像猫头鹰那样飞翔，
我只能在煎熬中苦苦等待……

阔交加什放开歌喉向阿依凯献歌。阿依凯也用歌声回应：

你不要蹚过湍急的河水，
你不要像猫头鹰飞走离开，

如果你是翱翔蓝天的雄鹰，

这就是你抓到我的时刻……

阿依凯唱完歌，有人大喊“好啊”。阿依凯走上前来与阔交加什手牵手跳舞，彼此亲吻。

“你在双叉柏树底下等我。”阿依凯低声在阔交加什耳边嘀咕。

月亮升起，月光洒下来普照大地。阔交加什和阿依凯终于在约定的地点见了面。

“阔交凯[①]！我的青春年华即将过去。我恳求你把我带到深山之中去吧。我会给你生下仙女一样的姑娘和百发百中的神箭手……”阿依凯瞪大充满泪水的眼睛，用祈求的眼神深情地望着阔交加什。

“我如果做出辜负巴依老爷的事情，那神圣的餐单一定会惩罚我，阿依凯。”阔交加什摇着头。

“你手里有弓箭长矛，身边还有勇敢无畏的勇士和猎手。谁的能力强，真理就在他那一边，阔交凯。”阿依凯苦苦哀求。

“我们猎人从来不会无故去射杀人类。”阔交加什依然摇着头。

“我就像关进笼子里的孔雀一样度日如年，正在一日不如一日地走向衰亡和生命的终点。心灵得不到滋润，一天天干涸难耐。总有一天我会杀死自己了断生命。我没有其他路可走……”阿依凯哭着诉说心中的郁结。

“阿依凯，我亲爱的阿依凯……”阔交加什伸出手搂住阿

---

① 阔交凯：阔交加什的昵称。

依凯那不断颤抖的细腰动情地喊了出来。

“今天是满月，我今天就想和你要孩子，亲爱的……”

山脚下，年轻人们荡着秋千，姑娘媳妇们高声唱着美妙动听的歌曲。歌声舒缓悠扬：

来吧小伙子们，我们一起荡秋千，

这是毛绳做的秋千绳，

我们要按照游戏规则进行，

姑娘媳妇们个个貌美如花自由大方……

在这边高高荡起秋千飞起来的卡拉古勒突然看到了自己的爸爸和阿依凯的身影。小猎手立刻从秋千上跳下来，拿下肩上的弓箭，搭箭上弓跑到双叉柏树跟前。此时，那里却只剩下阿依凯孤独的身影。

“啊，神圣的月亮，繁星点点的长生天。只有你见证了我的罪过。万能的造物主啊，求你千万佑护我亲爱的人平安无恙。请原谅我这可怜的人，请你赐予我点滴的恩赐吧！赐予我一个孩子吧！”阿依凯泪眼婆娑地祈求天神的原谅恩赐和保佑。卡拉古勒看到这一情景，慢慢放下了手中的弓箭，没有去打搅悲痛中的阿依凯，悄悄转身离开了。

这边的婚礼庆典活动在月光下依然在热闹地延续着。

蒙都孜拜脸色阴沉难看，不停地喝着米酒，坐在阿依凯的毡房里。坐在他身旁的发妻别尕依姆，分担着丈夫的愤懑和怒火。两个人彼此无言，没有任何语言和眼神的交流。此时，从毡房后面由远而近传来了金银发饰相互碰撞，叮咚作响的声音。阿依凯哼着刚才在婚礼活动中唱过的歌曲走进了自己的毡房。

“她来了。”别尕依姆轻声对丈夫说道。

阿依凯进门后看见丈夫和别尕依姆的脸色，不经意间把手中的一朵郁金香花捏碎了。

“哦，你好像哭过啊。”别尕依姆问道。

蒙都孜拜瞪了一眼阿依凯，然后暗示别尕依姆出去。

“那你可不要与傻婆娘一般见识，气坏了身体，老爷。”说完，别尕依姆起身走出了毡房。

“我听你解释。”蒙都孜拜直奔主题，让阿依凯解释自己的行为。

阿依凯咬着嘴唇一动不动地看着蒙都孜拜。

“你想在生人面前羞辱我，是吗？”

阿依凯自己乖乖地从毡房栅栏上拿下鞭子递到丈夫手中，跪下来说：

“你把我像绵羊一样宰了吧。让我流干最后一滴血。”

蒙都孜拜举起了手中的皮鞭。阿依凯那白天鹅一般雪白的脖子和肩膀开始不停地颤抖，等待着丈夫的鞭挞。此时此刻，蒙都孜拜确实想把背叛自己的年轻小妾用鞭子暴打一顿，让她哭喊求饶，但他还是不忍心将鞭子打下去。他用力将鞭柄掰成两节，扔进火塘里烧掉，然后怒气冲冲地走了出去。

阿依凯紧紧抱着布偶放声痛哭起来……

* * * * * *

第二天，大毡房里正在举行送客仪式。

别尕依姆唱起了专门为小姑子创作的送嫁歌：

我们姑娘的脖子上，

戴着闪光的珍珠项链，

在金子的摇篮和锦缎襁褓里，

我们将她精心抚养。

我们姑娘的脖子上，

戴着闪光的玛瑙项链，

让她穿上锦绒长裙，

我们精心地将她护养。

阿依凯也接过来继续唱道：

任何闲言碎语和不良行为，

你千万不要纠缠，我家姑娘，

在你的婆家面前，

千万谦恭不要顶撞，我家姑娘，

如果丈夫生气咒骂你，

你不要计较笑脸相迎，我家姑娘，

不要让婆家咒骂你娘亲家人，我家姑娘，

你要用智慧处理所有的事情，我家姑娘……

被选中要作为陪嫁与新娘一同前往远方的年轻人的父母亲更是伤心欲绝。

“喂，我的独生子啊。你走了我们可怎么过日子啊？”一位黑脸老太太紧紧抱住儿子亲吻他的脖颈。

“你可千万不要忘记我们。只要身体安康我们就一定还会见面。保重身体吧。不要哭泣。”一位老太太抱住女儿反复交代。

“喂！你们为何哭嚎不停啊？都闭嘴吧。去了大商人富翁家里，那可是要过荣华富贵的日子。都停下！不许你们再哭。”“红圆帽”一边恶狠狠地叫嚷着一边骑着马来回走动。

新娘头上被戴上了传统的表明已婚妇女身份的圆顶帽艾

列切克，脖子上戴上了宝石珠子，再把婚前那头上十八根细小的辫子逐一散开之后，重新编成垂在背后的两股粗长辫子。辫梢上还挂上了各种银饰。新娘的嫁妆都驮到驼背上，陪嫁的牛、羊、马等各种牲畜也从圈里被赶了出来。蒙都孜拜牵出了自己专门为新郎官准备的一匹高大的骏马，马具鞍辔等用银子制作，马鞍上铺着精致的绣花软垫褥。别尕依姆在新郎官的肩膀上披上了白色外衣。新娘在姑娘媳妇们的陪伴搀扶下哭哭啼啼地从白色毡房里走出来。商人及其同伴则静静地站在一旁耐心地等待着送亲仪式结束。

正在这时，一位满身鲜血的小伙子突然慌里慌张催马跑到蒙都孜拜的毡房门口，然后从马背上摔了下来。

“奥伊拉特人！”他断断续续地说完这话，便晕死过去。

他的背部在两个肩膀之间插着两支箭矢。

太阳顿时被阴霾遮蔽，成千上万匹马从四面八方冲过来，惊动了整个村落的人和牲畜，并且挥动皮鞭连抽带赶，裹挟着这些牲畜往森林方向疾驰而去。从高山那边，突然狂呼乱吼着挥鞭催马冲出了一群气势汹汹的奥伊拉特人。他们身披铁衣甲胄，手中挥动的弯弯战刀在阳光下发出夺命的寒光，尖端燃烧的火箭矢嗖嗖地飞向牧村。一瞬间火光四起，大地开始燃烧，红色的火焰，黑色的烟雾冲上云霄，死亡的气息笼罩着整个牧村，安静的牧村眨眼间陷入了惊恐惨叫和混乱之中。

牧村里的年轻人揉着惺忪的眼睛，慌慌张张拿起挂在墙上的弓箭和长矛跑出门。拴绑在拴马桩上的马匹惊恐地挣断了缰绳，也汇入惊跑的马群之中。牧村的人们带着怀中哭闹的孩子和不断呻吟的老头老太太叽哩呱啦吵吵嚷嚷地跑向森林方向。奥伊拉特人把牧村边上的毡房点着，开始实施大规模抢劫。

这是一位名叫敦多克的奥伊拉特英雄的手下。他父亲巴凯曾经与吉尔吉斯人和睦相处，在吉尔吉斯各种庆典活动中经常成为座上宾，享受尊贵的礼仪，品尝美食。长子敦多克长大成人之后，他为儿子看中了一位名叫阿依加尔肯的美丽吉尔吉斯姑娘，并专门前来向姑娘的家人提亲，但是那位姑娘却坚决不嫁给奥伊拉特人为妻，并对父母发誓说："如果你们把我强行嫁给奥伊拉特人，那我绝不会活在世上。"年轻的敦多克听到这话非常生气，倍感羞辱，只好默默地调转马头返回……但是，自从父亲去世自己登上王位的那天起，敦多克便召集勇敢无畏能力出众的年轻人组成队伍，全副武装，训练有素，身披铁衣甲胄，开始不断向周边邻近的部族发起攻击，挑起战争，抢夺马匹财物，侮辱年轻姑娘媳妇，闹得周边部落民众人人自危，鸡犬不宁。他尤其对吉尔吉斯人充满仇恨。勇士敦多克的手下人一直在等待这次新婚活动开场的时刻。因为他们知道，蒙都孜拜的牧村里貌美如花誉满周边的美女特别多：他们的姑娘十分金贵。

女人们个个皮肤白净，身姿绰约，服装得体。媳妇们婀娜多姿，貌美如花。早春季节，从四面八方聚集而来的年轻人汇集在一起，那可是一道靓丽的风景。白天，头戴狐狸皮毛，身穿五彩缤纷的丝绸衣裙和丝绒衣服，脖子上挂着各种珠宝、珍珠项链的少女们，头上戴着高高的白色艾列切克帽、风韵万种的媳妇们则驾着用银子装饰马鞍的高大骏马让人啧啧赞叹，心花怒放，引起敌人的嫉妒。

敦多克勇士带领手下人如同黑旋风一般冲入沉浸在欢乐气氛中的牧村，扬起了冲天尘埃。入侵者挥动战刀举起战锤将徒步逃亡躲避的人们一一斩杀踩踏，扯住女人的头发拖走，撕碎她们身上的衣服、裙子……牧村阿依勒中心有一群年轻小伙子们勇敢地拿起长矛，不顾生死与入侵的敌人展开搏斗。失去了战马，只能徒步奔走的蒙都孜拜拿起金刚战刀左右挥舞着，勇敢地与入侵者拼杀。

那位肥胖的商人与同伴齐心协力拉动马车将其排成圈。他们驾辕的马匹也已经惊跑，跟着其他马群逃入了森林。

少年卡拉古勒身体灵巧，像一只猴子一样爬上一棵松树，拉弓搭箭做好战斗准备。正当一个身强力壮的奥伊拉特人催马追赶一位姑娘，并准备弯腰揪住其头发之时，他拉弓搭箭射出了箭矢。看到自己射出的箭矢射中对方屁股时，小猎人还忍不住轻声地笑出声来。身体硕大的奥伊拉特人不知道箭矢来自何方而东张西望努力搜寻目标时，那位姑娘则趁机逃入了森林。奥伊拉特人最终看到了趴在树杈上的小猎人，也开始向他射箭，卡拉古勒则左右躲闪，躲进了松树上更密集的树杈之间。

不一会儿，卡拉古勒便抓住时机射出了致命的一箭。箭矢嗖嗖地飞去，直接射入了那个奥伊拉特人的脖子，敌人立刻从马背上滚落在地。另一位奥伊拉特人赶过来，将手中的火把扔向松树枝杈。松树开始噼里啪啦地燃烧起来。卡拉古勒此时才感到有些害怕，在呛人的烟雾中沿着树干往上爬去，但是燃烧的火焰还是不断地往上蹿……

有一部分入侵者调转马头冲向森林去追赶和抓捕跑进森

林里的人们和马匹。

哈森与一部分猎人则跑上高高的山岗，不停地用箭矢射杀试图进入森林的敌人。曾经热闹的婚庆场地上布满了奥伊拉特人。这些入侵者围站在崖顶上，用带火的箭矢和捆绑了火把的短矛攻击崖下村庄。猎人们周围的干草和柏枝噼里啪啦地燃烧起来。哈森的胳膊已经受伤，浑身上下全是血。他只好用燃烧的火焰和浓密的烟雾作掩护，并且只能勉强用牙齿拉弓射击。

蒙都孜拜的手下也有一部分人遭到杀戮。雪豹猎人们有一部分在阔交加什的带领下，在白色大毡房周围与入侵者奋力拼搏，保护那里的妇女和孩子们。妇女们中间也有阿依凯。猎人们射出的箭矢直中目标从不落空，冲过来试图靠近的入侵者一个一个被他们射翻落马。

骑在光背马上来回奔跑的阔交加什不断地挥动手中那只树墩般大的铁锤，从马背上打落从身边跑过的敌人。

“爸爸。”突然传来了卡拉古勒惊恐的叫声。

阔交加什紧张地转回头向声音传来的方向寻觅儿子的身影。松树的下半部树干已经被熊熊大火吞噬，被烟雾笼罩的树顶上突然露出了儿子的小脑袋。树底下还有两个奥伊拉特人拉弓搭箭不断地向孩子射击。阔交加什左冲右突，从四面八方围上来的敌人中间摆脱出来，冲杀到燃烧着的松树下，挥动手中的战锤将那两个射箭的奥伊拉特人砸死，又将另外一个打倒在地，然后将套在腰上的绳索解下来扔向树顶上的儿子。卡拉古勒惶恐不安，不敢纵身去抓住挂在树枝上的绳子。下面是熊熊燃烧的大火，挂住绳索的树枝也开始燃烧起来。孩子吓得不知所措，惊恐万分，哇哇哭叫起来。

“快跳。把绳子拽住！”阔交加什严厉地对儿子下了命令。

孩子像一只猫一样跳出藏身的树枝，紧紧抓住了绳索，然后顺着绳索滑落到地面。

“快往森林里跑！”父亲对他说。

身穿已经被大火烧得残破不堪的皮裤，卡拉古勒一蹦一跳地向森林方向跑去。

阔交加什看到儿子的狼狈相忍不住笑出了眼泪，然后拿着战锤返回白毡房跟前，重新投入战斗。

商人将两轮的马车并排成行，自己则躲在中间，端着枪随时准备用手中的火枪射杀从不同方向冲来的敌人，并不断给枪补充火药子弹，等待敌人靠近。

奥伊拉特人的首领敦多克勇士骑着高头大马走进村寨，前面有长矛手引路护卫，后面有弓箭手保护。他们如入无人之境，从燃烧的毡房和死伤的人群中间大摇大摆地穿过，径直往白色毡房走去。

奥伊拉特人探出长矛将毡房的盖毡掀开，将围毡扯掉，将浑身是血的蒙都孜拜推进门去。别尕依姆、阿依凯以及刚刚出嫁，头上已戴上了象征已婚的艾列切克帽的新娘子加尔肯都惊恐不安地紧紧倚靠在蒙都孜拜巴依老爷身上，叽叽喳喳连哭带叫，瞪大眼睛，透过已经裸露的网状毡房木头栅栏式骨架看着外面的情况。入侵者们围住毡房不停地叫嚣着、示威着，等待着首领前来做出裁决。

阔交加什催动坐骑飞马来到毡房前，毫不畏惧地快马加鞭冲入敌群之中，抡起战锤砸向敌人。不断有敌人被他砸中倒地。这时，哈森也恰巧赶来，挥动缴获来的弯曲战刀左右挥动，斩杀敌人。

自比天高、目中无人的敦多克勇士走近后举起手，开口大喊一句：“嗒！”

长矛手挺着长矛冲进白色大毡房意欲斩杀蒙都孜拜和他身边的女人们。但恰在这时，“噼啪”一声，响起了火枪震耳欲聋的声音。长矛手中有一部分人被这突如其来的巨响吓得从马背上滚落在地。惊慌的马匹开始四散跑开。第二波枪声又将另外五六个人从马背上射落在地。旁边的一些毡房里，有一些正在实施抢劫，甚至强奸妇女的入侵者吓得提着裤子跑出来，不断向神灵祈求保佑。从没有见过火枪的人们听到刺耳的火枪射击声，以为是天神发怒，开始往地上发射闪电而吓得魂飞魄散。

不一会儿，实施抢劫的入侵者纷纷放开自己劫持的女人，扔掉抢劫到手的财物，惊呼着往山里仓皇逃窜。火枪在他们后面依然响个不停，箭矢也嗖嗖飞来，使他们更加惊慌失措狼狈不堪……

* * * * * *

别尕依姆为阔交加什和哈森包扎伤口，阿依凯则为卡拉古勒缝补被烧破的皮裤子。小猎人则将一个布单围在腰上坐在她身边。

“你们信守自己的诺言，我对你们的行为很满意，猎手们。如果没有你们，没有苏勒坦别克亲家的火枪手们，我们的村民就会被敌人全部劫掠，烧杀一空了。我已经让人将牺牲的猎人们的抚恤牲畜分出来了。你们可以驱赶那些牲畜回家，希望代我向死者家属和白雪豹族人表示慰问，代我安慰抚恤他们。”蒙都孜拜打破寂静开口说话，“这就是战争，我们也没有办法。”

别尕依姆接上话茬说：“男人平时在部族边缘保护民众，战争时奔赴前线消灭敌人。你们一个个像猛兽一样与敌人交锋，保护了你们大哥的领地，为他赢得了尊严，维护了他的威望。我们将永远不会忘记你们的这份情谊和奉献。”

蒙都孜拜拿出一把插入金鞘里的战刀递给阔交加什说道：“阔交加什英雄，这是我爷爷留下的礼物。请你挂在腰上带走吧。”

阔交加什接过金鞘和战刀亲吻了一下，然后单膝跪地表达敬意……

猎人们则都纷纷聚在一起，好奇地抚摸着肥胖商人手中的火枪。他们长这么大还从来不曾见过这样有威力的武器。肥胖的商人耐心地向猎人们解释着火枪的构造和射击程序，然后将一颗铅弹放到阔交加什手掌上。哈森端起火枪点上捻子向目标靶子射了一枪，瞬间击中目标。猎人们意识到了手中的这个家伙根本不受大风的干扰而可以直接命中目标，真的是世间罕见的武器，个个赞叹不已。

阔交加什贪婪地抚摸着火枪，在枪身、枪把、枪栓、枪头上长时间反复审视摸索，反复端起枪瞄一瞄目标靶子，最后极不情愿又无可奈何地把火枪交还到商人手中……

“哦，这枪怎么样？”商人不无自豪地问阔交加什。

阔交加什伸出了大拇指。

“满月的那一天我们在塔什拉巴德石头城堡那里等你们。

请你们带来野鹿的新鲜鹿角，如果再多带一些貂皮过来，你们就可以拥有火枪和这种烈火一般的液体了。”说着，商人拿出酒瓶让阔交加什看了看……

白雪豹部落的勇士们将牺牲的同伴们用毡子包裹起来驮到骆驼背上，赶着蒙都孜拜为抚恤死者而赠送的马匹走上了返回的路途……

村落里有三个姑娘在婚礼庆典过程，以及战斗中看中了其中的三位猎人，并产生了爱情。猎人和姑娘们也彼此约定了终身，计划按照古老传统完成对死者的一系列送葬仪式之后，便返回来与她们举办婚礼。姑娘们还将她们精心绣制的丝缎手帕作为定情物赠送给自己的心上人。白雪豹部落中有两个姑娘也在牧村里找到了自己的真爱，并且留在了牧村。她们正是在婚礼举办的那天晚上与心上人私奔的。第二天，便头上戴着白色头巾变成新娘重新回到牧村，陪着要出嫁的新娘坐进专门为新娘拉起的幕帘后面。这是从新娘的嫂子们口中传来的消息。

就这样，还将有令人期待的这五对新人的婚礼在不久的将来举行。整个夏天，无论是嫁女一方还是迎娶新娘一方都各自为婚礼做着准备，精心准备嫁妆和彩礼。夏去秋来，牲畜肥壮的丰收季节，开始了走亲访友，进入了商议婚礼的程序。拜访亲家，双方商定婚庆日期，举办婚礼，婚后回访娘家人等，每一个程序都必不可少。

白雪豹族人沿着幽静昏暗的森林山谷向前挺进。每一个人的腰上以及马鞍后面的绳带上都绑有从奥伊拉特人那里缴获的锋利的战刀以及甲胄等战利品。

那三位即将迎娶新娘的猎人个个面带喜色，心潮澎湃，心中思念着各自的心上人。每个人怀里都揣着恋人赠送的绣花白丝绸手帕。

阔交加什默默无语，没有与同伴们把笑言欢，而是心事重重，表情严肃，催马前行。牧村里发生的事情一幕幕反复出现在他眼前，拨动他的心弦。他目前还不知道自己与巴依老爷的小妾之间发生的浓情蜜意之事到底会如何收场，会以什么样的悲剧结束。他心中如一团乱麻，甚至对此毫无思想准备，也没有想出任何解决的办法。但他心里总是隐隐约约有一种无法说清的奇怪的感觉和忧虑。这个心结如同沉入心中的一个铅块，让他思绪纷乱，无法静心定神。这种纷乱的心境难道都是由阿依凯所引发吗？抑或是那威力无比的神奇的火枪不久就会到手的渴望和欣喜让他心神不定呢？要不然就是他曾无意中让野生动物保护神，那灰色母野山羊流下鲜血之后而产生的恐惧感还没有完全消失？

* * * * * *

阔交加什从褡裢里拿出各种糖果、茶叶和丝绸锦缎，似乎是模仿蒙都孜拜的样子，把这些东西一股脑儿扔到小心翼翼的妻子祖莱卡面前。

卡拉古勒则从镶嵌着金质花纹图案的刀鞘里抽出钢刀交到爷爷手里。卡尔普拜老人手握寒光闪闪的钢刀左右晃动着看了又看，然后用拇指在锋利的刀刃上碰了碰，试了试之后却马上皱起眉头开口道：

“这可是你蒙都孜拜爷爷的战刀，把它赠送给别人可不是好习惯。”

“这是因为我们部族表现出的勇敢无畏行为而特意赠送给我的礼物。”阔交加什继续说，“那位巴依老爷好像是真心诚意想和我们和好结盟。”

“朋友给你赠送战刀，那就意味着最后定会发生血案。”卡尔普拜老人提醒儿子说。

阔交加什惊奇地看着妻子祖莱卡不说一句话。因为她此时已经戴上了丈夫给她的一个花色丝绸头巾，面露灿烂的微笑看着丈夫，但是在这一刹那间，丈夫眼中出现的却是美女阿依凯的身影而不是自己的妻子……

阔交加什从瓶子里倒出一些米酒端给父亲喝。

“这又是什么？”他的老父亲不解地问道。

“是液体火焰。您喝一点吧。它会让您内心变得年轻。”

卡尔普拜端起碗毫无顾忌地喝了起来。孙子卡拉古勒则好奇地看着爷爷，等待着下面会发生什么事情。

“有点冲，有点苦涩。”老人家只是很平淡地说了这么一句。

* * * * * *

从喀什噶尔来的一行商人在用岩石盖起的塔什拉巴德石头城堡围墙院子里的草滩上搭起蓝色帐篷，按照约定等待着猎人们的到来。他们在一旁的山岗上安置了一个手握望远镜的瞭望哨，专门观察往来人员，尤其是等待阔交加什一行的到来。

坐在帐篷里的商人苏勒坦别克面前摊开着一张大地图。

“白雪豹族人都生活在这些地方。他们要翻越阔克别勒山隘才会到达这里。那条路除了猎人部落没有别人知道……这可是子承父业流传下来的秘密。”站在旁边的同伴用手指着地图中的具体位置。

“蒙都孜拜似乎并不乐意让阔交加什获得火枪。”一位同伴这样插话，“他是想故意隐瞒自己得到火枪的事实。”

“我是一位商人，我们的目的就是把想卖出的货物以尽量高的价格卖出去。”苏勒坦别克晃动着大肚子假笑了一声。

“他们双方都得到火枪之后可别彼此交上火把对方给打死了就行。”另一位说出这样的话来调侃。

“如果是那样的话，我们就会从中得利。如果吉尔吉斯人就这样彼此互相残杀的话，到时候我们就可以成为这个高山地区的主人了。”苏勒坦别克似乎心不在焉地开起了这样的玩笑。

“他们正在往这边赶来。”坐在山岗上瞭望的哨兵大声传递消息。远处很快出现了一队人马。可以看到他们的马鞍后面驮着皮张、兽角及其他很多物品。

商人们看着彼此喜笑颜开，缩着胳膊，毕恭毕敬地前来迎接猎人们。猎人们把鹿角、貂皮等从马背上卸下来，堆放到苏勒坦别克面前。商人将新鲜的软一些的鹿角挑出来，然后把硬一点的鹿角放到一边说：“这些还是你们自己存着吧。”他带着玩笑说完，转过头对同伴们点了点头，立刻有人从帐篷里拿来了一杆火枪和五六瓶米酒。

阔交加什检查了一下火枪之后将其交给哈森，哈森也看了看，然后把枪转递给后面的其他同伴。

“你们只拿来了值一个火枪的物品。我们约定一个月之后还在这里见面如何？”商人提出这样的建议。

双方握手表示同意，约定好了再次见面的时间……

* * * * * *

猎人部落的男女老少们为了一睹猎手们新获得的神奇火枪的真容都好奇地围拢过来。阔交加什端起火枪瞄准一只正好从天上飞过的乌鸦。“啪”的一声枪响，那只乌鸦立刻掉落在地上。

围拢而来的人们争先恐后地传看着猎人们最新获得的那把神奇的猎枪，个个瞪大好奇的眼睛，惊奇不已，摇晃着脑袋。

猎手们带着猎犬，高呼呐喊着跑向山谷森林去寻找猎物，想试探一下火枪的神奇威力。大部分猎手埋伏在狭窄的山谷两边的崖顶上，随时准备拉弓搭箭射杀任何试图逃脱的猎物。阔交加什也手握火枪卧在崖顶最高处。呐喊呼号声，猎犬的吠叫声从下游方向逐渐靠近。谷地中出现了一群惊跑的野鹿，刹那间箭矢从四面八方的山崖顶上雨点般射向谷地中的野鹿群。野鹿一个跟着一个倒地丧生。阔交加什的火枪从崖顶高处发出了震耳欲聋的响声，野鹿群惊恐地转头向下游方向逃亡。但是狂吠的猎犬，拉弓射箭的猎手们迎接了它们。野生黄羊群也惊恐地从谷地往各处四散逃散，却因为跑错方向直接进入了猎手们的埋伏圈而遭到残酷杀戮。

猎人们收获满满，兴高采烈地满载而归。每一位猎人猎杀的猎物少则两只，多则三只或更多。

这时，山谷的下游方向突然出现了两个扬尘策马而来的人影。

“阔交加什大哥，是两个陌生人。”

“到底是谁，快点弄清楚。”阔交加什发出了这样的指令。

哈森还射了一枪警告对方。

骑马奔来的两个人听到枪响，立刻调转马头向枪响的地方跑来。等他们靠近时，猎人们才认清那原来是索努妮和比亚乐两人。

“阔交加什，我们逃离蒙都孜拜投奔你们来了。”比亚乐高声对阔交加什喊道。

“喂，你们是怎么跑出来的？”哈森好奇地询问。

“是阿依凯帮我们逃出来的。她刚刚生了个儿子。巴依正忙着为儿子的出生筹办庆典的时候我们趁机逃出来了。”索努妮接上话茬回答道。

阔交加什这一天心事重重、无精打采地回到家中。卡拉古勒迎上前来好奇地摸索着爸爸肩上的猎枪。祖莱卡微笑着迎上前来接过阔交加什的马缰绳，正想对丈夫说什么，但是丈夫却心不在焉地耷拉着脑袋，默默地走进了房门。

“阔交凯，你这是怎么了？难不成是我惹你生气了？”祖莱卡一边开玩笑一边将一碗冰凉的稀酸乳递到阔交加什面前。

“巴依的小老婆生下来一个男孩。”阔交加什头也不抬就直接做了回复。

“生了孩子，那我们就真诚祝福他们。”祖莱卡依然不失笑脸算是作答。

“那个孩子的父亲是我。”阔交加什立刻回答道。

“你说什么？”祖莱卡沉默了一会儿，然后继续说道，“哦，原来是这样啊。怪不得最近我老是梦到妖魔呢。原来是那个狐狸精啊。”

“祖莱卡，我是被魔鬼迷惑了。你聪明睿智，请原谅我吧。”

阔交加什试图伸出手去拥抱妻子，但是她甩开丈夫的胳膊啼哭起来。

“我不想见到你，你马上滚出去！”妻子大声怒吼。

阔交加什走出了房门。卡拉古勒则伸手替母亲擦拭眼泪。

“你见过那个女人吗？”祖莱卡一把鼻涕一把泪地问儿子。

小孩子点了点头。

“她是不是特别漂亮？”

小孩子又点了点头。

“比我还漂亮吗？”

小孩子先点了一下头，然后似乎像是立刻反悔一样又摇起了头。

“我可爱的孩子啊。我的儿子。”祖莱卡紧紧抱住儿子委屈地重新放声痛哭起来。

一轮残月在夜空中散落，在稀疏的云朵间忽隐忽现，从散发着紫光的星星中间穿过，给大地播撒着朦胧的银灰色月光，给各种物品添上了长长的影子。然后，就像从中间劈成两块的半块金币那样悬挂在隐约可见的高高的山顶上发着光。

躺在被窝中的祖莱卡希望家里人赶紧入睡。但是，她很长时间还是辗转反侧不能入睡也不能起身：一会儿是老头子咳嗽不止，一会儿是儿子说梦话。最后，所有人都寂静无声，似乎都进入了甜蜜的睡梦之中。女人此时才蹑手蹑脚地起身，拿起毡房木栅栏顶部挂着的战刀闪出了毡房，来到河谷边，静静地盯着头顶上的半个月亮开始向神圣的造物主祈祷。锋利的战刀被她从刀鞘中抽出来，在月光下闪着夺命的寒光。祖莱卡将战刀抵到自己胸口，当冰冷的钢刀利刃就要划过她胸口时，突然传来了丈夫阔交加什的呼叫声。惊恐中的女人立刻将手中的战刀扔下，转身紧紧抱住丈夫放声大哭起来。

阔交加什不停地亲吻着不断抽泣的妻子脸庞，不停地向她祈求原谅……然后，两个人紧紧地依偎在一起面对河水坐下，在河边的月光下默默地坐了很长时间。

“你不用把自己的一颗心分成两半了，最好将他们母子俩也带到这里来吧。卡拉古勒也会有个弟弟陪伴在身边。”祖莱卡忍不住又抽泣起来，并继续说道，“既然造物主这样安排了，那我也只能接受，除此之外还能咋办？我这可怜虫也只能接受现实了。”

“哦，亲爱的！你真是我的天使。谢谢。”阔交加什低头向妻子施礼表达感谢和敬意。

* * * * * *

在阴暗朦胧的山谷中，阔交加什快马加鞭，如同被群狼追赶着一样，一边催马奔驰一边不停地回头观察，显得十分紧张。

金光闪闪的那半块金币似的月亮不时地从黑云之间探出头来，将柔弱的银灰色的光洒在阿依凯那白色的毡包上。猎人如同雪豹一般蹑手蹑脚地走到阿依凯的毡房门口，静静地聆听毡房内的动静。阿依凯此时正沉浸在为人之母的幸福中，瞪大眼睛盯着毡房天窗，透过天窗观察着夜空中闪烁的星星。怀中的婴儿贪婪地“噗噗”地吮吸着母亲的乳汁。

“阿依凯！”

阿依凯似乎听到了隐约的呼叫声，十分惊慌，赶紧将孩子紧紧贴在自己胸口上。

“我的阿依凯，你不要惊慌，是我，我来了。”阔交加什轻轻地掀开门帘往毡房里探头进去。

“哦，造物主啊，真的是你吗？”

“我专门接你和孩子来了。你现在就出来，我们明天早上就可以回到山里去……”阿依凯并未立刻表示同意。阔交加什又压低声音轻轻地继续说道：“为了你，我已经新支起了一座毡房，我的族人也已做好了随时为我们举办婚礼的准备。”

“你已经晚了，亲爱的。巴依老爷已经向众人宣布，这是他自己的亲生儿子。我们的儿子已经成了蒙都孜拜唯一的财产继承人。我们已经身不由己了……”阿依凯的眼里充满了晶莹的泪水。

“阿依凯，你可千万不要看重他的财产。千万不要丧失了自己的自由。对于巴依而言，他需要的只是你的孩子而不是你本人。别尕依姆肯定会想方设法毒死你，让你消失。跟我走吧，我们到高山中自由自在地生活吧。”

“不！亲爱的。如果我们跑了，蒙都孜拜为了维护自己的尊严，一定会不惜一切代价召集人马去向你报仇，屠杀你的族人，将你们都杀光。”阿依凯惊恐地继续说道，“他已经从自己的亲家手中购买了两杆火枪，每天都在‘噼啪噼啪’地打枪，训练自己的手下人。巴依对我们俩的秘密也是了如指掌。他不消灭你绝不会善罢甘休。你现在就回去，亲爱的。如果你被捕，一定会被他毫不留情地斩杀。”阿依凯反复恳求阔交加什尽快离开。

“最起码你让我看一看儿子的脸蛋吧。”猎人也向阿依凯发出了恳求。

阿依凯把婴儿的小脸蛋呈送到猎人面前让他看了一眼。

“哦，我的造物主啊。这多么神奇啊。与我的卡拉古勒一模一样啊。”无限的幸福感充满了阔交加什惊奇的双眼。“如果你夫君胆敢违背诺言，那我也会如法炮制。我也会打破先前的诺言，拿起武器进行抗争，为了你和孩子与他舍命搏斗。我今后绝不会再让别人的手触碰你们了。如果不达到自己的目的，那就让我的白雪豹之名从此毁灭消失吧。”阔交加什信誓旦旦地回答道。

突然在近处传来狗叫声。阔交加什在婴儿鼻尖上吻了一下，然后便消失了。

过了一会儿，传来了马蹄声。黑夜中传来枪声。

阔交加什在山谷间催马奔驰而去。阿依凯那苦苦哀求声依然在他耳中回响……

* * * * * *

猎人们聚集在萨依卡丽老太太的石屋住处。

“乡亲们！多年前蒙都孜拜的爷爷曾率领手下入侵我们白雪豹部落的领地，屠杀了我们无数的亲人同胞，最后把所剩无几的人如同麻雀一样流放分散到高山之巅的沟沟坎坎之中。现在蒙都孜拜又开始招兵买马组织队伍，并且购买了火枪。他是想再一次攻击我们，妄想把我们的老婆孩子变成奴仆，把我们拽入自己的队伍中为他卖命，去攻打奥伊拉特人。我们是要勇敢地保卫祖先的故乡呢，还是要向他投降，俯首称臣为他卖命，任由他主宰呢？你们都说说看吧。”阔交加什说完这一番激扬万分的鼓动性话语之后，扫视着身边的猎人们，等待着他们的回答。

“我们当然要用生命保卫我们的家园了。即便是战死，我们也决不能听从蒙都孜拜的指挥和调遣，为他卖命。之前去参加他家的婚礼，我们已经失去了四个兄弟。”嘈杂的声音从四面八方传来。

“可蒙都孜拜有枪啊。”比亚乐提醒大家道。

“我们如果真要和他对抗，那我们也必须拥有这个东西。”阔交加什将手中的猎枪高高举起来继续说道，“为了得到火枪，我们就必须准备大量的新鲜鹿角、珍贵的野兽皮才行。”

从这一天起，往日寂静安详的雪豹部落变得纷乱嘈杂起来。每一位猎人都想拥有自己的火枪。于是，他们为了获得鹿角、各种珍稀动物的皮张，每天昼夜不停地到山中出猎。除了拉弓射箭之外，他们还在山中各处投放猎夹套网，开始肆无忌惮地大规模捕获和屠杀野鹿、雪豹、雪貂、山狐和所能获得的其他各种珍稀野生动物。阔交加什如此大张旗鼓地做准备，但他要与蒙都孜拜对抗交手一决高下的真正目的，猎人们一个也不知情。他们对自己的部落英雄崇拜信任有加，对他的每一句话都完全服从。猎人们都认为是蒙都孜拜巴依心怀不轨、居心叵测，妄想占领白雪豹古老而神圣的故乡。于是，他们都激情焕发，为了尽快获得火枪而更加积极地全身心地投入到狩猎行动中，没有一丝一毫其他的杂念。

每一个夜晚，阔交加什抬头从毡房天窗里看到的不是满天星斗，而是阿依凯那明亮而迷人的双眸，还有那初生婴儿诱人的小嘴唇。虽然两颗年轻相爱的心被皑皑白雪覆盖的冰峰雪岭、悬崖峭壁和湍急的河流重重阻隔，但阿依凯和儿子似乎从远方向阔交加什发射出神秘的光芒，隔空给他送来温暖和柔情，让他心潮涌动无法平静，让他思念，让他渴望，让他辗转无眠。此时此刻，他心中只有一个美好的愿望，那就是一定要把阿依凯娶来做妾，重新构建起一个更加和谐美满的家庭。他完全相信祖莱卡的温柔以及阿依凯的聪颖。他认为聪明机灵的阿依凯既然能够与从来不曾让自己的裙摆沾血、从来不曾生过孩子的别尕依姆说话投机，友好相处，那她也一定能和心地善良的祖莱卡成为知心好姐妹。

阔交加什其实也并没有想自己一定要与蒙都孜拜兵戎相见，流血牺牲。他只是想带着武装有火枪的十几个兄弟前去，围住巴依的村寨，并向巴依提出要求，逼迫他交出阿依凯和新生儿子。他认为睿智狡猾的蒙都孜拜面对比他拥有更多威力强大的枪械武器的猎人们，肯定会避免流血而急流勇退……

* * * * * *

等到月亮第二次满月之后，哈森带着一群猎人如约来到了塔什拉巴德石头城堡和前来的商队会面。野山羊、黄羊、羚羊、野鹿、雪豹、狐狸、雪貂、水貂等野生动物的皮用四匹马才能驮动。猎人们此次来的目的就是要多弄几条枪，但是狡猾而贪得无厌的商人们趁阔交加什没来，想方设法降低兽皮的价格，按他们的估价，那些皮子也只能换取一条枪和一些米酒，而且大部分价格都换算成米酒来交换，并且约定下一次见面的时间在夏末秋初，并保证下一次要多带些枪和子弹。

枪声响起，在山谷间回响。猎人们分成两拨又开始了新一轮狩猎活动。一拨人由阔交加什率领，另一拨人则由哈森率领。每一拨人分别拥有一条火枪。

被剥去外皮的野鹿、野山羊、黄羊、羚羊腐烂的尸体在山谷间、河滩上以及荒野中随处可见。有些尸体被野狼、野狗啃吃了，有些则被乌鸦、秃鹫及其他各种食腐肉的野兽飞禽撕扯成碎片吃掉，最终变成一堆白骨，有些则正在被撕咬啃吃着……白雪豹家族家家户户的带杈木杆上挂满了野生动物的风干肉和熏肉，木头架子上挂着的皮子已经干硬，毡房一角堆满了还没有来得及揉熟加工的珍贵的野兽皮。妇女小孩也不分白天黑夜地忙于刮净新到的皮子内面上残留的油块肉块，并给皮子内面上碱料阴干之后进行揉熟加工。白雪豹家族的老人们可能一辈子都不曾见过这么多肉和这么多皮子……

仲夏时节，太阳当空高照赖着不走，从其火热的眼睛里发出炎热的光芒，似乎是想多花费一些时间再认真地欣赏一下大地上的各种生物和各种野花野草，舍不得就这么轻易离去。炎热的黄色尘埃雾霾犹如不断涌入湛蓝色湖水的山洪，在万里无云的蓝色天空中停留不走，久久不散，让天空也变了颜色。空气变得像铅一样凝重。炎热的空气不仅在白天，即便是在晚上也透过天窗，进入毡房内烤灼着人们的身体，似乎要让每个人的血液一刻不停地处于沸腾状态，让人憋闷难受。

高高的雪山上出现这样的炎热天气，就连年逾百岁的萨依卡丽老太太都不曾见识过。山岗上的绿草已经被太阳晒干，变得枯黄，瑟瑟作响。河床干涸，泉眼干枯，大地龟裂，美妙动听的瀑布也停止了欢唱，变得寂静无声。猎人村寨附近那条曾经满河床汹涌澎湃、哗哗流淌的河水居然变成了一条勉强流动的小溪。蓝色的湖水干涸，不见了往日的魅力，只剩下还不及小孩膝盖的湖水和周围的泥潭。不远处直刺蓝天的冰山顶上的那些皑皑白雪也开始不断缩小，只剩下山尖周围的一点白色，高高的坡面已变成了黄褐色或黑灰色。过去那些飘浮在天上的云朵似乎也被噼啪作响的枪声所惊扰，与那些逃跑的黄羊、野鹿以及各种飞禽等野生动物们一起到其他地方去寻找更加安全、更加安静、更加凉爽的地方去了。天空中就连一片马披盖大小的云朵都见不到，也见不到从前那种呼呼吹动的习习凉风。有的就只有炎热的空气、寂静和发黄的旷野，以及褐色的岩石。

这时候，成群结队前去打猎的猎手们开始一无所获，空手而归。偶尔有几个幸运的猎人，即便是在雪山冰川脚下偶遇个别迷路的野生动物并用猎枪将其猎杀，但是那野生动物的肉还没拿回到村寨里，就会在炎热的阳光照射下，在路途中变质发臭。

可怜的萨雅克如同一条恶狗整天在老母亲的脚边哼哼叫唤。

“在秋天丰收的季节里，我们这里却连一块肉都找不到。从早到晚都听到噼噼啪啪的枪声，猎人们似乎已经肆无忌惮、毫无节制地把所有野生动物都杀光了，吓跑了。我们肯定遭到了‘灰色母野山羊神’的诅咒。”年老力衰的萨依卡丽老太太缓缓走出房门，面对太阳抬起头，将早已失明的双眼朝向东方，抬起头，把自己的脸朝向炎热的空气中，朝天空伸出她那双飞蓬枝条般细小而弯曲的胳膊。

“噢，腾格里天神啊。我的孩子们惊扰了神圣的高山神灵，也驱走了你的安宁，让你暴怒生气，如今遭到了报应。请你千万不要对大地上活生生的生灵和各种绿色草木吝惜你的生命之水吧。请赐予我们生命之水吧！”她就这样向腾格里天神苦苦地哀求着。

深夜，从毡房天窗上洒下几缕月光。阔交加什照常睁着双眼盯着天窗外的星空无法入眠。眼前隐约出现的依然是他那美若天仙的情人阿依凯和她怀里幼小的儿子。深更半夜，大概是过了午夜，老父亲从被子里翻身抽出身子，蹑手蹑脚地爬到毡房内用芨芨草帘隔开的食物间，伸手摸索了半天，从里面只摸到放在那里的酒瓶。饥饿难耐的老人家举起瓶子对着嘴渴望从瓶子里流出点滴液体来缓解一下自己的饥渴……

“爸爸。”阔交加什轻轻喊了一句。

老人家惊了一下。

“我的血液似乎在不断凝固。看样子我的寿限已经到了。先辈的灵魂已开始召唤我了，孩子。你给我找一口酒喝吧。”老头用沙哑的声音对儿子说。

“爸爸，家里已经没有酒了。那些商人最近就会来，但是我们也没有什么东西与他们交换。这里已经变得太干燥，野生动物早已经跑到别处去寻找水草了。我已经实在没有办法了。”阔交加什毫无底气地回答父亲。

“在哈萨克大草原上生活着大群的羚羊，那也是美味，而且羚羊角也可以做药材治病。从前我们就曾靠它维持生命渡过难关。”卡尔普拜老头子沙哑着嗓音回答儿子。

第二天早晨，阔交加什集合起所有的猎人，把他父亲昨晚说过的话提出来让大家考虑。猎人们没有任何异议，完全同意英雄阔交加什的提议，于是便打点行装武器准备远行。

* * * * * *

猎人们呐喊叫嚷着追杀成百上千的羚羊。前面是一望无际的荒漠。没有一棵树也看不见凸起的山岗。全都是松软的盐碱地。羚羊们或被箭矢、火枪子弹命中，或是被追杀得精疲力尽而纷纷倒地死亡。

当旷野变得昏暗，稀疏的星星挂满天空之时，猎人们才半卧在稀稀落落的，长着蓬草的小土墩上歇息，点起篝火，用新鲜的羚羊肉做成肉串，在燃烧的火焰上炙烤。有些猎人因整天被太阳照射而昏昏沉沉浑身难受，其中一些身强力壮者在忙着切割羚羊肉，给肉加盐腌制，或者将剥下来的皮子张开铺在地上晒干，个个都忙个不停。阔交加什握紧手中的匕首在切割新鲜的羊角，将割下来的羊角装进褡裢里。

“阔交加什英雄!比亚乐快不行了。”一位猎人慌张地对阔交加什说。

比亚乐将头枕在马鞍上，已经神志不清，不断地说着胡话。

“火枪！火枪！把火枪给我。我要向蒙都孜拜报仇。我不杀了他就死不瞑目。他让我老婆遭受了莫大的耻辱。”狂躁不安的比亚乐正被两个猎人分别摁住两个胳膊无法动弹。

“他这是中暑之后脑子变得混沌了。你们最好用凉水洗过的布巾敷一下他的额头，降降体温。”阔交加什如此吩咐猎人们。

猎人们挖出深深埋在沙子里的装水的皮囊，将布巾弄湿，敷在比亚乐的额头及胸口上。

“明天我们就要去库木多别沙岗了。羚羊全都跑到那个长满蓬草的地方去了。”阔交加什说道。

“阔交加什英雄，我们还是先回家一趟吧。”年老的猎人巴卡斯提醒阔交加什。

“巴卡斯大哥！我们到这里来是为了收集羚羊角和储备过冬的肉食。我们需要的是更多的火枪和肉食。”阔交加什很客气地回复巴卡斯。

“我在这周边连一只旱地乌龟都没看见。这可不是什么好兆头。”老猎人再一次提醒道。

“也许这个地方本来就没有什么乌龟吧。”

“巴卡斯大哥可能是想老婆了吧。”众猎人中有人这样打趣并大笑起来。

一些猎人们也跟着哈哈大笑了一番。老猎人则没趣地甩了一下手走开了。

发黄的月光消失了。荒原上漆黑一片，伸手不见五指。不时从各方传来野狼、野狗的嗥叫，那嗥叫声让人无法分辨是从哪个方向传来的。荒漠黑蚂蚱吱吱的叫声也没有停息片刻。比亚乐看上去还是很痛苦，不停地发出沉重的呻吟。精疲力竭、疲倦不堪的猎人们进入了深度睡眠状态。只有老猎人巴卡斯睁着眼睛没有睡。荒漠中升腾起一股微弱的热风，卷裹起些许尘埃掠过老人，将老人稀疏的胡须吹动起来。老猎人吃了一惊，立刻抬起头来侧着耳朵聆听四周的动静。从远处隐隐约约传来了大风暴的预兆。

巴卡斯赶紧走到阔交加什身边对他说：

“阔交加什英雄，沙尘暴马上就要来了。四十年前我们也曾来到这里，遇到沙尘暴损失了三个兄弟和八匹马。如果我们不立刻离开这里是很危险的。”老猎人十分着急。

“那您马上敲响行动的战鼓吧。”阔交加什立刻下了命令。

巴卡斯老人立刻敲响了战鼓。

猎人们慌慌张张聚集而来，备好马匹，纷纷把猎物驮上马背。

“我们应该往南方跑。”巴卡斯抬头观察一下清晨的天相，将三羊星作为方向标，用手指明了撤离的方向。

猎人们快马加鞭不停地催打坐骑向南疾驰而去。他们想趁着清晨的些许凉爽多赶一些路，这也是为了自己和马匹的安全着想。

当太阳如同一个火球从地平线上升起后，荒漠中的沙尘暴也开始肆虐起来。泛黄的荒野中找不到一棵青草，炎热的狂风卷动着蓬草，将粗面粉一样的沙土往人脸上抛撒，细土尘往马匹眼睛里钻，把骏马的鬃毛和尾巴，把人们的外衣撕成碎条，拉扯着，让人们寸步难行，步履蹒跚。四周根本没有任何能够暂时躲避、休息片刻的地方和能够遮风挡土的处所。

“那是什么？”此时，突然有一位猎人大叫起来。

不远处，在狂沙吹动的沙尘暴中隐约出现几个黑影……那好像是老房子残破的院门框架和残垣断壁。旁边还有废弃的地灶锅台，还有一些人和牲畜干枯发白的尸骨。但即便是这样，对于此时此刻的猎人们而言，那里似乎就已经如同天堂花园一样有诱惑力。于是，猎人们立刻下马，卸下马鞍和驮子，一字排开，将疲惫的身体靠在残垣断壁上歇息，暂时躲避一下狂风漫沙的击打。

沙尘暴整整吹了两天两夜才逐渐平息。周围没有一棵草，找不到一滴水。猎人们把自带的皮囊里仅剩的一些水每人喝了一口之后，给每一匹马喝了一小碗，小心翼翼、珍惜节约着皮囊里的每一滴水。两匹马已经饿死，被黄沙及背上的驮子掩埋，尸体很快腐烂并开始发出刺鼻的气味。

“巴卡斯大哥！”比亚乐艰难地爬到老猎人身边。

老猎人抬起头看着他。

“我实在是受不了了。走，咱们回家吧！”比亚乐有气无力地恳求。

“我们只能等到沙尘暴停了再说。”巴卡斯依然一动不动地躺在原地。

“我等不及了……我的胸部燥热，血液似乎也已经干燥凝固了。我要去亲手宰了那个蒙都孜拜。”比亚乐说道。

“给，你把我的这份水喝了吧。”老头子把手中装水的一个小皮囊递到他手上继续说道，“老弟，你再坚持一下。沙尘暴明天就会停止。”

比亚乐疯狂地将皮囊中的水全部喝干。然后还不停地翻动皮囊内外，并在皮囊的任何湿润的地方不停地用舌头舔着。

“好，你现在马上躺下。”老人严肃地命令道。

比亚乐连滚带爬回到自己先前的位置躺下来。过了一会儿，他又乘着老猎人重新入睡，蹑手蹑脚地重新爬回老猎人身边，悄悄地拿起老猎人的弓箭，然后摇摇晃晃地站起身，迎着风沙往前走，不一会儿就消失在狂风肆虐的黑暗之中。

第二天清晨，大家在周边坑坑洼洼的所有能找的地方都仔细巡察了一遍，但最终还是没有找到比亚乐的踪影。

突然暴发的沙尘暴悄然无息地突然停止了。不知从何处飘来了一股刺鼻的臭味直扑猎人们的鼻孔。猎人们用布巾捂住口鼻，将已经开始腐烂发臭的羚羊肉，已经开始长蛆的羚羊皮子以及死去了的马匹埋入沙中，在黄沙漫漫的旷野中继续前行。到了傍晚时分，他们看到了几只在空中盘旋的秃鹫。

“比亚乐肯定就死这里了。”哈森指着空中盘旋的秃鹫群十分肯定地说道。

果然，当他们走到跟前时，比亚乐早已经断了气。秃鹫围上来已经开始啄咬撕扯他鲜血淋漓的身体。猎人们连夜挖了一个墓穴，天亮时比亚乐的尸骨就被埋入了黄沙下面。猎人们不停地向腾格里神祈祷，将死者交代给先前已经死去的先辈灵魂收纳照顾，然后才开始继续赶路。

马匹受不了炎热的天气，一匹接着一匹地死去。不要说是牲畜，就是猎人们自己也已经精疲力竭，口干舌燥，提心吊胆，相互搀扶着才能步履维艰地缓慢前行。每个人一次只能喝一口水，座下的马匹摇摇晃晃、艰难而缓慢地迈动四蹄往前移动。最后，已经没有人敢再继续骑马了，只能让那些马匹拖着缰绳缓步跟在自己后面……

* * * * * *

年老眼瞎的萨依卡丽老太太坐在自己的石头房子里的灶台跟前。她面前围坐着很多年轻人。她正在用沙哑的嗓音缓缓地唱着“灰色母野山羊神”在忍无可忍时的那首诅咒人类的古老史诗：

“猎手你等一等，不要射击，

请听一听野山羊的心声！

带着婴儿的可怜动物，

会让你遭到报应。

她的乳房里喷射着乳汁。”

灰色母野山羊浑身颤抖哀求不停。

“你可不要对腾格里犯罪，

仅仅为了自己的贪念，

而违背道德出卖良心。

你已经屠杀了无数野山羊，

鲜血已经充满了你的内心。

我已经到了衰竭的年龄，

如何能孑然一身孤独一生。”

灰色母野山羊苦苦的哀求，

猎人根本就没有放在心。

来到山下的野生动物，

没有一个能逃脱死亡的命运。

猎人每一次射杀成百上千，

狭路相逢没有一个能够侥幸逃生。

萨雅克抱着瞎眼母亲的腿早已经眼泪汪汪，年少的孩子们更是被这凄惨的歌声所感染，开始不停地抽泣。

人类尊贵至圣，

应该给动物指明生存路径，

猎人啊，你却屠杀我孩子，

让我断子绝孙陷入绝望之中。

你杀光了我的孩子，

我苦苦哀求你却无动于衷，

让我椎心泣血无比悲痛。

我是野生动物的母亲，
你也没有珍惜自己的生命，
我要为遭到杀戮的孩子们报仇，
猎人啊，你仔细听一听
我的誓言有多么坚定！
到那时啊，我的猎人，
痛苦的泪水会从你眼中喷泻，
你不要狂妄，稍微等一等，
灰野山羊一定会与你齐名。
……

萨依卡丽老太太口渴难耐，停止歌声，从锅里舀出一碗水咕嘟咕嘟喝了起来……

孩子们依然一动不动保持安静，沉浸在故事中没有回过神来。唯独萨雅克一个人不停地传出如同小狗一样的抽泣声。

那头母野山羊的标本似乎也在瞪大异样的眼睛盯着眼前的这一切。在它本来早已无生机的眼睛里，此时此刻似乎也有生命火光在熊熊燃烧。

“他们回来了。”有一个小姑娘跑进石头房子报告，“萨依卡丽奶奶，他们回来了。”

孩子们叽叽喳喳地叫嚷着争先恐后跑出了石头屋，然后突然又陷入了一片寂静。世间万物似乎重新凝固了。饥渴难耐、在艰险的狩猎旅程中筋疲力尽的猎人们衣衫褴褛，相互搀扶着，犹如刚刚从残酷的战场上返回的士兵那样奄奄一息，没精打采，拖着疲惫不堪的身躯走入村寨。所有人都徒步而行，一段距离之外，只有阔交加什的那匹已经骨瘦如柴的骏马一步一颠，摇摇晃晃地跟在他们后面……

* * * * * *

太阳烤焦了所有的生命。如果雪峰顶上仅存的那一片冰雪不融化，这里的干旱似乎不可能被任何事物阻止。

光滑的石崖峭壁在太阳的炙烤下“噼里啪啦”地不断崩裂。深蓝色湖水早已干涸，湖底如同塌陷的墓穴一样令人恐惧。

每天早晨，瞎眼老奶奶萨依卡丽都要走出石屋抬头遥望天空。其实她是用心去听，去感受。然后自言自语地说：“没有，今天依然不会下雨。”然后失望地摇头。

被炙烤的石头噼啪作响，不时地崩裂。所有的动物都设法躲避毒太阳的炙烤而寻找阴凉之处避难，就连蚂蚁也躲进蚁穴不敢出来。山峦变得光秃，花草已被烤焦。

太阳如同燃烧沸腾的地狱之锅，炙热的阳光从猎人们破旧的毡房缝隙破洞中照进来，如同死神窥视着毡包内不断挣扎的人们。

黎明时分，一位少年猎人慌慌张张地跑进阔交加什的毡房报告说：“阔交加什大哥！哈森及其家人都不见了踪影。我们在周围找了一圈儿也没有找到，好像是连夜出逃了。”

在哈森支起毡房的地方除了枯黄的草根没有留下其他任何东西，只有火塘里还有一些烧剩下的树根火炭的残块。猎人们寂静无声地站在阔交加什周围。

“他肯定前去投靠蒙都孜拜了。”有人大胆地猜测道。

“火枪在哪里？”

“他带走了。”

“这一切都是巴特玛那婆娘干的好事。她把哈森骗去了她的婆家。”萨依卡丽老奶奶说道。

“我们应该如何惩罚叛徒？”阔交加什冷酷地发问。

“那只有将他处死！”

阔交加什如同一只矫健的雪豹在石头上蹦跳，在柏树干枯的树林间摆动前行，往山下快速奔去。他来到河边，试图一跳就过去，但却掉入河中沉了下去，经过一番挣扎，过了很长时间才又重新浮上来并游到对岸。

他看到哈森正牵着一匹瘦马往前走。收起的毡房木头骨架及盖毡等物品都驮在马背上。这些物品上面还坐着怀抱孩子的妻子巴特玛。阔交加什先从一侧跑到哈森一行前面，然后迎面举起枪瞄准了自己的这位老朋友、曾经的好兄弟和老搭档。

哈森也慌忙伸出手准备抽出火枪。巴特玛抱紧怀中的孩子开始哀求。

“亲爱的阔交加什兄弟啊。请你放过我们吧！你抢夺蒙都孜拜巴依老爷的小妾已经破坏了祖先立下的规矩，违背了你自己发过的誓言。你还毫无忌惮地杀光了所有野生动物，使我们大家都遭到‘灰色母野山羊神’的诅咒而陷入绝望之中。我的两个孩子已经因饥饿而死。如果你再狠心杀死我仅剩的这个孩子，那我们就断子绝孙了。你杀死自己的朋友又能得到什么呢？你到底想干什么，想达到什么目的啊？求求你，放过我们吧！阔交加什。”

“哈森，你是叛徒！”阔交加什将枪头对准哈森的胸口对他大声呵斥道。

“阔交加什，如果你是个人，那你就耐心地听一听我的话。你和蒙都孜拜为了一个女人就准备大开杀戒。为了获得那该死的火枪武器，我们甚至把周围的野生动物全部杀光了，而且还失去了很多亲朋好友和不少好兄弟。我们已经遭到了诅咒，不可能再重新抬起头恢复元气了。我现在要去我的故土，祭奠我的祖辈先人，向他们的灵魂祈求保佑。我要守着先祖们的灵魂再也不回来了，除非你和蒙都孜拜握手言欢和好如初。”哈森表明了自己的态度。

“我们已经和蒙都孜拜结仇了。大地上只能留下我们之中的一个。只要我们手中能再有两三杆枪，那我们就会将蒙都孜拜巴依及其手下消灭干净，将他的牧村砸个粉碎。在目前我陷入危难的时刻你可不要破坏我们之间的友情，违背我们之间的誓言。不要留下我一个人面对这一切。哈森兄弟，你留下来吧。”阔交加什恳求道。

“不，阔交加什！我虽然破坏了友情违背了誓言，但你却准备破坏先辈规矩，违背先人们的誓言而前去杀人。我们之间已经出现了不可调和的矛盾。”哈森回答道。

“叛徒只能赐予死亡。”阔交加什扣动了扳机，但是已经在水里被弄湿的火枪没能开火射出子弹。

阔交加什放下手中的枪拔出了腰间的匕首。哈森却迅速端起自己手中的枪，一枪打落了阔交加什手中的匕首。

当阔交加什弯下腰准备重新捡起匕首时，哈森又往匕首上补了一枪，闪亮的锋利钢制匕首“哐”的一声被远远打飞。

“这杆枪是猎人们集体劳动血汗换来的。你是窃贼小偷。你必定会遭到先辈灵魂的惩罚。”阔交加什依然不依不饶，凶狠地说道。

哈森从枪膛里去掉火药和子弹，把枪扔给阔交加什，牵着马继续往前走去。

阔交加什拿起枪呆呆地站在原地一动不动。因为都不能点火射击，两杆猎枪在他手中如同两根烧火棍，发挥不了任何作用。

“你等着，我会在战场上消灭你。”阔交加什依然怒火满腔无法平静。

“那我们就走着瞧吧。”哈森也不甘示弱。

* * * * * *

几个猎人前前后后分别走到站在屋子跟前的卡拉古勒的牦牛犊子跟前，用手拍了拍牦牛犊背，然后又重新走回石屋山洞。

“卡拉古勒，我的孩子。萨依卡丽奶奶和腾格里神交流谈话了。她说我们必须用活牲畜祭祀大地山水之神，向“灰色母山羊神”来祈求平安，这样才能求来雨水。除了你的那头牦牛犊之外我们现在已经没有任何东西了。”卡勒斯说道。

听到这话，卡拉古勒立刻放声大哭起来。

“我们没有别的办法，孩子！如果不这么做，我们都会被太阳灼烤而死。”阔交加什也插话。

小孩子停止了哭声。

猎人们抓捕小牦牛，用绳子拴住牛角，让卡拉古勒自己亲手牵着走过来。卡拉古勒伤心地流着眼泪，抱住牦牛犊在其额头上吻了一下。然后小牦牛被人牵走了。

老人们都解下自己的腰带并将其挂到脖子上，面朝落日的西方蹲下，举起双手口中念念有词：

“哦，神圣的造物主。如果我们有什么罪过，就恳求您原谅吧。我们以男女老少全体部落村民的名义向您跪拜致敬。如果您需要人做出牺牲的话，您就把我们带走吧。只求您保佑我们的儿孙安康无恙。恳求我们的血脉能够延续，能够繁荣兴盛。哦，造物主啊！我们感谢您的恩赐。我们已经活过一回了，一生都在享受您所赐予的美妙饮食，接受、经历并见证了您对我们命运的美好安排。现在我们每个人都已经头发苍白，牙齿所剩无几，苍老不堪了。您就是马上把我们都带走我们也满意，没有任何怨言，但您可千万不要让我们看到自己儿孙的尸骨。现在就把我们带走吧。千万不要让动植物从大地上消失殆尽。您可不要吝惜宝贵的雪水。就用这头我们仅剩的祭祀牺牲的牛犊的鲜血染红大地，祈求您赐予大地人间以生命吧。哦，造物主啊。”老人们就这样举起双手向苍天祈祷，老泪纵横地祈求平安。

猎人们放倒了那头牛犊。

萨依卡丽老太太也伸出飞蓬一样细而弯曲的一双手祈求道：

“哦，神圣的野生动物保护神。祈求您千万对我的孩子们施予您的慈祥与爱，祈求赐予他们生命的甘露，保佑他们平安吧。腾格里神啊，求您赐予雨水，别让我们的锅底干锈被火烧透了。求您让大地裂开，万物生长，大地上长出遍地绿草吧。请您让牲畜的乳房肿胀起来，产出丰盛的奶汁吧。求您让万物复生吧。”

当村寨中仅剩的那一头黑色牛犊被宰杀向天祭祀，鲜红的血从其喉管里哗哗流出渗入大地之时，高山雪峰顶上凝固了很长时间的乌云突然神奇地出现了缓缓移动的迹象。从雪山顶上开始吹来徐徐微风，并开始飘向村寨方向。

萨雅克凝望着天空露出了纯真的微笑。突然，他的前额上“啪”地滴落了一个雨点，并顺着他的脸朝下滚动。他如同婴儿般欣喜不已，顺势伸出舌头将雨点接住。第二、第三个雨点开始噼里啪啦地落下来，砸到地面上。刹那间，天空深处传来了轰隆轰隆、震耳欲聋的炸雷声，闪电刺人耳目。

孩子们都集中在萨依卡丽奶奶的石头屋里盼着方才宰杀的黑色牦牛犊的肉煮熟，好好地享受一顿久违的美餐。萨雅克则兴致勃勃地跳了一段表现郁金香花因缺水而走向衰竭，在获得雨水滋润后重新复活的自编舞蹈。舞蹈先是从花儿吐蕾盛开的内容开始，然后反映其因为无法获得雨水滋润而逐渐开始衰竭凋零的内容。舞者萨雅克的脑袋、身体和四肢耷拉下来，只有小拇指在微微颤动，心脏停止跳动……但是，雨水到来，雨滴落到地上开始滋润万物时，郁金香花又开始重新复苏，重新绽放美丽。然后，哦，造物主！哦，光芒万丈的太阳。哦，生命。萨雅克在雨中以此为主题摇摇晃晃不停地起舞。

孩子们也纷纷走进场地，脱掉衣服，光着身子跟随萨雅克忘情地舞蹈，纵情欢笑。

夜幕降临。灰白色猎犬抱住一块骨头疯狂地啃咬着，龇牙咧嘴低声吠叫着。被雨水打湿的悬崖峭壁在月光下闪闪发光。孩子们在萨依卡丽奶奶的石屋里进入了梦乡。萨雅克已经隐隐地预感到了即将到来的骚乱、杀戮和悲哀，突然惊醒了。

“瀑布！瀑布!”

孩子们从睡梦中被惊醒，揉着惺忪的睡眼跑出石屋，遥望着远处的白练般挂在悬崖上的瀑布并异口同声地惊叫起来。

“瀑布！瀑布！”

孩子们相互追逐玩耍，向不远处的堰塞湖跑去。卡拉古勒奔跑如飞跑在最前面。萨雅克满怀欣喜，却被甩在了后面。

跑到小湖边时，他们却停住脚步呆呆地站在那里，完全被眼前的神奇情景所震撼。下游全都是水，汪洋一片。悬崖上瀑布飞流直下，珍珠般的水珠幻化无穷，整个山谷都被五彩缤纷的色彩所笼罩。野山羊、野鹿、羚羊也三三两两陆陆续续从四面八方领着幼崽来到雨水形成的蔚蓝色湖水边悠闲地喝水。它们不断地抬起头警惕地四处张望，张大鼻孔大口呼吸，然后贪婪地大口大口地喝下这久违的圣水。

卡拉古勒为了不惊动野生动物，将身上的山羊皮外衣毛面朝外翻过来穿在身上，匍匐着往下游爬去。其他孩子也学着他反穿皮袄，跟着他匍匐着或手脚并用往前爬去。他们到达湖边也与野生动物和幼崽挤在一起，和它们一样把头伸进湖里大口大口地喝着水。成年的野生动物们十分悠闲，根本就没有分清小孩子和自己的幼崽，也没有丝毫警惕。卡拉古勒喝饱水，将旧毡帽压到前额上，躬着身体，手脚并用挤到一个正在喝水的秃头山羊羔跟前，然后突然站了起来。山羊羔也跟着立起双腿站起身并用头部顶向卡拉古勒。一个小孩，一个山羊羔，两个调皮鬼开始顶起架来。一个是人之子，一个是野生动物之子。残疾的萨雅克无法和孩子们一起下到湖边来，只好痴迷地看着湖边小孩和山羊羔之间的玩耍十分兴奋，像小狗一样大声叫着，发出舒心愉快的笑声。不一会儿，下游牧村方向传来了“咚咚咚”急促的敲鼓声。萨雅克立刻站起身来，转身向村子方向跑去。

巴卡斯老人站在高冈山上持续敲打着大鼓。

猎人们纷纷从各自家里跑出来，拿起弓箭等武器。很长时间没有吃到新鲜野味的猎人们，看到这样的机会哪里还有一丝的耐心，早已热血沸腾急不可耐，准备大干一场了。他们兴奋地交头接耳摩拳擦掌，然后立刻争先恐后出发，向那个蔚蓝色的堰塞湖奔去。

“大家停一下。”瞎眼老奶奶萨依卡丽阻止猎人们说：“野生动物在面临渴死的危急时刻前来喝水，难道你们却要把它们全部猎杀吗？你们最好不要随心所欲，而应该对腾格里神有所敬畏。可不要再造孽，到时候再次遭到‘灰色母山羊神’的诅咒。”她用沙哑的声音大声喊着。萨雅克蹲坐在母亲身边哭了起来。他想说点什么，但是这个哑巴的心声又有谁能听明白呢。

“萨依卡丽奶奶！我们需要武器和马匹。哈森已经背叛我们成了叛徒。他肯定会为蒙都孜拜带路前来偷袭我们。”阔交加什大声说道。

“我们和蒙都孜拜血脉相连本是一家。我亲自到山下去找他，我绝不会让你们自相残杀，血流成河。”老太太坚定地说道。

“他肯定会将您关进地牢加以折磨，让您生不如死，活得像条狗一样。我们最好还是自己动手武装自己，自食其力，保卫自己和家乡。您就赐予我们祝福吧，奶奶。”阔交加什继续说道。

“不，不，不，不行，孩子。那可是造孽啊。”老太太不停地摇动白头表示坚决反对。

阔交加什无可奈何，只好默默地放下手中的火枪。站在他身边的猎人们也不敢说一句话，大家陷入片刻的寂静。

“大家往那儿看！”一位年轻猎人突然喊了出来。

一群野山羊正在一头大角公山羊的带领下，扬起冲天尘埃从山顶上一路奔驰往蓝色堰塞湖方向而去。阔交加什一看到野生动物，深藏于内心深处的猎人本性便立刻被激活，马上就热血沸腾，睁圆了血红的双眼。他实在无法控制自己那颗原始的野蛮的心，重新拿起手中的猎枪，装上子弹，不顾一切、义无反顾地朝瀑布方向跑去。其他人也跟随他而去。

“哦，神圣的野生动物保护神啊。我的孩子们又要不顾一切对您的孩子下毒手了。真是造孽啊！我尽我所能阻止他们，但却无能为力，没有能够成功。也许我已经犯下了不可饶恕的罪过，但还是请求您原谅我吧！”老太太趴在地上痛哭流涕。萨雅克也抱住母亲陪她流泪，哼哼唧唧地哭着。猎人们则无视瞎眼老太太和其残疾儿子的悲惨哭泣和竭力阻止，手持弓箭，争先恐后，一个个从他们旁边跑过，义无反顾，头也不回。他们早已被轰隆隆的白色瀑布以及自投罗网的众多野生动物所吸引和陶醉，深藏于他们内心深处的原始野性已经被挑逗起来，不可能，也无心思再安静地欣赏眼前美景了。这种丧心病狂般的原始野性冲动，催促他们全力以赴奔向蓝色湖岸。这种时候，良心道德已经无人去顾及了。这正好验证了吉尔吉斯的一句谚语“放走到手的兔子，这种人还有什么出息。”

阔交加什爬上崖壁到达崖顶再转头往下游湖面看了一

眼，不由自主地吃了一惊，因为他此生还从来没有见过眼前这番奇妙的情景。

湖边聚集了无数野山羊、盘羊、羚羊、野鹿等野生动物。它们悠然自得地喝水吃草，羊羔们随性跳跃玩耍，对潜藏的危险没有丝毫警惕。阿拉巴什[①]晃动着头上的硕大杈角，不时地向两边扫视一下，稳稳地站在一个石岩上。喝足了水的苏尔艾启科[②]也放松自己硕大的身体，反刍着卧在大角公山羊身边。它们那两个出生没有多久的小山羊羔则自由自在地蹦蹦跳跳，彼此顶架玩耍。

阔交加什瞪大火焰般燃烧的双眼。他眼前突然恍恍惚惚出现了自己将各种野生动物皮子和鹿角、羚羊角堆放在商人们面前换取火枪、子弹以及米酒瓶子的情景。如果把这里的收获和家里已经一定存量的猎物加起来，那再换两杆火枪应该是没有任何问题的。看到四杆枪的蒙都孜拜肯定不敢多说一句话就会乖乖地把自己的儿子和阿依凯美人交给自己。于是，阔交加什鼓励猎人们：“你们把湖全部围住，然后再听我口令。”他用手势下达了这样的口令，然后望着湖岸，端起猎枪瞄准了如同就在掌心的近在咫尺的野生动物群。山谷里又响起了刺耳的夺命的枪声。野生动物们晃动身体吃了一惊，然后才惊慌地开始往四面八方逃散躲避。但是，在逃亡过程中，它们一个接一个地倒在地上。蹲在阔交加什身边帮助他装子弹的两个年轻猎人手忙脚乱，轮流装弹，好不容易才能赶上阔交加什射杀野生动物的速度。跑向另一个方向的

① 阿拉巴什在吉尔吉斯语中即为“花头公山羊”之意。
② 苏尔艾启科在吉尔吉斯语中即为“灰色母山羊”之意。

野生动物则被早已埋伏在那里的猎人们用弓箭射杀，无一逃脱。在下游与野山羊羔混在一起玩耍的孩子们听到枪声也惊慌失措，慌慌张张地与山羊羔一起往上游跑。卡拉古勒搀扶着比自己小的孩子往山岩上爬。

阔交加什热血沸腾，如同变成了一个瞎子、聋子一样，心里只有一个目标，那就是如何多杀猎物。他眼前只有猎物，对其他任何事物他都失去了感觉，熟视无睹。

“快一点。你们快从右边包抄！快从左边驱赶。这可是我们最后的猎物了。”他大声呵斥着自己的同伴，不断地拿起枪轮番射击。灰色母野山羊身边的两只山羊羔也被他射杀倒地。不知过了多长时间，湖边的野生动物基本上被射杀殆尽。只有花头大角公山羊阿拉巴什和灰色母野山羊苏尔艾启科彼此相伴，被逼入一个狭小的缝隙中，喘着粗气。年轻猎人瞄准了花头大角公山羊。

“好了，放过它们。让他们繁衍后代吧。”阔交加什第一个从崖顶上跳下来。

阿拉巴什低头冲上前来用硕大的羊角冲顶猎人。阔交加什机灵地及时往旁边躲闪才侥幸躲过了大角公山羊的冲顶，保全了性命。大角公山羊转回头再一次冲顶过来时，阔交加什开枪将其射中。受伤的大角公山羊阿拉巴什又疯狂地冲向猎人，猎人射出的第二颗子弹直接穿入了大角公山羊的胸口。

“该死的混蛋！不知道自己的死期，居然和我作对，啊？”阔交加什抽出腰间的匕首，准备亲自动手宰杀大角公山羊并剥下它的皮。正当他走向大角公山羊时，突然一声撕心裂肺的呼叫震响了整个山谷。在遭到屠杀的野生动物尸体中间，居然出现了他的独生子卡拉古勒的尸体。孩子的胸口流淌着鲜血。可怜的阔交加什如同走散的驼羔一样悲痛地惨叫着，举起手中的枪砸向身旁的岩石，不断地挖抓地上的石头，不停地拍打着自己的脑门，并将早已断气的儿子紧紧抱在怀里，椎心泣血地放声恸哭着。他不停地向儿子请求原谅。猎人们默默地围在他周围，默默站立，不知如何安慰他，更不知道如何才能平息他此时此刻内心深处的痛苦。

此时，可怜的萨雅克带着哭腔哼哼着，牵着他德高望重的瞎眼老娘也赶了过来。萨依卡丽老奶奶用手在孩子身上摸索了一番说道：

“阔交加什，我的孩子。这是灰色母野山羊在向我们报仇。”

“奶奶，我的好奶奶，请您原谅我吧。”阔交加什趴在瞎眼老太太的脚下。

“你们还是向腾格里神灵请求原谅吧。孩子们！从今往后我们可能就都没有好日子过了。”百岁老太太十分痛苦地说道。

萨雅克牵着老太太的手，搀扶着她离开。猎人们也心惊肉跳，不敢在那里久留。他们都默不作声，一个接着一个地默默离开了阔交加什。

在蔚蓝色的湖边，在东倒西歪的野生动物尸体中间只剩下了阔交加什那紧抱儿子尸体的孤独的身影……

四周都长满红色鲜花。瀑布上也流下红色的水柱。蔚蓝色的湖水也被鲜血染红不断翻腾。天空如同被燃烧的火焰映红，炙热的太阳像一块红色火炭般翻越远处那红色的山崖，逐渐沉落……在红色的湖岸，灰色母野山羊流着眼泪反复嗅闻着自己死去的孩子——山羊羔的尸体……

阔交加什抬起头来。他的眼前又一次出现了女人的身影。女人身上本来遮住其美妙身段的衣裙此时已经被撕烂。雪白而坚挺的乳房裸露出来。看上去就是阿依凯本人。她牵着反穿皮衣的孩子的小手向他神秘地微笑着。乳房下面流着红色的鲜血。冬天，当他射伤灰色母野山羊的时候同样的情景也曾出现过。阔交加什费力地站起来，摇摇晃晃地朝眼前的女人走去。阿依凯则牵着卡拉古勒的手只顾往前走。阔交加什则跟在后面。

前面的阿依凯忽然变成受伤的灰色母野山羊，乳房里迸射出雪白的乳汁，忽然又变回阿依凯本人。

灰色母野山羊一边用凄惨的声音咩咩叫唤着呼唤已经死去的小羊羔，一边穿过沟沟坎坎和石滩斜岩毫不松懈地往前赶。阔交加什则如影随形，紧紧跟在灰色母野山羊的后面。他跋山涉水，跳涧越沟，穿过密集松林、黑刺，走过沙漠荒滩、沼泽泥潭……衣服被撕烂扯碎。胡须变白，头发变长，双眼充血肿胀，脸上、脖子上突然间出现了条条皱纹。阔交加什衣服破烂不堪如同乞丐，已经变成了鬼影一般让人恐惧的行尸走肉。

灰色野母山羊苏尔艾启科登上了一座高耸入云悬崖峭壁上的山峰。阔交加什则一直尾随其后并没有放弃，紧紧跟在它后面，艰难地往山岩上爬去。灰色母野山羊最终爬上了悬崖的巅峰才停下来。这就是有限的生命界限。这就是生命的较量。这就是灰色母野山羊。是你，是你的诅咒才使我失去了独生子。你离我如此近，只要我伸出手就能够抓住你。我完全有能力抓住你的长角，拧断你的脖子。灰色母野山羊此时也已经筋疲力尽蹄子崩裂，肚子两侧的肌肉已经被锋利的岩石划烂而流着鲜红的血，摇摇晃晃勉强站立。阔交加什晃动双手试图接近灰色母野山羊。灰色母野山羊突然间又变成了阿依凯，微笑着往后退却。心神疲惫的阔交加什如同一条受伤的蛇一般往前挪动。灰色母野山羊走到山崖顶又翻越顶峰往下而去。它后面砂石流动，山岩翻滚，松柏断裂被连根拔起。跟在后面而来的阔交加什不知不觉中被困在悬崖上：下面是陡峭的悬崖峭壁，头顶上是蔚蓝的天空。天空中盘旋着的几只秃鹫似乎是在寻找着腐尸烂肉的目标。它们睁大眼睛瞪着猎人，似乎在等待着他摔下悬崖的那一刻。

阔交加什毕竟是一位久经考验勇敢无比的猎手。此时他抽出匕首开始在崖壁上开凿能够攀爬的槽子。手中的钢刃匕首在坚硬的岩石上磨损，刀刃也卷了。猎人伸手从一旁拿起一块石头，不顾一切地开始咚咚地敲动崖壁，开始用手中的石头敲凿起来。他不分昼夜，一刻也不停息，坚硬的岩石在他的敲击下相互碰撞，火星四溅。

秃鹫依然在头顶不断地盘旋，瞪大贪婪的眼睛死死盯着这位动作变得越来越缓慢，穷途末路，即将走到人生终点的猎人。最后，四周陷入万籁寂静之中。

太阳照常升起在山顶，将光影照射到猎人那血痕斑斑的双手上，照射到利刃卷起的匕首上，照射到猎人那早已停止呼吸的身体上，以及猎人在悬崖峭壁上凿刻出的奇怪的图案上。

在坚硬的悬崖峭壁上出现了一幅幅画面。画面上是一座座炊烟缭绕的毡房，自由自在奔跑的小孩，头顶上长着很多枝杈鹿角的野鹿和大角的野山羊……

在哗哗流淌的河滩上，灰色母野山羊在用洁白的乳汁喂养自己刚出生的两只小羊羔。天空中有秃鹫在盘旋。大地上依然像故事中所描述的那样繁花似锦，空气清新，令人着迷。五彩缤纷的花儿竞相开放，鸟儿啁啾鸣唱。从悬崖峭壁上飞流而下的瀑布倾泻而下，十分壮观，注入蔚蓝色的湖中。湖水中溅起的成千上万个水花水滴如同盛开的晶莹剔透的白色花朵，在阳光下闪闪发光，刺射人的眼睛。在浑厚伤感的考姆兹琴伴奏下，成百位老太太忧伤而浑厚的歌唱缓缓响起，如泣如诉，回响在高山之间：

忍冬木的根基松动了，我的博托姆[①]，
院落里断了袅袅炊烟，我的博托姆，
我以为是一只羚羊将其抱入怀中，
我孩子的头却歪倒在一边，我的博托姆，
我为何给你穿上了山羊皮袄，我的博托姆，
我却用猎枪射杀了你啊，我的博托姆，
我的翅膀断裂疼痛难忍啊，我的博托姆，
我失去了独生子，我的博托姆，
我的心在流血啊，我的博托姆，
我自己亲手杀死了你啊，我的博托姆，
纯洁无瑕的年轻生命就这样走了，我的博托姆，
我那闪光的蜡烛瞬间熄灭了，我的博托姆，
我那挚爱的生命啊，卡拉古勒博托姆，
你丢下我走了，让我椎心泣血，我的博托姆，
卡拉古勒啊，我的博托姆！

---

① 博托姆：原意为“我的驼羔”，是对儿子或者后代的爱称。

我的独生子啊，可爱的博托姆！

……

生活在古代的一位老太太的挽歌震撼人心，让人无限伤感。那歌声翻越顶天屹立的高山雪峰，然后又重新回旋，似乎又飘入了自己过去的老朋友们的耳际，最后才缓缓消失……高山上又刮起了呜呜怪叫的无情的狂风，寒冷、刺骨，越刮越猛烈。直刺青天的悬崖峭壁上升腾起漫天尘埃和雾霾，淹没了悬崖壁上的那些岩画……

* * * * * *

在遥远而古老的时代，吉尔吉斯的土地上产生了很多如此伤感的史诗。先辈们创作的那些充满智慧和启迪的英雄故事至今都被人们深深记忆，口口相传，无法忘怀，不断地让我们牢记，时时刻刻提醒生活在今天这个时代的人们一定要珍惜和保护那些与人类的生命休戚相关、密不可分的野生动物，珍惜神圣的土地和河流、湖泊，否则就可能会遭到大自然的报复，给人类自身带来重大灾难。

手握太阳的孩子

苏勒坦·热耶夫　著

阿地里·居玛吐尔地　译

1

炙烤人们多日的酷热天气逐渐消失，两个星期没有见到太阳了。炎热的感觉开始消失，此时的节气开始出现秋意。月份和季节的转换在这个地方并不明显，自古如此。不要说太阳不眨一下眼睫毛，就是弥漫的浓雾也不轻易挤出泪滴般的雨水，天空中滴滴答答落下几滴雨水确实不容易。假如不是这样的话，那起伏如驼峰的山岗，延伸至远方，萧条而凋零失去往日容颜的灰色原野，甚至世间所有的生物都会得到滋润，增加能量获得些许生命的体味。如同念诵经文一般呼啸肆虐的狂风所带来的便是这番结果。不知哪来的狂躁情绪和能量，这阵狂风强劲有力、势不可当，把宽阔的山谷卷入一片尘沙弥漫的氛围中，使所有的生物都被卷入其中，无一幸免。肆虐的狂风如同背叛主人的疯狗，竖起鬃毛，不停地狂吠着……

当然，呼啸肆虐的狂风似乎也给寂静的大地带来了生机，让静止的世界随着它一起摇摆颤动。早已干枯的花草秸秆都被狂躁的风连根拔起，滚卷着与风一起翻卷舞动。大自然身姿柔软，如同一刻不停地旋转着的狂风舞者，如同世界末日预言一样给人们带来了前所未有的绝望，给这个不久前才从沟壑变成平川和土岗并逐渐显露生机，成为人们赖以生存的土地带来了一场巨大的恐慌，让其威风扫地，让其绝望而心碎……

这种状况一时半会儿似乎不可能有任何改变……

如同人们头上的圆顶小帽一样隆起的各处土岗显得极为

萧条破败，古时候这个达坂被称为圣地麻扎而备受人们珍视和敬仰也并非无稽之谈。此时此刻，狂风贴地而走，挑逗纠缠世间的一切，在这个几乎被夷为平地甚至已经开始下沉的古老的麻扎上旋转怒吼着，甚至肆无忌惮地停留，久久不愿离去。这里的很多古墓因长期遭到雨雪风沙的侵蚀，遭到路过的马匹铁蹄不断踩踏而塌陷损毁，变成满目疮痍、凄惨不堪的土崖也已经不是一天两天的事情了。整个麻扎中的古墓从人们视线中消失也已经有一段日子了……

原先这里有过一个小村庄。古老麻扎和这个小村庄之间也就是快马跑一程的距离。但是，村庄里将近三百户人家说是那里会被水库淹没而被强行搬迁到干涸的荒滩上，之后，这里就被人们遗弃，成了一个远离人烟的偏隅。十几年来已经没有一具尸体入土安葬在这里了。据说离那里大概有一箭射程远的地方要修建一座水库。为此就要将世世代代定居在这里的居民强行迁移到下游的荒滩戈壁上。原先的一切都被水淹没了。一个三百多户的村庄，多少座风格各异的房屋，还有长满茂密果树林的土地现在已经全部被淹在水底了。这事也已经过去十多年了。早已习惯那里的生活，对于那里的特殊气味早已产生了一种无法言说、割舍不下的独特情感的人们怎么可能就这么随便回头看几眼便轻易地离开自己的故土呢？可怜的人们内心深处的那种痛苦只有他们自己才能够体会到……让人们如同掉入盐水中一样痛苦万分的事情怎么可能不在他们心中留下深深的创伤呢？虽然那里也只不过是一个巴掌大的地方，但是整个大地上难道就找不到其他一个地方修建水库吗？这片土地对于他们而言就像融入血液和生命里一样珍贵，人们所经历的值得永远记忆、不能忘怀的各种红白喜事以及各种痛苦和悲伤怎么可能就这么轻易放弃呢？离开这里时，从白须飘飘的老者到初谙事理的孩子无不伤心悲痛。这些舍祖忘本不懂事理的混蛋，这到底是哪一个该死的家伙想出来的损招？谁能受得了这样伤天害理的事情？人在伤心痛苦的时候什么样的想法都可能出现。周边这么大一个地方难道连一个修建水库的偏僻角落都找不到吗？为什么偏偏要选在这里？离开这里时，老年人都不敢回过头多看一眼祖辈生活的故乡，他们用自己心底里流下的热泪洗刷着布满冰霜的胡须，没有勇气和耐心回头顾盼，甚至对这个明显错误的行政决定不敢说出任何违抗的语言，把像火山爆发一样的愤怒尽力压制下来。血脉对人来说毕竟是血脉，这是血脉啊……我的天啊！一个拳头大的心脏如何才能容纳这一切？即便是勉强容纳了又怎样才能保持克制呢？如何……

对于那个被淹没在大水底下的村庄倍感惋惜的议论和关爱从那些人充满悲伤的言语中，从那些让人心痛的抱怨中难道还不能感觉到吗？

由于麻扎坟地位于地势较高的地方，所以水库还没能将其完全淹没。于是，麻扎坟地最终得以保存下来。但就像人们似乎已忘记了的、早已沉入水底的那个村庄一样，这个麻扎也如同一个无声无息消失的物品一样，变成了一个不要说人，就是飞禽昆虫也不愿意光顾的荒川野地。现在，除了个别迷途者，已经很少有村里人光顾那里了。已经从大地上消失的那片圣土就像沙地上的脚印一样消失不见了。埋葬着先辈尸骨的圣土有谁还在固守？有谁已经失去？这已经无法想象了，哎……

那一年，村庄像启明星一样闪亮，赫赫有名的官员们纷纷前来，硬是想要把那片圣土强行推平变成农田，引来一条水渠，为完成上面下达的产粮指标，试图通过奖励的手段把那里变成一片良田。如果当时这样缺德的事情不被人们及时知晓并制止的话，这样古怪的事情一定会成为现实，那些早已弃世永眠的人们的灵魂可能会被重新唤醒，他们的安息之地就会被开垦播种，撒下高粱和玉米种子，按照官员们的说法为村庄带来丰收的粮食。圣土对于人们的意义竟然比不上根本就没有列入开垦规划而强行开垦，勉强产出的一点粮食？真是个混蛋想法，不知道这是哪里的规矩？的确有官员不顾人们的反对在那片麻扎的东边边缘试着用铁犁翻开了一块耕地不是吗？很庆幸这事及时传到人们耳中，要不然长久安眠于地下的先辈的灵魂会被惊动，当然会被惊动……

搬迁到下游荒地上的后代似乎是自己来到这个光明世界一样漠视这片圣土，远远地离开这片圣土，再也不来这片圣土，这是为何？早已入土为安的先辈的尸骨没有听到他们长久期待的儿孙们的消息，而变成灰土消失已经不知道有多长时间了……

用两句话就能概括的关于古老麻扎的故事目前也就这样了……

狂风呼啸，昏天黑地，天空也变得朦胧暗淡……

狂风呼啸，无孔不入地穿过，肆无忌惮地占据这里之后，原本生活在这里的地上的走兽，天上的飞禽都去寻找各自的栖息之地，想方设法保全自己的性命，即便是动物也留恋这短暂的世间生活，尽量躲到了安身之处。麻扎里出现了无数如同骆驼眼一样的洞口。环顾四周，这片土地上布满了田鼠安身立命的洞穴。这样下去，这里还能不被糟蹋殆尽吗？从每一个洞口处向外延伸而去的鼠印就像蜘蛛网一样彼此交错相连，让人头晕目眩。时不时从不同的洞口探出头来的勉强存活的野地田鼠们也在期待着狂风停息时刻的到来，竖起小耳朵仔细聆听，在洞穴深处烦躁不安地等待着。从来不曾经历过这番该死的情景的小东西们甚至开始怀疑自己的人生，藏在体内的原始野性恐惧感开始不断膨胀起来。吹遍整个黄色大地，舔舐着高低不平的地面的强劲狂风到底是从哪里吹来，又会吹到哪里，也让田鼠们提心吊胆。无论如何，身体硕大的老年母田鼠一生中毕竟多次经历过这种情况。也许是这个原因，它壮着胆子闪动着玻璃球般闪亮的双眼，从洞口贪婪地观察着外面的动静，也没有察觉到自己到底在洞口卧了多长时间。它急切地等待着狂风能够早一点停歇下来。出去寻找食物的欲望一刻也没有停止，而且随着时间的延长愈加强烈起来。趁着季节还没有变换，趁着天气还没有完全变冷，大地还没有冰冻，尽快贮备好过冬的食物，这件命运攸关的大事，怎能不让它们这些整个冬天都要躲藏在地下冬眠的动物们焦急万分呢？尽管它们生活在地下，但它们对于即将到来的严寒冬季更加敏感，如何保全自己，如何为安全度过漫长冬季做好更加细致的打算是它们无法回避的最要紧的大事。要不然，没过几天，能够给它们提供食物的这片大地，无论远近，无论土岗崖底，无论沟沟坎坎都会被乳汁般白茫茫的、厚厚的大雪覆盖。到那时，一切就都晚了。所以趁着大地还没有变成冰天雪地之前储蓄过冬的食物的想法时时刻刻盘旋在它们的脑海，吞噬着它们的内心……

母田鼠忐忑不安，目前唯一的想法就是希望眼前这该死的狂风立刻停止。如果狂风停了，它会不会马上就能一蹦一跳地爬出洞，嘴里塞满高粱或玉米返回洞里来呢？这个可怜虫如果能够顺利到达那片长满果实累累的深红色甜浆果树的河边，从那里运回浆果话，那它就会万分高兴了。它认为那些深红色浆果定会是过冬的理想食物……那甜香劲儿简直无法言说！

无休止的、该诅咒的、席卷整个大地的黑色狂风如同一个疯子一样久久徘徊不去，母田鼠苦苦求索的希望变得越来越渺茫。在长满杂草的大地和蔚蓝的天空下，不停地四处奔走，艰难地维持生计的这些动物所追求的理想生活，在多数情况下并不由它们自己决定和掌控。与它们的意愿相悖的大自然如果像今天这样发起脾气，它们又有啥能力与大自然对抗？又有啥本事自由自在地达到自己的目的呢？这些小东西！不仅仅这些，时刻注视着它们的每一个细微动静，随时会向它们扑将过来的可怕而凶狠的猛禽野兽数量还少吗？有一些会紧贴着地面悄无声息地蠕动而来，张开大嘴一口就把它们吞噬掉；更有一些则会如同射出的子弹一样从天而降，用锋利的爪子和弯弯的尖喙将它们轻易叼走。没错！就是这样。所以说，这个世界上所有的，哪怕一丝一毫的短暂欢乐都是十分珍贵的。时刻怀揣着立刻捕获一只田鼠将它压在自己脚掌下面这一贪念的各种动物整天都在这里转悠着不离开。野生动物的生存法则从创世开始就这样，无可奈何地在生与死之间挣扎着度过，如果它们不在艰险中为生存而挣扎，即便它们的所求有时候能够轻易在路边得到，并且暂时能够获得安逸，但是它们早已注定的生命依然不由自主，每天都在刀刃剑锋上游走。这个世界本身就给予了它们不公允的生活方式，可怕的死亡对它们如同家常便饭。对于这个世界的不公允，这些只有半条命的动物们的呐喊抱怨可能已经毫无作用，但是它们的愿望终究有一天可能会实现。从洞口探出头的那一刹那，它们壮着胆子迈出小腿奔走，而它们那米粒大小却激烈跳荡的心脏随时都为可能会出现的危险而担惊受怕，并使自己为了实现生存的梦想而抗争的身体颤抖不止。追求安逸地生活，轻松地养家糊口的田鼠们也躲不开生与死的考验，这是自然界也是人世间不可抗拒的残酷现实……

母田鼠虽然睁大亮晶晶的小眼睛静静地观察着洞外的世界，但此时此刻它那小拇指般大小的脑袋里却早已思绪纷乱，动物本能的母爱使它无法保持平静，无数欲念如同大风吹起的沙粒迫使它不能有一刻的安宁。翻腾的思绪如同轰塌的城墙，拳头大小的身体充满欲念，一方面是母爱的原始冲动，一方面是动物的本能，迫使它如同冲入烟雾弥漫的魔幻境地一样充满无尽的幻想。母田鼠思绪万千，一方面是担心自己的孩子经受不住生活的艰难，另一方面是担心悬在头顶的无法预测的危险突然降临而使它们陷入危难绝境。而它的这些思绪，它的孩子们又能懂得和理解多少呢？它们从周边各个洞口时不时探出头来好奇地向外观望。对于它们而言，外面的世界如同末日一般的情境就让它们的好奇心蠢蠢欲动，不停地、争先恐后地纷纷从洞口探出头来往外探望。外面那神奇的景象早已唤醒了它们原始的欲念和冲动，让它们热血沸腾。小田鼠们除此之外还能有什么呢？充满诱惑的世界才刚刚开始引发它们的好奇心，让它们感到惊奇，唤醒了它们对于大自然神奇美丽的原始冲动，这个所谓的大千世界并非如同它们来回跑动的路径一样短小，也没有那么广阔无限。母田鼠希望田鼠脚印已经达到的地方能够延伸至更远，也希望顽皮的孩子们能够战胜生活的艰辛，不断解开生活中遇到的谜团，去开拓新世界……

母田鼠一生当中所遇到的艰难和危险还少吗？能够在地面上作为动物安身立命容易吗，我的天！？多少次历经生死存亡的考验，多少次从死神口中勉强逃生。每一个生命从来到这个世间那一刻开始，都会伴随着恐惧和危机。精力早已在无数次的恐惧中，在一生所经历的艰难困苦中消耗殆尽。别的不说，可千万不要将老鼠的悲惨命运赐予别的动物啊！它们的行动轨迹，爬行的印迹就鲜明地代表了生活的所有悲哀。世界上哪有像它们这样成天只知道被动地提心吊胆地从洞口小心翼翼地探出脑袋眺望远方的可怜动物啊！徘徊在古老坟地周围的随便什么其他动物随时都会将它们捕获并一口吞没。这还不算，还有天空中盘旋的鹞鹰曾将不知多少只田鼠叼走……

有一次，它被卷在四条腿、黄色毛皮那家伙满是唾液的舌头上，在那万分危急的关头勉强逃生的惊险经历现在仍然历历在目，让它永生难忘。当时它感觉自己已经见到了死神的面目。它怎么可能忘记那可怕的一幕呢？偶然回想起那一刻，它都会像发疯似的浑身颤抖不止，心脏跳到了嗓子眼。纷繁的思绪不断地萦绕着母田鼠，风卷残叶一般不断地将过去的恐怖经历一次又一次地在眼前呈现……

夏季的酷热阳光灼烤着大地，正好是山坡阳面的花草成熟的季节。四处奔走寻找食物的田鼠陶醉在找到了一块福泽之地的幸福感中，大口大口地吞噬着成熟的种子颗粒。贪婪地投入到美味食物中的田鼠突然间忘却了世间的一切，眼睛里除了花草种子其他什么都没有。塞入口中之后，在唾液中稍稍融化的种子被它们尖利的牙齿咬得噼啪作响，这些可怜虫早已经被食欲诱惑着忘记了一切，贪婪地陶醉于眼前丰盛的美味。在泉眼边的斜坡上有很多狐狸的洞穴，但是它们却见到美食忘记了一切，一心扑在美味上，早已忘记了自己已经身处生死攸关的危险境地。头顶上落下的尘土吓得田鼠魂飞魄散，正准备跳起身寻路逃命时，浑身长毛的那家伙突然伸出前肢将它紧紧地压在利爪下面，让它动弹不得。田鼠眼睛昏花，被长有利爪的脚压着，慌乱而急速的怦怦心跳它自己都能感觉到。柔弱不堪的田鼠已经感觉到死亡就像悄然走近的黑夜一样不可避免了。突然间不期而遇的命运危机已经将田鼠生存的希望之光彻底掐灭，死亡的最后时刻已经按秒来倒计了。但即便这样，这家伙还是抱着生存的一线希望，心怀着存活的梦想。田鼠那咚咚作响的心脏迫使它想尽一切办法来寻找逃生的机会，但是它那野性的生命呼唤也可能随着心跳的停止而走向完结。在强烈的恐慌和剧烈跳动下，它的心脏就要崩裂、末日即将来临之时，那个身上长满黄色鬃毛的家伙逗弄它，从前爪下将它拉出来在地上来回反复滚动，如同滚动玩耍一个肉球一样开心。本来一动不敢动的小家伙顺势爬上了对方流着唾液的温暖的舌头上，只要那家伙深吸一口气，可怜的田鼠必死无疑。无可奈何已经绝望的田鼠却突然从那巴掌大的舌头上掉到了地面，更巧的是它正好掉到一个鼠洞洞口前。嗅觉灵敏的田鼠在掉落过程中已经闻到了下面鼠洞里飘出的气味，只要它稍微用力就能够掉入洞底，但是它又如何发力呢？假如万一不幸掉落在洞口外面，这个凶狠的家伙一定会将它一口吞掉。如果那样的话那一切就将结束，一定会结束……与其那样，还不如来一场生命的赌注，并在其中赢得胜利。已经被狐狸蹂躏得精疲力竭的田鼠，此时却鼓足最后的一点力气，勇敢地向袖口般大的洞口跳去。那个飘出特殊气息的田鼠洞口此时对它来说就像是空中光芒四射的太阳一样迷人。那感觉就不用再说了！原本已经身心疲惫，甚至连抖动皮肤都很难实现，只能听到胸口那大如米粒的心脏还勉强跳动，连睁眼都感到无能为力的母田鼠闻到洞口飘来的气味，它那原始的动物本性突然爆发，眼眶里滚动起闪光的泪花，发疯般地发出吱吱的惨叫声的情境在过去了那么多年之后依然历历在目。还能说什么呢？当时逃脱之后那不敢回头再多看一眼从洞口射出的朦胧光线，鼓起胸膛激动地吱吱放声恸哭的情境如何能忘记呢？……当然记得。就在那一刹那，可怜的田鼠曾诅咒那个凶狠的家伙有一天也会像自己一样心惊肉跳地站在死亡边缘祈求、哭泣，抱怨这个世界为何如此不公平，让有些动物健壮有力行动敏捷，而有些动物因弱小无力而受气，时时刻刻处于危险之中而心怀不满喉咙冒烟委屈地泪流满面，泪流满面……它唯一祈求的就是在这个不公正的世界上能够得到些许公平，公平到底在哪里？它所寻找的公正公平在这个世界上到底是否存在？如果有的话，它又在哪里？在哪里？一个吃，一个被吃，彼此残杀的局面到什么时候才能结束呢？到底会不会出现一个彼此和谐相处不相互吞噬的社会呢？会不会？备受蹂躏和委屈的田鼠想从造物主口中听到对这些问题的一个完整答案。那一天，这个可怜的田鼠就是这样向万物之神腾格里发出了这样的诘问，表达了想了解这一切的强烈愿望。但是，有谁能回答它呢，有谁？……想起这一切它就会浑身颤抖，用尽全力抖动一下弱小的身体，可怜的家伙感到绝望至极……的确，那只狐狸也整天盯住每一处发出微弱声响的田鼠洞口，好几天没有回去。是的，失去已到嘴边的美味使这只狐狸内心升腾起一股复仇般的屈辱感，而目不转睛地盯着洞口久久不愿离去。田鼠也并非等闲之辈啊！它一动不动地窝在洞里直到黄昏降临。也许这该死的家伙会出来的。这种妄想又怎能不烦扰狐狸呢？这个血液里就存着智慧因子的家伙也被自己的聪明所欺骗，在洞口卧着苦挨了很长很长时间。它很不甘心，甚至用两条后腿在袖口粗细的田鼠洞口挖掘了很长时间。无法用自己的爪子一挖挖到洞底的狐狸还能做什么呢？它不遗余力地挖掘了很长时间之后，最终耷拉着脑袋，无奈、失望而丧气地离开了。

夜晚降临，指甲盖大的月亮升起在天际之时田鼠还在洞穴深处静静地卧着，等待深夜的到来。等体内聚集了足够的能量，身体稍稍有些恢复之后，它依然会一蹦一跳地向自己的洞穴跑过去。的确，像这样的日子在母田鼠的一生中不知道会经历了多少回。它现在能回忆起其中的哪一次呢，哪一次？与其如此，还不如认真考虑规划同窝的小田鼠们未来的生活，祈祷命运如意身体安康，千万不要让自己和孩子们面临突如其来的灭顶之灾……类似的想法到后来每天都折磨着它的内心，而那些顽皮的小田鼠们哪里知道它的这些心思呀……另一方面，母田鼠只能对孩子们说："那种压抑而可怕的生活只有等你们慢慢长大了，亲身经历了，见识了，才会感觉到、认识到"。但是有时候它又如倾盆冷水灌顶一样，很快会从这样的想法中摆脱出来。这些该死的小东西调皮的眼神依然充满天真的光芒，在还没有完全分清是非的年龄就被那个黄毛的凶狠家伙吞噬掉那可咋办？那可是它最不愿意看到的，也等于它末日的到来。难道它是为了让这些小东西成为陌生野兽的美食才生下它们抚养它们不成？谁如果这样想就让它去吃田鼠的粪蛋去吧！粪蛋！母田鼠的内心世界被这些想法搅动而无法平静，让它无时无刻不感到恐惧的也是这些混蛋想法。但愿世间每一个人都不要背负这样沉重的想法吧。让母田鼠思绪不断翻腾，然后又逐渐恢复平静的就是这些想法……

阴沉的天空被撕开一个缝隙，太阳从那个缝隙中挤出半个脸将光芒投射到地面……

虽然太阳已经照射到了田鼠洞口正上方，但是席卷大地的狂风依然没有减弱的意思。

今天的风久久不停……

看着这呼啸着吹到洞口的狂风，母田鼠收紧外皮，一双眼睛如同火焰般燃烧，气得把身体突然缩成一团。狂风那横扫一切的气势并没有吓住它。但就在这时，母田鼠突然听到了洞顶传来的一声轰隆隆的巨响。这突如其来的巨响让本来就已经陷入巨大恐惧之中的母田鼠感到又一个飞来横祸已经来临，让它浑身打了一个冷颤。在这样的时刻，母田鼠预感到了又一个巨大危险已临近。它就像已经看到了此生及来世两个世界的景象一般，竖起并抖动着麦穗一样的长胡须，唯一的想法就是立刻进入自己那个羊肠一般曲折蜿蜒的洞穴里，尽快到达孩子们身边，提醒它们提高警惕注意安全。这就是它现在的唯一目的。这种时候它总是要不顾一切地去实现自己的目的，达到自己的目标。现在的它也一如既往。小田鼠们也似乎继承了母亲的基因，警惕性非常高。母田鼠的惶恐它们一看就明白，并且很自然地立刻行动起来集中到了洞穴中间。母田鼠如同被戳中穴位一样紧张地吱吱惨叫了几声。这是它传递危险消息的特殊信号。头顶上传来的吓人的轰隆声让它们无法安宁，感到焦虑惶恐。洞穴顶部传来不断用力打击的轰隆声，鼠穴顶部似乎要坍塌下来一样晃动，让它们心惊胆战。躲避命运危机的田鼠们屏住呼吸不敢出声，只是惊恐地转动脑袋，观察着头顶传来的轰鸣声下一步会发生如何变化。这到底是个什么样的怪物呢？他们到底是谁？这个疑问让它们越来越感到不安，迫使它们在恐怖气氛中忍不住纷纷发出叽叽喳喳的叫嚷声。母田鼠无论如何都不敢放松自己因紧张而收缩绷紧的身体，它试着去寻找另一个洞口，然后爬出洞去侦查一下，试图亲眼把外面所发生的事情看清楚、弄明白。母田鼠顺着另一个洞口探出头，刚爬出洞口没多远便叮当一声碰到了离洞口只有几步之遥的一个空酒瓶上。母田鼠虽然感到极度恐慌，但它还是尽力收住心保持镇定，开始认真地观察起那几个空酒瓶来。它借助干枯的草秸秆丛的掩护慢慢靠近那几个空酒瓶，然后小心翼翼地试着把头探入了空酒瓶口。但是，它刚把鼻子伸进瓶口便像是在鼻子上突然挨了一个闷棍一样迅速把头缩了回来。母田鼠对瞬间冲入鼻孔中的那个奇怪的气味感到很恶心。吸入鼻孔中的气味让它觉得头昏脑涨，视力模糊，鼻尖瘙痒起来。到了这个年龄，母田鼠还从来不曾闻到过这种奇怪而刺激的气味。它觉得世界上不可能有什么动物对这种气味毫无反应。那臭味让人感到身心痛苦难忍，甚至对生命绝望。眼花缭乱、头脑昏沉的母田鼠正对面出现了几个高大的两条腿动物。长期以来穴居此地，在杂草丛中安家立命的田鼠也是第一次看到这些两条腿的怪物。当然，这些似乎还不像是它所想象的那种动物，而是人类。母田鼠真的是第一次看到他们，也就是说它第一次看到人类。引起母田鼠隐隐恐惧感的这些两条腿的动物们的出现尽管不可能给它带来任何启示，但它还是将他们视为那些时刻窥视田鼠的其他危险动物，将他们视为自己的敌人。因为在整个田鼠家族眼里，世间的一切动物都是它们的敌人。此时此刻，母田鼠那小拇指般大的心脏感知到的就是这些。

母田鼠悄悄地藏好自己的身体，高度警惕地观察着他们一举一动。无论如何，这个可怜虫时刻处在隐隐的恐惧之中，一双溜圆的小眼睛不停地眨巴着。

“咯……咯！”

正从这里走过的一个胖子打了个饱嗝，从仅离母田鼠的藏身处三四步远的地方咔嚓咔嚓地踩着干枯的草枝走过。他用一只手紧紧压着自己头上的毡帽以免让大风吹跑。

狂风怒号，依然吹拽着他的衣摆……

“我们到了！”刚刚从母田鼠藏身之处走过的那个胖子说道，“这里就是原来的老麻扎。”

“这儿吗？我们真的到了吗？真他妈太远了！浑身上下都麻木了。”另一位身体如同房檐上的流水槽一样瘦长，眼睛如同小船一样弯曲的人说道，“这里到底是不是麻扎已经无法分辨了。”

“是不是麻扎，管它是不是麻扎，这与我们何干？我们只管完成我们的活计不就行了！”另一个身体矮小，声音沙哑，唇上长满浓密胡子的人不快地插话道，“你们说，在哪里挖墓穴？天色也不早了。再不要耽误时间了……还是趁早……这该死的风也和我们作对。我们最好早一点挖好墓穴……”

“你不要太着急了。想发财是吧？我们是不是先热热身子？”将头上的黑色圆帽压到眼睛上的一个褐色脸颊的家伙整了整头上的圆帽开口道，“我们已经喝光了一瓶了。应该还有一瓶。快拿出来吧！在哪里？我们在这里也要漱漱口吧！到时再看看，风也可能就停了。我们的身子骨也会暖和起来。那时再开始挖就会舒服一些。我们可以一直挖到汗流浃背。我们会挖得像一个田鼠洞……”

“好吧，就这么办吧！”戴着毡帽的人“啪！”地拍了一下双手表示赞同。刚才已经有了浓浓醉意的人摇晃着说道：“喂！据说我们先辈的尸骨就埋在这里。我们用大口杯喝上一百克来祭奠一下先辈，他们的灵魂一定会高兴，你们说对不对？”说完，脸上露出浓浓的醉意，继续说道，“如果不给这个，我们还会到这边来吗？来吧，为先辈的灵魂再干一杯……”

“为先辈的灵魂，我们干就干吧！先辈的灵魂就是毒药我们也应该喝掉。这，我也是……”脸色呈褐色、毛发浓密的那位呼应着戴毡帽那位的提议。他已经醉意浓浓了：“我也是。听他们说我奶奶也埋在这里。我只是听说过……来。再拿出一瓶来。再来一瓶……”

“只剩下一瓶了。”刚才从母田鼠跟前走过的那位胖子从自己的条绒西服口袋里掏出一瓶说，“就剩这一瓶了。如果我说谎就遭诅咒死去……即使你们发誓，或者头着地倒立也没有了。这是最后一瓶了……”

来到老麻扎的六个人弓腰屈身躲避狂风，纷纷上前围在那个身着条绒西服者身边。斟满酒的酒杯轮流喝，一瓶酒很快就又被他们喝干净了。一干二净的空酒瓶“哐！”的一声落到了躲在枯草丛中的母田鼠身边，又把它吓了一跳。它悄悄地沿着被狂风蹂躏得杂乱不堪的草丛底下潜行，不时停下来紧张地左顾右盼一番，最后来到了那个空瓶子跟前，它鬼使神差地习惯性地把鼻尖往和田鼠洞里一样的空酒瓶口拱了一下。扑鼻而来的酒气第二次让它恶心万分。它顿时像疯子一样眼睛模糊，眼前的一切也变得扭曲起来。它胃里翻腾，头晕目眩，好像只要趴到地上就会仰面瘫倒在地，一个怪异而酸痛的感觉不断涌上心头，就像整个世界要底朝天翻转过去了一样。各种各样的奇怪想法怎么可能让处在这种状态的母田鼠平静呢。为什么这些两条腿的家伙们不头晕呢？他们为何还不摔倒在地上呢？“这些家伙就是喝了毒药也不会轻易丧命。太奇怪了，太可怕了。”被强烈酒味弄得头昏眼花的母田鼠此时此刻甚至产生了这样的想法。

该死的狂风呜呜的吼声开始逐渐减弱，其力量也逐渐减弱，最后只剩下勉强摇动秸秆的能力了……

母田鼠并不明白这些两条腿怪物们来这里的目的，它所能做的只能是找一个合适安全的地方躲藏起来，在沸腾起伏的思绪中静静地卧着，尽量避免遭到他们的伤害。

这一天，这个村庄准备同时将两个人的尸骨埋葬在这里……

2

这该死的世界尽管会有无穷的乐趣但谁又能够想到它也会在人们头顶降下如此的灾难呢？有谁？一天之内就送走两个大活人，这对于村民们来说容易吗？尽管人的生命之火总有一天会从这个世界上熄灭，尽管自古以来人的命运就由天注定，但是就这样夺走村里备受尊敬的人，让整个村落陷入无限悲痛之中实在让人无法忍受！村里只要有两个人碰面就开始唉声叹气，垂头丧气地用悲伤的语气低声议论此事，哀伤的气氛笼罩了整个村落。别的不说，让整个村庄感到伤心的是：备受尊重的长老，付出一生的辛劳成为模范而名扬整个地州，长期受疾病困扰，却为什么恰巧在这个时候撒手人寰呢？人来到这个世界，虽然一定会伴随着最后的离别，最终会离开这个空旷的世界，但是又有谁能预测到造物主召唤自己穿过另一个世界的门槛是在哪一天呢？他生前在众人眼中可是一个顶天立地的支柱啊！即便是现在，他虽然已经安详地闭上了眼睛，失去血色的双手平静地搭在胸前，但人们却依然不敢相信眼前的一切。这真是让人无法想象的事情。如同胶水一样与他纠缠不休的疼痛最终还是没有让他活过六十岁，这种痛苦渗透到了他又瘦又高的体内将他吞噬。没有人想过他会蜷缩在被窝里死去。死亡最终将不可避免地降临到每个人的头上，这是一个永远无法改变和永远无法回避的规律，如果他的生命再延长一天，他是否就会获得幸福呢？无数日子中非要在这个日子里撒手人寰，难道不让人感到悲伤吗？人总会被剥夺生命，但是有没有可以稍微推迟的机会呢？从刚懂事的孩子到进入耄耋之年的老人能够叫出他的名字都曾感到无比自豪。即便是身处外地，身处遥远而陌生的地方他们也会非常自豪、非常骄傲地高声对别人说“我们来自某某某的家乡”。如果在人们口中获得尊重和敬仰，那他的名声也会传得很远，有一些对此偶有耳闻的老人们也会动之以情，抖动着尖尖的下巴好像在说：“哦！谁不认识他呀？我们也曾听说过他。原来他是你们那里的人啊！”侧耳细听他们讲述的关于他的各种奇闻轶事，对其表达深深敬仰之情，生怕错过一句半句。无论是曾经认识他的还是不认识他的，似乎觉得打听一下很有必要似的，他们也会从嘴里流出一句半句如蜜一般好听的话语，如同亲人一般说一些安慰的话。听到这种话语的乡亲怎么可能不搭理他呢，总会有更好听的话加以回应说“他可真是一个非凡的好人啊！”然后不无自豪地说出自己与他有七代血缘关系。那么现在呢，现在？他们今后又该怎么办？那些蜜一般的语言又将对谁诉说，让谁去聆听呢？真是太遗憾了，遗憾啊。人们总是津津乐道于赞扬他，却忘了祝福他健康长寿。难道是不希望他健康长寿吗？这些愚蠢的人们似乎此时才意识到这一点。迟到的美好愿望没有说出来让他们感到伤心，感到悲痛。那些可怜的人已经寸肠欲断，被遗憾充斥的愿望难道会与不期而遇的告别长期同行吗？那些曾经借助他的名声解决很多自己的难事并获得过各种好处的人今后又该怎么办呢？从前遇到任何事情都会以各种虚假谎言通过他的英名而获得利益的日子，难道就这样一去不复返了吗？因这位被尊为村中长老的人的死去而引起的悲哀，就像滚动的阴霾一样笼罩了整个村落。哭泣声包围了整个村落，妇女们唱起的悲痛挽歌让人感到刺骨的悲痛，令人悲痛欲绝。悲哀的挽歌声飘忽不定，人们忍不住悲痛，不停地抽泣打颤。不完美的世界就是这样。人们唯一的愿望是这个。这位受人尊敬的人如果再多活一些日子，他就会看到刚刚被任命为地区领导的儿子而感到高兴和自豪，也不会落下任何遗憾，安详而满足地离开这人世，不是吗？儿子能够有今天的成就不也是因为他的缘故吗？这个可怜的人曾经为了儿子能够得到提升，想方设法寻找可靠之人为儿子说情，调动所有沾亲带故的裙带关系，寻找哪怕有一丝血缘的亲戚也要前去游说，说好话拉关系，踏破铁鞋，都不知往首都跑了多少趟啊！他确实深谙此道。但无论如何，他的这些辛苦最终没有白费，得到了令人欣慰的回报。可怜的人为了安排好儿子们的事情而费尽心机，把死神提前招来了，这也让人们感到十分惋惜。儿子们却是个个都妥妥地安排了好工作。

很多了解内情、甚至那些不了解情况只是道听途说的人都说他们随手抓一把什么东西就能抓出油来。受父亲教育的孩子还能差吗？听说有两个坐在宽敞的办公室里当总经理，还有一个在另一个地方专门管理那些经商户。中间的那个则就在一天前刚刚坐上了地区领导的位置。“你们有像样的工作，能够滋润身边的人才能成为受尊敬的人。现在是看人的地位致敬行礼的时代。碌碌无为办不成任何事情那还能叫成功人士吗？现在你们不要考虑自己的脑袋，而应该多考虑自己的屁股能否坐稳……这一点你们可千万要记住。如果想拥有理想的生活那你们首先必须有柔软的座椅，理想的工作。要让周边的人看你们的脸色行事，有求于你们才行。只要有人有求于你们，你们就成了成功的智慧人士，自然有人主动敬仰你、伺候你。敬仰和伺候那可不是空头支票啊？自然会有源源不断的财富和荣誉滚滚而来……”他曾经将这些话作为父训谆谆教导自己的孩子们，孩子们对此也早已耳熟能详牢记在心了。看来，这位能人确实没有殚精竭虑地白费口舌。他的确是这方面让人佩服的行家里手。的确是这样……现在儿子们个个掌握了一方权力但是内心却怀有悲伤，提心吊胆地围绕着父亲的被窝转。孩子们也算孝敬，为了治好父亲的病不停地转院治疗，寻找更好的医院和医生，但是受尽辛劳的人的病情却还是一天不如一天地恶化，吃不香睡不好，最后只能卧床不起，甚至大小便都要在床上解决了。前来探望的人当然是络绎不绝，用各种好听的话来安慰他：“真主保佑，您一定会好起来的！您千万不要担心。”但这些话在他听来却有着另外的含义。如果无情的死期逼近，即便你天天从盛满圣水的井里喝水又有啥用呢？不也一样让你此生无望，生命即将终结吗！他已经无望再见到明天的阳光，关于死亡的想法就像春藤一样越来越紧地缠绕他，折磨着他……

头上枕着三种不同的枕头的他，全身已经变得如同黄色的僵硬木板，脸上的肌肉萎缩，出现道道纵横的皱纹，过去那张棕红色且充满活力、油光发亮的脸如同被血吸虫吸干了鲜血一样，深藏体内的丑态从脸上溢出，站在永恒睡梦屋的门槛上，随时就要睡过去。可怜的人已经变得如同枯朽的秸秆，像一具活着的死尸，身体一动都不能动，曾几何时他可是大名鼎鼎、被人们尊称为巴斯特·阿塔库洛夫或者是巴斯特·阿塔库洛维奇的人物，而不是现在这个奄奄一息让人惋惜忧伤，已经病入膏肓的病号。现在谁能相信他就是原先的那个赫赫有名的大人物呢？有谁？他现在可是一个可怜虫，可怜虫啊！过去那个说话底气十足，嗓音洪亮，傲气十足，脾气暴躁，目中无人，发起脾气连亲生父亲都会顶撞，办事果断、雷厉风行的主席先生现在却像一块旧的、发白的老布条，只有细微的热气从嘴里呼出，无神的眼睛已经懒得再多眨一下。他甚至对落在脸上的苍蝇，偶尔才能有所感觉，时不时轻微抖动一下脸肌。就连苍蝇对他的轻微抖动，也偶尔才有感觉，如果没有人用纱布轻轻为他扇动驱赶一下，苍蝇也不理会他那微微抖动的脸颊，继续肆无忌惮地在他脸上停留、走动、玩耍……

这个无情的世界对人什么样的折磨不能做呢？在春风得意的时候，瞪大圆眼，咬牙切齿，似乎有一口吞掉世界之气魄和勇气的巴斯特主席现在已经变得力不从心，奄奄一息，甚至已经到了一只老猫看到他都会抹泪的可怜境地。难道从前有人敢想象他现在这种状况吗？有吗？别的不说，甚至那些对他心怀嫉妒和恶念的人也都不曾有过这种想法吧！人虽然为人，但在造物主面前不就是一个可怜虫吗！骨关节细长的手上突起的血管里已经没有了流动的血液，甚至滴入嘴里的水滴都没有力气下咽，只是静静地等待死神来临……

他的弥留之际延续了很长时间……

他枕着枕头平躺着，那里能够看到儿子们眼睛盯着地面无奈地低垂着头坐在他身边，因找不到任何可以挽救他生命的措施而情绪低落，甚至已经找不到合适的话语来安慰这位弥留之际的老人的失落窘境呢！旁边那些轻微的说话声，两周以来骤然增加的前额上的皱纹被不知是谁的柔软的手轻轻抚摸着，他也装作不知道，早已没有力气用眼神给予回应，从体内传出的痛苦呻吟更让他感到伤心，这个微弱的充满爱心的呻吟只有他的儿子们才能察觉到。每一次呻吟就像锥子插入身体一样，让他们感到椎心刺骨般的疼痛难忍。体内泛起的疼痛感突然在他眼神里闪现出生命的气息，朦胧的、早已干枯的眼睛似乎要睁开的每一个瞬间假象，都会让低着脑袋注视着他的孩子们的心灵骚动一番，睁大充满期待的眼睛紧紧地盯着他看一会儿。父亲的命似乎就像停留在他们的眼睛里一样，他们所有的希望也聚集在他那干枯的眼眶里。从他们充满期待的眼神中透露出的是，他们似乎在等待着他们的父亲立刻睁开闪亮的眼睛扫视他们一遍，然后说："你们还在这里吗？"他们是多么希望那样的情景能够出现，多么希望听到那样的话语啊！

他那只有羊拐骨一般短暂的生命所遭受的所有艰难困苦都是为了孩子，此时此刻即便只剩下一丝气息，其思想也依然围绕着他的孩子在转……“今后你们可怎么办啊，谁会是你们今后要依靠的高山，又有谁会成为保护你们的山崖啊？”此时此刻，他的这一想法除了他自己之外没有人能够听清。此时此刻，他尽量保持生命的气息，尽量让死神慢一点靠近自己，想方设法尽量把滴答滴答地从自己的五指尖慢慢流逝的寿命再延续片刻，想把生长在崖壁上的生命之花再嗅闻一下。但是，他逐渐走向熄灭的生命还能够让他的这些想法得到实现吗？坐在他面前的孩子们，此时此刻是否能感觉到他们的父亲是多么强烈地渴望生命，热爱生命，多么痛苦地期待生命呢？我的老天爷啊！难道他那如同崩塌的山岳一般走向消亡的生命还能再一次祈求生命吗，天啊？那他的孩子们此时又怀着怎样的想法呢？这一想法此时此刻也如同绳索一样缠绕着他，让他不得安宁。 在永别后的安息之前，他可能想知道这一点。世界变得狭窄，思绪如同分流的河水一样，择河床分道扬镳的孩子们此时的想法却变得惊人的一致：“真主啊！既然你要将他带走那为何又要如此折磨他呢？如果想带走你就让他安详地走吧！”孩子们无奈地等待着父亲弥留之际最后的时刻，巴望喊出“父亲啊！”的哭声，然后把一周以来聚集在眼眶中如同水盆里即将溢出的水一样动荡的眼泪立刻倾倒出来。巴斯特主席极力想哪怕一分一秒地延续自己的生命，而他的孩子们却满足于那一刻，希望父亲的生命就此永远停止。难道死者的悲哀，一生所经历的痛苦都仅仅属于他自己吗？孩子们那些已经被污染的思想此时此刻又有谁能够传达给他呢？能够传达思想的人到底在哪里？哎，那么，躺在被子里即将消失的生命重新复活，挣脱压在身上的生命枷锁说：“我一辈子为了你们咬紧牙关吸收牙齿间的尘土，难道你们的愿望就是这个吗？你们说一说吧！就是这个吗？我为了你们而聚集的金钱和财富，为你们开拓的前程难道只能获得这样的回报吗？我即便是死了，你们需要的也仅仅是钱财和地位，对吧？你们凭什么要这样啊？说吧！你们快说吧！哎，再见啦，快说吧！我可没有希望你们死去，你们要想清楚！我为了你们受尽艰辛和苦难，希望你们拥有高人一等的生活，希望你们不看别人的脸色生活，看看你们啊！我即将撒手人寰时你们说的难道就是这些，想的就是这些？我拆东墙补西墙数米而食，在万难之中让你们上学，把你们抚养大，让你们变得强壮，最后还让你们坐上了舒适柔软的座位，你们想对我说的难道就是这些？对！就是这些？我知道了！这个无情的世界啊！”然后就能增添生命活力吗？此时此刻，再也没有说这话听这话的人了……

巴斯特的死期还未到，其生命依然延续着……

巴斯特主席也为能够亲眼看到自己生命完结而着急。死亡到底是什么？难道是这个黑夜？或者是断断续续、隐隐约约的叹息声？如果死亡能够提前被看到那该多好，他会想方设法，把那个叫作死亡的家伙的舌头揪住，如果顺利的话也许能够从其手掌中摆脱出去。如果能做到这些那不就是自己的胜利吗！到底死亡是什么样的东西呢？是饕餮吗？或者是像人一样的动物？没人知道。想一想，他从来不曾向人打听过。当视线开始模糊，浑身上下就像有一把钝刀子在切割他的身体一样疼痛难忍，让他持续不断呻吟时，他才真正感觉到了自己的身体也并非如他曾经想象的那样有别于他人，自己也像其他人一样拥有凡人之躯，并不是什么特殊材料做成的。此时想一想，这个可怜的人到今天为止只是在虚无缥缈中飘摇，唯我独尊，根本不把别人放在眼里，这个可怜虫！现在有谁来同情他？有谁来分担他的痛苦？有谁来珍惜他的生命？这个该诅咒的凶恶的死亡为何不立刻现身把他带到该去的地方呢？为何要这样讽刺和讥笑一个已经变得无助的人呢？难道它也迟到了吗？或者是自己等的太急了？要不然就是如同从毡房的天窗上射下的阳光一样给他的身体增添力量，让他恢复健康？如果是那样该多好啊！会吗……

死亡并没有那么轻易地出现在巴斯特主席眼前……

每个人都会面临末日审判。这种审判此时正好萦绕在巴斯特主席头顶。因为他的人生当中有一大堆事情会让他在弥留之际遭受痛苦的审判，而他还必须一件一件地认真做出回答，决不能有半点敷衍。所有这些想法像揉面团一样揉搓着他的身体，好像不会轻易把他交到死神手里。

在这个光明的世界里你到底做了哪些好事、哪些坏事？留下了怎样的人生轨迹？有哪一个能够与终极审判的秤砣相抗衡呢？首先，必须要对此做出回答。到底有没有想说的话？良心到底能否承受这一切，抑或是像腐朽不堪的老树一样轰然倒塌？到底会怎样？要把全部事情说出来，说出来全部事情……他会不会从梦幻般朦胧的无尽世界的马鬃桥上顺利走过去呢？尸骨虽然留在地上，但是生命却变成飞禽飞上天空，最终又会落在哪里栖息呢？此时正是最终确定他那拳头般大小的生命的归宿的时候了。到底是去天堂还是下地狱，这不正在受到审判吗！身后到底留下怎样的人生轨迹，活得有良心、有道德还是缺德，还有什么样的孽债没有还清，还是先认认真真地考虑考虑这些吧……

盖在身上的柔软如绒毛的丝绒被子此时此刻却如同铅一样压在身上，似乎躺在被子里的不是活人而是活着的死人，他的眼睛里开始断断续续地出现各种奇幻奇诡的梦幻景象。

护士每天从动脉给他注射的药剂勉强维持着他的生命。但是一周以来，他的状况突然开始每况愈下。到这个年龄他还从来没有得过这么严重的病，压着枕头，躺在被窝里这么长时间。巴斯特主席病倒那天还幻想着第二天就会病愈，重新站起来投入工作。但是事与愿违，当他最终发现自己已经无法轻易站起来之后，就开始千方百计四处寻找医生来给自己治病。他已经竭尽全力了。没有没去过的医院，没有没找过的医生，没有没吃过的苦药了。他几乎试过了所有能治好自己的方案。巴斯特此时的内心苦衷只有他自己知道。他似乎觉得自己的病只有自己知道，别人根本无法知晓。如果自己知道又怎么才能治好自己呢？应该吃什么药？正是这个痛苦的想法折磨着他，随着日子的增加逐渐夺走了他脸上的光芒，将他本来很强壮的身体揉捏、消耗并击碎。吃饭没有胃口，本来强壮的身体和滋润发亮的脸庞逐渐被榨干，开始萎缩变得干枯，脸颊上的肉也逐渐被削去。他已经感觉到如同蝙蝠一样对自己纠缠不休的这个病非同一般，最终一定会给自己带来无法想象的危难。也许正是从那时起，各种可怕诡异的思绪便开始从四面八方涌入他的脑海，每时每刻萦绕在心头，不断侵袭着他虚弱的身体，让他片刻不得安宁，浑身变得如同冷冷的冰块。这个可怜人，曾经每时每刻思考的就是生命、寿命、死亡、死神这类命题。最初开始思考这些事情的时候，他还吓得浑身颤抖。死神这个东西到底存在不存在，也许那只是人们无中生有的想象，只是一个无关紧要的词语罢了……他对此似信非信地想了很长一段时间，愚蠢地认为死亡只是一个遥远的想象体，似乎永远不可能降临到自己头上一样，让他说实话吧，问他到底从前是否想象过死亡，是否想过最终有一天自己会无可奈何地走向生命的终点？现在的他对此还有什么能够抗争的对策呢？这真是上帝的惩罚。曾经比壮年的马还要强壮的自己突然有一天会闭上眼睛走向后世，谁会不痛苦不伤心呢？难道死神就是一个根本不懂这些情感，铁石心肠，更喜欢忧伤和哭泣的冰冷的怪物吗？无助地躺在死亡和生存之间的巴斯特被这些奇诡的如同沙粒般流过他脑海的想法折磨着、蹂躏着，片刻不得安宁。此时他开始耷拉眼皮，离开尘世的时刻越来越近了。不……！他突然从关于后世的想法如同藤蔓一样逐渐延伸的状态中惊醒过来，用毫无力气的双手抓了抓自己的床沿，当感觉到光滑而冰冷的床沿时，他才又一次感受到了自己怦怦的心跳。最后的五六天时间里他就像是在海底潜游一样遭受了各种诡异而痛苦的思想的折磨。犹如肺部受寒的绵羊一样开始不断地、强烈地呻吟，不知从哪里飘来的悲伤而绝望的念头，将他躺在病床上的身体压得喘不过气来，奄奄一息。他那如同木杵顶部一样的尖脑袋一动不动，冷汗开始从他额头上顺着脸颊一道道往下淌。这时候他才在自己脑海里重新开始思考多少天来不敢想象的、比寿命更加令人恐惧的死亡危机，开始考虑自己的最后归宿。此前，他因为害怕一直在回避这个问题。巴斯特主席最终明白了生命和死亡是两个相连的概念，但他之前一直以为自己能够摆脱死亡的纠缠，认为两者是两个不同的概念、两条不同的生命路径，他可以把生命掌握在自己手里，掌握主动权。他曾经因恐惧而绝对不敢把死亡这个词汇挂到嘴上。他害怕的是这个：自己的生命之灯真的要熄灭，生命的白天会变成黑夜，身体是否会被埋入漆黑的地下永远不得重新返回人间？“请您保佑吧造物主啊！如果您真的存在的话，就请您保佑您这可怜的仆人吧！您所赐予我的一切，无论生命、肉体、财物还是名誉，也还都是您自己的。这我知道，神圣而强大无比的造物主。您仆人出生的世界如果是虚假的话，那您收走我的生命应该是真实的。请您原谅我，请您宽宏大量吧，无论早晚您总会把一切都收回去，这是毋庸置疑的，我最后的请求就是让我这苍蝇般弱小的生命再延续哪怕片刻，放过这次，稍微缓一缓……如果我是清白无辜的话，就请您先把打算要送给您仆人的艰辛稍微收一收吧。这就是我唯一的请求，请您保佑，保佑……”此时此刻，巴斯特主席的身心被这些祈求所占据。曾经很不情愿地提及造物主名字的巴斯特主席在生命弥留于自己的眼眶之际，因为害怕才说出了这些。越是害怕越是把自己的害怕的东西往自己身上靠，往自己身上贴……

巴斯特主席在生命的最后时刻，无论黑夜还是白天，都是在梦境中度过的……

昨天他还气息均匀，生命状态良好。墓地离自己比家里的炕更近的时候，他哪里会想到自己会做那些奇诡的噩梦呢！正是做了那梦之后他便开始感到绝望，就像被锋利的大刀砍中一样耷拉下脑袋。让造物主发发慈悲吧，据说这种折磨会让人在还剩下最后一口气的时候，开口说出的最后一句话会是：“请原谅我吧！”从那以后便动不了舌头了，再也无法说出一句话了。所有的儿孙们如同小鸡一样呈弯曲的牛角形状围坐在父亲的周围，满怀焦虑。时刻关注着父亲身体任何一个细微变化的儿子们听到这句轻微喊声，感到十分惊奇。他们的父亲哪有什么过错和罪过要请求人们的原谅呢？这个可敬之人，他对男女老少一视同仁，从来就十分公正啊！他的好名声总是挂在人们嘴边的。他本人则一直都是人们的座上宾啊。难道他确实已经力气耗尽，开始说胡话了不成？连接着生存与死亡的如丝线般脆弱的生命难道就这样断开了吗？“到底他在请求谁的原谅？”这个残酷的疑问深深地印刻在了围在巴斯特主席身边的他的每一个孩子的心上。难道这就是开始说胡话的表现？像收缩干裂的苹果皮一样的嘴唇此时看上去也非常奇怪，似乎时不时“呼呼！”地发出轻微的声响……

这一天，主席的梦里出现了过去曾经发生的一件事情……

那是啥情况？那正是他威风凛凛的时候，整个农庄所有指挥权都集中在他掌心，一千多户人家都得围着他的眼神转，他说什么就是什么，想怎么干就怎么干不是吗？那可是他的时代，他的时代啊！他所管理的农庄的生产活动在整个地区都走在前列，无人能比，永远受到上级的赞美和嘉奖不是吗？哎，想想这个人当时得意洋洋充满自信的神情吧。那真是羡煞别人。他的的确确是一个后颈上布满一道道横向皱褶，脸上溢出石榴红色，呼吸都能温暖大地的、德高望重把握大局的机敏人物啊。当时在整个农庄没有一人胆敢直视他的眼睛，在他面前大家都只会将双手放在胸口唯唯诺诺地说“是的，对！是的！好的！”这些话。他度过了多少甜蜜的日子，现在想起来都会让他激动得热泪盈眶。所有这些还能怎么讲呢……

在一个连着一个但却彼此毫不连贯的梦里，他看到了一个该上天堂的十分熟悉的面孔。看到了，但全身却像吃下一个冰块一样立刻颤抖起来。上天保佑，他的脸庞还是那样，没有变。从前是这样，梦里还是那样。眼神如同刀子一样锐利无比，如同猫的眼睛一样在黑夜里闪闪发光。“这就是那个…那个……”他一眼就认出了梦中之人。对！对！这真是他所说的一个老熟人。这个人自从巴斯特主席的头落到枕头上，身体进入被窝开始，就如同吃人的恶魔一样非常执着地对他紧追不舍，如影随形。说不定会让巴斯特主席备受折磨，耗干他心血的那个叫死神的令人惶恐的家伙，也可能就是这个眼神如同猫眼一样锐利的人引来的。如果真有这样的事，那毫无疑问，绝对是这个家伙干的。对！就是这个人。到底他为何这么做？巴斯特回想起了这个人过去的一些言行。那他有啥根据非要在这种时候想起这个人呢？他怎么可能把那些一一讲明白呢？世上还有不入梦的东西存在吗？不，这可不是一般的梦。这个人也不是一般的人。是一辈子不待见他，处处想陷害他，心胸狭窄，嫉妒心强的人。真的，说得对！在梦里见到这个人总是会把他气得火冒三丈。不要，不要出现在他面前，不要！滚开，滚！别靠近，离我远一点。在他的生命正在寻找天堂归宿的这个当口，在他苍蝇似的命正在遭受煎熬挣扎的时候不要出现在他眼前，滚开！他的梦又开始像一根从线团中拉出的丝线一样越拉越长，绵延不断，没有停歇。不知道这个梦的线头端在哪里！凌乱而毫无头绪，让人捉摸不定。眼睛到底是睁着还是闭着也不清楚，那么不要说这个人，他自己的本真现在又到底在何处呢？是活着还是死了？这到底是什么情况？自己到底在哪里也不能确定。只是迷失在无数个该死的断断续续的梦中痛苦地游荡。这不，刚刚断开的梦似乎又被人用胶水粘连起来似的重新开始延续。但还是那个人，还是那个该死的家伙出现在眼前。那个人正在古老麻扎附近徘徊，站着的姿态容貌与先前一模一样，眼睛依然敏锐而闪亮。巴斯特见到他之后立刻紧张地抓紧了自己的衣领，怦怦跳动的心脏似乎要从胸口中崩裂出来。他心惊胆战，魂不守舍。那个人手里拿着一把铁锹正在墓地上挖掘坟墓。两人对视了一会儿便开始交谈起来。

“这是在给谁挖墓穴呢？”两人之间的寂静首先由巴斯特打破，“是谁死了？”

“还能给谁？”那个身穿白色衬衫的人回答道，“自己！给我自己……”

“你是说给你自己吗？”巴斯特感到很吃惊，“我们埋葬你，那都是啥时候的事情了！至少十年了吧，十年……”

“别人挖的墓穴不收我。”他扶着铁锹把站起身来，接着说，“我的罪孽太重。所以我只能换个地方重新亲手挖自己的墓穴。如果不这么做我就得不到一丝安宁。这边最需要的是安宁。我们不就是为了安宁才从那边虚伪嘈杂的世界到这边来的吗？如果连墓穴都不收你，那你如何能安宁呢？如此的安宁又有啥用？你说说看！”那个人向巴斯特发问：“你是不是也有罪过啊，说说？快说说看……”

“我吗？”巴斯特听到这个提问吓了一跳，支支吾吾无法回答，“没……没有……”

“你不要自寻死路！”那个人提高嗓门说道，“只有罪孽深重的人才会推脱罪过，漂白自己。你知道吗？”

“你对我说话小心一点，别那么冲！我是谁你知道吗？我是谁！啊……”

“这边可没有人关心和在乎你是谁！都一样，一样！”

“哪边？”巴斯特像踩到火炭山一样又吃了一惊，“你说的‘这边’到底是哪边？”

“这边吗？”那人用敏锐的眼睛盯着巴斯特说，“这边就是人不分等级的地方。无论好坏，善恶，有罪和没有罪都一样。”

这时，巴斯特的梦又断了。“啊！难道我真的就这样离开了吗？我现在到底在哪里？谁会对我说，谁？你们说一说吧！说一说！”巴斯特在自己还剩最后一口气，在死亡线上挣扎的时候提出了这样的诘问。为了知道自己的位置到底在哪里，他突然发现了一个奇招。他艰难地伸出双手去握自己下面那病床两边冰冷的铁床沿。这时他就知道自己在哪里了。巴斯特的双手在冰冷的铁床沿上滑动，并且感觉到了铁的冰冷，也就是说他的心脏还依然在跳动。他的生命可不能就这么轻易地被夺去。那该死的梦突然又开始了。他的梦还是从刚刚断片的地方连接了起来。

那个与巴斯特熟知的穿白色衬衫的男人还在那里并没有离开。

“你为什么不敢正眼看着我，啊？”那人抬头看着巴斯特，“我们好像认识啊！可能在哪里见过你……”

“见过我吗？”巴斯特感到很好奇地回答，“我是第一次看见你。”巴斯特非常害怕说出“我认识你”这句话。如果不幸被他看穿咋办。如果是那样的话，他怎么可能放过自己，一定会拽住衣摆把自己强留在这里。如果那样的话就是自己的末日了。末日就是这样到来的。如果不是床沿而是其他什么东西那也说明末日的到来。是的，末日就到了。

“不要瞎说！要不然大地都不会收你！不要说假话！此时此刻你必须诚实地和我对话。你肯定认识我，肯定认识！”那人用非常坚定的口气强调说，“你认识！罪孽深重的人就是在相互认识中增加自己的罪恶的。你可能也罪孽深重吧。你这样的家伙已经让世界变得非常狭窄了。大地哪能承受这么多罪孽呀？”

“如果我有罪孽人们自然会原谅我。有罪孽的怎么可能到这边来？不都是干干净净地到这边来吗？人们会原谅一切……”

“人们可能会原谅。但大地会原谅吗？大地！”

“大地吗？大地……”巴斯特的话语中断，眼睛却睁得很大，眼前飘忽不定地出现了很多奇怪的东西。

到这里，他的梦又断了。

梦断的原因是坐在他旁边的人此时正好用湿润的纱布擦

拭他干裂的嘴唇。

“黑暗！”巴斯特又开口说道，“这黑暗到底是啥意思？”

坐在他跟前的孩子们勉强听着巴斯特断断续续的言语，立刻问道：“爸爸！要不我们把灯打开？”

傍晚还没到房间里就亮起了灯光。

“黑暗，黑暗！”巴斯特的嘴唇重又开始变得干燥起来了。

巴斯特的梦境从此再也没有能首尾连接起来。他已经把梦境的起始线索弄乱了，忘记了。

现在各种思绪向他压来。

“你就是那个，那个。我认出你了。真主保佑我认出你了。”巴斯特已经没有多少活动能力的干裂的嘴唇微微颤动，好不容易从嘴角把这句话模模糊糊地挤了出来。日夜守候在父亲身边不敢离开一步，眼眶发酸，眼皮早已无法支撑的孩子们模糊听到了父亲这句微弱的话语，将父亲开始说胡话的状态理解为他最后的弥留时刻。大儿子开始揉搓父亲的双手，设法找到父亲胳膊上的主动脉，号一号脉搏的跳动情况。他那压住主动脉的拇指好不容易感觉到了父亲还在断断续续的微弱的搏动，甚至抚摸了一下父亲的前额。这一次他们父亲闭眼睛的姿势不太像从前，很有些异样。此时，巴斯特身体深处发出的既不是呻吟，也不像痛苦时发出的呼唤，反正他那如同干涸的荒野中裂开的道道裂缝一样干裂的嘴唇动一下，从嘴里呼出的热气让他最终勉强说出了模模糊糊的一句话：“你就是那个！就是那个。我认出你了。真主保佑我认出你了……”

突然闭紧的双眼除了漆黑的夜，别的什么也看不见了。

巴斯特主席还想再说一遍："你就是那个！"但是他的舌头已经不听他使唤了。他真的完全认出了梦中出现的那个人。就如同被一个木桩扎入眼中一样，除了那个人他看不到其他任何人，他那早已经虚弱不堪的身体感到更加痛苦不堪。"这是多大的罪过啊。难道是专门派他来索取我的性命？我的天啊！我不会交出性命，不会交出，不要折磨我了！放开我！放开……"在巴斯特脑子里翻腾的这些话语最终将他的心割裂开来。

巴斯特主席被各种思绪萦绕……他的脑子还没有瘫痪到停止思索的地步……

尽管都过去了那么长时间，那个人却依然牢牢铭刻在巴斯特的记忆之中。也许正因为这个原因，那年发生的事情如同浇筑的铅块一样凝固在他的记忆中无法消失。那时候就是这样，现在想起来确实做了很多过分的事情，过了一段无人监督、无人约束的日子。当然，另一方面，那些年村庄也有非常大的压力。到那时为止，从来不曾失去头名位置，而赫赫有名的村庄当年的玉米产量计划指标却没有完成。干旱压境，当时连麻雀的口水般的一滴水都成了奢望。计划产量指标就是计划产量指标，是必须要完成的。但是如何完成，通过什么方式和什么手段来完成，那就是领导个人的事情了。当时巴斯特主席想到了一个可行的办法。在村庄周围，没有被列入规划的土地还很多，如果将那些土地开垦出来，无论播撒多少玉米收获有多少，又有谁能阻止他呢。如果不开垦新的土地完成计划指标，地区首脑明天就会过来调查，他因此可能就会丢掉乌纱帽。数年来一直丰产丰收做领头羊当表率的农庄也就可能因此而名誉扫地一蹶不振，对吗？总之，这是在干旱季节增加农庄粮食产量的一个借口和方式，他所能想到的唯一办法就是用扩大耕地面积来增加玉米产量。那么在哪里能扩大耕地面积呢？村庄的耕地早就已经被上级派来的测量队纵横测量，规划列入了播种的土地计划。但是，办法总是要有人想的。他是什么人，除了上帝他不把任何人放在眼里，可以随心所欲地办自己的事。水库西边的古老麻扎是他一直盘算的地方。如果把那里用铁犁开垦出来有谁会注意呢？虽然那里被称为麻扎，但却已经在岁月的侵蚀中几乎失去了麻扎的气息、意义和功能，早已无法辨认，都快被风沙夷为平地了。他去年就曾注意观察过那里。但是他不曾斗胆派人去开垦那里的土地，因为那里毕竟不是一般的土地，是先人埋葬尸骨的地方，也算是一个圣地。巴斯特把自己的想法一直埋在心里，没有告诉过任何人，但是有一天他把自己的想法试探性地说给手下一位名叫米塔乐的生产队长时，对方却点头哈腰无比兴奋地表示全力赞同，并说只要他让米塔乐带上五六个拖拉机手前去，不用一周时间就能把那里夷为平地，开垦出来做耕地。谁能管这事呢？那些不谙世事的愣头小子们能知道那里曾经是麻扎吗？因为那里曾经是麻扎就必须要把那里一直闲置着吗？某一天肯定会有人站出来，也会干巴斯特此时想干的事。也就是说，早晚会有人出来做这事。既然这样那还有必要继续拖延时间吗？说一遍，说两遍，光说会有什么结果。与其光说空话还不如尽快实施自己的计划。到了这个份上，他还能怎样。他很快就下达了平整麻扎、开垦土地的指令。但是对巴斯特有所忌惮的人没有一个站出来，对他说“你做得不对！”这样反对他的话。从来没有。普通民众还是普通民众啊，怎么可能连一个人都不会出来阻止他呢？过了两周以后，就是那个，那个出现在他梦里让他一直记忆犹新、让他心烦的家伙毫无忌惮地闯进他的办公室。这个该死的人还瞪大愤怒的双眼，举起手中的皮鞭狠狠地抽打他的办公桌表达他心中的愤懑不是吗。

“这是何等的罪孽啊！”他没有按传统规矩先相互问候就开始怒吼道，“把麻扎整平播种高粱，到底是什么歪理？是谁批准把那里整平的啊？那里躺着的可是我们祖先的尸骨啊！”

“那又怎么样？我们最终的归宿不就是那里吗！”从来不曾从任何人口中听到过这种对自己不敬的冲动话语的巴斯特主席也不甘示弱，说出的话掷地有声，“是我批准的，是我……”

“我不想诅咒你的这个批示！但这可是犯罪啊，你知道吗？”

“那么对你来说不完成计划指标就不是犯罪吗？这里可没有我父亲留下的多余土地。要不要开垦那里的土地我有权力处理。计划指标必须完成。要知道，这可是国家大事。”

“你不要把麻扎和国家大事联系起来！难道我们就用这样的方式表达对先辈灵魂的尊重吗？随意毁坏他们灵魂安息的地方……这难道是人干的事情吗？你给我说啊！”

“难道这世界上只有你是人吗？我们也是人。是人。我们也有高尚的心灵。”巴斯特气势汹汹地回敬那个人道，“你倒是说说，那里躺着的是你什么人？是谁？”

“没有我的什么人……”他也直截了当地回答，“没有我的任何人……”

“没有你的任何人，”巴斯特强调说，“但我的先辈却在那里，你知道吗？怎么？你认为我是背叛父辈意愿的混蛋吗？你可千万不要这样想。你这样想就错了，我的朋友。我也像你一样尊敬他们。你不要刺激我的心脏惹我生气，懂吗？如果你真想知道什么，那我就告诉你，现在那里的作用和功能已经结束，既然失去了作用和功能，开垦播种还是平整踩踏不都一样吗……”

“什么作用？什么功能？你说的这是啥话？”那个人听到此话更加生气，“难道那里也有失去神圣功能和作用的时候吗？”

“你真是年少无知啊，小伙子！”记得当时为了将话语权拉到自己这边，他改用比较沉稳轻柔的口气，“不要说麻扎，我们的生死也早已指定好了。这世上哪有没有规矩没有限定没有计划的事情？这有什么奇怪的？”然后，他用脚狠狠地往地上踏了几下继续说，“你是否愚蠢地认为脚下的土地就是永恒的，啊？它也有自己的寿命期限！知道吗？难道它永远会承载你这样的家伙吗？”

“你这样的混蛋，不仅会毁灭人类，而且会毁灭大地！”

“小伙子，说话可要注意分寸。可不要管不住舌头而给自己带来祸害……难道这件事有那么严重的后果吗？我们播种玉米咋就不行了呢？又不是为我个人！难道你认为这是为了我个人吗？我这么做不就是完全为了你们，为了广大农庄民众吗？我们多打一点粮食，多上缴点粮食有什么错？有什么损失吗？”

哎呀，他那无缘无故地经常挂在嘴边的“为了民众”这句贴心话即使在做出很多错误的决策和事情之后，也会让很多早已变得冷酷的心突然感觉到很温暖、很温馨。很多矛盾、困难和压力都是在这句话的作用下，很快就得以缓解和消除。但是，那个性格刚烈、怒火中烧的小伙子却不吃他那一套，寸步不让，让他感到左右为难。性格直率、勇往直前的小伙子甚至揪住他衣领，差一点和他扭打起来，并威胁他说：“我不知道你的期限寿命之类的话！如果你们不从今天开始停止，我一定会到有关部门去上诉，把你们统统送上法庭！”在这个小伙子的这一言行还没有在村庄成员们之间传开之前，他们试图用各种甜言蜜语打动他，或者用狠话吓唬他。但那个性格怪异的家伙根本不听规劝，也无法说服。不仅如此，他还变本加厉地在地区报纸上写文章对此事加以抨击，把事情弄得纷纷扬扬，把他们逼到了极为尴尬的境地。对处理这种事情早已轻车熟路的巴斯特哪能轻易放过他呢！他随后就安排专人写讨伐信，讨伐他造谣攻击他人，最后甚至到了让他在全村庄人面前抬不起头来的地步。本来很正常的人却被周围的很多人以“他心理不正常，有病”来对待。当然，人们为何要写这样的信自然就不用指明了。所有人都站在巴斯特一边支持他，给他帮腔，按他的眼色行事。正直刚烈，为了真理甘愿献出自己生命的小伙子，面对的是围绕在自己周围的那些早已将真理这个词从自己头脑中删除、习惯于随风而动随上面的意思办事的人。这些人似乎组成了一道厚厚的墙堵在他面前。他根本没有想到追寻真理是一件需要付出生命代价的事。对，他记得，他永远记得。即便是忘了其他事物，那个小伙子的言行、态度和火一样激情燃烧的眼睛他怎么可能忘记呢！当那个小子在牧羊途中不慎掉入峡谷死去之后，他也假装非常伤心，内心却沾沾自喜，但也亲自赶过去参加了他的葬礼。入殓之前有人当着他的面掀开盖在他脸上裹尸布时，上帝啊！他看到那家伙的眼睛居然睁着，人虽然没有了生命的迹象，但那双眼睛却像灯泡一样闪着光。巴斯特主席每每想起当时的情景，他就会像踩上了毒蛇一样突然间浑身发抖起来。那小伙子当时的情境深深地印刻在他脑海中，让他无法从记忆当中抹去，让他耿耿于怀，无法安心。

刚刚在梦里看到的也是这种情况。

……他断裂的梦境又开始衔接了起来。

刚才巴斯特就打算向这位身穿白色衬衫的人提出一个问题。当他重新出现在梦中时，他便提问。

“你说说吧！”他问道，“你的罪过是什么？”

“我的罪过吗？”他哀叹地用提问的口气回话，“我的罪孽不少，比我的身体还高。我没有能坚持真理，把所有的真理都统统输掉了。这就是我的罪过。对人还能有比这更严重的罪过吗！”

“那战胜你的那些人呢？他们也有罪吗？”巴斯特开始对这一对话注入热情，也想探知其中的一些隐秘。或者是……

“所谓战胜了追求真理者的那些人，比我的罪孽还要严重。地狱的马鬃桥可承担不起那些人……”

两人稍稍停歇下来。

“你知道吗？”那个人又开始发话，“我们正在这里等你呢！”

“在等我吗？”巴斯特吓了一跳，“在等我……？”

“当然是你，还能有谁？”那人提高了嗓门，“我们确实在等你。你知道吗？你已经迟到了很长时间了。”身穿白衬衫的人回答。

“不知道啊……”

“如果你不知道的话，那我来告诉你。”身穿白衬衫的人说，“你不要把这怪罪于毫无意义的生存之道。这都没有用……因为你真的是罪孽深重，所以你在生存与死亡之间长时间徘徊不定，遭受痛苦的折磨……如同在炼狱中受苦……”

“不！不！你这完全是假话。我不相信你!你这个吮吸母狗奶汁长大的恶魔！再也不要让我见到你，不要……！我说了不要让我见到你！让你来夺走我的性命，妄想！滚开，滚远一点。快点消失！消失到你该消失的地方去！我在对你说呢！快滚！对你！哦，上帝啊！请您不要让您的仆人遭受这样的羞辱吧！求您赶快把这个可恶的、凶恶的幽灵从我眼前带走吧！他为什么要死死缠着我啊？你让他滚开吧！让他滚！我想继续活下去，活下去。说真话我确实想活下去。”巴斯特这已经无人能听懂的话语，崩裂他的皮肤，如同面团一样捏碎他的心脏，使眼前的梦幻般的情景突然间变得杂乱无章，没有头绪。身体的痛苦本来就让他忍无可忍了，那些敌视他的灵魂却从另一个世界走来死死地将他纠缠。他想痛痛快快地将他们咒骂一通解气，但他的话又有谁能够听得到呢？有人听吗？如果有的话，他一定要用尽世上能用的所有脏话把那个家伙痛骂一顿。如果有胆量就让他听一听。但现在他能怎么办？原来人的生命确实要比自己想象的更加无力、更加无助。你再看看他：越来越怒火中烧，热血沸腾，气喘吁吁，似乎马上就要崩开胸膛从体内冲出来一样。正常人怎么可能抗衡这一切呢？怎么可能……怎么？难道普通人的命运就如此吗？或者那些虚伪的生活的最终结局就是这样？为何这些疑问会像胶水一样黏住他挥之不去。抑或就想用这种苦闷的思绪将他压垮，最终悄无声息地夺取他的性命？这一切已经昭然若揭了。生活和命运难道就像是所谓的一个漏底的世界吗？难道这个虚伪的世界就是一个绵延无期，但也有断裂，断裂又连接起来的一个梦吗？为了财产和想象中的美好生活而受尽艰辛，吃尽苦头，无论干了善事或者恶事，每个人都为自己所干的事情负责，最终都有义务为自己所干的事情给出一个交代，或者所有这一切都是通过烈火的焚烧而对人的道德良心的拷问，为什么要让弥留之际的人那虚弱的身体遭受如此严重的折磨呢？只要他闭上眼睛，当眼前出现的这个无情的概念会在荒沙中悄无声息地熄灭时，他那平躺着的优雅的身体就会感觉到这一痛苦的体验，说出了无人能听懂的怨言："不！不！这都不是真的，全都是假的！我全都不相信！我想活下去，活下去！"

当一切光明消失，永恒的黑暗开始笼罩他周围时，他的一生又一次重现在他眼前，他的整个人生中那些印象深刻的一幕一幕，瞬间逐一从眼前掠过。多么美好的人生啊！现在都成为背景留在了身后。让人无穷迷恋无法割舍的美好生活啊！看看！让人陶醉的那些难忘日子多么让人留恋。起伏波动的一生当中，他度过了不谙世事摇摇晃晃开始学步的婴儿时光，也经历了朝气蓬勃的少年时代，更享受了儿孙满堂的天伦之乐。此时此刻，他内心深处开始涌起急切地想看到生命终点，想看到神秘的让他着迷又让他忧心忡忡的这一命运节点的强烈愿望。过去那些美好生活突然间再也不来敲击他的记忆之门了。如此强烈地吸引他的那个所谓死神也是英姿飒爽正当年，只要他眼睫毛眨一下就行，死神就会牵着巴斯特的手，将他牵引到如同锅底一样漆黑的、早已凝固的、深深的黑暗世界中去。他们虽然手握手，抖动嘴唇似乎在对彼此说着什么，但彼此却已经听不清对方的话语了。正当他的梦完全断裂，即将消失在黑暗深渊怀抱中的时候，有人又在他渗出细汗的前额上用湿润的毛巾擦拭了几下，他微弱地眨了眨眼睛，但是眼前除了黑暗没有任何光明了。涂在前额上的水还没有干透，他就自动向那个在走向无限黑暗途中遇到的人伸出了自己的手，两个人手拉手继续往前行进。不断走向朦胧的黑暗底部，还没有完全漏干净的深不可测的永恒的黑暗世界，越来越深，越来越深。“哦！难道这个人就是世界的主宰！”心中荡起无数疑惑。这种疑惑当然不会让他安宁：

“你是谁？”巴斯特问。

“我吗？”牵着巴斯特的手一路行进的人回答，“我是你的寿命神。”

“谁的？”巴斯特惊奇地问，“我的吗？”

“我就是你的寿命神！”对方回答道，“对！就是你的。”

“你确实和我一模一样！”巴斯特没想明白，只是觉得像是镜子里看到了自己的身影，“你为何长得这么像我？”

“不是我像你……”寿命神回答道，“是你像我！是你……”

“我吗？”

他想伸手抓住神似自己的对方时，两人的手紧紧地贴在了一起。他抓住了，但就像是抓住了一块寒冷的冰块一样，自己的手也立刻变得冰冷僵硬并逐渐变青。那种冰冷的感觉通过手传遍了他的全身，然后自己也像一尊抓住哪儿哪儿就冻成冰的冰人一样了。这是啥意思？难道巴斯特的末日到了吗？他认为是这样，但胸腔内部似乎还存在一丝声息。现在似乎还稍微早一点，说早是因为他从镜子一样的冰墙上看到的是自己的寿命神，抑或是无生命的虚影，但他哪里知道，反正是自己和自己在面对面互动、交流、谈话，甚至厮杀。即便这样他依然对一件事情感到疑惑不解：他俩中间的镜子是从哪里来的？为何突然间就要和自己眼对眼、面对面出现呢？奇怪！哪怕看到死神阿孜列伊乐他也会觉得身边的怪相一文不值。看看，自己看到自己他已经吓得浑身发抖了。哦，奇怪！他为何看到自己还那么惊恐那么害怕呢？浑身上下在惊恐中颤栗不已是啥情况？就这样让人自己看到自己，自己审视和观察自己，他为何就这么恐惧这么羞耻呢？巴斯特此时此刻却是真的羞于看到自己，在微弱的丝线般的生命即将消失殆尽之际，对自己感到羞愧难当了……

“是我像你吗！不……”巴斯特无力的身体颤动了一下，“是你像我！我的寿命神咋能和我一样呢！不一样！这只是梦。是梦……”在生命停止活动之前他的脑海中出现了这些：“我怎么可能自己把自己勒死呢？放开我，放开！”他竭尽全力对大自然向他做出的走向死亡的最后裁定做出了最后的反抗。

来了！来了！之前还不敢面对面大胆出现的寿命神这个催命鬼今天终于清晰地出现在他面前，将他早已经命中注定的寿命期限如同从乳酪中挤水一样一点一滴地挤出来，就像挤出来的每一滴水分一样出现在这虚伪世界中。感觉到的每一个生命瞬间如今都已经开始悄无声息地熄灭，没有任何退路，他连羊拐骨一样的能力都没有，来帮助自己穿透寿命之床上宛如胶水一样铺开的悲伤和痛苦。作为人的所有欲望都已经消失殆尽，这个可怜的人连送命的力气都没有，最终稀里糊涂地就来到了寿命神的城郭。他们一直向井口般大小的黑暗深处飞去。四面八方传来各种奇怪的声音，如同远处断断续续的不很清晰的诵经声。在即将消亡之际，他哪有力气来拨亮即将熄灭的生命之灯的灯捻呢！可恶的时间却又像握在手中的沙粒一样不断地流失。如果祈求善良的造物主保佑他，那他可能就会再一次得到救赎。“哦！上帝啊。我真的想活着。请您原谅您的孩子吧。请您恢复光明吧！您为什么用黑布缠住了我的眼睛？为什么？我的人生之路到底走得正确还是不正确，造物主啊。您心里一清二楚。您为何要收紧您无限宽广的胸怀啊？请您把缠绕我眼睛的黑布解开，让我再看一看哪怕点滴的阳光吧！我真的是想继续活着啊！您要想审判就审判，如果我真的是糊涂做错了什么事，我可以用生命请求原谅。我知道，都知道。请不要再强调提醒。我做的坏事比我的生命还严重。人就是这样，为了事业，为了生活受尽艰辛，最终变得像一个破旧的筛子一样无用。为了真理，为了做真正的人我也努力过，但是……但是……但我也确实没有能力了。我对您隐瞒又有啥用？我能咋办，我们虽然赤身裸体来到这个世界，就像穿在身上的衣服一样，自父系社会以来延续的自私自利的人性逐渐地一步一步地在我们裸露的身体上与自己的血液融合为一体，而那原始的、该死的正义感和对真理的追求则会逐渐消失殆尽。如果只有善良，那丑恶又从哪里产生呢？没有生命，死亡又从哪里来？这些疑问就像针头一样戳透您的身体，让您不得安宁。这不，为了工作和事业，为了个人的生命，我的整个人生都已经耗费殆尽了。我只祈求您把您可怜的孩子从这个黑暗的街道上救出去吧。如果我有什么罪过也请您原谅，请原谅……”巴斯特主席如同得了痴呆症一样，期待着造物主的救赎，苦苦地哀求着。最后，他嗓子也哑了，生命就像不断拉长的面条一样即将要断裂。眼睛模糊，落入漆黑的井里不能摆脱。正当他顺着黑暗而下，如同飘浮的绒毛一样落到底部，在最黑暗的冰冷底部出现之前，他的眼前却出现了不断翻腾的蓝莹莹的大水。这不是自然之水，也不是翻腾的蓝天，而是那个淹没了自己出生长大的整个旧村庄的水库之水。他此时准确地认出了这个水，在这个蔚蓝色的水底下，让他痛苦万分的小村庄出现在眼前。村庄出现之后，他的胸口也开始出现难以忍受的剧烈疼痛。那个折磨他内心的苦痛将他生存的侥幸希望，就像猛地砸在他脑袋上一样完全打飞了，让巨大的忧伤占据了他的整个内心世界。这个水现在在他看来不是淹没村庄的水，而是村庄同乡们满腔悲愤中流下的滴滴眼泪汇集而成的水。其实这些悲伤的眼泪本可以不流下来的啊。这个无情的世界啊！这个小村庄在神灵的护佑下本可以一直延续自古以来的传统生活方式啊。现在对此也要有一个交代了。现在要想把事情交代清楚容易吗？当时，就是他亲自给上面来寻找和测量水库的人们指明了这个位置。难道这里是什么特殊地方吗？不就是自己逐渐失去魅力的家乡，自己出生长大的地方吗？那么当时这个地方对他来说为什么一文不值，不值得珍惜保护呢？给自己出谋划策想出好点子的人上头最欣赏、最看重，于是这便成了对上头唯唯诺诺、溜须拍马、唯一的、也是最好的方式。

“这个村庄不是您自己的故乡吗？”地区领导当时就不无讥讽地问过他。

“但是我们必须以大局为重啊。我既然知道这一点但还要强调那是我的家乡，并以这样那样的理由推脱肯定不行啊，领导同志！如果那样的话那我就等于枉顾大局，只顾私利了不是。”他曾这样振振有词地回答对方。

“这很好！巴斯特·阿塔库洛维奇。”地区领导也曾这样高度评价并支持他的态度，“我们在工作中应该有大局意识，把大局放在第一位。”

“那么，现在……”巴斯特说，“在这里生活，在那里生活有什么区别吗？土地就是土地，足够我们生活了……”

在即将“咕咚！”一声落入泪水一样的水里时，他想起了多年前发生的这个情节。他现在已经两世皆空，不知道自己到底处在时空的哪一个节点上，此时他的心脏被面前的镜子里看到的那与自己一模一样，甚至明确说是自己的寿命神这一怪相崩裂了。在他那受到惊吓的心脏即将变成麻雀飞出这条被崩裂的缝隙的当口，他清楚地看到了早已沉到水底的家乡村庄，想起了在古墓地麻扎上挖掘坟穴的小伙子，于是他鼓足最后的力气，在生命的最后时刻伸出手想说什么，但是嗓子如同被绳索缚绑住了一样，只能勉强张开嘴呼吸，竭尽全力最后才说出了心里话。

“对不起……对不起……”

对父亲内心深处的这番惊心动魄的搏斗没有一丝一毫察觉的孩子们听到他微弱的声响，看到了父亲那枕着三种不同柔软枕头的脑袋缓缓地偏向了左边耷拉下去……

屋子里的寂静被大儿子“哇！”的一声哭喊打破了……

“哎呀！我那尊贵的父亲啊！……哦依……”

就在这一天，同一个村庄中还有另外一个小孩的生命之星也从天空陨落了……

3

小孩的死讯最先被告知了居住在靠近山口的牧村中的孩子母亲。

当人们将噩耗告诉孩子的母亲时，“那个脑残的孽种死了有什么稀奇？不要说死，就让他直接下地狱去吧！死的太好了！这边连脑子正常、身体健康的孩子还照顾不过来呢，还说什么‘毕竟是她的孩子啊！’这类话。我根本没有那个孽种！他体内的血液并不是我的。再看看你们，竟然把他也当人看待，还说什么‘要按照传统规矩下葬，让他的母亲过来’等等。他算是人嘛？哎，我真是不明白！只要挖个坑把他埋掉不就完了吗！母亲又怎么了？她哪儿都不能去！她敢从屋子里跨出半步试试，我会立马把这个不要脸的荡妇的喉咙割断！……”体内充满酒精，浑身上下溢满负能量的那个酒鬼守着房门，决意不让孩子的母亲离开屋子半步……

没有亲人在场见证，没有人哭唱挽歌送行，孩子的尸骨就这样静悄悄地被埋入了地下……

这个孩子曾一直躲在牧村下游那个五年前过世的老寡妇留下的房子里勉强生活。独自一人，无人陪伴。房子就在那条小街道的下游端口。阿雷尼独自一人生活。房子破败不堪，人们平时开玩笑时甚至会用鄙夷的口气将那条小街直接以这孩子的名字命名。但是居住在那条小街上的其他人听到这话都会恼羞成怒，所有人都对自己和那个弃儿同住一条街而感到羞愧难当。

有人听说那孩子是昨天傍晚不幸被汽车压死的。但他的确切死因却无人能说得清楚。每个人说出的故事各不相同，谬传纷纷扬扬，真相却无人知晓。人们叽叽喳喳，在孩子身上编造出的各种闲言碎语和谣传在村里游走传播。但是，最关键的是他的生命之星是如何陨落的？他的死因真相到底如何？却没有一个人明了。每个人都各说各的话，纷纷扰扰，没有一个统一的说法。世界上还有比人的嘴巴容量更大的东西吗？那里面可以容纳整个世界啊！“这个可怜的孩子是自己扑向了正在路上高速行驶的汽车轮子底下死了的，真是可惜啊……”“听说汽车正开过去的时候他猛然冲了上去……”“难道他也知道被汽车碾压能死吗？他不是脑残吗！他能知道什么呢？”人们如此这般地议论纷纷，说出各种大相径庭毫无关联的废话。到最后，甚至连说一句同情的话对其死亡表达悲伤的人都没有出现。人们把所有的罪过都堆加到孩子头上，没有花费很多功夫就将其草草下葬，掩埋了事。有人聒聒不休地说：“这算什么！少了他这样一个，难道这里还缺人吗？这种滥竽充数，活着和死了没啥区别的人死了就死了呗。没啥了不起。”还有人这样嚼舌头：“他过的那叫啥日子呀！那是人过的日子吗？孤苦伶仃，孑然一身，无依无靠，就连他的生身母亲都将他抛弃了，别人还能说啥？”

这个孩子是十二年前的一个私生子。

他母亲芭比沙依拉不安分守己，和从外地来的一个陌生人怀上他的，而且这孩子生下来就脑残。水性杨花、不守本分的女人自然不会受到正经男人们的青睐，男人们总是远远地躲着她。尽管为自己脑残的孩子感到羞愧，但芭比沙依拉也并没有就此停止浪荡，安分守己地生活。她私心膨胀，心怀鬼胎，想方设法摆脱自己脑残的独生子。她认为这个脑残的孩子是降临在她头上的一切不幸的根源，自己所有的不幸似乎都是因这个无辜的孩子而起，自己追求幸福的道路也被他阻挡。她冥思苦想设计了摆脱这个孩子的无数种办法。托付给某人离开，有谁会收留这个脑残的孩子呢？当然，如果是身心健康的孩子那就另当别论了。她想把孩子丢给村里一个无生育能力的女人，一走了之，远走高飞。但是，村里人哪里会轻易放过她。各种闲言碎语诅咒谩骂就像冰雹一样落到她头上，让她毫无招架之力。没有嫁出门就生下一个野种，谁能同情她呢？孩子刚出生她就已经被人们羞辱得无地自容，整天躲在阴暗的角落里不敢出门，头脑中出现了各种怪异，甚至十分歹毒的想法。她无法摆脱被人羞辱的命运，心怀鬼胎，居然做出了将婴儿扔到厕所里的决定。但是，正当她将孩子放在厕所里，准备一走了之时，恰巧被村里的一个老寡妇看到，并被她毫不留情地当场斥责和揭露，让她更加无地自容。无辜的婴儿差一点就这样被自己的生身母亲丢弃在厕所里。一位母亲居然能做出这样的举动。哪一位狠毒的人能做出这样令人匪夷所思的事情啊？但是，芭比沙依拉却真的这样做了。忍受不了邻里乡亲的不断羞辱，她最终做了这种事。当时那位老寡妇将她骂得狗血喷头：“喂，你这该死的母狗！居然连你自己亲生的孩子都要这么对待吗，你这畜生……你这永远不得生孩子，孤单一生，蛇蝎之心的恶毒女人。应该一生受苦受难，直到死都不能有好日子的坏女人。你这唾弃自己幸福的母狗。脑残又怎么了？他不是人吗？他不也是造物主创造的人吗？你看看你，还有羞耻之心吗？你还想逃离乡亲。如果你有一点脑子就不会有这样的想法。你这放荡的母狗。”老寡妇一边骂着一边揪住她的头发，并从她手里一把将襁褓里的婴儿抢了过去。

这件事就像一道闪电立刻传遍了整个村子。

从那以后不久，这个分娩不久的女人便离开了村子，无影无踪地消失了，再也没有脸面回到自己的故乡。那已经是12年前的事情了。

这个孩子曾经反复说：“我要把太阳抓回家来。”但是又有谁去关注他，认真聆听他说的话呢。人们的嘴角上基本都会挂着一种讥讽的微笑走开，认为这只是他随口胡说，不值一提的蠢话。说实话，这孩子确实非常痴迷于太阳。他最厌恶的就是晚上笼罩世界的黑暗。漫漫黑夜，他一个人独守空房，只有他那住在不远处的远房舅舅偶尔过来看望他一下，并安慰他说："哎，我们俩明天就把太阳抓来关在你房子里好吗？到时候我们决不再放它出门好吗!"听到这话，孩子会高兴得心花怒放，摇头晃脑，就像自己的美好的愿望马上就要实现一样。他舅舅说完上面的话还会继续对他说："你首先帮我在我屋顶上铺一层防水麦草泥浆，然后我们就去山岗那边，从它的窝里把太阳抓来。明白了吗？我明天早上一大早就过来，我们首先得和泥。"这世界上还有比哄骗孩子更容易的事情吗？只要提到太阳，那孩子就会相信一切，服从一切，绝不犹豫。据说昨天他还独自追逐着太阳跑了一阵，跑累了才回家休息。现在他要和舅舅一起追逐太阳了。也就是说，太阳已经无法逃脱他们的手掌心了。他舅舅也是一个敢作敢当的男人啊。看着吧太阳，明天你会被这个小孩抓住并关在这个小屋里，然后把你当作玩具玩耍。孩子的思绪总是会沉浸在这样美好的氛围中，并给他带来暂时的舒心时刻。

据说这孩子曾有一次说过这样的话。那时候他奶奶，那位老寡妇还在世。

"奶奶!"孩子说,"为什么人们不能睁开双眼看太阳呀？"孩子曾突然向老太太提出这样奇怪的问题。

"太阳吗？"老太太沉思了一会儿，对孩子郑重其事的询问努力寻找合适的答案，"孩子，没有人能够用双眼直视光芒四射的太阳。"

"为什么呢？"孩子继续追问。

"在太阳面前我们都是罪人。所以没有人能够直视太阳。"老太太回答。

"你也不能直视太阳吧？"孩子说，"你们都有罪吗？"

“我有罪过，孩子。”老太太回答。

“你什么时候犯过罪呢？你说说看。”孩子继续追问。

“那是战争结束以后。”老太太在胸腔里深深叹了口气回答说，“那时候我们都是寡妇。是战争的寡妇……”

“我……”孩子回答说，“我能够直视太阳……”

“哎呀，孩子。你哪来的罪过呀……”

“奶奶！”孩子继续说，“我们把太阳抓来关在我们屋里好吗？”

“哦，我的驼羔，你可不能这样。”老太太被吓了一跳说，“话可不能这样说，好孩子。”

“奶奶你知道吗？我们把它抓来分送给每一个人。我要把太阳抓来分送给人们，送给所有人，你一定会看到。”孩子为自己的话感到无比兴奋和高兴。

“好吧。那你就这么办吧，好孩子。以后就让人们都睁开眼睛直视太阳吧。”老太太并没有太走心地敷衍了孩子一句。

据说，昨天，这孩子为了抓住太阳跑到了远处的山岗上。这孩子的步履每一次到了那山岗上就会停下来。因为，他刚刚到那里太阳就会消失。于是，他因没有能够抓住太阳而灰心丧气，用双手扒拉着地面，哭得满脸泪水。

孩子想抓住太阳的希望又一次落空了。他今天追逐着太阳跑到山岗上，但依然没有追上，空手而归。他坐起身，开始诅咒该死的寂静的漫长黑夜，举起双手捶打着地面，似乎感觉到自己的希望最终会落空，绝对无法实现，而感到颓丧，滚在地上又哭了一场。那哭声很凄惨。就在那一刻他看到小米般散落在天上的星星，那些闪闪发光的眼睛，如同自己备受折磨的思想被人夺去了一样注视着夜空，椎心泣血地大哭了一场。孑然一身，没有理由停止，身边也没有人安慰他，劝他停止。孩子最后似乎感觉到了什么，似乎对自己的生活感到无限失望，用忧伤的声调唱起了只有自己懂得歌词的悲痛伤感的神秘歌曲。他此时此刻真正感到了孤独，莫名其妙地哭泣不止。

他的歌，他的哭泣无人能够理解……

正沿着山岗通往村子的马路快速跑动的孩子突然听到了一声刺耳的惨叫声。从来就不知道什么叫害怕的小孩子这次却被那声惨叫声吓得浑身震了一下。

“你终于落到了我手中啊，小美人。我们好像确实该算算账了。你是不是处女，除了上帝没有人知道。事后我们要验证一下。”紧紧搂着女孩脖子的一个胖子这样说道。

孩子突然看到此番情景，内心产生了强烈的好奇心。

“两个人一起……”向后扭着姑娘胳膊的另一个家伙淫荡地笑着说，“两个人……”

姑娘不停地蹬着腿拼命进行反抗。

“放开我！放开我！你们这些骗子！难道你们就是为这个才把我骗到了这里的吗！骗子！混蛋！我要向法院告你们。你们这些不要脸的恶棍，该死的流氓。呸！放开我……我一定会向法院告你们。放开我！流氓……”姑娘激烈地反抗着，痛苦地哭泣着。

两个家伙把姑娘往芦苇丛中拖去。

那孩子目睹此情此景，却无法理解事情的缘由。

被拖进芦苇丛中之后，姑娘的声音停止了。

芦苇丛不停地抖动了很长时间……姑娘的裙子被扔到了一边……

一边绑着腰带一边走出芦苇丛的那位胖子用低沉的声音说道：“我已经把她掐死了。掐死了……”

“啊？！”听到此话的另一个矮个子家伙惊吓得叫出了声。

“我把她掐死了。如果让她活着，她定不放过我们。快！发动汽车！趁着还没有被人发现，我们立刻走……”

“我们这下可算完了，完了。要是有人查到我们可就完了。我们应该马上跑。赶快上车。”

两个家伙有点慌张。

“没有人吧！仔细看看周围！”胖子催促着说，“仔细看看周围！要看看……”

“没有……人。”惊惶不安的小矮个说，“没有……”

“那我们走。开车！快点！快……点！”正当那个胖子弯腰准备坐进汽车驾驶室时，突然看到了前面不知从何处冒出来的孩子。

“哎哦，这是谁呀？”小矮个也吓得吃了一惊。心脏差一点从胸腔里蹦出来，“这到底是谁啊？”

“喂！你是谁啊？”小矮个并没有认出孩子，却继续追问，“谁？你是谁？”

“我是达布德尔。就是达布德尔。”孩子微笑着回答。

“他有毛病吧？肯定有毛病。哪一个达布德尔？”

汽车发动了。惊慌失措的两个家伙已经吓破了胆，只好相互挤碰着坐进了驾驶室。

“从他身上压过去！快开车。快点……他不一般，不正常。

快从这狗东西身上压过去……”

小矮个开动汽车撞向孩子。孩子惊慌地在路上往前跑去。他被汽车强烈的灯光照得睁不开眼睛。

跑到马路拐弯处时，从后面追来的汽车追上了他，并从已经浑身汗水淋漓的孩子身上碾压了过去。

孩子嘴里喷出了一股浓浓的鲜血。

“妈—妈！”孩子发出了响彻夜空的一声呼喊。他自己都不相信自己能够在生命的最后时刻喊出了他一生都不曾喊过的一声“妈妈”。在弥留之际，孩子喊出的最后一句话居然是这句“妈妈”。他妈妈一次都不曾与他见过面，也不曾来看过他，哪怕一次。孩子那因为羞耻而远走他乡的母亲第一次也是最后一次被自己的孩子叫出了声。

孩子的双眼射出了箭矢般的光。世界反倒，从他的眼中逐渐远逝。在他眼中，天空与大地反倒过来，出现了天空和大地似乎正交合在一起的奇妙景象……

哎哦！孩子的面前出现了一个铜盘似的太阳！那正是老奶奶每一天自言自语地说着“噢！我们的神圣的太阳啊！”开始祈祷，向其神圣的名字表达敬仰之情的那个太阳，如同火炭中发亮的铜盘一样的太阳。此刻，就悬挂在孩子面前。突然太阳开始出现了动静，而他身下的大地却开始坍塌。双眼朦胧，但面对眼前这神奇的一幕，那孩子也在朦胧中注视着眼前的景象。看看，就像秋后悬挂在树枝上的苹果一样，那太阳近在咫尺，就在他眼前闪着光，光芒四射，令人目眩。哎呀！谁能相信眼前这样神奇的景象呢！有谁？那孩子多少天来一直在追逐着太阳，然后又将其丢失在山岗后面，没有能够追上，就会捶胸顿足地大哭一场不是吗！哦！这个神助的孩子，你再看看现在。此时此刻想起从前的过往，孩子脸上泛着红光，贪婪地睁着眼睛。啊呀！大家看一看，都看看吧！太阳还是从前的太阳，但最终出现在了孩子的面前。大家看看，都过来看看吧！真是太神奇了。孩子们！你们也看看吧。从前这孩子说要抓住太阳，你们却极力嘲笑他，讥讽他。所有曾经嘲笑过他的人今天你们应该都过来看一看。你们会无地自容的。你们就低头看着脚下的土地吧。你们确实应该看看，你们从来不曾相信过这个孩子。今天看看。孩子们都出来看看吧。你们看看那孩子已经抓住了太阳，将太阳紧紧地抱在了怀里。那太阳可真大啊！你们倒是看一看吧！就在那儿，孩子们看看吧。曾经歧视过他的那些大人们已经被太阳光照得头昏目眩倒在了地上，并苦苦地向那孩子请求宽恕，眼泪沾湿了衣襟。那孩子做得对。骗子的末日就应该是这样。骗子们就应该这样被太阳光烧灼而死，永远消失。那孩子做得对。噢，勇敢的孩子……你们看看吧。那孩子抱着太阳从大街上走过。他就这样抱着太阳……噢，太阳！

噢，太阳！

孩子最喜欢的炙热的太阳。

“噢！神圣的不可侵犯的太阳。”难道这就是孩子的老奶奶每天祈祷的太阳吗？是你吗……

哎呀，那孩子握着太阳的双手是何等灼热啊。就如同在炉子上烤着一样烫。这是什么？这是太阳的灼热吗？这孩子在说哪里的灼热呢？到底是哪一个？真是神奇呀。那孩子刚刚还握住太阳如同火烧一样灼烫的双手瞬间变得像冰冻一样冷了。这是什么情况？这是啥征兆？正当他再一次伸出手要握住太阳的时候他已经没有了任何气力，伸出的双手变得软弱无力动弹不得。他自己也似乎快速落向一个深不可测的黑暗无底的洞穴里。已经脱离孩子之手的太阳现在看着孩子越是往下降，太阳就越要往上升，向着高高的天空回升，快速飞向天空。这时太阳变得越来越小，就像落在白纸上的一个小点，越来越小，似乎要消失殆尽……难道太阳真的会熄灭吗？孩子从后面一直不停地追赶着的太阳真的会就这样消失吗？哦，太阳……

哦，太阳。请您不要熄灭好吗！孩子向您发出请求！不要熄灭啊……

您消失了，黑暗就会来临。黑暗将笼罩和统治整个世界。那孩子可是最厌恶黑暗的啊！这您是知道的。您知道……

哦，太阳，请您不要熄灭，不要熄灭！这是什么情况？孩子的身体变得如同棉花一样轻飘飘的，内心空空如也。拳头大小的心脏不是刚才还怦怦直跳似乎要蹦出胸腔的吗！他现在哪里？在哪里……难道孩子的生命随太阳一起飞走了吗？

就在那一天夜里，村子里有人看到了天空中滑落的星星。难道那就是孩子的生命之星吗？

哦，太阳！

您听到了孩子最后的声音了吗？

“我看到了太阳。”他就是这么说的。听说他最近将会把太阳分送到每一个人家里。每一个人家里，每一个人……

一天之内埋葬两个生命成了那一天村民们必须要完成的一项义务……

4

太阳升起两丈高，开始普照大地的时候，天空脸色突变，不知从何处突然飘来如同山羊绒般细密浓厚的乌云，然后瞬间散开，如同幕帘一般把天空笼罩。正是换季的时节，夏季的炎热消退之后，这个地区的天空就整天这么阴沉沉的，没有一天好转，太阳也没有像样地露过一次脸。灰蒙蒙的雾霾占据了整个田野，好像有人从白雪皑皑的冰峰顶上往山下吹来狂风一样，狂风卷着雾霾使阴沉沉的雾气久久不散。这当然也是这里长久以来的实情。无论如何，秋天的气息愈加浓烈，已经明显地显示出自己统治一切的能力。这里的秋天确实变化无常，脾气难以琢磨。突然间就会下起暴雨，突然间又会狂风大作，整天发出烦人的呜呜声，叫嚣不停。这就像是特意前来传达严冬即将到来的信息的骑士。坐落于山脚下的这四百多户人家感觉到今年的春天会姗姗来迟，但他们并不认为今年冬天会延长很久。也许是这个原因，秋天也很难延续自己的统治周期。秋天已经来临，紧随其后的冬天还能步履蹒跚吗？

今年是蛇年，也许正是这个原因，今年的雨水特别多。天神似乎变成容量无尽的大海，每天都往地上灌水，绵绵不断的雨水迫使所有的动物不停地忙活了整个夏天。就像前辈们的古老说法那样，今年的各个季节都如他们所说，蛇年的春天，炎热的夏季，悄悄来临的早秋都不停地被雨水洗刷，从没有停止过。但是，虽然阴沉沉的天气延续了整整两周时间，乌云却没有滴落贵如眼泪的雨水就让人感到很郁闷了。太阳偶然从阴沉沉的乌云中间好不容易找到一个馕坑口大小的洞口探了个头，然后就又躲到乌云后面不知去向了。现在又突然闪了一下，在地面上投下几缕针眼大小的光线，然后便又躲到乌云后面消失不见了。地面上虽然狂风大作，但是并未能吹散阴沉沉的厚厚的雾霾。那雾霾似乎并没有被狂风吹散，就像被钉牢在半空中一样，一动不动。大自然从来就不曾遂人愿而改变，也不可能改变。我们有时候把人的脾气也比喻成大自然，不是吗？这两天来，周围的这种境况与村子里陷入悲苦情绪中的人们的脸色极相配。整个天空也像失去了自己一生的挚友一样阴沉而凝重，怎么能不让人们思绪万千恐慌不安啊！“一个好人去世就连猫都会哭！”先人们似乎并不是平白无故地说出这种话。哪一个傻瓜还会对此产生怀疑呢？这不是明摆着的事情吗？看到这些，有谁不知道即便一位有头有脸的人物去世，甚至天神护佑之时人们也会有悲伤相伴呢？大地不仅像树上的苹果一样沉稳，而且其中充满人类未知的事物，似乎所有的一切都像是被一个看不见的神秘的绳索紧紧地系捆着。大地即便只有七拃厚，人的七生七世也还是自古都在这个大地上生存，可怜的人类维系生命的血脉渊源不也在其中绵延隐藏吗。怎么办？压在村子头上的悲痛，这一次连神圣的天空也给予分担，似乎在洗濯人们充满忧伤的灵魂。

村子正中间的那座房子，其四周的景致从飞禽掠过的天空望去也能看得清清楚楚，与周边的房屋建筑产生巨大反差。在这时刻，从村子上空飞过的鸟禽如果在村子上空盘旋一圈的话，也会在不经意间发现村子里的某些异样，即便是飞禽，也会为自己的利益而处心积虑地思考。这座房子里进进出出的人似乎比平时多了很多，个个脸上都挂着悲伤的表情。像一顶扣在地上的小圆帽一样的白色毡房里，传出了忧伤的哭丧歌声，已经飘到了它正在翱翔的天空，这它也感受到了。所以，它在这个房屋院落上空多盘旋几次也并不令人奇怪。哭丧歌的忧伤曲调能够传到飞鸟翱翔的天空并非易事。肯定是村子里某一位德高望重的人在给自己的亲朋好友们带来如此撕心裂肺的悲伤，让整个村子陷入浓厚的沉痛氛围后离开了，他死后是否真的要进入天堂呢？大人物去世肯定会给民众带来更大的悲伤和更大的失落感。死者的那些位高权重的孩子们也曾想方设法找来那些最好的医生为父亲看病治病，试图赶走纠缠他的死神，保全父亲的性命，但是他们的所有努力到最后也没有能起到任何作用，让他们无能为力、无可奈何。死神既然在路上走来，有谁能够让其改变方向呢……

从扣在地上的白色小圆帽一样的毡房里抬出死者灵柩的时刻也越来越近了。各种各样的小汽车停满了毡房周围，只能容纳两排马车的小马路也已经堵得水泄不通。而且来来往往的人们依然络绎不绝，充满忧伤的丧葬歌调不断地达到撕心裂肺的高潮，感染着在场的每一个人。在整个州里都有很大名声的人物去世，特意过来在他的坟堆上放一把土，那可是每个人应尽的神圣义务啊。谁还真的为他的死亡而痛心疾首，真心诚意地前来参加葬礼呢。主要是为了尊重他德高望重的名声和尊贵的身份才会有人不辞辛劳地从远处赶来，在大家面前露个脸走个形式罢了。当然，巴斯特主席的尸骨也不能就那么随随便便地埋葬吧。像他这样有名望的人的葬礼也该有一些特殊形式和礼仪不是吗？正因为如此，前来吊唁的人就很多。偌大的院子里连喜鹊拉屎的空间都找不到。确实，巴斯特主席的确也并非一般人。一方面他是现任地区领导的父亲，另一方面他儿子的熟人，还有辖区内善于溜须拍马的集体农庄的积极分子们怎能轻易放过这来之不易的巴结逢迎上级领导的机会，还能不趁机来露个脸吗？一个大好的表现机会他们怎能轻易放弃呢？他们中间甚至还有一些人在此时此刻表现得比失去自己的亲生父亲都难过……

这一天，在全村陷入悲哀和痛苦的人群中还有一些不知从何处来，村里人也不认识的陌生面孔混杂在人群中。怪不得在人们的闲言碎语中夹杂着另外一些无中生有的闲话甚至妄语。而那些想象力丰富长于编造各种闲言碎语的“长耳朵们”便会勾住这些话，并将它们添油加醋之后广泛传播。“州里会有领导特意赶来参加葬礼。”“葬礼中还会有交响乐队专门演奏葬礼曲。这当然也是已故主席的颜面和威望，是他的儿子们的颜面啊。”人们如此这般地低声议论，不断地交头接耳。还有人低声说：“听说主席大哥的陵墓前会竖立他的铜像。送葬前要举办大型追悼会，州里来的领导会致悼词。”各种闲言碎语就这样不断在人们中间传播，有人相信，有人表示怀疑。

送葬的时刻最终到来，而且越来越接近中午的时辰了。一切准备就绪，只等前去挖墓穴的人有消息传来，就会从毡房里抬出死者的灵柩，举办告别等相关的仪式了。天空变得像往水里突然倒入了一瓶墨汁一样昏暗无比，也让人们开始出现一些焦虑急躁的情绪。有人提出应该趁着天气还没有变化早一点让死者入土安息比较适合。人们担心黑云压境可能会带来滂沱大雨而给葬礼带来麻烦，于是便派出集体村委会主席米塔乐亲自去打探挖墓者那里的进展情况。为了尽量减轻突发的悲伤所造成的心灵打击而殚精竭虑地忙活，在这个关键时刻尽量完美地完成自己的使命，努力露一次脸，显示出自己处理事务的能力，于是他一刻不停地指挥着手下人东奔西跑，负责完成挑水搬柴供应油盐食物等后勤保障工作。他在这方面确实能力出众。但是，平时虽然习惯于指使手下人完成各种命令的他，面对从各方赶来的高官及尊贵的客人们，他那高高的个头和曾经保持的尊严此时此刻却像一根被钉入大地的木桩一样显得那么微不足道。平时，对村子里公共墓地，他想去就去，不想去就不去，但今天可能是感觉到了某种利害关系，他就像一个年轻力壮的小跟班一样东奔西跑干得十分卖力。他只希望死者的大儿子日后能够对他今天的工作表现给予肯定并多少能记住他，在今后的工作升迁等问题上给予关照就行，最好能推荐他担任农庄主席一职。这一想法不断地快速穿过其脑海，让他热血沸腾兴奋不已。俗话说，你请求一匹壮马可能会得到一匹小马驹。但即便如此，他今天这种东奔西颠的忙活劲儿多少也能得到一些回报吧。只要有些许回报他也就心满意足了，心满意足。他那眯缝着的小眼睛下面的一双眼袋已经又红又大地肿了起来，与别人比起来十分显眼。刚刚过世的老主席曾十分欣赏他，把他视为自己的人，事事都找他商量，与他沟通交流，把他当成自己的顾问。所以说，他没有任何理由不伤心痛苦。如果他不恸哭不伤心那才怪呢。逝者可真是把他捧在手掌上，亲自辅佐引导指点才让他有了今天的一点地位。他是被一点一点扶持起来的。当然，他干活也确实有一套，很快就适应了自己的工作。他们就如同一个核里出来的一对杏仁，做事说话彼此配合得天衣无缝。而外人对此一般都一无所知没有察觉。所以说他很快就入了主席大人的眼，很快就从一个普通干部提拔成了集体农庄的村委员会主席。就这样，从前默默无闻的一个小人物自从坐上官位之后很快就显露出自己傲慢自负的本质。已故的巴斯特可不会轻易看上某人呢！但是，他却恰巧办事得力得当，帮助巴斯特主席顺利渡过了一次难关。只要主席一句话，他就会不顾一切地完全遵照领导的意思舍命去办理。完全按照领导的眼神转，绝不走偏。于是，他很快便得到了主席大人的赏识。两人之间当然也有很多不可告人的秘密。除了他们自己再也无人知道。一个是他，另一个便是今天给人们带来悲伤的巴斯特主席。为了个人私利，他会毫不犹豫地陷害别人。即便是一些恶心的见不得人的坏事，他也会死心塌地毫不犹豫地去执行。不用领导提醒他就知道哪块地里哪条渠里有油水，可以捞取好处和利益。他当时对于主席大人是多么重要多么得力啊！有一年，正当集体农庄因为无法完成上面下达的玉米生产指标而焦急之时，就是他出主意说可以开垦旧麻扎坟地那边的土地并尽快进行播种。

而这时一位胆大妄为之徒居然向地区报纸写了一篇报道揭露此事，与此同时还将那篇报道递交给了地区领导。那件事在地区顺利得以解决的过程中他也是发挥了举足轻重的作用。当时这就像是把陷入沼泽中的巴斯特主席拉出来救了一把一样啊。“谁能想到这样的人也会死去呢！太可惜了……”这样的话语始终堵在嗓子眼的他此时突然感觉失落，感到无所适从了。“哎呀，米塔乐兄弟，我们正在老去。工作也不是我们终身的伴侣。在位的领导如果不提早考察和培养自己的接班人可不太好啊。如果把自己辛苦经营一辈子的工作交给一个陌生人真的不行啊。那样的话，一生的辛苦就白费了。所以啊老弟，我可一直在观察你。看来除了你这里可没有更合适的人了……”这句话巴斯特主席似乎多次暗示过他。既然老人家都这样，米塔乐哪能无所事事呢？于是他只好干得更加拼命，严丝合缝地完全遵照巴斯特主席的旨意办事，尽最大努力去讨得领导的欢心。所以两人后来真的变得如同亲兄弟一般亲密无间了。此时此刻，不知这位米塔乐心里是否想起了从前发生的一件事？如果米塔乐心里还记着那件事的话，此时此刻他肯定又想起来了。也正是从那件事之后，米塔乐才开始受到巴斯特主席的关注和重视。当时他可是在工作上立了一大功。那时他竭尽全力让自己手下人写假材料证明那位告状者有精神病，从而成功阻止和扭转了上诉者向上写材料所造成的被动难堪的局面。他通过种种手段将那个上诉材料证明为假材料和无中生有的诽谤，上诉材料最终作废了。平息了一场十分棘手的麻烦。这件事情他怎么可能忘记呢？如果有一位真正的真理维护者的话，他肯定会想：“哎呀我的天啊。那时候这世上居然还有明知是白色却黑白颠倒将其说成黑色的事情啊。”这句话的含义，这种想法是否牵涉到他，他也并不十分清楚明确。他是否通过自己今天的艰辛努力入了死者那个位高权重的大儿子的眼才是关键。如果入了他的眼，是否被牢牢记住了呢？是否会以适当的方式向他这位为死者背负着巨大悲痛的人表达些许的感谢呢？这个想法此时不停地在他的脑海里穿梭。虽然外显的是对于逝者的悲痛，但是可能在不久的将来会得到一个体面舒适有油水的工作才是他脑海中不停蠕动着的真正想法。这么多的人在这里，但是偏偏挑中自己去察看墓地挖掘的情况，这是经过何等精挑细选才选中了他呢。这可不是一件小事，肯定要派自己亲近可靠的人前去。他想到这些就感到很满足，甚至热血沸腾。被这些想法搅得头昏脑涨的米塔乐在去往坟地的小路上挥动皮鞭不停地抽打着座下奔驰的马匹……

的确，村委会主席米塔乐脑海里依然清晰地保留着当年的那件事。而此时此刻，那件事又浮现出来了……

当时，米塔乐还只是一名普通干部。只是一名普通干部而已。

……那天，为了讨论那篇评论报道的性质，他也被叫到了地区政府办公室。他们集体农庄只邀请了三个人前去。一个是集体农庄主席，另一个是以“恶意开垦土地，欺骗上级政府部门。不仅如此，还把集体农庄人们的祖坟强行开垦为耕地播种了玉米”的罪名写告状信的放牧员，第三个当然不是别人就他自己米塔乐了。对！就是他本人……主席知道米塔乐会发挥关键作用，在危难时刻有扭转局面的能力，所以才推荐他去参加讨论。当时看到集体农庄主席愁眉不展的表情他立刻站起来发表了自己的看法："您的想法太好了，主席。那个地方早已经名不副实，早已被遗弃了。也许我们真能在那里获得丰收，增加粮食产量。"他的轻率鲁莽的性格在这里表现出来了。后来，他还以放牧员精神有问题为内容反复多次向地区写信揭发。所以说自己当时被请到地区政府并非空穴来风，一定与此有必然的关联。但是，当他站在门板上包了皮革的接待室门口时，他又突然感觉到自己被专门叫到这里来，肯定是和接待室里面正在热烈讨论的，与主席的前途命运有直接关系的事情脱不了干系。于是，突然有一丝隐隐的担心掠过了他的脑海。"为什么只邀请了我一个人？为什么？"当他孤独一人坐在接待室的时候，突然升起的这一想法不断地压迫他的神经，让他开始焦虑不安起来。这个想法占据了他的全身，压得他喘不过气来。每当人们遇到一些棘手的事情，他的思绪就会习惯性地飞转起来把整个世界周游一番。米塔乐当天就是这种状态。他在接待室等待里面的领导传唤之前，思绪沸腾，把什么情况都反复思量了无数遍。就像有人给他注入了兴奋剂一样，他一刻也无法平静，各种奇怪的想法此起彼伏，让他心神不宁忐忑不安。当时，他根本就是无中生有地瞎想了半天。"为什么只叫了我一个人过来？能证明这件事情的人不是很多吗？这可不是随意而为的事情，肯定有什么缘由。真他妈的。肯定有事。我应该站在哪一边，帮谁说话?是否应该站在放牧员一边呢？呸！他们还真的把这个神经病找来了……他能干什么事情？他不就是一个小小放牧员吗。不就是那个放牧员啊。他连自己是谁都不知道，却状告农庄主席！真是胆大包天了他。现在我该对他的话如何表态呢？还想挖出事情的真相，还说无法忍受在自己面前发生任何骗人的勾当，这该死的家伙啊。真让人恶心……他这是哪儿来的豹子胆。本来就勉强度日却还能高声唱歌。那个叫‘真理’的东西什么时候，怎么就跑到了他们这些告状者一边了呢。尤其是他们那句‘欺骗上级政府’的鬼话更让人气不打一处来。这是什么话？如果真的知道真相，那就将它说圆了。到最后还不是吮着自己的指头站到一边去。上级政府就这样轻易被欺骗吗？你可真能想象啊。真他妈能想……难道我会让主席大哥就这样一屁股坐到湿地上吗？难道是我？我？但愿你自己坐到黑刺上去吧。你们谁会这样想？在这种地方必须像男人一样勇敢地站出来，大胆地维护真理。即便你是在说谎，那你的话语里面也必须显露出‘真理’的影子，而且你必须坚定地站在自己的立场上不动摇，想方设法坚决维护自己的观点才行。事情就应该是这样。就应该这样。好了！该说的话我已经准备妥当了，就这些……”米塔乐思绪翻腾，辗转反侧之时包着皮革的办公室门被人打开了。一个戴着眼镜的妇女探出头来对他说：

“您请进，请进……”

虽然戴眼镜女人的声音显得极为温柔动听，但他在那个瞬间却如同地面上的一片被狂风突然吹动的干枯树叶一样浑身抖动了一下。当他走进皮革门内的办公室时强烈地感受到了自己胸腔里怦怦的心跳。他的眼睛突然间迷蒙了一下，坐在办公室内的五六个人那严肃的表情和眼神也给他造成了一定的心理压力，使他一时没有认清楚坐在那里的人都是些谁。

人坐在对面甚至侧面居然都有如此的威严，这是他第一次感受到的。他定定神暗暗地扫视了一遍周围的人，这才一个一个地看清楚了他们。长条桌子的上方位置坐着的是地区领导阿散库勒·夏穆拉托维奇，在他对面坐着的另外三四个人，他不太认识。在靠近自己的位置上坐着表情严肃的集体农庄主席。当两人的眼神交汇在一起时，米塔乐从主席的眼睛里似乎读到了这样的内容："不要担心。所有的事情都在掌控之中，老弟。你就把你原先说过的'真话'再挑几句有用的在这里说一说就行了。然后你放心就是了。就像你曾经说过的那样，'所有的事情万事大吉了'。"米塔乐用眼神向对方表达了自己的意思："请您一百个放心吧，大哥。我怎么可能让您失望呢？此时此刻应该怎么说话我也知道一二。请您放心。我们如果败在这个愚蠢的放牧员手里那我们算什么？应该让他见识一下我们的厉害。这家伙可能还不知道您的能耐。今天就让他见识见识。看他从今往后还沾不沾笔墨。大哥您看着吧。我们现在就收拾他。收拾他。"米塔乐此时也看到了坐在一边的那位告状的放牧员垂头丧气，脸色发黄，满脸愤怒，紧咬嘴唇的表情。他暗自这样揣测："这个可怜虫一定是没有把自己的话说圆，那表情已经预示了一切。如果此时自己发表意见时再把所有的话都倾倒出来，那这位放牧员可就惨了。到那时再看看这个可怜虫还能咋办。能咋办呢？"他此时连别人的事也关心和同情起来了。"既然你知道有今天，为何早先就不自量力呢。为何不先看看自己的马匹数量再得意地吹口哨，知道自己的能力再对别人的事嗤之以鼻呢？你这不知天高地厚的傻瓜。你随随便便就写告状信，是想在民众面前逞英雄吗？你是真的不知道主席的能量吗？也太愚蠢了。现在他可能会让你的七代祖先灵魂都不得安宁。你看着吧！自己都不知道自己几斤几两就干蠢事，居然向这么有地位有影响有能力的人扔石头，真是吃了豹子胆了你！不要说扔石头，就是用大炮轰，他也不会眨一下眼睛。他是什么人啊！说告状就告状，那真是愚蠢至极，也不看看对方是啥人？我真是不明白这些人都是咋想的！真的不明白！在一个微不足道的事情上惹出这么大的麻烦……”这些想法也在米塔乐走进办公室时在他脑海里不断飞驰而过……

“请坐！”坐在上座的阿散库勒·夏穆拉托维奇示意他坐到长条桌子下方的一个椅子上。

“请坐……”

“不，不！我就站着说吧？谢谢。”他知道上面询问事情时最好站着回答问题的道理。为了体现出自己很谦虚本分懂道理，他还有意加上了“谢谢”两字。他怎么可能像那位根本不懂文明礼貌的放牧员一样对这些领导不屑一顾似的一屁股就坐到椅子上去呢。这可不是串门吃饭啊，这可是政府办公室。聪明机灵的脑袋对一切都非常敏感，对一切心知肚明。

“您应该知道，发表在地区报纸上的——”阿散库勒·夏穆拉托维奇压低声音，似乎想更准确地表达自己的意思，一边说一边仔细地看着手中的一张纸念出了那篇文章的标题《破坏圣地的人》并强调说：“我们正在讨论这篇揭露文章。写这篇文章的同志说……”说到这里他停顿了一下，显得很有礼貌地把头转向放牧员并向他点了点头继续说：“你们的生产队恶意开发了一片土地，以此来欺骗上级部门，其中列举了许多事实。您肯定读过这篇文章，但即便如此我还是想把文章中的一些核心要点给您介绍一下。文章说，‘我们的集体农庄是排在地区最前列的先进农场之一。每年生产评比都排在第一位，到现在都是如此。国家计划指标每年完成得都很好，好名声远播整个国家。各类报刊长期以来都连篇累牍报道我们农庄的先进事迹。但是，我们的农庄又是如何超额完成这些指标的呢？取得这些成就背后的秘密是什么？对此却从来没有人关注过。如果按事实说话，这些成就实际上都是靠欺上瞒下而获得的。生产指标是通过欺骗国家的手段来完成的。具体地说，在任何统计报表中都不存在的一个叫“阔什朵别”的地方被开垦利用了。而去年水库旁边的古墓地麻扎也被整平并播种了玉米。这是什么事情？那里可是埋着我们祖先的尸骨啊。圣地遭到了无情的破坏，在那里播种玉米是谁批准的？他们不仅欺骗国家和上级领导，而且干出这样伤天害理的事情到底为了什么？’文章是这么写的，同志。”就像在大会上作报告一样，阿散库勒·夏穆拉托维奇念到这里停顿了一下，然后又一次转过头向放牧员点了点头说：“也就是说，文章的核心部分就是这些。我们特意将您请来的原因是这样……”他又转向米塔乐说：“那些播种玉米的地方根据文章的内容是属于您负责管辖的范围，而在您的说明中却明确地说那个地方根本就不存在。这样的话，我们到底应该相信哪一个说法呢？……”

“我在说明信中的确是那样写的，没错。”米塔乐咳了一声立刻接上了话茬，“我现在依然坚持自己的说法。我们播种玉米的土地都在国家计划指标所规划的范围内。两年前我们就曾请技术人员测量统计过。有多少土地我们就按多少土地的规划指标上交多少粮食产量。如果我说了假话，那就让主席评说一下。他不也在这里吗……”

主席沉稳地，似乎什么都不知道一样点点头说：“对！对！他说的完全正确。不仅如此，我们自己今年还进行过一次测量。这个人是我们农庄最优秀的生产队长之一。一直到现在他都是名列前茅，没有人超过他。去年，”巴斯特主席停顿了一下并定睛看着阿散库勒·夏穆拉托维奇继续说道，“您还亲手给他颁过奖。您应该记得吧……”

阿散库勒·夏穆拉托维奇点着头表示自己记得此人。

“那，那个祖坟麻扎呢？麻扎！”坐在那里实在无法继续听下去，忍无可忍的放牧员浑身发抖，紧紧捏住自己的两个膝盖，两眼通红，所有的愤怒都表现在眼睛里。看到他的那副表情，坐在这边的生产队长开始有些忐忑起来，他担心眼前的这个家伙又要放出什么幺蛾子来。“看这家伙！”米塔乐暗自咬着牙自言自语，“还把自己当成一个懂得礼数，尊重传统的人呢。这里有谁能听你的话，站在你的立场上说话呢？”他就这样思绪纷乱满怀激愤地坐着。放牧员又怒气冲冲地大声说了几句：“你们把那里整平播下了玉米，难道这是假的吗？你们想把阔什朵别整成啥样？啥样？那里埋着的还是你们前辈的尸骨吗……”

“从来没有人动过麻扎那块地。你说话可要注意点，”主席急得站起身来，身子往前倾着怒目圆瞪对放牧员继续说道，“没有人让你摇唇鼓舌瞎诌胡编，知道吗？”

“麻扎早已经被毁了。”放牧员也立刻从椅子上抬起屁股站起身，瞪大一双铜钱般的眼睛，针锋相对，放大声音，俨然一位法院的审判员。刚才还比较平静的下巴此时突然开始激烈地抖动不止，充满怒气的双眼迸射出怒火。这人那五元银圆般的大眼睛所发出的威力足以让人心颤，看上去很有震慑力。放牧员怒火中烧，忍无可忍，如此奋不顾身地发出心中的怒火，说出心中的怨愤也并非无缘无故。他向来是一位有主见、有个性、坚持真理的正直之人。在座的人中间只有两个人知道这一点。一个是与他针锋相对的农庄主席，另一个就是这个在一边添油加醋的生产队长。为了维护真理而殚精竭虑的放牧员的说服能力到底有多大我们暂时还不得而知。在座的每一个人都非等闲之辈啊。“是谁说过‘我们要播种玉米还是别的，在那里盖房子或者推倒整平，有谁能管得了我们’这样的话？那不是您本人吗？主席大人！”

“我确实说过这样的话。是说过。我并不否认，你知道吗？”主席这一次似乎表现出些许被动的神态，承认了自己说过的话。但是，他的确非常善于转移话题：“那只是我在气头上说出的话啊……那有什么？有啥错吗？但你要明白一点：即便是在那里播撒了种子，那也不是为了我的母亲。那也是为了国家。为了国家知道吗！那里现在并不是什么麻扎，你知道吗！你知道的我们难道不知道吗？那个地方早已经失去了麻扎的功能和作用……”

“披上国家的外衣却为所欲为随心所欲，这是谁给你们的权力？”放牧员依然理直气壮地坚持自己的观点，似乎一瞬间将对方的话压下去占了上风，“但是暗地里却在欺骗国家肆意妄为。你们可以装聋作哑，故意装作没有听见、没有看见。但是我既然看到了、听到了就无法装聋作哑不管不问，所以才写了那封揭发信。你们最起码应该尊重祖先的灵魂和尸骨，不要轻易去骚扰麻扎圣地。但是，你们却没有。这可是严重的罪孽啊，罪孽，知道吗……”

“这是罪孽？”主席此时也怒火中烧，话语中也开始带着浓烈的火药味，“难道完不成国家计划指标就不是罪孽吗？你的无知就在这里！……而且是政治性无知……”

“国家计划指标当然要完成。”放牧员看样子已经全身心进入了这个语境当中。在座的每一个人也都被正在争论中的两位的话语所吸引，甚至把应该接上话茬的生产队长也撂在了一边。“但是，要用什么方式完成呢？用什么方式……”

“你说用什么方式？”巴斯特主席紧跟他的话茬，“所有的事情都是按部就班地执行，你哪有资格知道这些事情啊？你曾经亲手播撒过一粒种子吗？播种收割可不是像你随便朝着羊群‘咩’地喊一句那么简单，你知道吗？请你记住：完成计划指标就是完成计划指标，没有人问你是如何完成的。但是你如果没有完成，那就会有人问你为什么没有完成。两者之间有天壤之别。一句话，指标是必须要完成的。这是底线……你知道吗！至于如何去完成指标那就是我们自己的事情了……”巴斯特最后还强调了一声：“是我们自己的事情……”

“但是，请您不要忘了一件事。”放牧员也并非等闲之辈，他也似乎突然被激活了，“为了完成指标就恶意开垦神圣的土地，最起码那也是一件缺乏道德的事情……”

“你不要用空洞的什么道德来压人！这是徒劳……这里没

有一个人相信道德这样的空话。没有人……”

眼前争论的天平开始偏向哪边，坐在一边的机智的米塔乐生产队长已经心知肚明了。假如这天平真的偏向那个放牧员的话，那他可就真的玩儿完了。但是，他对此也并没有过分担心。他现在唯一要做的就是，把对于所有在座的人来说没有任何实质意义的这场争论拉到有利于自己的方面，然后再从中全身而退，不沾染任何污点。最关键的是，首先要让面前这个胆大妄为的家伙闭嘴，让他完全失去自信，让他受到冷落觉得尴尬左右为难才行。所以他知道自己要想达到目的，那就必须趁热打铁，无所不用其极地找各种危言耸听的借口，各种信口雌黄的谎言添油加醋地来抹黑放牧员。如果不立刻分出胜负，事情就会变得更加复杂。当他刚走进办公室时从巴斯特主席的眼神里看到的那个狡诈眼神似乎开始逐渐失去威力。看上去，这件事实际上不是太好办。但米塔乐也并非等闲之辈，他确实也掌握这位放牧员的很多黑料。来这里之前，他也没有闲着。在这个世界上还有什么比抹黑诽谤一个人更容易的事情呢？他也曾从旁人口中听到过很多关于这位放牧员的闲话。现在恰好到了把所有那些黑料都抖搂出来的时候了。现在不说更待何时？要不然就再也没有机会了。机会就放在自己面前，他凭着自己早已闻名四方的三寸不烂之舌还能放过这样绝佳的机会吗？他必须乘势进攻，要把所有的能力集中在舌尖上向对方射出致命的箭矢，射中他的要害部位，射死他……话已经到嘴边，他再也不能收回去了……

“同志们！”阿散库勒·夏穆拉托维奇经过一番观察，抓住事情有一些微妙变化的时机拿起手中的笔敲打着桌面上铺开的纸张示意大家安静，然后继续说：“请大家安静！这里是政府办公室。请你们轮流说话。我们已经听了你们刚才说的每句话。很明白。现在听一听生产队长的话吧。我希望大家不要打断他的话……”说完，他看了看生产队长继续说：“请您继续说吧。我们都在认真听呢……”

“我首先想明确一下，这位放牧员的话完全是瞎编乱造的诽谤。”生产队长米塔乐说出自己闪电一般的语言，然后转动眼睛悄悄地扫视了一下坐在面前的人们的反应。他首先看到的是巴斯特主席。他那狡黠的眼睛似乎在用“哦，我的勇士。你早就应该这样。好好说！继续说！说得更狠一点”这样的话鼓励他，而坐在上席位置的阿散库勒·夏穆拉托维奇的眼神似乎在表露：“好！这才像您自己了。刚才就应该这样。我们想方设法用比较简单的方式让他闭嘴，但是看样子那样不起作用。他太固执了。如果不让他立刻闭嘴的话，他可能还会抱着一线希望不断地往上级领导部门那里去告状。如果让他的阴谋得逞，那不要说你们的集体农庄，甚至连整个地区都会跟着遭殃。说吧！好好说。让政府部门的领导们都听一听……”最起码米塔乐此时是这么揣测的。既然领导们这么支持他，那按他的习惯，在这种情形下他连自己的父亲都敢顶撞，还担心一个小小的放牧员吗。“对！他说的全是诽谤和谎言。统统都是诽谤。不仅如此，他脑子还有毛病，他有神经病。如果你们不相信可以问一问他自己。问问他自己吧。假如我说的是假话，那就让他自己来说一说……让他自己说……说吧！”

“这话你说的对！”放牧员并没有否定这一点，“我的确经常头疼。但是，我的头疼病与这件事有啥关系呢？”

“有关系。当然有关系！”米塔乐似乎说完了自己的话。他只要能够抓住一个把柄，不设法扳倒对手他是绝不会善罢甘休的。“像你们这样的家伙只要头疼发作就往上写告状信，那我们还干不干工作了？干不干工作了？你们说说看，同志们……”就像拍击海岸的浪花一样地说完这句话，然后像是找到了自己寻找的彼岸一样紧紧拽住了自己的这句话继续说：“我们到底应该相信谁？请各位说一说吧！是相信一个脑子有问题的告状者，还是从早到晚在田里劳作的劳动者？……”

“应该相信事实！”放牧员试图从生产队长米塔乐的围堵中突围，便抢着说，“应该相信真理……”

“那你说的事实和真理到底在哪里呢？”米塔乐继续冲着他说道，“你并不干这活，却居然去贬损和诽谤那些勤奋努力忘我工作的人。你的事实和真理难道就在那些无中生有的‘他们在占国家便宜’的诬告信里吗？你所说的事实到底在哪里？”

“在我的心里……”

“你可不要这样拍着胸脯说如此虚伪的谎话了。像你这样的粗暴糊涂之徒身上都披着用‘羞耻’‘事实’‘善良’‘道德’等缝制的外衣，而这种外衣根本就没有御寒作用。你能有什么话来证明你刚才的话是真的，你说！到底有什么？……难道是你那永远闭不住的嘴巴和那一支挤满墨水的笔吗？对，你所知道的所要维护的真理就是这些！就是这些……”

米塔乐越来越找到了说话的感觉，并且突然像打了鸡血一样开始热血沸腾起来。看到他的这一情形，农庄主席突然皱了一下眉头，而米塔乐却仅仅是为了自己的几句话就像投入火中的钢铁一样不断地升温。“你所谓的真理如果藏在你心里的话……”他从上衣胸口的口袋里拿出党员证摔到了政府办公室成员们围坐的桌子上面。这是从根本上彻底扭转当前复杂形势走向唯一最有效的办法。巴斯特主席也像今天才认识米塔乐一样惊奇地瞪大了眼睛。但他此时却尽量掩饰内心的喜悦之情，开始对米塔乐刮目相看了。他的确没有想到米塔乐会使出这一招。“好家伙，你可真会把握机会看准要害。你真的要把我从一个泥潭中挽救出去了，要挽救了……真遗憾我没有早一点看出你的这种本事，啊！？真遗憾……你看着吧，我定会对你今天的表现有所回报……瞧着吧……”巴斯特主席感觉到了这一点，双眼眯缝着显露出满意的表情，浑身上下如同大热天身上突然泼下一盆冷水一样立刻变得清爽起来，内心却感觉到了一种温暖舒适。“这是我的！这就是我的真理！我的荣辱！我的道德底线！如果我说了假话，那就请你们把我的名字从这个上面划掉！我恳求你们……”

阿散库勒·夏穆拉托维奇，在座政府办公室所有成员，也包括离他最近的巴斯特主席都目瞪口呆无话可说，静静地坐在那里不说一句话。真是神奇，这就像一个用破毡片制成的“木桩”被牢牢地钉进地里一样的感觉。办公室里静悄悄的氛围延续着，没有人再说一句话。看看谁先开口说话吧。这一想法出现在每一个人的脑海里。在这种情形下说一些什么话主席心里最清楚不过了。如果现在不做出表态那可不合适。必须说话表态，必须要给对方以雪上加霜的打击，他想表达自己此时的想法。一方面也是为了鼓励和支持米塔乐，他也肆无忌惮地开说道："没错！"巴斯特这次也从座位上跳起身来："各位政府成员同志们，如果你们觉得我们说的不是真话，那也把我的名字划掉吧。事实和真理在我们这里只有一个。那就是这个！"说着他也从口袋里掏出党员证让大家看。"那么，拍着胸脯说自己的真理在心里的人却拿不出任何书面证据，我们还能相信他什么呢？难道就相信他的胸脯吗？……证据在哪里？证据……"

"如果心里不装着真理，那个证据还有啥价值？如果心里没有真理，那它就不值得一提……"放牧员也不甘示弱立刻抓住了话语的把柄，"啥都不是，不值一提……"

"同志！"阿散库勒·夏穆拉托维奇用两只胳膊撑着桌子站起来，皱着粗粗的眉头，挥动手臂满腔怒气地说道，"请您说话注意点分寸。这……"他用粗壮的拇指指点着米塔乐的党员证继续说道，"这可不是随便什么人都有资格指责的东西，谁也无权指责。这一点你必须明白。如果说话太放肆，那也许我们就会让你在更适合的地方交代问题了。你必须明白……"他反复强调着最后一句话，"你的内心对我们来说是一个虚幻抽象的东西，而这可是具体证据，是具体文件，也就说这是具体的东西……"他停顿了一下，用眼光盯住站在一旁的生产队长继续说道，"你就是想说，地区报纸上发表的文章所涉及的问题都是虚假的？对吧？……"

"对！"米塔乐毫不犹豫地回答，"那都是捏造的谎言。"

"同志们！刊发那篇文章的报纸的编辑也在我们中间。他会怎么说，我们也听一听吧。”坐在靠门一边一位身体壮硕的人站起身来，呼哧呼哧的大口呼吸声能被五六步外的人听得清清楚楚。他还没等阿散库勒·夏穆拉托维奇说完就站起了身。“编辑同志！有很多人对你们报纸上刊发的那篇短篇文章提出质疑和反对。我们也曾收到过几封类似的信。所以我们都很清楚这件事。”他举了举握在手中的几封信继续说道，“他们的话语众口一词没有变化。不知道你是根据什么理由签字编发了那篇文章呢？请你解释一下吧……”

“第一，那时候我正好在外地休假，同志们。”憋着气说话的编辑前额上此时已经布满了密密麻麻的汗滴，“第二，那篇文章我不曾签发，是副编辑签发的。我们也曾收到过五六封反对和质疑的信件……”

“也就是说，你们报纸对任何来稿都是不经过严格审查筛选就印发是吗？这是多大的失职和不负责任啊，编辑同志！这就是你们的工作方式对吧，这就是……”

“我……我……是在休假……”编辑开始变得语无伦次，“听说那篇文章是副编辑经过实地调查之后才编发的……”

“编辑同志！这里可是在召开政府部门的听证会……”阿散库勒·夏穆拉托维奇的脸色突然发生了变化，而且这种变化全都挂在了他脸上，“我强调一下，编辑领导同志。‘听说’这样的话你还是到别处去讲吧。这就是‘听说’‘据说’等的结果。这一点就证明了你们的工作态度和工作责任心。请你说话态度再明确一点，不要含糊其词，吞吞吐吐。他到底是调查了还是没有调查？……”

肥胖的编辑额头上开始流下汗水。呼哧呼哧的喘气声传遍了整个屋子，说话也失去了章法：“我没办法说得更清楚。”他像一个犯了错误的小学生一样抬起头，睁大双眼用奇怪的眼神看了阿散库勒•夏穆拉托维奇一眼，然后继续说道，“行！我详细说明一下经过。哦，对了……”编辑好像又突然想起以前忘记的事情一样提起了精神：“对此，我们自己也曾开会讨论过，最后还曾给予副编辑警告处分和批评教育……”

“不是处分和批评教育，而是应该给他，”放牧员抢过话茬说道，“颁发奖金，奖励他才对……”

“为何？”政府部门成员中有一人提出了疑问。

“就为他编发了反映下面真实情况的稿子啊……”

“这怎么开始胡说八道了！”巴斯特主席像是有一条冰冷的毒蛇突然钻入他温暖的怀里一样颤了一下，气愤地开口说道：“他是不是又开始犯头疼病了！”

“那当然是了！”生产队长已经感觉到了现在正是趁热打铁的时候，于是从胸部口袋里掏出一张小纸条说道：“请大家看一看印有医生签名的这个病情报告吧。”此时的米塔乐犹如枪膛里射出的子弹一样非常坚决果断。“你们就会相信他脑子是真的有问题。认真读一读吧！连医生的签名也在上面。如果脑子没有问题的话，他怎么可能放弃高等学校的学习去当一名默默无闻的放牧员啊！他正是因为脑子有问题才被学校开除了。被学校开除这没有假吧？如果那不是真的，你就好好说一说吧……”

“这话当真吗？请你说一说看吧？”在座的唯一一名女性开始向放牧员发问，“这是真的吗？……”

“是真的！但是，那和这件事有啥关系？这里讨论的并不是关于我的脑子有没有病以及为何放弃学习去当一名放牧员的问题吧！”放牧员怒气冲冲地挺起胸膛大声说，“问题在其他方面，其他方面……”

“请你不要转移话题！”阿散库勒·夏穆拉托维奇挥动手臂强调说，“你既然写都写了，现在是想抵赖吗？抹黑了为地区的劳动生产做出贡献的集体农庄主席，现在是想推卸责任全身而退吧！？不行啊！同志！这可绝对不行！如果集体农庄的生产指标完不成，他必须在地区党委会面前做出解释和说明，如果地区领导不满意那就要在州领导面前做出解释、说明和交待。你必须弄清楚这一点。每个人都有自己负责的任务和必须承担的责任。”

“对不起！那有谁来为祖辈的被挖掘被捣毁的尸骨负责，为安静的神圣坟地被破坏负责，在父辈们面前又有谁做解释和说明呢！有谁？”放牧员如同背着火炭一样立刻燃烧起来，“到底谁能解释和说明！谁……”

“同志！你可别借助这样神圣的话语发威，吓唬我们。我们多少也了解这些事情。”阿散库勒·夏穆拉托维奇的声音开始变得有些温柔平静，“你是啥意思？我和你的脚踩着的大地，难道这仅仅是大地吗？啊？也许尸骨早已经变成尘土，变成大地的细小分子，融入其中的可能就有我或者你父辈早已变成尘土的身体吧。现在还让我们做什么啊？请你说一说吧？”他的愤怒早已经写在了脸上，甚至忍不住用手掌把桌子狠狠地拍打了一下。“也就是说，如果我们同意您的看法的话，我们两个人也不能站在这里对吗？因为这个地方是神圣的。如果我们所有人都这样想，那我们在哪里耕种，计划指标如何完成？怎么养活广大民众？所有这些问题又有谁来回答呢？”说到这里，他嘴里喷出了唾沫。“有谁来回答啊？是你吗？还是已经活过，享受过人生的你那七代先人？你说说看。绝对不是，所以你不想说。你还以为话语权在你手上是吗？对，同志，话语权在你手上，在像你这样的人手里，所以我们就必须认识到这一点，清楚地看到这一点。我们要看一看你们的脑子里到底有什么想法，到底在想些什么。我们必须知道这些。必须。对！对！同志们！这话可不是玩笑。我们中有人成年累月不辞辛劳地劳作，想方设法去完成国家的生产指标，而有人则写材料指责他贪污国家财物欺骗国家，这能行吗？这到底是对还是不对？啊！我在问你们，对还是不对？啊？”在座的人都屏住呼吸静静地看着彼此不开口。“你们谁都不说话，也就是说这事不是这样，也不可能是这样对吧？话只能有一种。那就是，”他用凶狠的眼睛瞪了一下放牧员继续说道，“你所写的材料没有任何事实依据，全是一片胡言，诽谤造谣。这些投诉信也可以证明这一点。”他说着晃动了一下手中的五六封信。“因为是第一次，为了让你醒悟我们就先给予警告。如果这种事再发生，那我们可就没法客气了。到那时可就要严肃地追究责任了，知道吗？你要为此负责任……”

“我希望您现在就追究责任。”巴斯特主席的语气很有底气。他感觉到话语的重心已经开始摆向自己这边时很自信地提出了这样的请求：“他必须负责任！”

“这种家伙必须追究责任！”米塔乐在这个时候怎么可能不明确自己的态度，做出支持鼓励的姿态呢：“这对他也是一个教训啊！”

“请不要着急，同志们。”阿散库勒·夏穆拉托维奇以调节的口吻说道：“每一件事情都有一个时机。第一次我们就原谅了，但第二次就不可能了。也许你已经想好了吧，让我们听一听吧。好！说一说吧……”

“说出来又有什么！”已经有些心灰意冷的放牧员这一次也没有能隐藏住自己的心意，“我没办法看着有人把白的说成黑的，看着黑的将其说成白的，颠倒黑白。请原谅。我可没有那样的坏心肠。我的良心也不允许我这样……”

“良心？”阿散库勒·夏穆拉托维奇对放牧员的话感到有些羞愧，“良心是什么？这很容易进行处理和调整啊。每一个人有着不一样的良心，我们也可以对其有不同的理解。良心对于我们来说就是工作，就是计划指标，有了它我们就努力执行，我们的良心公正无私绝对没有一点问题。这就是我们的良心，这就是……”

“请原谅！我所理解的良心好像与你们所说的有些出入。”背负了很大负担，生命之星也开始走向泯灭的放牧员站起来，打开皮革包着的房门，对在座的所有人连看都没有看一眼就迈步走了出去。

门“哐！”的一声关上了。方才还热热闹闹人声嘈杂的办公室内突然陷入可怕的寂静之中。出自那位我行我素执拗无比的放牧员之口的突兀言语让围坐在会议桌前的人们感到无可奈何的同时也感到了一丝不安。如果提前预感到问题绝对不可能以完美方式得到妥善解决的话，那位放牧员还会来参加这样的会议吗？会白白浪费自己的时间吗？会不会不顾自己的安危铿锵有力地高声说出让他感到痛心的埋藏心里很久的那些真话呢？在座的人，就像一棵根基牢固的大树，伸出手可以形成合力，根基在暗处彼此交错纠合。如果放牧员知道这些还会不会如同闪电一样爆发，说出真心话呢？他哪里知道这些啊！他是一个连自己的口水都要“噗！”地吐在能够渗透下去的地方的老实人。如果背后没有人撑腰他们怎么敢做出那些伤天害理的事情呢！这一点正是单纯的放牧员没有弄明白的……

在去往麻扎坟地的小路上，生产队长米塔乐把那年发生的事情从头到尾在脑子里重新过了一遍。那件事依然很清楚地印在他脑海里。那件事不牢记在脑海里还能到哪里去呢！正是从那次会议之后，他才入了巴斯特主席的眼，被他看中，得到了他的赏识。从地区返回的路上，巴斯特主席还曾对他说过：“今天你表现得很好啊！老弟。你给地区领导也留下了很好的印象。对那种无中生有胡编乱造的家伙不这样教训一下，他们就看不上任何人、任何事。嫉妒心会让他们眼睛痒痒。你以后就保持这样的心态，很好。”巴斯特主席的一席鼓励的话如同蜂蜜一样沁人心扉，让米塔乐的内心感觉很甜蜜。真是天遂人愿，今天他多年的心愿终于得以实现，终于赢得了主席的表扬和赏识。只要是自己赏识的人主席是不会冷落到一边让其两手空空的。不用说他也知道其间的玄机。不仅如此，连地区领导也对他产生了好感不是吗。自己时来运转的机会可能就要到了。昨天他确实也做了一个好梦，可能那就是今天的一个好征兆吧。他也觉得自己今天的确值得高兴。当时主席大哥对他说了上面的话，而他之前也耳根发热，似乎觉得一定会有好消息传来。主席的话就这样进入耳际："你说说看？如果让你担任村委会主任一职，你会干好这工作吗？那里需要你这样的男子汉。我好像觉得除了你之外也没有其他更合适的人选了。如果始终表现得像今天一样的话，那你将来可前途无量，连拉的屎上面都会开出花来的。"他不同意还能怎么样。当然，最初他还得按规矩假装推辞几番，表现得很谦虚，然后很快表示接受并表达感谢之情。于是不久，他果然就从生产队长升到了村委会主任的位置。村民对此并没有感到奇怪。因为他之前就是生产队长，正当升级名正言顺，无人怀疑。但是，能坐上这个位置，完全是他与主席之间的龌龊事才促成这个结果，却根本无人知道。从那以后，他们两人之间的关系可以说变得天衣无缝亲密无间了。无能走到哪里，两人说话都口径一致如出一辙，甚至语气用词都一模一样，如同一个种子长出的麦穗，让人无法分清。生命有时候就是要随命运转。你看看现在，巴斯特主席命断魂散对于他而言是多大一个损失啊。那主席可是他的佑护神啊。"退休之后如果顺利的话我就把我的这个位置让给你。"这话他可说过不止一遍。以后他会从谁的嘴里再听到这样的话呢！谁会说这话呢？这让他感到非常不自在。巴斯特主席有一次甚至对他说："听说我的二儿子会调来地区担任最高领导职务。等他来了，我立刻退休，把所有事情都转交给你。你也不必害怕主席这个职务要担当多大的责任。等我儿子来了，我把这个位置交给你应该没问题。"这个可怜的人，儿子调过来任职才两天他就这么突然撒手人寰离世而去了。如果能够晚两天走，他是否会把内心的话语给儿子掰开揉碎地交代好呢？他对谁都还没有来得及说什么话，交代什么事就离世而去了。米塔乐为自己的村委会主任位置而担心，嗓子干燥，内心焦躁不安不也是因为这个事吗？他尽管惴惴不安忧心忡忡，但时不时还是有一丝希望之火燃烧着诱惑着他，也许他已经对儿子交代过了呢！一定有过哪怕是一些简单交流吧。假如真是这样，那就再好不过了。父亲交代的事情绝不可能被儿子晾到一边吧。可怜的家伙很快就被这一丝朦胧渺茫的希望所牵引，心里瞬间变得亮堂起来。总而言之，如果巴斯特主席口头交代过的话，那他儿子怎么可能置之不理呢！他总会尊重父亲的灵魂完成其生前的遗愿吧。希望他现在能这么做。这就是一直藏在米塔乐主任心里，不停地折磨他，而且没有任何着落，抓不着看不见的一点希冀。米塔乐想到这里内心立刻会被其他一些思绪迁移。让他的思绪翻腾的原因就是：为何单单让我而不是派别人去察看了解墓地上坟墓的挖掘情况呢，这难道是毫无原因的吗？是不是觉得我是“自己人”呢？抑或是他们认为只有我这个人有资格去察看巴斯特主席坟墓挖掘的进展情况呢？！这就是人的拳头大小的脑袋里能装下整个宇宙的道理。他那装满了这些问题和想法的脑袋似乎变得比他的身体都大了两倍。正是现在，在其儿女们陷入痛苦悲伤之时表现得更出色一点，把事情干得漂亮一点，让他们也看到自己的赤胆忠心和超凡能力。从大早上开始他就为死者放声恸哭感染村民的举动当然也不是平白无故的，他必须想方设法让逝者的儿子们看到他忠心耿耿的态度，进而认识他、肯定他、赏识他。一个人人品如何总会在黑白喜事的时候得到验证。最重要的是在这种情况下也要承担义务和责任，尽力表现自己……

虽然已经是太阳升起两丈高的时辰，但天空依然朦朦胧胧。狂风肆虐，呜呜地吹个不停。天气似乎还是要变坏……天空立刻滴答滴答地下起雨来也并非不可能。旷野小路只剩下马跑一阵的距离就可以把马背上的米塔乐带入坟地。正在这时，前面突然出现了四个人影。米塔乐催马赶过去时才发现这是抬着昨天那个被汽车压死的孩子的尸骨走向坟地的四个人。

那一天有两个人的尸骨要被埋葬。

原来其中一个便是这个孩子的……

当催马超过那四个人的当口他暗暗自言自语道："哦！这可怜孩子！恰巧在今天去世……"他说出这句同情的话的同时突然又似乎想起了什么，思绪立刻波动起来。正是那个孩子。呸！难道巴斯特主席居然要和这个孩子在同一天安葬？这也太诡异太奇怪了！从四面八方特意赶来的人们对此会怎么说，会怎么想？巴斯特大哥的灵魂会满意吗？会安息吗？会不会因为让他和一个大地都不愿接纳的灵魂在同一天同一个地方下葬而感到不快啊！"呸！这真是让人无法接受啊！这个孩子怎么能与他同日而语呢！我应该咋办？必须为此做点事吧。我是让他们往后推迟一下？但是哪有阻止抬尸者走向坟地的道理！但是，如果不阻止的话，那主席与这个被人遗弃遭人厌恶的孩子同时下葬就好吗？"米塔乐超过他们之后调转马头挡在他们面前。方才一直萦绕在脑海中的想法刚到嘴边，他却又把话咽了回去。无论如何，这种话要说出口的确不容易，所以他以最大的忍耐力克制着自己，没有说出来。他与自己的内心作了一番激烈的抗争，很是痛苦。这不是随便就能说出的话。这一想法在他心里如同芒刺一样扎得他难受。他甚至想到了让坟地守护人去说这话的办法。那个人平时对他也是言听计从，从来不会表示反对的一个老实人。从来不曾有过任何偏差，只要米塔乐开口他就遵照执行没有二话。这事妥了，绝对没有问题。那位守坟人对他可从来都是言听计从的。只要他开口，不要说是一个孩子，就是他自己父亲的尸体也不会允许进入坟地。想到这里，村委会主任米塔乐又重新调转马头向坟地麻扎方向奔去。

下巴上长着几根随风飘动的麦芒似的稀疏胡须，不停地抖动尖而下垂的下巴，身体矮小如同一只羊羔的瘸腿小老头抬头看到了米塔乐由远而近的身影。老头脸上露出严肃的表情，他是那种一望而知脾气暴躁、不讲情面、当仁不让、容易激动且随时都会为一件小事与人吵架的人。如果不安置一个这样的人在这里看守，其他人也确实不能很好地维护这里的安宁。因为每一天都会有一些牲畜光顾这里，村里的有些淘气的孩子也会故意把牛赶到这里放牧。这个人主要就是负责保护坟地不被牲畜踩踏破坏。他照顾前来为巴斯特主席挖掘墓穴的那五六个人，只能守在这里没有办法离开。村里不管谁离世了，都是由这个人给死者指定尸骨埋葬之地，每一位死者如何下葬，葬在哪里都是由他说了算。也许是隔一天就会来这里巡视一次的缘故，反正他的脸上从来不见一丝忧伤和痛苦，也从来不曾对一位死者流下过一滴伤心的泪水。他所做的就是当死者的尸骨入土安葬时很坦然地摊开双掌，带领大家为死者祈祷，祈求死者的灵魂安息。他从来不像其他人那样耷拉着脑袋伤心欲绝，表现出痛苦的表情。也许就是这个麻扎让这位老人变得如此铁石心肠吧。即便是世界末日到来，他也有能力为所有死者找到葬身之地……

主席的墓穴早已经挖好，人们可以闻到新挖好的墓穴中飘出的土地气味。墓穴飘着热气……

麻扎……

这片墓地麻扎的面积逐年扩大，已经没有办法被围绕麻扎的泥土砌的围墙所容纳了。

土地每年都在缩小……

人类的命运就是这样，有来也有去。一个家庭失去主心骨陷入悲哀，与此同时，另一个家庭却因迎来新的生命和新的希望而陷入欢乐之中，命运的真与假彼此轮换延续，不能停止……

麻扎坟地只有一个能够通过一辆马车的大门让人们进出。守坟的小老头从早上开始就披着被讨厌的狂风吹得衣摆迎风飘动的旧外衣，一瘸一拐地绕过从地里奋力凸起的小土丘群，然后来到通往大门的小路，无论狂风如何肆虐咆哮，他总是交叉双手把双臂放在身后，表情严肃地弓身往前走，这时他看到了已经离自己只有一丈远的村委会主任米塔乐的身影。于是他便转身迎上去。“肯定是来打听墓穴挖掘进展的。”他心里暗自寻思。米塔乐也已离他只有十到十五步远……

“挖好了吗？”米塔乐开口说出的话是这句，“那边就等你们了……”

“早就挖好了。”老头噘起下颚说道，“那里土也很松软，没有一块石头……”

“那也是与死者的身份相配啊。”米塔乐深深叹了口气，然后不无担心地抬头看了看随时会变的天空继续说道，“这该死的风总是刮个不停，这可不好啊。把阳光遮蔽得不见一丝光线……可不要带来什么麻烦就行。在今天这样的日子里……”

“我也是担心这个。”说着，瘸腿老头也抬头看了看天空。

“能不能早一点下葬啊？”

“我们也希望是这样呀。他们特意让我过来打听消息……”

“谁能想到这个……他妈的……”老头的语气有些神秘，让人摸不着头脑。

“是什么？……”

“谁能想到这样的人也会死……我到现在都不相信。我从来都没有这样伤心过。想起来就很痛苦。太可惜了。就让他的灵魂安息吧……让他的灵魂在最好的土地里安息吧。那可真的是好土地……这片土地好像也自己挑选死者。有些人的墓穴一挖下去，挖出来的可都是石头啊……”

“好啊！”村委会主任似乎觉得自己从早上开始就一直像磐石一样压在心里的担忧终于可以释怀了，于是立刻回答道，“有谁能想到会是这样呢？有谁？一周之前还健壮得像一匹壮马。难道这就是命运吗……”

“你不要说是谁了！我能咋办？无论如何也不能让他起死回生啊。就愿生者健康安好长寿吧！愿他的生命让生者延续吧……”

“多少年了，可怜的主席作为一名领导一直在为大家鞠躬尽瘁，无私奉献啊。真是太可惜了……太可惜了……”

“行了，老弟，你也不要伤心了！伤心悲痛又有什么用？我们现在的义务就是将其尸骨交还给大地，让他入土为安……我们能做的也就这一点……我们还是赶早不赶晚，趁着墓穴热气未消时让他入土为安吧……”

两个人都安静地停顿了一会儿。

“哎呀！什么人没有来过这里，什么人不被埋在这里啊！”瘸腿老头突然开口，似乎是自言自语，“也可能是造物主听到了可怜人的事情，从清晨开始就狂风大作，没有停止……这也太神奇了……这是啥情况啊？我可从来不曾对死者这样伤心痛苦过，而他的离世却让我感觉到一种挠心抓肺的疼痛。我们能干什么呢？什么也干不成啊！我们只是一些最普通的小人物啊。小人物。他是怎样的一个好人啊。哎呀呀……多少年了他领导村民并为他们鞠躬尽瘁地服务……往后会发生什么啊？太可惜了！太可惜。他是一个好人，今天的天气就表明了一切啊，你看看。太奇怪。就连造物主自己对此好像也很生气。造物主肯定知道了。要不然天空怎么会这样难看呢。怎么会这样……满天阴沉。太奇怪了。我们老是失去这样的好人，那往后我们可怎么办啊！我最担心的是这个，就是这个……”

“是不是提过了呢？是不是说过了呢？是不是哪怕提过一句？”米塔乐主任自言自语地说，“但是如果他没有说呢？那可就麻烦了？一切都完了……如果是那样的话，那我该怎么办？难道我要亲自对他儿子说老爷子生前曾经说过要把自己的位置托付给我吗？我哪有脸面去说这种话！怎么可能！这样的话那我可就死定了。他明天就推举别人上去，那我可就无地自容了，熟人乡亲都会对我说什么呢！这也太可怕了！这种可能性也不是没有啊。只要我不上任就会有人说闲话。会嘲笑我那样死心塌地地跟在后面跑，到最后却两手空空，什么也没有捞着。这是最可怕的。也许提示过吧！唉！真让人心烦啊，这该死的。如果给他交代过呢！哎呀！那就事如人愿，万事大吉了。对，就是这样。然后再看看我啊。该死的……我什么事情办不了！只要我能坐上那个位置。每个人都会对我毕恭毕敬，言听计从。啊！太享受了！是，对我非常适合。只要我愿意，就让他们所有人都在我面前缩着脑袋垂着双手随时等我指使派遣。如果有人不愿意，那就看我如何收拾他，看着吧！如果我做不到，那就把我的米塔乐之名改掉不要了。所以现在必须在他儿子面前好好表现，不能有丝毫含糊和麻痹。必须把握任何机会好好表现。这就是第一件事……第一件事就是这个。但最重要的是巴斯特主席是否提过我呀。唉！到底提过没有呢……”

“我要说的是”，瘸腿老人主动打破了两人之间保持了一段时间的寂静，“听说州里面也会来一些高官，是真的吗？这话是真的吗？那几个挖墓的人好像这么提了一下……是真的吗？”

“啊？”早已经陷入沉思的米塔乐好像脸上突然被人泼了凉水一样惊醒过来说，“你说什么？什么？……”

“他们好像在说，”老头把脑袋向不远处的几个挖墓者方向摆了摆说，“他们好像说，州里也会有高级干部来参加葬礼，还要在入葬追悼仪式上致悼词是吗？他们说的对吗？”

“那还用说吗？肯定是真的啊。”米塔乐点了点头继续说，“从一大早开始我们就是因为等他们才拖延到了现在。听说他们马上就要到了，这不才特意派我过来察看这里的情况么……”

“噢！原来死者的身份是这样啊。州里都有人特意过来……哎呀！”

“那肯定要来啊！”米塔乐一本正经地接上话茬，“那还能不来吗？还能为谁来呐？！都是一些大人物。没有一个是普通干部，你知道吗？”

“你说说……”老头的好奇心开始爆发，“死者下葬时是不是应该按照老规矩来给参与入葬为此付出劳动的人都分发下葬劳务费呀。下葬入土经文会不会有人念诵。抑或认为那是封建愚昧之举而取消？他们……”老头又把脑袋向挖掘墓穴的几个人的方向摆了摆说，“他们好像也这么议论。说在大领导面前不能那么做，是吗？最起码，这可是传统习俗啊！是长期以来的古老习俗不是吗……这可没有新旧之分对吧？……”

“这我可不知道！”米塔乐往上拉了拉衣领继续说，“巴斯特主席难道是一般人吗？他下葬当然有一些规矩了。说过肯定要举办追悼仪式……”

“这是啥意思？是说按照现在的方式下葬尸体吗？”

“对啊！”

“呸！不像话！”老头突然捂住了自己的胸口，“埋葬尸体还有什么新旧之分呢？我真的不理解这个！不理解……”

“他是否说过……是否提过我……”

“你在说什么？”看到村委会主任嘴唇不停地抖动但听不到在说什么，于是侧过头去询问，“你说什么？靠近点说……”

“噢！”米塔乐摆了摆手说，“我没说什么。只是突然想起什么来了。随便……哦，对了……”他正想调转马头返回村里汇报这里的情况时，随口说道：“那个孩子可不要往麻扎这边来……”

“哪个孩子？”

“不就是那个吗！那个该死的小孩。就是那个。他到底是不是有名字！怎么就是想不起来呢！真他妈的。他的尸体正由三四个人抬着往这边来了。”

“哎呀，就是那个可怜的小孩吗？是那个，对！我想起来了！听说是被汽车压死了……”

“哦，对！他们正把他的尸体往这里抬呢。”米塔乐把嘴凑到老头耳朵跟前低声说，“现在有这样一句话你可听好了。”

“好！”老头把耳朵凑过来说，“好的！”

“这话你自己知道就行了。”米塔乐强调说，“那个孩子是谁？巴斯特主席是谁？我不用提醒你也应该知道。对吧！……”

“对，对！”

“对！你好像明白了我的意思。连州里都有领导过来了。他们来难道只是为了露个脸让大家看看那些黑色轿车吗？你已经明白了。”

“我也知道这些……”

“那好，事情是这样。”米塔乐这才说出了事情的关键之处，“你最好让那几个抬着小孩尸体的人先等一等。让他们先返回家里去等着。最好让他们暂时回避一下……”

“我没有明白你说的……”

“怎么会？……”

“我真的没有明白！我如何让他们躲到一边等着……”

“如何？……就是不要让他们走进坟地大门。我们应该先把主席大哥的尸骨安葬了再说。然后让他们爱咋埋咋埋。难道从州里和各地来的尊贵客人们还要等他们这些人不成！他们可都是在政府部门工作的大忙人。每时每刻都算得清清楚楚。你向他们解释一下好不好？……”

“哎呀，我的天啊！哪有把已经送到墓地的尸体再往回抬的事情啊。这是造孽啊！……”

“我不是让他们返回。你先明白一下我的话！先是主席的尸体，然后再是他的……”

“我不可能这么做！而且那孩子的墓穴还比主席的墓穴更近更方便一些。我是今天才指定给他们的……”

“你指定了又怎么样！？最多不过也就是晚两小时不是吗！”

瘸腿老头十分为难地停顿了一下，然后陷入了思考。最后似乎是被对方震住了一样，眨巴着一双硕大的眼睛，抖动着胡须说道：“那我试试看吧！劝他们等一等。除此之外也没有别的办法。”瘸腿老人勉强同意，“让他们现在把巴斯特主席的尸骨抬过来吧。就说坟墓已经准备好了。就这么说……”

“好！我就这么说。我不就是特意为此而来吗。”米塔乐转身快步走过去将拴绑在一边的马缰绳解下来，纵身一跃跳上马背，又一次强调说："他们已经到了。就按我说的办，好吧。"

"好吧！好吧！……"瘸腿老人摇着头说，"这也只能这么做了……"

米塔乐在催马返回的路上又遇到了抬着灵柩快要到达坟地的那几个人。他将马缰绳拉住，把马转向一边给他们让路。他们总共是四个人。其中还有面孔熟悉身穿条绒衣服的一个人。他将头上的帽子礼貌地往上推了一下，并狡黠地向他眨了几下眼睛。这个人今天好像也已经醉酒了。一双眼睛也是红红的。但是，米塔乐并没有理解他刚才的意思。这孩子到底是他什么人呢？其他人他是一概不认识？都是陌生面孔。不知道在哪里见过面，眼神看上去很熟悉、很温暖。是不是来自相邻的村子？谁知道呢！无论如何，就好像在哪里见过。他们从米塔乐身边走了过去。米塔乐内心的那根芒刺又开始扎他的心了。"唉！可怜的主席大哥难道就这样头枕大地被埋入黄土吗？太可惜了！我们到底该做什么呢？"他自己提出各种问题，这样让自己纠缠其中就可以缓解烦恼。当然，他米塔乐也并不是随便就被自己的想法过度折磨的人。"哎！找到了！应该想办法向主席大哥的儿子们打听一下情况。当然，他们也会有各自的想法吧。无论如何，我这里绝对不能出差错。必须提出来。以后要是说我没有及时提出来，那我也不好做人啊。对人决不能有丝毫侥幸心理，必须做到完全有把握才行。稍有差池，那就很难挽救回来了……"

实际上，所有的事情完全没有按照人愿而是按照天意出现了彻底转变。那句话刚从米塔乐口中说出来，巴斯特主席的孩子们的脸上马上露出了不快的神情。这是一个无法挽回的尴尬而悲痛的时刻。这也是他们心里的羞愧感作祟。看看，什么人的尸骨居然要安葬在他们父亲的身边。瞧瞧！这是什么意思？巴斯特的孩子也有羞耻心啊。他们立刻像被点燃的干柴一样噼里啪啦燃烧了起来。从早上开始，各方前来的亲朋好友们在安慰他们的同时，为了尽量减轻他们内心的哀痛，在暗地里劝他们，连续给他们敬了不少的酒，积少成多，把巴斯特主席在地区担任党主席的大儿子给灌醉了。他已经摇摇晃晃东倒西歪，甚至哭声都不对劲。说话很冲，他到底是在悲伤还是在生气，周围的人根本分不清楚。哭声沙哑而且很怪异。就是这个儿子不知啥情况，就好像人们纷纷前来是要将他埋葬一样，怒气冲天，把葬礼仪式闹得沸沸扬扬。他那气势汹汹的样子让人害怕。身边的人不停地劝说他，说州里面也来了人，这样不好那样不好地规劝，好不容易才让他安静下来。他被周围的人按照习惯借安慰之名劝酒，早已喝得烂醉了。因此他不停地大声叫喊："你们这种习惯我不需要！你们这样不都是为了金钱和利益吗！让你们的安慰问候统统见鬼去吧！是谁让那个孩子的尸骨葬在那里的？到底谁是，啊？他在哪里？他即便是神的孩子你们也必须从别处给他找个地方。听到了吗？！我们可不想让父亲的尸骨受一丁点委屈。连大地都不愿收容的流浪灵魂，你们居然准备埋在我父亲身边吗？啊？"

米塔乐主任说完话之后，看到主席儿子的这种反应自己也被吓坏了。他害怕是因为他根本就没有想到事情会发展成这样。现在他该咋办？尤其是如果再让他返回去处理这事，那他不就死定了吗！他拿什么脸去说！什么脸？这可真是！最后还是巴斯特在地区担任党委领导职务的大儿子要亲自去了。如果陪着他去那还可以。该说的他自己会说，被人们耻笑的也会是他自己。米塔乐的责任只是传达消息，只要死者的其他儿子们明白就行了。他需要的也就是这个。他俩又准备重新前往麻扎墓地了。

他们骑上马准备前往墓地。对事情的缘由已经有所了解的米塔乐在出发前悄悄地从房里拿上三瓶酒揣进了怀里。他也有自己的盘算。让这些酒发挥其关键作用。他试图用这酒去贿赂他熟悉的那个身穿条绒衣服的抬灵柩的人。只要看到酒瓶了，他就会百依百顺。米塔乐能够早一点察觉这个对他真是太重要了。其他人可能也不会反对。不采用这种特殊手段去处理，事情会变得更复杂。

米塔乐对自己的聪明才智再一次感到了自豪和骄傲。正像他想象的一样，此时瘸腿老人正和抬来孩子尸骨的几个人争论不休，互不相让。

“不就让你们晚两个小时再来吗！”瘸腿老人的声音从远处就能听到，“不就两小时吗！他们的墓穴早就挖好了。而你们现在才开始挖……听说州里都会有领导前来参加葬礼……”

“来就来吧！关我们什么事！最关键是要按时埋了孩子不是吗！”他们中体形肥胖的一位说出了这些话，“哪有这样的事情！我活到这个岁数还是第一次看到有人居然不让尸体进入坟地。这是啥意思？行了，老人家！可不要在这里倚老卖老了。这样的话你会遭到报应的知道吗！你年龄可不小了啊……”

“我能咋办！这可是米塔乐主任这么交代的。你们就等两小时吧！”老人说着正好看到了飞驰而来的两个人影，接着说，“你们看，他们自己也来了。你们自己去给他们说吧！这可不是我的事！与我有何相干……”

“你们这是在干什么，啊？”巴斯特主席的儿子在马背上弯了一下身子对他们说道，“什么？你们都好好听着！你们把这孩子的尸体愿意往哪儿埋就往哪儿埋。就这一句话。你们不要说没有听到。我们绝不允许你们干让我父亲刚刚离世的灵魂不高兴的事情。这一点你们必须弄明白。难道再也找不到埋葬这孩子的地方了吗，啊？不行！兄弟们！这样可不行……”

“喂，老乡。你也听一听我们的意见行吗？”那位胖子接上了话茬，“在这样的日子我们也不想惹您生气。我们也明白。人死了不都一样吗！在死者入土安葬时说这种话可不好啊。这是我们自古以来的传统啊！尸体旁边就得安放另一个尸体……”

“以前安放就安放吧。我现在不想听这样的啰唆。我刚才不是说过了吗！就一句话。废话不说。”他也被对方的话激怒了，“我们明天如何出来见人？人们唯独就是喜欢无中生有地传别人闲话，揭别人短处。他们总是热衷于窥视别人的短处，而看不到别人的长处和优点。那些嘴碎的人明天就会制造出一篓子讽刺讥笑的话来嘲笑我们。他们会说‘允许别人在尊贵的父亲的尸骨旁边埋葬了一个遭人鄙视的乞丐’。

怎么？你们也想让我们丢人现眼吗，啊？”

“说话注意一点啊。”另一个戴着小圆帽的人接上话茬说，“这地方难道不是我们大家共有的吗？这个是人，那个也是人。可不能在这里说出这样的话破坏了这麻扎圣地的安宁，惊动安息在这里的先辈灵魂。别人听到这话会怎么说……”

“别人，别人，别人！那就让别人听到好了。难道这种话他们听的还少吗？说一遍不行，说两遍还不行。无论如何，你们给他另找地方吧。”他开始强词夺理了，“你们说一说，这孩子到底跟你们谁有血源亲戚关系，啊？”

“跟我们都没有任何亲属关系。”

“既然这样，那你们还在这里争执什么？有啥资格争执？”

“最起码他也是一个人啊！不是一个随便找一个地方丢下就可以的东西啊。他是人！”

“面对死者尸体你们可不能这样说话。这可是罪孽啊。”瘸腿老头此时已经开始生气地开口道，“我知道这孩子的身世。他母亲是来自高山里巴尔戈部落之人。他们的故乡就在被水库淹了的村庄上游的麻扎附近。从前他们的族人就埋葬在那里。你们也可以将他抬到那里去下葬。那里还埋着他的先辈亲戚……趁早行动，不要在这里耽误时间……”

“难道我们是飞鸟吗？飞过去就可以了。我们怎么过去。有交通工具吗？”其中一个人开口回应道。米塔乐这时终于认出了他。他就是那个身穿条绒衣服的面孔熟悉的人。“我们可没有交通工具……”

“请放心！交通工具完全没有问题。我们给你们找，可以吗？”米塔乐掺和进来，“我就可以给你们找来……喂，你过来一下。就是你……”米塔乐把那个熟面孔往一边邀，“你过来一下！我有话给你说……”

小孩的墓穴还没有开挖一铲土就被要求挪到破旧的老麻扎坟地那边去了……

5

当太阳终于撕开漫天的墨汁一样黑沉沉的乌云，露出一抹阳光时，像一个离家出走，来到陌生地方为所欲为的孩子一样不顾一切肆虐不止的狂风，到下午时分也开始有所收敛，逐渐开始减弱其威力了。最后，狂飙随风向而动，向着弯弓一样的迎接日落的西方地平线移动，最终隐逝在大地深处某一个神秘的洞穴里。但是，如同大海的波涛一样疯狂肆虐的大风吹了一整天，将天空及整个世界吹得乌七八糟乱成一团……

生长在这片土地上的野生树木已经与早秋的枯黄落叶开始纷纷落下的时节不期而遇。来回来去地把山丘沟壑握在掌心拿捏，掰开揉碎，把整个大地狠狠扫荡了一通儿的狂风把这一片树林中根基还不够牢固的树木统统摁倒在地，让它们横身躺下，将其干枯的枝条吹得随处飞动，几乎将所有的树木变成了裸体状……

肆虐无忌的狂风横扫一切，就连平日里骄傲地翱翔于蓝天的飞禽之王也不敢振翅飞翔，而只能悄悄地躲进窝里休眠。这个时候哪个动物不珍惜自己的生命呢？即便是有自己心仪的猎物出现在天际，它也不敢轻易飞上那寒风刺骨的天空去捕获它。谁都珍惜自己的生命。如果不待在温暖的窝里休养，那只能在夺命的狂风中丢掉性命……

当狂风停止咆哮，出现稍许的平静时，振翅飞上天空的鹞鹰，顶着凛冽的寒风，突然往下转身向地面某一个方向俯冲而去。如果不是因为从早上开始就肆虐不止的狂风，它肯定早就将自己的食囊填得鼓鼓的，划过蓝天，俯瞰着身下大地上人间所发生的所有细微事情，长时间在空中遨游。想收获就得担风险。不知从何处突然到来的狂风，肆无忌惮地怒吼不停，从清晨开始刮到现在，让饥饿难耐的鹞鹰感到非常沮丧。它根本没有想到这可恶的风会刮这么长时间。

它飞上万里高空，迎着凛冽的寒风展开翅膀自由地翱翔，睁开那双冒号一样的冒着熊熊火焰的眼睛仔细观察身下大地上的所有细微变动。鹞鹰翱翔时从高空中俯瞰，在它眼里大地上不会留下任何死角。他首先看到了那个巴掌大的小村庄……再看，村庄对面就是如同降落到地上的一片云彩一样的小型水库。水库那边从来就不是这只鹞鹰的关注点和兴趣点。但是，离那水库不远的杂草丛生的荒滩可是激发它食欲的各种小动物的乐土。对于鹞鹰而言，在那里出没的小动物中还有比田鼠更美味的食物吗？这世界上！想起那美味它就禁不住流口水。比起其他动物，巡察周围地方对于鹞鹰而言更为方便容易。只要它展翅冲上天际，那下面的一切便尽收眼底。一双眼睛虽然只有一对冒号那么大，但它从高空中就可以看到地上所有事物的动静和行踪。它的眼睛可以说锐利无比，就连那些在枯草秸秆之间贴着地面小心翼翼地匍匐前行、生怕被空中的鹞鹰发现的啮齿类动物也躲不过它的眼睛，被它看得一清二楚，被它随时捕获成为美餐。只要被它看见，那它就绝不会轻易放过。只要看到了，它便将自己的身体从空中收缩成一只拳头大小，如同炮弹一样往地面俯冲而去，百发百中弹无虚发。它神不知鬼不觉地从天而降，多少只田鼠被它用尖利的弯喙和强有力的爪子捕获而去。这个世界真是太神奇了。造物主不仅创造了各种动物，居然为了让它能够维持生命而创造了能够成为彼此美味食物的另一种动物，而这种动物也有它自己的另外一些美味佳肴作为食物链。如果不是这样的话，鹞鹰为什么将田鼠视为自己最喜爱的美味呢！它每时每刻所渴望的就是田鼠那柔嫩的肥肉。它的激荡在内心深处的原始思维现在也同样如此。它的唾液在咽喉中滑动，不断引发它强烈的捕食欲……

在蓝色的天空中，鹞鹰有时尽情地展开双翅翱翔，时不时扇动一下，然后收缩一下，有时又变得像白纸上的一个黑点一动不动地凝固在那里。有时它会完全忘记自己的翅膀已经扇累了，在突然感到有些力不从心时才会在迎面刮来的猛烈寒风中颤抖一下。昨天傍晚这只鹞鹰从水库那边被遗弃的旧麻扎那里叼走一只田鼠，慢慢地一口一口地享用了一番。可现在它从早晨开始口中就干渴难耐，饥饿不堪，聚精会神地紧紧盯着地面，一动不动地瞪着双眼等待着机会，希望从哪一个角落里突然出现一只田鼠。对它来说，这世界上再也没有比田鼠的肉更美味的食物了。鹞鹰知道在这季节田鼠正好产仔，有时候鼠洞里都住不下。它因为饥饿难耐而喉咙干渴，一声都懒得鸣叫，眯着凶狠而冷酷的眼睛不停地在旧麻扎坟地上空盘旋着，转动锐利的眼睛观察着、搜寻着。它那紧紧盯着地面一动不动的锐利双眼此时此刻却看到这样一番景象。就在它的翅膀底下的旧麻扎上出现了不知道从哪里来的六个人影，在不远处还有一辆不停地发出刺耳的“突突！”声并且冒出黑烟的拖拉机。那拖拉机的突突声让鹞鹰十分烦躁。那停着拖拉机的小路末端还有一个人影正往这里赶来。鹞鹰从高空中一眼就看出这个人影是走向旧麻扎方向的。那个人影走到麻扎的那条路并不算很近，确实还要走一段距离。前面还有如同树根一样从那里往四周延伸的蜿蜒曲折的很多条小路，彼此互不交织相连。一眼就能扫视地面一切情况的鹞鹰的注意力被下面的这些人暂时吸引了。他们是抬着昨天不幸被汽车压死的那个小孩的尸体前来的人们。那些人从那辆不停地发出巨大的恼人的似乎要穿透天空的突突声的拖拉机拖挂上，用一个简单的抬把子抬下了用白布裹着的小孩的尸体往麻扎坟地走来。但是，他们却又突然停住了。刚才他们就开始挖掘墓穴，已经把新土挖了出来。这些人已经很长时间没有到这个地方来了，因此鹞鹰好奇地关注着他们的每一个动作。它也很害怕人类。有一次，它有点记不清是什么时候了，正是这些人在它划过天空时，用一个发出刺耳声音、冒着红色火焰的东西向它射击，差一点就击中它，要了它的命。幸亏那颗子弹打偏了，从它的翅膀上擦了过去，自己才能够安然无恙地躲过一劫。那一次可真是上天保佑。每每想起那事，它就觉得后怕，吓得浑身颤动起来。但是，饥肠辘辘的鹞鹰绝不善罢甘休，它必须弄点食物填饱自己的肚子。如果这些该死的人影离它远一些的话，它早就俯冲而下，只需一次就能捕获自己渴望的猎物，把肥壮的田鼠叼走了。由于肚子饥饿，它甚至连翅膀都懒得扇动，只是懒散地在空中盘旋着。它那血红的如同箭矢般锐利的眼睛紧紧地注视着旧麻扎周边的杂草丛生、凹凸不平的地面，搜寻着，随时等待着田鼠出现……

从早上开始就一直等待狂风停止肆虐，母田鼠那小拇指大小的脑袋被各种想法搅得不得安宁。尤其是这几个两条腿的动物来到这里之后，它的思绪更加纷乱，焦躁不安起来。风虽然停了，但正当它试图爬出洞穴时这几个家伙怎么就突然出现了呢？这让它心烦意乱又气又恨，它感到不可理解！这仅仅是一个未解之谜那么简单吗？真该死！它别无所求，只求那些两条腿的家伙不要给卧在洞口的小田鼠孩子们造成危险。想到这个，母田鼠就有些提心吊胆惴惴不安起来。反正它所担心的就是这类不着边际的奇怪想法。它提前提醒和警告孩子们真的是一个明智之举。让它们先躲在洞穴里安静地卧着吧，它来观察和了解洞穴上面所发生的各种情况，让孩子们继续躲在安全的地方。母田鼠自己也躲在枯黄的草秸秆下面闻着从各方飘来的气味，不时地跑动几步，好奇地观察着眼前发生的事情。母田鼠只顾观察眼前的事物，根本没有注意到就在自己的头顶上，在高空中如同磨盘一样盘旋不停的鹞鹰。让它好奇的事情均在眼前。更何况它好奇地将头探进闪光的玻璃瓶口吸进去的那强烈气味也让它头晕眼花，变得昏昏沉沉，让它看什么都朦胧而神奇。鼻尖还有点发痒，那个强烈但诱人的气味依然停留在它的鼻尖上。它这一生还从来不曾体验过这个。也许就是因为这个，它才头脑昏昏沉沉，眼睛也变得朦朦胧胧。甚至对它来说再熟悉不过的，它每天都观察无数遍的田野似乎也变得很有意趣并充满神秘感。如果不是那刺鼻的强烈气味，每年闻几下，然后再重新观察周边的世界，那也算是一种享受啊！你只需把鼻子伸进瓶口停留一会就万事大吉了，就感觉那个强烈的气味在你鼻尖上弹了一下，然后你就会有一种奇妙无比的感觉，想怎么看就怎么看，想看多久就看多久……母田鼠那朦胧的双眼不停地转动着并且身体也不断地往前爬动，不知不觉中离那些两条腿的动物们越来越近了。它好像自己能听懂他们的言谈似的竖起两只大耳朵侧耳倾听。

早就已经盯住了这只母田鼠，在空中盘旋不止的鹞鹰一时还无法实现自己的愿望。这只母田鼠难道真的不要命了吗？怎么越来越靠近那些人呢？它真的是该死了，这混蛋！它到底想到哪里去，想干什么？真的不想活了？鹞鹰开始降低身子低空飞行，然后在空中定住停留片刻，但是依然没有机会冲过去将眼前的母田鼠叼了去。它还是害怕那些人，所以只能在空中继续盘旋。母田鼠完全被草秸秆中的两条腿的动物们的到来而带给它的新鲜感和奇怪的事物迷住了，已经完全忽视了悬在头顶上随时会让它丢失性命的潜在危机……

母田鼠就躲在离那些人两步之遥的草秸秆底下静静地聆听着那些人的对话……

6

今天的路途即将结束，红彤彤的炽热难耐的太阳逐渐下降，往自己安神休眠的地方走近。这不，它离把自己那红红的铜板似的脸蛋贴到地面的距离只剩下了两庹了。太阳那四射的光芒普照着这个所谓幸福的大地，唯独没有能照到被永远埋入墓穴中的巴斯特主席的尸体上……

所有的仪式和程序都完成了，只剩下最终的告别祷告词了。为了表达对其尊体的敬意，怀着崇敬的心情与他的灵魂做最后的告别，巴斯特主席的儿子们，生前的亲朋好友们，乡里乡亲们，从州里特意赶来的大干部和大人物们都静静地聚集在一起，围着那堆从墓穴里刚刚挖出的新土堆，蹲坐着，等待与死者做最后的告别。蹲坐着的每一个人都表情严肃，耷拉着脑袋一声不吭。在巴斯特主席墓穴口的边沿，头顶着白色缠头，每说一句话其下颌都会不停地来回抖动的阿訇用浑厚凝重的声音念诵着送葬时必须念诵的那段著名经文，最后摊开双掌带领大家为死者的灵魂祈祝安康。尸体下葬之前，有几个重要人物还当场发表了各自发自肺腑的感人至深的祷告词。每一个祷告词都充满了无限的惋惜，令人痛心的遗憾和伤心欲绝的悲哀。每一位发言者的话语都那么真挚而动人，充满情感，不断地感染着在座的每一个人。与死者诀别的时刻越来越临近了。现在必须完成自古传承的告别尸体的一个必不可少的规定仪式……此时此刻，每人心里都产生无数个无法容纳也不能容纳的稀奇古怪的想法，有多少想法如同子弹一样穿透人心呢！坐在敞开的黑咕隆咚的墓穴口的人们更是有说不出的紧张感、恐惧感，心中的内疚感和负罪感不知不觉在他们体内膨胀，使他们的胸口如同伤口上撒了一把盐一样难受。这就是生命啊。每个人的人生路都会越走越短，最终拥抱大地，永远躺在气味独特的泥土之中……

不敢轻易抬起头来，耷拉着脑袋的人们的耳朵里此时传来了那位阿訇洪亮的声音："大家说，巴斯特是什么样的人啊？"

"他是个顶好的人。"大家异口同声地回答。

"他是否有欠你们的？如果有的话，他的三个儿子在这里，随时准备偿还父亲所欠的债务。有没有？立刻说！（有一个儿子陪同州里来的人走了。没有前来参加墓地这边的葬礼。走的原因主要是为了不影响大家按照宗教礼仪和民间传统习俗来安葬死者。）有没有？……"

"没有欠任何人的！"这话有点稀稀拉拉，不太整齐。

眼睛发绿的米塔乐主任也没有很坚定地说出这句话。他坐在墓穴附近，手里紧紧地攥着一抔土，藏在内心的想法依然让他不得安宁，让他浮想联翩。"他到底给他儿子交代了没有呢？说了当然很好！如果没有说过呢……"

"那，这样的话，巴斯特之子乌外杜拉你是不是有什么话要说？"阿訇开口说道，"如果有的话那就说吧！"

"我感谢大家！谢谢！……"他说，"谢谢大家！"

泪水从眼眶喷涌而出的米塔乐主任此时内心非常悲伤和失望，浑身失去了力量。此时此刻，他依然陶醉于那个让他痴迷又美妙的幻想中，但又对这一痛苦思绪找不到任何答案，浑身疼痛难忍，陷入这种痴迷的沼泽中不能自拔。噢！造物主啊！如果你真的创造了人类，如果你到最后还要将他们一个一个地真的收回去的话，那你为什么要让自己的内心在希冀中遭受如此的煎熬，让泉涌的泪水浸泡他全身，让他弯腰驼背直不起身呢！让一个充满美好幻想，对未来充满希望，从来不曾想过会是这种结果的人遭受这样切齿的悲痛，让他痛苦万分，让他心中所有的美好幻想瞬间坍塌，如同被洪水冲塌的土崖一样啊！这个只是想获得自己应该获得的一点东西，过上比别人稍微好一点的生活，为此舍生忘死，鞠躬尽瘁，时时刻刻随着已故主席的眼珠子转，只是为了能够在其火焰下温暖温暖自己的双手，就为这甚至不惜献出自己的生命，仅仅为此目的而殚精竭虑的可怜人的幸福，你为何就这么无情地拦腰砍断，将他的希望全部埋葬在乱石堆中啊！如果这样的话，曾经让他想方设法排除万难死心塌地才完成的那么多棘手的事情都是为了什么呢？他什么都敢做，什么都不怕，死心塌地，目的就是为了能够走上生活的康庄大道，希望拥有更多一些钱财。无论别人如何，只要本人能够晒不着太阳，舒舒服服过日子，他为所有这些而做出的奋斗和努力都随着一个人的死去而变得渺茫，虚无缥缈，所有的美好愿望统统都走上了一条一去不复返的路途！这是为什么！？难道他真的变成了已故主席那些甜言蜜语、无谓地付出所有、无谓地奔波了一生的牺牲品，就如同只围着对方转的“向日葵”一样。他为了谁？为什么要一生都遭受如此沉重的悲痛呢？就像盖住旧伤疤的结痂被重新揭开了一样，米塔乐的伤心欲绝也并不是没有道理。与这些夹杂在一起的，如同黏胶一样纠缠不休的悲伤与痛苦使他浑身颤抖不能自已。与此同时，一种隐隐的恐惧感也穿过他的血脉，如同针扎心脏一样让他疼痛难忍，似乎给他那已经伤痕累累的内心造成了更大的伤害。最让他担心的是，眼前的事情不知道最终会以什么样的方式结束。这个疑虑让他神魂颠倒，失魂落魄。自己信任的人永远也不可能从墓穴里重生。也就是说，完全相信那个人，把所有的希望完全寄托在那个人身上的信念现在却像坍塌的悬崖一样噼里啪啦掉落在地上，满口的甜言蜜语消失殆尽，一直迷惑他到现在的那条希望之线突然断裂，所有的一切天翻地覆之后才能重新回归平静。他虽然感觉到了事情的可怕程度，虽然感觉到了，但此时此刻还是有一个摆脱不掉的担心和疑虑折磨着他，正是这个担心和疑虑让他感到恐惧万分，无法淡定，浑身打颤。每当感觉到这个恐惧时，他好像是被困住了一样，浑身都感到不自在，恐惧似乎完全占据了他的内心，让他越发不能自持，吓得不停颤抖。这可不是平白无故的，而是从他身体内部拧着他的肉体，让他疼痛难忍，感到绝望。这种疼痛与绝望便是，今天米塔乐真正感觉到了死亡迟早有一天也会降临到自己头上，难道他能阻止或者逃脱吗？可怕的死亡终究有一天会到来，揪住你的血管将你摔倒在地上。到那时生活也就完全停止了，所有的痛苦和烦恼也就结束了。明明知道这一点，还要死心塌地地被生活的烦恼和无尽的渴望牵着鼻子走，深深地陷入其中，好像自己永远不会死亡一样，不择手段地为获得各种蝇头小利和点滴的利益而折腾奔忙，把手伸向那个飘摇不定即将熄灭的生命的灯火。实际上这是一个过眼云烟般的世界。难道米塔乐今天才认识到这一点吗？那如果知道的话又能如何？为何为一个光亮的诱惑而死心塌地如飞蛾扑火般不顾一切地去追求呢？只要得到一次哪怕失去生命都在所不惜呢？难道米塔乐今天才理解这个明亮却并不能给自己带来实际效果的虚名只是一个简单的生存之道吗？让他鬼迷心窍的这些该死的想法到底是从哪儿缘起的呢？难道是米塔乐自己请来的吗？抑或是害怕死而假装高兴，或者是藏在内心深处的点滴的良知和羞耻心突然被激活并燃烧起来煎熬着他呢？难道折磨着他的真的是这个吗？就让羞耻心这个软蛋滚开吧！羞耻心这个东西真的在这个人身上存在吗？如果有的话，那之前都藏在他身体的哪个部位呢？现在才出来折磨他、逼迫他，那不是扯淡吗！所有这些为什么现在都齐上阵，如同咬牙切齿的一群饿狼一般前来招惹米塔乐，让他备受煎熬呢！他能不能承受得起这样的待遇呢？已经被各种担心和烦恼压得喘不过气来的米塔乐，如果目前真的被人突然开玩笑吓唬一下的话，他的心脏可能会立刻崩裂……村委会主任米塔乐此时此刻面对如此繁杂的各种自我诘问，被各种不着边际的复杂思绪搅拌着脑海和神经，无法向任何人诉说内心的苦闷。他紧咬嘴唇，被各种提心吊胆的想法纠缠着、折磨着，无论如何努力也无法摆脱，只能在无尽的痛苦中无助地挣扎着。说来说去，事情归根结底就是：只要死去的巴斯特主席曾经对他的儿子交代一下那不就得了。一切不就都万事大吉了。只要想起这些，他那已经极度失落的心情便立刻像点着的火柴一样“啪！”地重新燃烧起来……

“他到底说了没有！”萦绕在他脑子里的只有这个疑虑。

“阿明！”阿訇的声音响起，“愿他的灵魂安息吧！愿他的陵墓坚固而永恒吧。”

“阿明！”在场的每一个人都随声附和。

巴斯特主席的儿子们伤心欲绝，再也不敢多看敞开的墓穴口一眼，椎心泣血恸哭不停，把已经攥在手心里的一抔土轻轻地撒在安放他们父亲尸体，此时还没有移入墓穴，依然停放在墓穴口的灵柩上。裹着白布的尸体被小心翼翼地放入墓穴，人们争先恐后拿起铁锹往墓穴口抛撒黄土。每个人都翕动着嘴唇，嘴里好像都念念有词但没人能听清楚。正是这些翕动的嘴唇里飘出一种低沉而直击人心的严肃而神圣的祈祷声，让人感觉到丧葬仪式的庄重性和神秘感……

走过去准备将早已攥在手里的一抔土撒到墓穴口时，米塔乐壮着胆，自己鼓励着自己，瞪大眼睛侧目往墓穴深处认真地看了一眼。顿时，他浑身如同掉入冰窟里一样强烈地颤抖了一下。他双眼如同在燃烧，一方面不相信自己的眼睛，另一方面居然敢大胆地往墓穴深处观望：我的老天！他知道自己的双眼真的从来就不曾欺骗他。就在那些抛撒入其中的土堆越来越高的墓穴朦胧阴暗的深部，他清晰地看到了一条宛如美丽少女长长的辫子一样粗、还不时蠕动的一条黑花大蟒蛇。他一眼瞧见那蛇便吓得把眼睛紧紧地闭上了。巨大的恐惧感又回到了他的心里。恐惧使他像狂风中的小树枝一样剧烈地摇动不停，战栗着。恍惚中他有些不相信自己的眼睛，还反反复复回头多看了几眼。但是，一看到那蛇他就把眼睛挪开，再紧紧地眨几下。的确，他确实清清楚楚地看到了墓穴深处那条盘着的黑花大蟒蛇。真的，丝毫不假！这是哪来的该死的大蟒蛇？怎么就突然出现在了刚刚才埋葬的尸体跟前了呢？就离尸体两拃远！这就是上天的报应吗。让他那本来就已经难以睁开的双眼更无法睁开了。为什么非要让他看到这个可怕的场景呢！难道他这双该死的眼睛如果不看到这个情景就会瞎掉吗！那条黑花大蟒蛇背部那闪光的蛇鳞就像用黄油涂抹过一样光亮，闪闪发光……

他受到了惊吓，心脏差一点崩裂。亲眼看见的可怕一幕使他忍不住要惊叫起来，但是他的喊声如同棉花线一样绵软无力，胸腔内的气流无法从喉管里畅通流出，只有断断续续的声音被身边的人听到。如同走调的挽歌一样的声音从他喉部发出时，他旁边的人还以为他这是伤心到极点才唱出这样声调怪异的挽歌了呢。于是也随声附和敷衍几声，心不在焉地一同哼几声悲伤的送葬挽歌……

随着堆起的土堆越来越高，又一个新坟就这样出现在了这个麻扎坟地之上……

7

巴斯特主席的尸骨埋葬后的第二天，村委会主任米塔乐做了一个奇怪的梦。然后就听说，从那以后他便一直卧床不起，病倒了。谁都会做各种各样的梦，梦中会见到各种各样的事和物！据说米塔乐在梦中看到了已故的巴斯特主席。还说这位生前特别渴望自己能够进入天堂的主席在其梦中就像刚刚来到人间的婴儿一样，一丝不挂全身裸露地站在那里，椎心泣血地哭泣不止。

在米塔乐的梦中他还对米塔乐说：“米塔乐，听说你对我很不满。从那时开始我就没有睡过一个好觉。哪来的睡眠啊！我每天都在这周围游荡，大地根本就不想收留我。大地不想收我啊，老弟！”说完他伤心地哭泣不止。

自从米塔乐看到了巴斯特整天在自家后院转悠以来便感到惊恐不安……但是他到底是在梦里见到了巴斯特还是在现实中见到了，据说他自己也说不清楚……他怎么可能知道呢！反正巴斯特就在后院里游荡……

8

如同石榴皮一样红彤彤的太阳疲倦懒散地往西移动，从远处的驼峰般起伏的山岗后面沉落下去……

太阳终究要在那些山岗后面熄灭……

尽管太阳慢慢地去往自己栖息的洞穴，但是对于那只在空中翱翔的鹞鹰而言，只要它还没有贴到地面就不算完。它好像还有一些时间等待机会。从早到晚不曾用弯曲锋利的喙啄食任何东西，没有一丁点食物通过干渴的喉咙进入肠胃的鹞鹰饥肠辘辘，此时连扇动翅膀都感觉有些力不从心了。翅膀的震动悠然而懒散。偶尔振动几下翅膀，看上去似乎在广阔的天空中悠然自得地翱翔，但是它那双锐利的眼睛片刻都没有离开过那只躲在草秸秆底下时不时爬动一下的母田鼠。寻找一丝机会毫不犹豫地俯冲而下将其叼走才是它目前最大的心愿。再过一会儿，如果太阳完全落入山岗后面，最终进入自己的洞穴中休息去了，黑夜降临，一切便都将无从谈起了。黑夜里它们这类飞禽也是睁眼瞎。鹞鹰所担心的就是这个。饥饿是它最大的烦恼，最渴望的念想，就在自己眼皮底下四处爬动的肥大的母田鼠竟然恬不知耻地靠近人类就让它怒火满腔无法忍受。这个大肥母田鼠真的是该死。只要能落入它的尖爪之中，它一定毫不客气地将它活活地啄食，慢慢地享用。让它在无尽的痛苦中慢慢死去，慢慢消失。只有这样它才觉得解气够本，才能发泄长时间埋在心中的那些无法忍受的愤懑。鹞鹰的这些自言自语似乎被那只母田鼠听到了一样，它似乎是故意往那些人跟前靠近，好像故意在做给它看，向它挑衅，这该死的小东西……

这里是曾经赫赫有名的旧麻扎坟地……

有几个人像北斗星一样出现在那里。他们是抬着昨天那个被汽车压死的小孩子的尸体而来的。总共也就六个人。与他们一起的本来还有一个少年，但他现在不在他们中间。他被派去请村子里的阿訇了。但是，不知为何这孩子迟迟没有返回。六个人此时却已经喝得醉醺醺的了。对他们而言如果再有一瓶酒那就最好不过了，唉！那样的话他们也不枉辛辛苦苦地走这么一趟了。如果不是这样的话，谁还会无缘无故到这个鬼地方来受罪呢。就是因为有了那几瓶酒他们才心甘情愿地赶到这边来的啊……

毡帽底下眨巴着圆圆的如同纽扣般机灵的双眼，骨瘦如柴的那个家伙只能胜任三杯。他早已经摇摇晃晃，东倒西歪了。此时说话也已经胡言乱语，颠三倒四了，甚至像遭遇了天翻地覆一样倒在地上再也站不起来了。他像一个狂风中的飞蓬一样不停地晃动。刚喝完酒时他可是口若悬河，无话不说。现在他又像一只见到了猫的喜鹊一样，虽然语无伦次但却还是叽叽喳喳说个不停，没完没了。“噢哟！我真他妈对一件事情感到十分惊奇！”他一边说着一边不停地甩动手臂，“天堂到底有还是没有啊！你们说呢？”

“有没有与你有啥关系！那里可不是我们俩能去的地方。那里没有我们的位置！那里已经没有空位置了，听说！”像一根土坯房顶上延伸出来的水槽一样细长身体的家伙噘着嘴嘿嘿奸笑着说，“想去那边需要关系才行！”

“我是真心诚意在询问！你可别把它往笑话上转了。”瘦子抬了抬尖尖的下颌继续道，“这可不能随便开玩笑。你最好弄清楚！那里被称为天堂你知道吗！天堂……”

“你唠唠叨叨总是说天堂天堂。喂！你这混蛋！如果你伸腿死了那天堂对你有啥用。你还傻不拉几地相信这些鬼话。你似乎还是一个孩子吧，你这该死的混蛋。是吗？还是个孩子。”那个胖子也插上来说，“这个……”他用食指“砰！”地弹了一下自己的脖子（表示酒）继续说道，“那边可没有！知道吗？没有！求爷爷告奶奶也没有。即便你是先知的直系后代也没有……既然没有这个，那你还提什么天堂啊，真是。你说那个天堂，这狗东西……那里可不是天堂，而是地狱知道吗！是地狱……所以说只要不死，那在这个充满光明的世界里就应该及时行乐。周游世界。要学那蜜蜂把生活中的每一个花朵都一个一个地嗅个遍，亲吻个遍，知道吗，你这混蛋！哎呀！真他妈的，如果再有一瓶酒该多好啊！喝完了就是下地狱我也愿意……啊！”

“说的是啊！一遍又一遍地说。我这可怜的身体啊！”

“好了……”

“你们说说看！”还是那个瘦子找到新的话题，“我们埋葬这个孩子的尸体。这个可怜虫会在哪里安息啊！在天堂还是在地狱？”

听到这话，其他五个人都立刻高声讥笑起来。

“听听你这说的什么话啊！怎么想起说这话？”

“找不到活该你！摸索吧……”

“如果真的是那样的话……”瘦子自己对自己提出的问题都感到好奇，“这太有意思了！对不对？……”

“让你的‘有趣’滚蛋吧！看看！还真把自己的话当回事了！”

“我来说说吧！”胖子又接上话茬质问，“就这个？就这个吗？”

“对！……”

“这家伙就像坐上公交车一样，一定会直奔天堂而去……或者我们让你也陪着他一起去？这很方便的……”

他们又一阵哈哈大笑起来。

“好了，不要再乱说话了。严肃点！”身穿条绒衣服的那位立刻停住笑容提醒大家道，“这里可不是你们随便讲笑话的地方！”

“哦呦！”被这话吓了一跳的小胡子开始调侃道，“躺在这里的先辈们听到我们的这些话一定会很吃惊吧！啊！”

“说的是啊！如果他们真的听得到我们这些话一定非常吃惊！对吧？他们一定会说我们怎么就变得如此恬不知耻了吧？”

“那时候他们又没有见过这个神奇的液体啊！他们可真是

没有享受过这种乐趣就过世了啊……”

面对眼前的这些两条腿的人们一个跟着一个争先恐后接上话茬高声议论彼此打趣哈哈大笑的情形，母田鼠的好奇心也丝毫不减，始终卧在草秸秆下面听着、观察着他们，久久没有离去。当然，无论它对这些人有多大的好奇心，不远处卧在洞穴里的小崽子们才是它最关心的。它刚才反复吱吱地发声让它们时刻小心待在洞穴里不要随便乱动，那可是明智之举啊。它的孩子们十分听话，都紧紧蜷缩在一起，待在洞穴里，没有从洞口爬出来。假如不听规劝擅自从洞穴里探出头，这些两条腿的人会放过它们吗？那肯定不会轻易放过！田鼠们从来就丝毫不相信有谁能善待它们，似乎这世界上所有的动物都想方设法来对付它们，随时准备惩罚它们，它们无论走到哪里都会被鄙视、被追逐、被攻击。这不，这些两条腿的人也同样举起手里的工具哐哐地开始挖掘起他们的洞穴了。而且正好是从田鼠们的洞穴顶部开始挖掘。看到这儿，小田鼠们开始心惊肉跳，逐渐被越来越大的咚咚声所导致的恐惧感所压迫和包围。到底会发生什么呢？孩子们此时正躲在洞穴里吓得瑟瑟发抖。不远处的土堆阳面还有一个洞口，是否需要从那里爬进洞穴里去照顾孩子们呢？完了再从哪里向孩子们发出急促的吱吱声呢？除此之外，这个可怜的小东西还能有什么别的办法呢？母田鼠感到了极度的恐惧。它拿不定主意，焦急万分……

对于在空中紧紧盯着母田鼠的鹞鹰而言，母田鼠不顾自己的安危从躲避之处开始移动，甚至开始不断接近那几个开始挖掘地面之人的举动让它感到无法理解，这就像一个无法解开的谜团。它这是在干什么？难道母田鼠精神错乱了吗？这些人能放过它吗？只要用脚踩一下，这田鼠不也就走到自己的末日了吗！鹞鹰开始替田鼠着想，对它发起了慈悲，内心充满了同情。恰在这个当口，有一股屎正好堵在它肛门上，于是它停在空中“噗！”地将屎拉了出来。然后感觉浑身舒服了一些……

鹞鹰拉出的屎从空中飘下来，啪！正好掉到那个正在挥动铁锹挖掘坟墓的瘦子那满是皱纹的脑门上。“哎哟！真他妈的！这是啥东西啊！”他伸出手擦掉脑门上的鸟屎向同伴发问，“这是啥东西？”

“还能是啥？那不就是你刚才所说的天堂的水滴吗！你可以尝尝啥味道啊！这也是缘分，可不是想落谁头上就能落谁头上的！可能万人之中都不会出现一个这么幸运的人！”胖子一边说着一边抖动着大肚子笑得前仰后合，“看样子你的日子也不远了。你这该死的混蛋。”

瘦子抬起头仰望天空，才发现了头顶上孤独翱翔的鹞鹰。

“哦，你妈的！敢在我头上拉屎，还得意洋洋地在我头顶上飞转。”他说着端起手中的铁锹，将铁锹把对准鹞鹰瞄准继续说，“我啪！给你一枪，你妈的！等着吧！真他妈的！如果这时候要是有一杆枪该多好啊！你就不会那么得意了……”

鹞鹰根本就没有把他的话当回事，依然扇动着展开的翅膀在空中盘旋。连地上的一根针都不会放过的鹞鹰此时却突然将自己一直紧紧盯着的母田鼠给弄丢了。此时，母田鼠已经机敏地钻入了曲折蜿蜒的洞穴里。它竖起唇边鼻角上细细的长须，依然清楚地感觉到了头顶上不停地“咚咚”作响的可怕的挖掘声。它一路惊跑爬到洞穴的中间部位时，小田鼠们好像也感觉到了什么动静，收紧皮毛惊恐不安地睁大小眼睛彼此对视着。母田鼠按老规矩在洞穴里吱吱地急促叫唤起来。这是危险来临时它提醒孩子们提高警惕的信号。然后，母田鼠领着孩子们立刻从危险地段往另外一个洞穴口方向转移。洞穴弯弯曲曲，最终将它们引到了另一洞穴口附近。然后，它把小田鼠们留在那里，吱吱叫唤了几声示意它们卧在那里绝不要再移动，自己则悄悄地把头探出洞穴口观察外面的动静。当它刚准备探出脑袋时，那几个人中有一个人正好从洞穴口走过。好悬啊！它那小拇指般的脑袋差一点就被那个人踩扁了。但是，母田鼠很快撇开刚才的危险，对自己提出了一个疑问：这个地方以前可从来就不曾见到过这些两条腿儿的人啊！他们到底为何突然出现在这里呢？这可是它第一次见到这些奇怪的动物。从前怎么从来没见过他们呢？他们是从哪里来的呢？让母田鼠突然遭遇危险，迫使它发出这些疑问的是那位被派去邀请阿訇的小孩子。他去了很长时间，现在才返回。那孩子今年才刚刚七岁。是谁把这孩子带到这边来的，还是他自己跟着来的，已经喝得醉醺醺的这些人没有一个说得清。只是拖拉机到达麻扎坟地时他们才看到，然后便觉得他来得正是时候，之后便派他去往离那里有数里距离的有几户人家的小村子去邀请能念诵哪怕几句经文的人过来，以便给抬过来的小孩的尸骨做一个简单的葬礼仪式。但是，那个孩子并没有请到任何人，而是独自一人返了回来。他因为边跑边赶已经累得气喘吁吁了。

“那里的阿訇说他没有时间来。”小孩子一边跑向他们一边回答，“他没有空来……”

“他说没有空是吧？”站在一边的小胡子重复着小孩子的话，然后沉下脸来问：“为什么？”

“他说要去奥兹古尔。”小孩子往上提了提裤腰和衣领回答，“去奥兹古尔！”

“他为什么要去那里？”刚才那个不断提出新话题引诱大家说笑的瘦子将头上的毡帽从额头往上推了推，皱着眉头问，“这该死的狗东西……”

“他说那边有一个叫巴克尔的人去世一年了，他的孩子要为他举办周年祭典，所以要去那边……”小孩子说到这儿呛了一下……

“这又是哪一个巴克尔？”高个子想不起来，似问非问地说。

“不就那个巴克尔吗！难道你连他都不认识吗？看看你这家伙。不就是那个老教师吗！”

“哦！原来是那个巴克尔啊！就是大儿子在州里工作的那个？”

“哦！对啊！就是他。如果你不知道就自个儿想去吧！正是他！”小胡子再一次确认：“对，对！就是他。”

“那些阿訇们最知道自己哪里可以去，哪里可以推脱不去。巴克尔可是这个地区一个有头有脸的人物。儿子中有出息的在州里工作，没出息的也在区里工作。听说都是些大干部……周年祭奠上肯定会宰杀一匹肥壮的马和一些绵羊来招待客人。那个阿訇难道会放弃那种高规格的集会祭典，反而要来为这个不要说是一只绵羊，就连个小山羊羔都不会有人作为牺牲宰杀的穷小子的葬礼主持仪式吗？真是的。这食欲可不是小事啊。不是小事。”高个子感叹着继续说，“人们的欲望就是因为这该死的食欲才失控的，不是吗！这些狗东西……”

“徒有虚名，手里没有足够的人脉资源谁还会理会你！”

“说的是啊。”

“噢！这该死的狗东西。事情的核心要点就在这里……”

“宰杀也是应该的！”一直冷冰冰地在一边始终没有掺和他们议论的“大脸盘”声音有些伤感地从嘴角边吐出这些话来，“我们也认为不能不为孩子宰杀牺牲，所以从周边邻居中每个人凑摊了五索姆，最后也汇集了七十索姆。我们还劝卡帕尔把绵羊羔卖了，那混蛋就是不卖那只绵羊，说我们凑的钱少……”

“你可真会找人啊！他做买卖每一分钱都要计较，从不轻易放弃。他可是个贪得无厌的主儿。好像他父亲就是为了金钱而死去了一样，他可是个守财奴，每一分钱都要节省，然后藏在箱子里存起来自己看管。他只相信自己，每天省吃俭用抠抠搜搜，装出一副穷酸相，就这样过一天算一天，连一件像样的衣服也没有，从来就没有过。他把钱看得比老婆还重要，那该死的家伙，吝啬到极点了。”戴毡帽的人很不快地皱起了眉头。只要有关钱的事情，他对村子里所有人的情况都了如指掌，知道得一清二楚。他自己以前曾是国营商店里的售货员。三四年了，正像他自己说的那样，他因为某些原因退休了。

“哎呀，这个人啊，这是活够了。真是可惜了。”那个大脸盘胖子紧咬嘴唇，不无忧伤地接上了话茬。他为这个孩子的死感到惋惜，感到伤心，看上去好像就他一个人感到真正悲痛伤心。曾几何时，他通过欺骗那孩子而让他完成了多少棘手的事情啊。他因此而感到伤心，感到悲伤。“喂，小朋友！只要我们俩一块在房顶上铺完一层草泥，我们就一块去把你的太阳抓回来关到你屋子里好吧。”就在那孩子去世的前一天他们还曾这样彼此承诺过。只要你哄着夸着那孩子，或者就说一定会帮助他抓住太阳并将太阳关到他屋子里，他就会心甘情愿地为你干活，而且不遗余力，干得很出色。这个世界上可能没有任何事情比骗他更容易了。那个胖子对此事的反应之所以那么激烈应该也是因为这个原因。

“唉！每个人最终的归宿就是这里。”高个子唉声叹气地说，“统治万民，治理国家，把民众把玩在掌心之中的多少汗王将相都去世了。我们都算什么呢！我们连他们的指甲盖都不如……”

“远的不说，就说这巴斯特主席！谁能想到他突然就走了呢……”

“没有人能成为这个世界的支柱。也不可能有啊！”高个子又一次深深地叹了口气，“没有，不会有……”

“行了！我们把他埋了吧。”小胡子说道，“天也晚了……”

“谁来念诵经文？”

“还能有谁？”

“我们都不会念诵完整一段经文，而且也不能判断自己背诵的到底是不是真正的经文……我对此确实怀疑……”

“哦!这该死的。对他这个小孩子……我们也可以像夏尔先那样随便背诵一段不就完事了。随便背诵一段吧……”那个高个子催促道。

“我哪里懂这个啊！”小胡子有些不高兴，“经文我连一句都不会。如果我会的话宁愿当场死掉，行了吧……”

“即便是有些所谓的阿訇也不一定会。那些贪得无厌的家伙们也是抖动嘴唇叽里咕噜随便胡诌乱讲，随便说些什么就罢了。”

“你为何死死盯着我？你自己为何不背诵一段？”

“如果我也有你那样的胡子，我也会装模作样地念叨一番。我连个胡子都没有呢。你既然是这里最年长的，你就随便背诵一段吧。别再推辞了。长辈么，当然就由你来念诵了。”

“大家都过来吧。趁早完事，别等到天黑了。”身穿条绒衣服的人催促大家，“快点啊。”

“这小孩的名字叫什么来着？”小胡子被逼无奈，打算凑合着背诵一段经文。按规矩，背诵完经文祈祷时必须要提及死者姓名才算有效，所以他想提前确认一下死者姓名，于是就问，“我背诵一下也行。就让真主保佑吧……”

“你问他姓名吗？”

“他的姓名是……”

“不知道……”

“我也不知道！”

“大家不都叫他‘半傻’么。”

“对对对。大家都那么叫，我也那么听过……”

“‘半傻’是啥意思！毕竟他也是个人啊！只要是人就应该有个名字吧，最起码，对吧！这个可怜的小子连名字都被人给抹去了……”小胡子不无同情地抱怨。

六个人甚至连他的名字都没能确定下来。他们都把这孩子的真名忘记了。是他们忘记了，还是这孩子本身就没有一个正经名字呢。说真话，他们对此确实不知道。所有人都叫他“半傻”……

小胡子抓紧时间开始背诵经文……

虽然一本正经地嚅动嘴唇，音调好像也是那么回事儿，但言语不详，无法听清。声音好像挺高，那音调似乎挺像，但就是没人能听得懂他在念诵什么。他可能自己也弄不清自己在念诵什么。个别比较明确的词语他稍微提高嗓音念诵得清楚一些，然后又变得叽里咕噜不知所云。他自己暗自提醒自己：“这儿怎么好像不太像是经文了。请真主恕罪啊。真主请恕罪啊。我念诵的内容真的有点不太像，偏离了。请恕罪！”小胡子就如此这般地在心中喃喃自语，好像真主真的在听他念诵一样，每当感觉自己念诵的东西不太像经文时便提前请求真主饶恕。其他人则俨然已经将他视为一个真正懂得念诵经文的宗教人士，静悄悄地侧耳聆听他念诵。最后，小胡子好像完成了使命，他一本正经地摊开双掌，口中嗡嗡地念念有词，但谁也听不懂他说了些什么便跟随他做祈祷动作。

“阿明！但愿你安息吧。但愿你坟墓坚固。”他轻轻地进行了祈祷。

“阿明！”其他人也异口同声地跟随。

小胡子默默点了点头示意人们可以下葬了。

孩子的尸体被放入墓穴里，他们也开始往其尸体上抛土堆坟。每个人似乎都很严肃地在咕哝着什么……

坎土曼[①]抛下的松土很快填满了墓穴……

站在一边的那个小孩子此时失声大哭起来，他不知道自己该说些什么，但是哭声却很凄惨……

“好了，别哭了……”

“别哭了……”

“他是你什么人？你哭成这样……”

“不用哭成这样吧。这该死的……”

“你还真找到了要哭的人……停下，别哭了！”

“让他好好哭吧。你们为何要阻止他，啊！为什么不可以哭呢？他毕竟也是人啊！让他哭……”那个胖子生气地插话进来道，“别阻止他！让他好好哭……”

孩子哭了很长时间终于停了下来，站在坟墓前又抽泣了一阵……

仔细观察地面上这些人的一举一动之后，鹞鹰伸展开巴掌大的翅膀缓缓飞动，但是它对自己翅膀底下所发生的一切感到莫名其妙，好奇地盘旋了很长时间。说实话，这些人来到这里以后的所作所为根本没能引起它的任何兴趣。真正吸引它的是在这些人吵吵嚷嚷的时候，在干枯的草秸秆底下悄悄移动，躲开人们的视线，趴在那里的那只母田鼠。此时此刻，这依然是它最为关心的事物。只要能抓住机会把它叼走，就能填满饥肠辘辘的肚子，让整整一天的辛苦就此完美终结。这些人到底何时才能离开此地呢？如果真要走，那就早一点走吧！这就是鹞鹰目前的终极愿望……

坎土曼抛撒堆砌的土已经把墓穴填满，隆起一个坟堆来

① 坎土曼：中亚地区农民普遍使用的类似于锄头的农具。

了……

早已被人遗弃的旧麻扎坟堆中又多了一个隆起的新的土坟……

“阿明！”在场的人又异口同声地祈祷了一次。

“喂！”突然喊出的粗大嗓音吸引了大家的注意。这是那个瘦子嘴里发出的。“你们看看这个！太有意思了！你们快看啊！快看！这是田鼠的崽子吧？你们看。我的天啊，真的是田鼠的崽子……”

“你第一次看到吗？大惊小怪，少见多怪。吓我一跳。这有什么稀奇的，不就是田鼠崽子吗。”

“哎！你们看看这些田鼠小崽子啊。”早已被灌醉、双腿也不听使唤的那个瘦子的好奇心又突然被这些小动物挑了起来，“一，二，三，四……六……一共七个，哦哟！我的妈呀……”

不知是受到哪一个魔鬼驱使，是从哪一个洞口，什么时候出来的，真要命！看到两条腿的人们吵吵嚷嚷，小田鼠们早已吓破了胆，立刻四散而逃。目睹这一情景，母田鼠的心脏也吓得几乎要崩裂了。孩子们刚才不是静静地卧在洞穴里躲避吗！怎么突然就跑到洞外面去了呢？魂飞魄散，早已吓得不能自持的母田鼠更担心后面还会发生什么事情，几乎要晕倒。拳头大小的身体开始在恐惧中不停地颤抖，难以控制。

看到身边的一群小田鼠，两条腿的人中有一位居然举起手中的坎土曼开始追打起小田鼠来。

“哦哟！该死的！你看看，这么多小田鼠啊！我们应该消灭它们……它们可都是坏东西……它们会吃掉世界上的一切……”

母田鼠亲眼看到了这一切……看看！那个举着坎土曼的两条腿的魔鬼正在一边高声喊着，一边追打着迎面遇见的小田鼠。母田鼠米粒大小的心脏已经吓得堵到了嗓子眼。眼泪不知不觉蹦出了圆圆的一对小眼眶。又打中了一个。又一个……还有一个……母田鼠不忍心目睹这一切，用尽全力发出了绝望的吱吱声。眼中流出含着鲜血的夺命的眼泪，它感到整个世界都坍塌了。内心流淌着鲜血，如同自己的生命已经走到了终点，黑暗笼罩世界，弱小的生命勉强保持生命的气息。它左思右想，不知道如何才能消灭这个夺命鬼，这可怜的母田鼠忍受着巨大的悲痛与绝望。看看，这到底是从哪里来的夺命鬼啊！就在田鼠眼前，尤其是在母田鼠眼前用坎土曼随便砸死它的孩子们，做出如此残忍的事情却还洋洋得意地高声喊叫，好像获得了什么了不起的胜利一样，在其中寻找乐趣，哎呀！看看他们一个一个手中的坎土曼吧，不停地高高举起来，再砸下去，一个接一个地把可怜的小田鼠砸得脑袋崩裂，内脏爆裂……这到底是什么样的悲痛啊！这种强者绝杀弱者的事情到底要延续到何时？到何时啊！弱者被强者如此粗暴地斩杀，这样草菅人命的事情何时才能结束啊！如此为所欲为地随意屠杀，无缘无故地夺去别人的性命，这种不可预知的世界末日般的时刻随时出现的情景到底要到何时才能结束啊？喂！该死的混蛋！你是地上的一个生命，那么这些田鼠也同你一样生活在地上，它们也是为了能在阳光下享受生活而来到这个世界的生命不是吗！它们也是造物主所创造的生命啊！你们到底有没有一丁点儿的良心和同情心！有没有与大地互联的心啊？你们！它们也像你们一样为了生活而来到这里，没有给你们带来任何伤害的生命啊。它们彼此之间不争抢任何东西和任何利益，彼此团结和谐，不使坏心眼使绊子。到何时才能结束？它们遭受被其他动物随意斩杀的命运呢！唉！可怜的田鼠所追求的真理，你到底在哪里！你到底是为谁而存在的！如果你真的存在的话，一点不假，真的存在的话，那你为何不让地上的各种动物获得公平公正的生存条件和生存环境呢！为何要让它们如此仇视彼此成为你死我活的敌人互相残杀呢！你的公正在哪里？到底在哪里？唉！田鼠追求的真理啊！你到底是为谁而存在呢？你在吗？如果在，到底在哪里？在哪里……

心在流血，结果惨不忍睹，米粒儿大小的、扑通扑通激烈跳动的心脏怎能容得下这样的悲痛啊。这个无情的悲剧末日的惨状，无助的惨叫，呼唤着的真理让它在绝望中感到了末日的黑暗……

“这里还有一个。快打……”

“这里还有一个。好！打得好……”

“你看看这个！往哪儿跑，往哪儿？这个可怜虫啊。你看它也知道生命的珍贵……在这儿，跑到你那儿了……”

“看我的。等一等！哦哟哟，你看看它的机灵劲儿，小东西……打死了吗！哎……”

“喂，喂，喂。这只要逃进洞里去了。你看你看。你看看……站住，站住……让你跑……好！”

母田鼠听着正在无情地用坎土曼砍杀自己的孩子们的那

些两条腿的狂魔们的喊杀声，无助的绝望的眼泪止不住从眼眶中哗哗流淌……这是多么残忍的一幕啊！不断地挣扎着失去一个个鲜活的生命，而且就在它眼皮底下，它怎么可能忍受呢！它忍无可忍地在绝望中寻找真理，但是这个可怜的弱者的声音和诉求又有谁来听又有谁来管呢！没有！啊！这个如同铁钳扎穿身体一般痛苦难耐的怨恨，这个深仇大恨它又能向谁诉说呢！哦！这些该死的混蛋。此时此刻，它突然想起了从古老祖先传到它们这一辈的、留存在血液中的一个警言故事。这个故事是伴随着它们如同血液一样的真理。它最早以田鼠的名义将其追寻到记忆当中。过去它的父辈曾多次吱吱叫唤着，并以神秘的语气给它们反复讲述过这个故事：在很久很久以前，这些田鼠也曾在危难时刻为挽救人类的生存做出过巨大贡献。对这些，就现在，在如此艰难困苦的情况下还要为自己所造成的危难洋洋得意，从中寻找乐趣，把田鼠的孩子无情地砸死消灭而后快的这些两条腿的人类，就是这些人类。在久远的远古时代，大地干涸龟裂，找不到一滴水，这些两条腿的人类在绝望的边缘徘徊，为了一滴水甘愿献出生命。他们的生命能否延续，血脉能否繁衍，完全由田鼠们能否救助来决定。在危难时刻将他们从死亡边缘挽救回来的，不就是这些当前已经无法忍受心中的悲愤，不断遭人类追杀并试图灭绝的田鼠吗！人类曾在那个濒临灭绝、奄奄一息的时刻苦苦地哀求田鼠说：“亲爱的尊敬的田鼠大哥！我们已经濒临灭绝的边缘了，每天都在死亡线上徘徊。恳求你救一救我们吧！救救我们！给我们一口水喝吧！恳请你救救我们吧！我们永远不会忘记你的大恩大德，救救我们吧！”

他们嘴唇干裂，苦苦地哀求，还曾清楚地说过：“田鼠大哥！给我一点水喝吧！给我一点水喝！水！水！”在这种危难时刻不就是这个动物，就是这个母田鼠的先辈们从地底下衔来水，一滴一滴地滴入人类的嘴里将其挽救过来吗？正是那个被田鼠挽救的人类的后裔现在却举起手中的坎土曼以恶报善砍杀田鼠的孩子们，而且因为杀死了小田鼠而感到洋洋得意自豪无比！这就是他们吗？那一年，天下大旱，江水泉源全部被吸干，在这样的危难时刻被田鼠的先祖们救活的人类的后代就是今天的这些人吗？为什么他们那该死的脑子长满疥疮，把那些事情全忘了呢？挽救他们祖先的是田鼠，这一点他们完全忘记了？怎么可能完全忘记，难道连一丝一毫的印记都没有留在脑子里吗？他们忘记了曾经救下他们祖先的是田鼠，怎么可能忘记？这种善心决不应该忘记啊！正是这些想法让母田鼠忍不住吱吱地惨叫不已。就是这个真实故事让它惨叫不已……为什么？为什么……

在远处的山岗后面，世界的巨大火炉最终将火熄灭……

太阳即将要完全隐入山岗后面了……只要太阳沉落了，黑暗就会悄无声息地迅速到来，笼罩整个世界。在天空中盘旋翱翔的鹞鹰开始担心起来了。它下定决心，无论如何一定要在黑暗完全占领这里之前，把趴在干草秸秆下面陷入无限悲伤中，并且已经绝望之极的母田鼠捕获叼走。除此之外，它再也没有别的办法了。天已开始黑下来了。尤其是今天，它怎么可能饿着肚子回巢睡觉呢。从清晨到现在它连一条虫子都没有入口……

鹞鹰收拢翅膀，鼓足力气向趴在干草秸秆下面的母田鼠快速俯冲下去。就这样，它即将要把那只母田鼠叼走了……

9

太阳今天非常疲惫地降落到西方山谷之间了。它的疲惫可以从其如同火炉中烧红的钢铁一样红彤彤的脸上表现出来。

埋葬了小孩尸骨的六个人，还有那个小孩儿都往村子走去……

一整天头脑昏昏沉沉，从酒瓶子里获得的暖意和兴奋劲儿还没有从身体上消失，那位瘦子的声音依然十分高亢有力。他依然叽叽喳喳，但语无伦次，一路嘴里不停地说着什么。耷拉着脑袋伤心地跟在这六个人后面的那个小孩儿，就在刚才，还用尽全力拉住了那个瘦子的胳膊，阻止他继续残杀吱吱惨叫的小田鼠："不要打死它们，这可是罪孽啊。"一方面他觉得有愧于刚刚埋入地下的那个孩子的尸骨，另一方面是出于对吱吱惨叫不断丧命的小田鼠的同情心。那时候这个瘦子还对他不停地破口大骂。那咒骂声简直不堪入耳，可不能让其他人听到。他就是这样，只要喝醉酒，嘴就没有把门的，他的嘴简直就像是白狗进去黑狗出来，啥都敢说出口。连你的父亲母亲都不可能逃脱。他也是这样骂那个孩子，到现在都没法儿让人再次提及。那孩子与这个瘦子之间确实还有点亲戚关系。那家伙是这个孩子的远房舅舅。他这位舅舅刚才那些难听的咒骂早已严重伤了孩子的心。孩子早已经无法忍受那些不堪入耳的咒骂，他一直以来对舅舅，也就是那个瘦子的信任就此烟消云散了。“你这条无人看管的小狗，小混蛋。谁教你学会了掺和破坏自己舅舅的事啊？你居然敢对你舅舅动手，你不知道这样做双手会病变，变得抖动不止吗？你为何这样不自量力啊？你等着，你！我要让你好看。就让你那黑脸的该死的老奶奶立刻死掉吧。到那时你这坚强的小子就会觉得需要亲戚了，到最后你还不是要前来投靠我，靠我养活吗！啊？大家看看，他居然敢拉扯阻止大人。你看着吧，哪一天你奶奶突然死了，看你到哪里去？你是否还想去你那水性杨花不干不净的妈妈那里去呢？你去看看，她那恶棍丈夫会不会收留你。你看着吧！你以为，你就是这个黑脸老太太生的吗？她是你的什么人？她只是一个老寡妇。你是你那不要脸的妈妈生下的私生子，知道吗？你父亲是谁，不要说我们，就连你那不要脸的妈妈自己可能都不知道。她没脸见人，便把你生下来扔在医院里跑了。就是现在你成天喊着奶奶的那个老寡妇收养了你，这你知道吗？与其扯住我的胳膊还不如让你知道这些真相。明白吗？你看着吧。你最终要到我这里来苟延残喘，知道吗！你好像给我带了什么福运一样……”

这个孩子这一天之前的人生，本来像白玉般纯洁无瑕，世界上他也只有他那视如生命的一个奶奶。他的心灵是纯洁无瑕的……当然还有常对他说“我们俩一起去把太阳抓住吧”的那个经常在一起玩耍的发小，但是这个发小却已经被埋入了地下……在埋葬他时甚至没有人能够想起他的名字，这也只有他知道。面对这些不要说别人的名字，就连他们自己的名字都叫不上来的人，这孩子也不想对他们说出自己刚刚失去的亲密同伴的真名。面对这些迄今为止连一次都没有真心询问过孩子的真正姓名，一点儿都没有真正关心过孩子的该死的冷漠的人，孩子故意对他们隐瞒了自己好伙伴的名字。对这些连自己的名字都叫不上来的人而言，叫出别人的名字有啥意义呢？这孩子就因为这个原因没有提及自己同伴的名字，故意隐瞒同伴的名字。这个秘密只有他自己一个人知道。只要他自己知道就行了。他的伙伴曾经对他说过的“我们一起去抓太阳吧！”那句话依然萦绕在他耳际，现在太阳就只能由他一个人来抓了。正像他的同伴曾经对他说过的那样，他要亲自把太阳抓住，然后送给村里所有的人。朋友说过的话他依然记得：“人们越是从近的地方观看太阳，他就越不会有罪过。只要太阳停在你面前，谁还会好意思干坏事呢？为了避免人们误入歧途干坏事，陷入罪恶的泥潭，这个孩子就必须要把太阳抓来赠送给每个人。像这样无情地给孩子的纯洁心灵造成伤害和折磨的坏人，面对太阳时，立刻就会被烧成灰烬。这样，世界上便会只剩下好人，延续他们的幸福生活。因为太阳就在他眼前，就在眼前……”

太阳今天在疲惫中降落了。对此，除了这孩子之外，没有人知道这一点。因为今天的太阳如同烧红的火炭一样，就像红红的木炭。“如果太阳落山时变得这样通红，那就证明它已经非常疲惫了。每当它看到各种坏事时，因为羞于看到这些坏事，太阳的脸才会变得如此通红。所以它在这种羞愧煎熬中变得疲惫不堪了。”他的好伙伴经常这样对他说。因此，这孩子也是这样想的。

10

今天，太阳非常疲惫地回到自己的窝里去了……

11

今天孩子失魂落魄地没有睡好觉。他试图闭眼睡觉，但他舅舅对他所说的话一直嗡嗡嗡地回响在他耳际，扎他的心，让他不得片刻安宁。那些话绝不会让这孩子安稳地睡觉，绝不会，甚至可能一辈子都不会。那些不堪入耳的话再也不会让他安心了。躺在自己身边的真的是一个与自己没有任何关系的陌生老太太吗？直到今日，他一直都叫她奶奶，把自己所有的美好追求，对未来的所有的希望都与她紧密联系在一起，难道今天她突然就变成了一个陌生人吗？既然她是孩子唯一的收养人，那为何把这事一直藏在自己心里不告诉孩子呢？谁能隐瞒得了真理呢？真理是谁也不能隐瞒的。无论在哪里，它总有一天会扎破包裹着它的外壳破壳而出。老太太却为何要把这严酷的真理对孩子隐瞒了这么长时间呢？到底为何？抑或是她不想伤害这可怜的内心已经千疮百孔的孩子吗？是不想让一颗鲜活的少年之心再受第二次伤害吗？担心孩子的心脏受到摧残与伤害？是这样吗？孩子每次都想从奶奶口中把所有这些问题都询问清楚。但话到嘴边又总是咽回去。他这么做纯粹是因为不想因此而伤害奶奶的心。他如何才能斗胆开口问这些乌七八糟的事情呢。如果真的发出这样的诘问，想了解和揭开所有事情的真相，那他奶奶会陷入如何尴尬的境地呢……难道躺在身边的的确不是他奶奶，而是一个陌生老太太吗？

这一天，孩子辗转反侧，始终无法入眠……

无数个幼稚的想法不停地用怪异的方式“咚咚！”地捶打着他拳头大小的心脏，似乎要让他那颗伤痕累累的心脏从胸腔中蹦出来，把他那既感到羞辱又感到愤怒的心情像无数个小米粒被撒在地上一样弄乱了。他此时思绪万千，像江河的万千支流一样在心中迅速流动的思绪和感受让他知晓了很多东西，同时也让他陷入了自己无法解答的无数个疑问当中，像捆住了手脚一样，让他感受到更加强烈的懊悔和痛苦。为何孩子今天没有合眼！难道真的是这一天，或者是这非凡的不安分的太阳要对所有的一切，所有这些让孩子不得安宁痛苦万分的一切负责吗？或者是每个人头上都会有这样关键的一天？每一个人头上应该都有一个独一无二的太阳吧！人总会在生命的某一个时刻要独自面对所有的一切，把头脑中沸腾的所有的疑惑迷茫在生活的海洋中涤荡濯洗，然后再摔打到河岸上，把这个世界除了自己谁也弄不明白，不能告诉别人，也没有必要告诉别人，即便告诉了别人也只能由自己支撑，别人绝不可能为你撑腰成为你的依仗的这些秘密发泄出来。人总会有一天要把渗透在浓黑色的血液中的那些痛苦的感受用自己的方式，甚至用生命的体验展示出来。难道这个孩子的这样关键的一天刚好今天到来了吗？为何它来得那么早？难道这个世界要比他的想象，比这孩子自己的想象还要复杂吗？难道它的复杂之处必须要在鲜明的白与黑，好与坏，生与死之间感受和体现吗？生活的严酷法则难道必须要在它们之间无法交合，水火不容，彼此对立的状态中体现吗？难道孩子那幼稚的心真的是过早地感觉到了这一点而辗转反侧难以入睡吗？难道这孩子今天真的感觉到了这些吗……

孩子这天夜里长时间睁着眼睛无法入眠，最后不知什么时候终于闭上眼睛进入了自己的梦乡。他这晚确实做了梦。这是一个奇怪的梦。不能说与别人。但他的梦是这样的：

在梦中，孩子确实把太阳抓在了自己手里。真的太神奇了……

哦哟！孩子的头顶近在咫尺的地方上确实出现了太阳。他奶奶曾几何时几乎每一天都会说“噢！神奇的神圣的太阳啊！”来表达对太阳的崇拜敬仰之情。她每天都要虔诚地祈祷，像火中的红铜盘一样的太阳现在就在他眼前悬挂着。随着空中的太阳移动，大地却纷纷坍塌毁灭。大家看看，真的很奇怪，那太阳就像是挂在树枝上的苹果一样就在他眼前缓慢移动，发出灯光般刺眼的光亮。哦哟！谁能想到会这样神奇呢！太神奇了。你们看看，你们都来看看吧！都看看！还有这样神奇的事情啊，哎呀！小孩子把太阳夹在胳膊下面，那太阳犹如一个硕大的圆铜盘。村子里的所有孩子都叽叽喳喳地尾随在他后面奔跑。满街的孩子看到太阳都惊奇地张大嘴巴瞪大迷蒙的眼睛，看看！所有的孩子都跟在那个抓着太阳的孩子后面奔跑着，一点都不在乎太阳刺眼的光芒。那不是，大家都看看。反而是孩子们痛恨的那些狡黠的心怀恶念的大人们的眼睛被太阳的光芒刺瞎了。再看看那个孩子的舅舅此时正跪在地上向太阳求饶，向它祈祷，椎心泣血，眼泪汪汪，凄惨无比地哭泣着。孩子做得完全对，骗子和恶棍就应该遭到这样的报应。骗子和恶棍就应该这样被太阳烧死，烧成灰烬，最终灰飞烟灭。孩子做得对！太好了，孩子！你们看啊！孩子把太阳抓在手里抱在怀里在大街上跑过去了。他把太阳这样抱在怀里……噢，太阳……

噢，太阳……

孩子热爱的炙热的太阳……

“噢，神奇的神圣的太阳！”孩子的奶奶这样祈祷，永远崇拜敬仰的太阳就是你吗？是你吗？

恰在此时，孩子从梦中惊醒了。他的梦也像被剪刀剪断了一样在这里断裂了。

“睡吧！我的好孩子！睡吧！你咋又说起胡话来了？”奶奶问孩子道，“你今天肯定是着凉了，我的好孩子。你浑身发热，已经烧起来了……”

“奶奶！”孩子用微弱的声音说道，“我做了一个梦。在梦里我抓住了太阳。就这样，把太阳抱在怀里了……那太阳就像大大的铜盘一样。”

“你这说的是哪里的太阳？我的天啊！那只不过是发烧的缘故。睡吧！孩子！你说什么胡话呢！”老太太并没有把孩子的话当回事，“人怎么可能抓住太阳啊！孩子！那是不可能的。它在十分遥远的，遥远的地方。睡吧，好孩子！睡吧！抓住太阳哪有那么容易啊……我的好孩子。也可能你们有一天会抓住它的。谁知道呢！所有的梦都不能在夜里解释，睡吧！我的好孩子……”

“我一定要抓住太阳！”孩子依然暗自继续自言自语。这句话他奶奶并没有听到。

年逾古稀的老太太蠕动着缺牙后有些耷拉下来的嘴唇暗暗自语道："太阳怎么可能被人抓住呢，孩子。现在是绝对不可能的。这种愿望或许会在遥远的未来实现吧……"

12

这一天晚上，孩子一直没能睡着。

因为今天，他深深地陷入了生活中那些谁都还不曾弄明白，永远也不可能弄明白的矛盾旋涡之中……

狗日子

苏勒坦·热耶夫　著

阿地里·居玛吐尔地　译

耷拉耳的主人在去年夏天就去世了。

房子空空如也，没有任何人出入。四面墙壁空荡荡的，裸露着。如果不是有附近的流浪汉偶尔跑进来躲避严寒，这座房子压根儿就不会有人涉足。嗯！残破的墙纸掉落在地上，屋内弥漫着一股腐朽难闻的气味。门开着，窗户也开着。耷拉耳不愿一直蹲守在这座被遗弃的破房子里，它开始四处流浪，只是偶尔夹着尾巴出现在这里。先前它和主人一起住在这座旧房子里。主人也是个单身汉，不与任何人交往，也没有亲朋好友。耷拉耳从来就不记得有客人来过这里。假如偶然有陌生人出现在门口，它便龇牙咧嘴号叫着冲上前去向来人示威，让对方心惊胆战、落荒而逃。主人唯一信任的伴侣和解闷的对象也就只有耷拉耳了。他俩就这样一直生活在这座破房子里。主人无论在房间角落的煤气炉上做什么吃的，都会把一份放凉后给它吃。他俩不仅命运相同而且血脉相连。主人确实喜欢它。每天从早到晚那狗是他唯一的快乐与安慰……

尽管耷拉耳是一条狗，一想起主人，它还是会泪满眼眶。对！狗也会哭，也会回忆过去。主人是被人杀死的。当着耷拉耳的面，三个恶棍半夜闯进来，把他像一只绵羊一样踢打，最后夺去了他的性命。这件事已经过去一段时间了……耷拉耳的主人参加过卫国战争，肩膀宽阔，胳膊长，手掌宽，个头儿很高。到后来他只能拄着拐杖才能行走。主人的最后一段人生路深深地烙印在狗的记忆里，此刻在它眼前缓缓浮现……

那一天，它陪主人来到公园。老人特意穿上了那件很长时间都不曾穿过的竖领军装，还把多年来一直珍藏的所有奖章和勋章拿出来挂到胸前，戴着这些闪闪发光的奖章去出席公园里举行的庆典活动。一大早主人便和它一前一后出发，不是从倒塌的公园围墙豁口，而是经公园正门走了进去。在那里，组织活动的人们对他十分尊重，向他赠送鲜花表达敬意。它虽然只是一条狗，但对这些情景都认真观察并牢牢记在了心里。这家伙什么都懂，只是苦于无法表达心中的想法。况且主人今天也像换了个人似的，自信而愉快。节日的气氛充满了整个公园。老公园焕发出勃勃生机，公园中央的广场上，管乐队吹奏的乐曲欢快而雄壮，直冲云霄。主人和狗都不时地彼此望向对方，用眼神追踪对方的身影。主人与一些人坐到了一个摆满各种食物的长条形饭桌前。在距离主人五六步远的地方，耷拉耳也卧到了地上。主人时不时地转过头看它，给它扔过来一些骨头之类的食物。过了一阵儿，这里的人们都有些醉意朦胧，开始唱起歌来，坐在长条桌旁的老人也随声附和……庆典活动一直延续到傍晚。老人摇摇晃晃的，把所有力气都集中到紧握在手里、不断点击地面的拐杖上……

那天他俩很晚才到家。主人早已醉意朦胧，满屋都是酒气……他蹲下身子，在爱犬的前额上吻了一下。

“你是我唯一的快乐，”老人蹲在耷拉耳面前，摸着它的额头说，“明天是五月九号，胜利日。我们要喝一点这个酒。”说着他把手里的酒瓶在狗的面前晃了晃，然后继续说，“这真是命运所赐，我有幸从战场上平安回来，才拥有了这一切……而更多像我这样的人却再也没有看到这样的日子！你是条狗，哪懂得这些啊。”老人说着，开始抽泣起来。老人确实有点喝多了。狗照例舔了一下老人的手背。“我明天要挨个儿祭奠一下他们……”

黑暗笼罩，夜幕降临……

每每想起那天的情景，耷拉耳心里总感到一阵阵剧痛……

夜深了，这座旧房子的灯刚一熄灭，就有三个人大摇大摆地从外面闯了进来。耷拉耳吠叫着迎面冲了上去。老人却没有注意。走在最前面的那个身强力壮的家伙抡起手中粗粗的棒子，用尽全力狠狠地朝耷拉耳的背部打了下去。耷拉耳被打得惨叫一声，飞到墙角，眼冒金星，还没来得及蹦跶一下就一动不动地倒在地上。它眼前一片模糊，鼻孔蹿出鲜血……而就在它眼前，老房子里紧接着出现了让它不忍目睹的恐怖一幕。刚才那根棍棒也重重地落在了老人刚刚抬起的脑门上。老人立刻从床上滚落在地。从外面进来的那三个人毫无人性地开始从四面八方残暴地踢打地上的老人。老人没有发出任何声音，身体一动不动……

三个混蛋开始在整座屋子里四处翻腾。最后他们找出了老人参加庆典活动时穿的那件竖领军装，把别在胸口的各种奖章、勋章全都摘了下来……

“哦，这老头居然获得过两枚二级英雄勋章，一枚荣誉勋章……”一个个头矮小的家伙打开手机灯，从衣服上摘下勋章，惊讶而兴奋地瞪大眼睛说，“兄弟，这些东西在跳蚤市场到底能卖多少钱？值不值三打[①]？”他目光疑惑地转头看着身边另一个肥头大耳的同伴。

“这玩意儿每个值两打。”肥头大耳的家伙立刻回答。

“那，这个呢？这好像是什么‘荣誉勋章’？这个呢？还挺沉的……”矮个子的好奇心越来越重，紧接着问道。

“这个价格一般，”另一个人也加入进来说，“因为既不是劳动奖章，也不是战争奖章……”

三个家伙把军装上的奖章、勋章全都摘了下来。

老头倒在那里，蜷缩着身体，一动不动……

“我们要不给他身上浇汽油烧了他吧！这样可以销毁证据……”镶金牙、留小胡子的矮个子建议道。

“在战争年代打败过法西斯，这个老头不应该那样死去！他可是上过战场啊。你忘记明天是战争胜利纪念日了吗，小兄弟？”肩膀宽阔、头戴毛线编织帽、眼神冷漠的大耳朵回答道。

“反正他只是个乞丐，兄弟。有没有水？我们把水泼到他脸上试试看……他究竟是真死了还是……”身穿紧身短皮衣的家伙摘下皮手套，打开手机灯照了照老人的脸，说：“弟兄们，他好像没有呼吸了，这老头肯定死了，”他一边说一边解开裤子，似乎准备朝着老人脸上小便，“如果他活着，现在就让他动一动看吧……”

“别犯傻！”肩膀宽阔的大耳朵一把拉过准备往老人脸上撒尿的那人，抓起桌子上倒有酒的棱角玻璃杯，把酒往老人

① 三打：指三万。这里一打指一万吉尔吉斯索姆。

脸上猛力泼去，“老头连眼睛都没有眨一下，死了……走喽！”他说。

“走喽！”另外两人也异口同声地说道。

三个家伙“哐”地关上门，消失在夜幕中。

黑漆漆的房子里只留下没有了生命迹象的老人和那条只剩半条命的狗。

狗闻到了人血的腥味和尿骚味……老人的一大摊血已凝固在破旧的木地板表面……他倒下去之后就再无声息，甚至没有动弹一下，躺在那里没有任何生命迹象……他早已断了气，但狗根本没意识到这一点。

狗试图站起来，然而四肢乏力……它已经没有丝毫力气，眼神也逐渐黯淡下来……伸出的舌头舔到了鼻子，它所有的生命力似乎全都集中在了舌头上，舌头伸出来时填满了整个口腔，令它感觉呼吸困难……狗用尽全力把沾满鲜血、仿佛已经从根部脱落的长舌头往喉管里面收……有那么一段时间，挣扎于生死边缘的狗的内心世界被无边的黑暗完全占据。这黑暗似乎正在悄无声息地夺去它的身体和生命。唯有胸腔内那颗怦怦跳动的心脏似乎才能挽救它于这无底的漫漫黑暗……狗的眼神已经开始逐渐进入更深的无尽黑暗之中……犹如在无边的茫茫暗夜中漂游……是死是活，连狗自己都无法辨明……

夜幕被拉开，阳光射进房间。

狗虚弱地微微睁开它那蒙眬的眼睛。耳朵也和往常一样听到了邻居家公鸡的打鸣……这打鸣声让狗意识到自己还没有与生命告别。但它浑身上下疼痛难忍，颤抖不止……

这个家伙的命真是大……它开始慢慢挪动自己的身体……而在离它大约四米远的地方一动不动地躺着自己的主人。他眼睛紧闭，嘴巴却张开着，如同一个黑洞，昨天的酒气完全没有了，只剩下血腥味……他的血液早已凝固成一摊……狗挣扎着竭力往主人身边挪动……狗也意识到主人身上早已没有了生命气息。它虽然是条狗，却意识到了这一点……狗伸出舌头舔了一下主人的手。那双手已经变得冰冷，没有任何生命的暖意，浑身上下已经发青……狗对眼前的一切丝毫不敢相信……它的主人其实早已去往另一个世界……

这时从老公园那边的扩音器里突然传来列夫·列申科的歌曲，歌名叫《胜利日》。而这天是五月九号。可是狗怎么知道这些？它使劲匍匐着向早已死去的主人身边艰难地爬行。扩音器从一大早就开始持续播放歌曲……

老人身边扔着他那被撕碎的唯一一件军装……这军装他在战火纷飞的战场上穿了整整五年，然后他才平安回到家乡。但狗哪知道这件事呢？它又怎会想到可怜的老人被突然出现的陌生暴徒打得遍体鳞伤并最终像狗一样死去？

整整两天，狗静静地趴着守护在主人逐渐腐烂的尸体旁边……到第三天时它才鼓起了勇气……随着时间的延长，尸体的腐烂气味越加浓烈，已经弥漫在整座旧房子里了。潮湿的气味和死尸的气味混合在一起，令人作呕……

整整过了四天，狗才勉强可以站起身来……

那天也恰好是邮递员给老人送来退休金的日子……

他长时间敲打着破旧的木头大门，发现没有人回应，便转身回去了……狗也没敢走出房门……

也就在那天夜里，这座破房子里还来过两个人。

第一个是男人，第二个是女人。耷拉耳很快就注意到了这两人的身影……但是它紧闭嘴巴，没发出任何响动……它不想出声，希望他俩发现四天来躺在地上一动不动、身体开始发臭的主人，并最后确定主人是死是活……那两人没有进入老人躺着的那间靠里面的屋子，而是鬼鬼祟祟地走进了离外屋更近的房间。狗本想悄悄爬过去，但它还是站不起来……耳朵却能清晰地听到他们的声音，鼻子也能嗅到他们的气息。

“这里太黑了！”女人有些不快地说，“你可真会找地方……”

“最主要的是这里没有人来。没有人会看到……没有人！”男人说。

两人开始疯狂地亲吻。没过多久，女人轻轻的呻吟声传入了狗耳朵里。随之男人也发出享受的哼哼声。不一会儿，他们都不再出声，像倒在地上一样安静了下来。

“这里是不是有股尿骚味？这骚味直冲鼻孔，太强烈了……”女人轻声说道。

“你管它干吗？没有人看到我们……”男人不无紧张地回答，“走吧！出去……”

“怎么？这就结束了？”女人依然轻声发问，心里有些不高兴，“刚完事就这么着急要走！”

“你不是说这里有股尿骚味吗！这里可真是连一分钟也不能多待，太臭了！”男人泛着恶心答道。

两人“哐”地关上门出去了。他们连头都没有朝老头和狗躺着的屋子探一下。狗的想法落空了。其实，它一声不吭地躺着只为了一个目的：如果他们走进这间屋子，就能发现躺在地上的老人。

第二天，那位女邮递员又来了。这次一大早她就来了。这一次，刚刚能勉强站起来的耷拉耳没有出门，只在屋内吠叫了几声作为回应。

“喂，房主！你让这狗老实点。房主！”那女人站在大门外大声喊着，“走！走开！走开！”她还没看到狗就吆喝着给自己壮胆。

狗似乎担心那女人再次离开，它慢慢地从大门旁边的一个洞口钻了出去，朝公园方向走去。女邮递员这才推开门走进屋子。耷拉耳躲进草丛，远远地观察主人家里的动静。那女人刚一进屋便尖声惊叫着飞也似的跑了出来。她吓得眼珠儿乎都要从眼眶里蹦出来，不停地呼喊。狗又有些担心起来。这个女人也还没有确定主人的死活，就很快跑了出来。狗当时的想法确实如此。没过多久，屋子里就来了很多人，救护车，警察，各色人等，有人还不停地打着闪光灯拍照……

从那天起耷拉耳就不知道主人被带到了哪里，而主人从那天开始也再没有回家……

旧房子从此被人们遗弃了。再也没人踏足过那座房子……

也是从那时起，耷拉耳独自生活在那里……无论走到哪儿……它最终都要回到那个家……

有一次它将一只浅黄色的、身材娇小可爱的母狗带到了这座旧房子中。不过小母狗拒绝了它，希望它俩单独生活在这里的美好愿望。它看得出来，那只小母狗确实也不可能与它在这里长相厮守——很显然，总有一天它将离开这里。会有一只不知从哪儿流落至此的流浪狗，即便不和耷拉耳拼命争夺那只浅黄色小母狗，最终还是会带它离开。这个片区的流浪狗一般不会给其他狗让出一点轻松的生活空间。那只浅黄色小母狗也或多或少见识了这一点。为了保护它，耷拉耳不知多少次与别的狗打架，弄得自己伤痕累累，甚至险些丧命。

浅黄色小母狗原先的主人是一位贵族大富豪，居住在阿拉阿尔恰小镇。那里所有的狗都是血统纯正的纯种狗，没有一只是杂种的。这只浅黄色小母狗的血统也非同一般，是苏格兰纯种狗。它还是很小的狗仔的时候，就被主人从苏格兰带过来。主人对它的爱超乎想象，每隔一天就给它洗一次澡，毛茸茸的皮毛在阳光下闪闪发亮，身上总是散发着浓浓的香波味。

有一天，当浅黄色小狗随主人一起在城市的中央广场散步时，主人心脏病突发，被救护车带走了。当时正值晌午，浅黄色小狗留在那里，茫然不知所措。它迷失在广场上，漫无目的，孤零零的，不知道该去往哪里……看到这种迷失的狗，起心动念想将其抓回家收养或变卖的人会少吗？可是这只机灵的小狗却从来没被人抓住过。那两天它东藏西躲，能去的地方都去了，因为高度紧张，原先的住处被它忘了个精光，到底在哪里，它根本就想不起来……饥肠辘辘，肚子也缩小了很多，变得更加小巧。看到街边的垃圾，它总是嫌恶那恶臭味，远远地绕开。即便看到扔在地上的骨头，它也不会产生兴趣。它满脑子都是自己的主人，一心想着如何尽快找到他。他现在到底在哪里？狗不知道自己的主人出了什么事。它的主人曾经时时关注它，总把它紧紧地抱在怀里。可现在它却这样孤独地流落街头，无家可归。有些流浪狗时不时前来骚扰它，街上那些川流不息的汽车也不停地摁喇叭，令它心惊胆战。昨天它就差一点死在车轮下。

整整两天时间，它既没找到原先居住的小镇，更没找到自己的家。它感到痛苦、绝望，只要闭上眼睛就出现幻觉，就看见主人站在自己面前。它在熙熙攘攘的人流中苦苦寻找自己的主人。它突然觉得前面有人特别像主人，便飞奔过去，紧紧跟着对方走了一段路，但是当它发现那人的身体和气味都不对时，这才又失望地离开，重新陷入绝望之中。它原本天真地以为狗的生活就该是快乐的，但现在才开始过上真正的狗日子……

事与愿违，那两天天空开裂，夜晚大雨瓢泼，电闪雷鸣，浅黄色小狗陷入惊惶不安之中。像它这样出身高贵、身材姣好的可爱小狗，怎么可能逃得过那些成群结队满城疯跑、四处流浪的野狗呢？很多野狗纷纷尾随它、跟踪它，让它不得安宁。有一次从那些野狗中间突然冲出一条双耳被剪过的大公狗，将浅黄色小母狗扑倒在地……那条公狗硕大的身体、粗壮的四肢将玩具狗一样娇小的小黄狗压在身下，两条粗壮的腿就像铁夹子一样把它夹在中间。就在它准备满足自己野性欲望的当口儿，被夹在裆下的这个小可怜使尽浑身解数挣脱了出来。大公狗身上的恶臭让它无法忍受，差一点窒息。有谁知道呢？如果不是耷拉耳在关键时刻出现，并毫不畏惧地冲过来死死咬住大公狗的后腿让它脱身，后果会如何呢？“你敢坏了我的好事！”大公狗当时愤怒地瞪大火焰般燃烧的双眼，龇牙咧嘴地号叫着，闪光的牙齿上流着口水，转过头去。这时浅黄色小狗才趁机从满身臭气的公狗身下挣脱，然后立刻逃走了。耷拉耳陪着浅黄色小狗拼命跑了很长时间，才甩掉那条大公狗。

就是在那天，耷拉耳第一次将浅黄色小狗领进了那座旧房子。日子一天天过去，浅黄色小狗身上特殊的香味也开始逐渐消失。它确实比先前落魄了很多，也消瘦了很多。对耷拉耳的那些食物，别说品尝，它连看都不看一眼。

耷拉耳居住的破房子后面是一堵高墙。高墙后面就是城里人休闲时去的公园。里面根本没人管理，所以已经堆满了各种垃圾。公园中间有一座摩天轮，破旧的摩天轮吱吱嘎嘎地好半天才能转一圈。那里人来人往，络绎不绝。顺便说一句，耷拉耳有一次有幸陪主人登上摩天轮，从高处鸟瞰整个城市。那可真是一个令它难忘的日子。它从高空往下仔细观察整座城市，发现了一群如同爬行的虱子一样在地上跑动的流浪狗，然后得意洋洋地朝着它们“汪！汪！”叫了几声。偶尔回想起来，这件事在它心里印象深刻，记忆犹新。夜晚公园里灯光闪烁，音乐声也会延续到很晚。舞蹈广场上那些精力充沛、能歌善舞的人一直到半夜才会散去。耷拉耳的主人曾经在这座公园里当管理员。

还有一次，耷拉耳为了寻找主人，无意中走过几个安装有不同道具的房间。在开着门缝的哈哈镜房中，他看到四周同时出现了无数条和自己长相一模一样的狗，它当时吓得失魂落魄，立刻从房子里飞奔而出。它从来没见过和自己一模一样而且数量如此众多的狗。当时它确实吓得像射出的子弹一样从展示厅飞奔而出……

这天耷拉耳终于和浅黄色小狗头挨着头睡着了。浅黄色小母狗虽然一直讨厌耷拉耳身上的气味，但最终也只好逐渐开始适应了。它不仅开始慢慢接受耷拉耳身上的气味，还开始主动接近它，甚至有点喜欢上它了。耷拉耳成天只担心一件事，那就是不希望小母狗离开自己跑掉。它不想离开小母狗半步。它想尽办法讨好小母狗，带着它走遍城里自己知道的所有有趣的地方。可是它并不清楚浅黄色小狗到底喜不喜欢那些地方。

浅黄色小狗念念不忘主人，它还没有从对主人的痛苦思念中摆脱出来……

慢慢地，两条狗逐渐开始接受对方的气味，对彼此萌生出感情。当然，如果不接近耷拉耳，小母狗自己也没法活下去。那些四处流浪的狗群能让它安心吗？昨天那条短耳大公狗给它造成了极大的压力和痛苦——将它紧紧地夹在两腿之间，试图占有美丽小母狗的姿色，满嘴的口水滴落下来，眼里燃烧着充满情欲的野性火焰。还好耷拉耳冒着生命危险及时救了它。耷拉耳奋不顾身地冲上来扑向大公狗，硬是将浅黄色小狗从大公狗强壮结实的身下抢了出来。那样的狗外面随处可见。无论走到哪里，小黄狗都提心吊胆，惶恐不安。也许正因为如此，或者确实是感觉到了这种危险，反正现在它寸步都不想离开耷拉耳。尽管如此，说它俩之间已经有了异性暧昧关系还为时过早。

在感情方面，小黄狗依然与耷拉耳保持着距离。耷拉耳也不愿把自己的情感强加给它。只要能像现在这样形影不离，它就知足了。耷拉耳早已品尝过动物所特有的那种野性的孤独痛苦滋味！自从主人离开之后，它就一直在这座破房子里孤守，过着孤单、凄惨的日子。它也不忍心离开这里。如果不时时刻刻闻到主人早已渗入四面墙壁的气味，它就感觉自己的生活残缺不全……对于它来说，这四堵墙有特殊的意义。夜晚可以在这里梦见自己的主人。每每想起这些，耷拉耳就会眼睛发绿，眼泪充盈眼眶……

奇怪的是，今天它第一次梦见了躺在旁边的小黄狗。小黄狗是这破房子里与它相依相伴的唯一安慰和快乐……所以它不想离开这里……死心塌地守护着这座破房子。面对偶尔出现的陌生流浪狗，它总是暴跳如雷，极力驱赶，不让它们靠近一步。它汪汪吠叫的狂躁状态极有气势。它面目狰狞，声音刺耳，耳朵竖起，尾巴也直挺挺地立着，刺向天空……

有一次耷拉耳遭到了流浪狗群的围攻。那群狗将它围在中间，和它展开血腥大战。耷拉耳不像那些野狗一样身份低下，它也有高贵的血统，身上流淌着纯种牧羊犬的血脉。它是纯种牧羊犬的杂交后裔。也许正是它身上的这种血脉发挥了作用，它没有轻易向流浪的野狗服软，而是顽强地与它们抗争。而那次的血腥较量也是因小黄狗而起。那群狗的首领疯狂地追逐小黄狗，刚好到达公园大门口时将它扑倒在地。身体娇小如同玩具一样可爱的小黄狗被压在身体硕大的黑公狗下面，根本无力反抗，哼哼着趴在地上。用强壮的四肢与锋利的牙齿压制住小黄狗的大黑公狗这一次野性大发，信心十足地要尝尝可爱的小黄狗的滋味。动物的野性规则向来如此，谁身强力壮谁就是绝对的统治者。大黑狗用散发着臭气的身体紧紧压住娇小可爱的小黄狗，眼里散发出淫荡的光芒。就在它的美梦即将实现的时候，勇敢的耷拉耳又一次出现并毫不犹豫地、勇敢地扑向大黑狗。大黑狗起先根本没把耷拉耳当回事，只是往前探着头，希望把它吓跑。但是风驰电掣飞奔而来的耷拉耳却狠狠地咬住了它的鼻子。群狗号叫着、哼哼着陷入一片混乱，没有人知道究竟是哪两条狗在扬起的尘埃中彼此撕咬、较量。耷拉耳被围在中央，群狗不断向它发起攻击。被围在中间的耷拉耳毫不示弱，用两条前腿顽强地支撑住身体，露出尖利的牙齿，鼓足勇气，表现出誓死抗争的气概和信心，随时回击来犯之敌。牧羊犬的野性在它的血液中涌动，让它视死如归。

小黄狗趁乱挣脱大黑狗，躲到一边，瞪大双眼惶恐地默默看着群狗疯狂争斗……它想帮助孤军作战的耷拉耳，却力不从心，它能帮上什么忙呢？在这场血腥的战斗中，只要耷拉耳能活着就是万幸。此时此刻，这个想法始终萦绕在它的脑际。耷拉耳被围在中间全力反抗群狗的围攻，对于来自身后的攻击，它迅速转身反击，而对于面前的攻击，它则毫不犹豫地往前冲扑，独自进行着顽强的抵抗。这群狗总共不下十只，其中夹杂着家族、体型各不相同的狗。能够使这些不同类型、不同家族的狗集合在一起的，只有一种东西，那就是食物：城市里的垃圾，各种废弃的食品和骨头……无论如何，大伙儿在一起可以抱团取暖，生活也相对轻松些。群狗从不同的方向发起进攻，把耷拉耳咬得遍体鳞伤，体无完肤，鲜血淋漓。但即便如此，耷拉耳依然顽强地坚持战斗，毫不退缩。

就在这时，“啪”的一声，不知从何处突然传来刺耳的响声。毫无疑问，是枪声。一颗子弹嗖地呼啸而来，正中那只与耷拉耳疯狂撕咬、纠缠不休的大狗的脑门。狗的脑浆立刻向四周喷溅开来。然后那只耳朵短小、身体敦实的狗也被子弹射中，倒地死亡。子弹从四面八方射来。狗群大乱，号叫着，晕头转向不知该逃往何处。一条狗试图逃入公园，但是迎面而来的人将它像野鸡一样一枪打飞。一条毛发蓬松的大狗试图朝相反的方向逃窜，但也被命中脑门。群狗接二连三地飞落在地上送了命……与它们拼命较量了很长时间的耷拉耳此刻也已筋疲力尽，动弹不得。它现在并不明白震耳欲聋的枪声和突然发生的混乱到底是怎么回事。身边的狗一只接一只地哼哼着被打倒在地。枪声震得它耳朵闷得难受，听不清任何声音。耷拉耳既对这突如其来的变化没有感觉，也没看到身边的任何混乱景象。它不知道自己到底应该往哪个方向逃。它想到的另一件事，就是小黄狗是否安全。这个想法犹如一个结，一直让它困惑不安。狗群仍在被子弹射中，一只接一只地死去。前来包围它们、从四面八方向它们发起攻击、将它们逐一射杀的那些人是灭狗队队员。它们对此根本一无所知，也不可能知道。愚蠢而单纯的狗根本不明白它们为何会遭到猎杀。它们该问谁？又有谁能回答这个问题呢？

听到嗖嗖作响的枪声就立刻趴在地上的小黄狗，也没弄明白眼前的残酷现实。它离狗群还有一段距离。它只是听到了枪声。那些人把狗群团团围住，一只接一只地射杀……

耷拉耳此时只记挂着自己的主人和可爱的小黄狗。除了他俩，它对其他事物没有任何想法和感觉。对于自己是否会突然中弹，它也并不担心。狗的思绪纷乱不堪，它脑子里只有一个想法……就在这时一条后腿中弹了……它只是感觉腿部刺痛了一下，然后开始变得滚烫。它扭头看了一眼，才发现自己的后腿开始流血。它突然倒地，正准备将鼻子和嘴伸向受伤部位时，第二颗子弹飞来，射中了它的要害部位。

“打！开枪！”

“打！打呀！”

“快开枪！”四周传来这样的声音。

耷拉耳被甩出去两米多。它痛苦地挣扎了一阵儿……此时此刻它的眼中出现了蔚蓝的天空，天空中映现出主人和小黄狗的身影，他们似乎在全神贯注地观察它的一举一动。它最终以狗的死法断了气……动物的命运就是如此……

震耳欲聋的嘈杂声逐渐平息下来。

世界又恢复了自己的运转轨迹。周围仿佛什么都没有发生一样，重又回到了原先的寂静……小黄狗的血似乎已经流尽……它对这些人的野蛮行为一点都不理解……它记得主人小心翼翼地把它抱在怀里，从早到晚与它黏在一起交流互动，给它洗澡，带它到各种美妙的地方玩儿，而眼前这些与主人相同的人却当着它的面瞬间就将一群狗全部杀死了……它完全不理解这些。那些狗到底犯了什么错？这些疑问和眼前的现实让它无法找到答案……

灭狗队的人将打死的狗一只一只地抓住前腿全部扔上车斗。耷拉耳也被人抓着两条前腿拖向汽车车厢。小黄狗死死盯着口鼻出血、紧闭双眼、牙齿从嘴里露出来的耷拉耳的惨相……小黄狗忍不住泪流满面……它真的就要以这种方式失去和自己相依为命、真心相爱的恋人，而自己也早已倾心仰慕的耷拉耳吗？小黄狗猛然感觉浑身上下疼痛无比……

耷拉耳最终没有逃过被扔进车斗的命运。汽车启动，灭狗队也一起离开了……

小黄狗卧在草丛中，痛苦不堪……狗内心深处的强烈渴望丝毫没被它身边飘飞的蝴蝶、鸣叫着从一个枝头飞到另一个枝头的小鸟所吸引，不仅如此，它对头上蔚蓝的天空，光芒四射的太阳也失去了知觉……

小黄狗感到异常孤独。

永远失去了贴心关怀它的耷拉耳，小黄狗两天来不吃也不喝，寂寞地躲在那座旧房子里没出门……出于无奈，它试图从旧房子里找点东西充饥。它寻味而去，从离房主的床不远的桌子上找到了半截已经有点发霉的香肠。小黄狗跳上床，把嘴伸向桌上的那半截香肠，然后不顾一切地大口大口吞了下去。桌上还放着老人没喝完的那杯酒。酒气直冲它的鼻孔，让它恶心……无论如何，小黄狗还是勉强填饱了肚子。最后它感觉实在无聊，便逼迫自己走出房门，穿过倒塌的豁口进了公园。每隔一天都会举办一个活动的公园里此时却异常宁静。小黄狗在公园里随意走动，小心翼翼地闲逛。既没碰到什么人，也没见到任何狗。

小黄狗无意中走到了坐落在公园中心的游乐场中。它在这里也没有发现任何人。它从敞着的门缝往哈哈镜厅探了探头，然后战战兢兢地走了进去，但没走两步，身后的门就被一阵风“哐”的一声关上了。随着这关门声，大厅里耀眼的白炽灯立刻自动亮了起来。小狗突然间从四周的镜子里看到成千上万只和自己一模一样的小狗在盯着自己看，顿时吓了一跳。这么多狗！它吓得后退几步，想从这里逃出去，却再也找不着进来的门。四周全都是和自己一模一样的小狗……

小黄狗看着眼前众多的狗，“汪汪”地叫出声来给自己壮胆，但是面前的那些狗也同时向它吠叫着。小黄狗吓得浑身毛发竖起。此时此刻它想起了勇猛顽强、不畏艰险地与群狗拼死搏杀、舍身救自己的耷拉耳。这一次也许该它亲自上场了吧。它热血沸腾，开始绷紧身体，集中精神，随时准备发起攻击。它再一次对着群狗“汪汪汪”地吠叫起来。那些狗也如法炮制，齐声向它吠叫。但是这么多狗却没有一只胆敢靠近它、向它发起进攻。那些狗也效仿小黄狗的样子，吠叫几声后便安静下来。它对此无法理解。小黄狗惶恐地朝着对面的、身旁的、身后的狗连续吠叫……周围的狗也全都像它一样紧张地活动起来，纷纷向它吠叫了一阵。小黄狗此时已经感觉自己不可能轻易从这些和它一模一样的小黄狗中脱身。它想奋不顾身地冲向狗群决一死战，但是它发觉眼前那些狗也都有同样的想法，跃跃欲试，随时准备向它发起攻击。群狗的疯狂嚎叫声已经响彻大厅，整个大厅炸开了锅，而这刺耳的吠叫声和群狗不断冲来的场面也让它惊恐万分。它越是焦躁不安、吠叫不止，大厅里就变得越混乱，吠叫声震耳欲聋。小黄狗力图咬住一条狗的腿，但这时却有无数只狗咬向它的腿。它勇敢地往前攻击，那些狗也同时向它发起攻击。小黄狗浑身发冷，感觉疼痛，不知哪一条狗会冲上来首先咬住它的腿。无论小黄狗如何疯狂地进攻，都无法阻止它们。

但是它们尽管数量众多，却没有一个胆敢首先冲击它、扑咬它。这种状况确实让小黄狗感到无法理解。随着小黄狗的吠叫，群狗也开始狂吠起来，如同有成千上万条狗同时吠叫，几乎要把哈哈镜厅的屋顶掀翻。小黄狗惊恐不已，感觉自己已经被越来越多的狗围在了中央，危险也逐渐向自己逼近。不断逼近。

它感觉狗群越发靠近自己，四周已没有了逃生的路径。它猛然转身，它们也立刻转身，它跳起来，群狗也跟着跳起来，它露出尖利的小牙齿，它们也如法炮制，露出尖利的牙齿。小黄狗这一次完全是为了自己的安危而战。这小家伙真的以为扑向自己的都是活生生的狗，丝毫没有怀疑那是镜子里自己的身影。这才是狗的本性。它一直承受着随时降临的危险，因为无法从眼前这成千上万条狗的围困中逃脱而心惊肉跳、惶惶不安。它最终身心俱疲，意识到只有自己做出让步才会有一线生机。它此时此刻才注意到世界上居然有这么多条狗与自己作对。它绝望了……

即便是出动了灭狗队，这里的狗也没法赶尽杀绝。恰在这个时候，小黄狗真正觉得胸口被撕裂，心脏开始破裂。它被眼前这数不胜数的狗的威力吓住了，已经感觉到了自己的心脏开始渐渐破碎……它的双眼朦胧混沌，开始出现黑夜的假象，四条腿不听自己使唤，甚至开始挣扎。就在大厅中央，小黄狗的心脏慢慢停止了跳动……眼睛昏花、已经什么也看不清楚的小黄狗根本不知道自己面前的并非真正的狗，而是自己的影子，是反射到镜子中的自己。它竭尽全力，想要扑向它们决一死战。成千上万条狗此时也已经像它一样，有气无力地躺在地上，这情景它没有看到，而且永远也看不到了……

小黄狗在哈哈镜厅的中央心力枯竭而死，永远闭上了那双可爱的眼睛。它直直地平躺在地上，在它的周围，成千上万只狗也保持和它同样的姿势，一动不动地躺着，死了……

走进哈哈镜厅的女管理员看到独自静静地躺在屋子中央的可爱的小黄狗，感到非常惊奇。她绞尽脑汁也没有猜出这条小狗是如何走进这间屋子的。她戴上手套，轻轻抓住小黄狗，把它拎起来，从哈哈镜厅拿了出去。最让人惊讶的是，这条狗躺过的地方连一滴血迹都没有。到底是谁把这条狗拿进来放在了这里呢？她确实觉得莫名其妙……

那女人抓紧时间把小黄狗的尸体扔进垃圾箱，然后开始把一队游客领进哈哈镜厅参观。进入这间名为“笑之屋”的参观者无不哈哈大笑着出去，无论怎样的冰美人来到这里，也会哈哈大笑一场。人们只要一走进这间屋子，看着镜子中的自己，就开始忍不住大笑起来，笑得前仰后合，不住地指着镜子里的自己哈哈大笑，笑得肚子都疼了……自己笑话自己……哈哈大笑不止……

可怜的小黄狗是为了维护自己的生命而与成千上万只狗奋勇抗争，最终献出了自己的性命，心碎而亡。它因为没能战胜镜子里的自己而献出了生命。而这些人看到镜子中自己的镜像大笑不止，笑得东倒西歪，无法自已……他们自己笑话自己……

只有人才会自己笑话自己。只有那些无法战胜自己的可怜人才会笑话自己……

仿佛这个可恶的狗世界里除了笑就没有别的东西……那些人依然东倒西歪地大笑着……

黑蜘蛛

玛尔·拜基耶夫 著

阿地里·居玛吐尔地 译

“这件事发生在十多年前，”教授这样开始讲述自己的故事，“我那时是一个年轻的医生，头上还没有一丝白发，刚从前线回来。我从伏龙芝前往伊塞克湖州出差，车子却坏在了路上，只好在一个村庄停留。和我在一起的是一位名叫斯特凡的同事，我们打算在那个村庄住一宿，第二天一早继续赶往图普镇。那时候图普镇医院里住满了患有伤寒、霍乱的病人。我们前去给他们送药、看病。我们投宿的那户人家有一个小女孩和一位六十岁上下的老太太。我们一路奔波，喝了几杯热茶之后，赠送一些我们随身携带的方糖、咸鱼等物品给他们，然后没有和她们过多交谈，也没有详细询问、了解彼此的家族、家谱及部落的情况就早早躺下睡着了。当时战争结束不久，战争的阴影还没有从人们的心中完全消失。我们送给她们的几包方糖和几条咸鱼对她们来说肯定是难得一见的贵重物品了。小女孩手拿一块方糖吮吸了很长时间，老太太则坐在一旁，一边叹息一边喝茶，好像直到半夜才躺下睡觉。她俩刚躺下不久，就听到外面传来一阵急促的马蹄声，有人甚至用马鞭上的木柄敲击着窗户，大声喊道：‘艾散库勒！艾散库勒！快出来！’

“我睁开睡眼不知道外面发生了什么事情，穿着衬衫、内裤立刻跑到屋外。

“门外好像停着两三匹马，马嚼子叮当作响。

“‘喂！艾散库勒！你赶紧骑上这匹马跟我们到草原上去，现在出发到早上才能赶到那里，快一点。’来人中有一位把他们牵来的一匹马的缰绳朝我扔了过来。我抓紧缰绳，用马鬃和马尾编成的毛绳扎得我的手掌生疼。

“‘到底出了什么事？’屋里的老太太也披着外衣跑出来，慌张地询问，‘艾散库勒不在家！今天到巴勒克奇去了。’

“‘您别着急，夏尔罕嫂子，斯德克快不行了。他说有遗嘱要对艾散库勒说。’

“夏尔罕老太太叫了一声‘啊呀！我的老天爷呀！’便立刻仰面倒了下去。

“小伙子从马背上跳下来，和我一起将老太太扶进屋里。

“‘发生了什么事？’斯特凡也被惊醒了。

“我用俄语回答他：‘有一位病人，已经快不行了！’

“‘不是的，大哥！本来好好的。只是让黑蜘蛛给蜇了，浑身发烫，十分难受。’那小伙子这样给我解释。

“‘黑蜘蛛？’

“‘是的，大哥！’

“‘在这寒冷的高山草原上哪来的黑蜘蛛？’

“‘我也不知道，他们都这么说。’

“我们都不太相信小伙子的话，因为人们有时候口无遮拦，什么话都说得出来。这时候夏尔罕大嫂恢复了知觉，然后抱着女儿开始依照为死者送葬的传统习俗唱起了悲哀的挽歌：

哦，真主啊你带走了我的勇士，
他与人为善为人们奉献一生；
我此刻满腔的痛苦和忧伤，
向谁去诉说向谁去表明；
羊群在草原上撒欢，啊！

黑蜘蛛却夺走了你的生命;
这件事你是否提前知晓，啊!
早早地披上丧服出行，啊!

“小女孩伴随着老太太的挽歌发出撕心裂肺的痛哭声，更让我们的心头涌起无法抑制的悲痛。这种从未体验过的氛围让我感觉到，人生就像那天晚上的黑夜一样，充满哀伤悲痛，我不禁泪流满面。

“‘请您节哀，嫂子。不要就这么开始……也许他会好起来，应该把他送去住院……也许只是着了凉或者得了病……’在那之前我还从来没有安慰过死者的亲属，但作为一名医生，我在那种情形下还能说点什么呢?

“‘不!小伙子。他早就对自己的生命绝望了。他是一个有先见之明的人，对自己的命运他早就有过预测。’说完后她继续哭唱挽歌。

“刚开始我以为她只是重复吟唱那些民间流传的老掉牙的歌词，因而没有认真聆听，但后来我却听出了她的唱词中蕴含着其他深意。

“‘好了，嫂子，请您节哀吧。请您祝福孩子们安康，祝福斯德克大哥安康吧。也许他会顺利康复。’我记得自己又一次劝说、安慰她。

“夏尔罕大嫂稍稍安静下来一些。

“‘不是的，小兄弟。既然上天已经下了旨意，那你怎么可能逃脱呢?你即便一千次侥幸逃脱死亡，但是如果此时此刻它让你死的话，你还能活吗?你的斯德克大哥上一次已经

侥幸逃脱过死亡，这一次上天肯定不会让他幸免。’她说完，紧紧抱着小女儿，又开始编唱起挽歌：‘我可怜的孤女啊！’

“我隐隐感觉她话里有话，其中似乎有很深很复杂的隐情，但当时我并没有大胆地刨根问底。

“‘黑蜘蛛是什么意思？有先见之明的人早就知道其中蕴含着什么隐情？为什么要反复强调上帝的旨意？’所有这些疑问一个接一个地瞬间从脑子中闪现，敲击着我的脑神经。我将事情的来龙去脉向斯特凡讲述了一番。他用俄语回答说：‘也可能就是在梦幻中说胡话，病人体温升高到一定程度时都会做梦，各种毒虫妖魔猛兽野禽都会出现在梦里，不是吗！’

“但是我此时却想进一步解开这个谜团。

“‘斯特凡，咱们走吧，去草原看看。’

“斯特凡不同意我的建议。因为图普镇医院的医生和病人正望眼欲穿焦急地等待着我们把急需的药物送过去，我们不能把正事耽误了……

“‘喂！木喀什，你赶快出来呀！我们还急着要去通知其他人！’门外那个还坐在马背上的人催促道。我们一时忘了他的存在。

“‘马上！’木喀什用马鞭撑起身体，站了起来。

“‘木喀什，请等一等！我跟你们一起去。’

“‘斯特凡，你先自己去图普镇吧。我后天赶过去。现在我必须去一趟草原。’

“我和斯特凡往小药箱里分装了些药物，然后我和木喀什他们一起上路，赶赴草原。当我们策马赶到牧村边时，看到从远近各个村庄不同方向连夜赶往斯德克家的很多人影。天快亮了。

“真主保佑，我们骑的马都很健壮，上午时分我们也到达了斯德克所在的牧村。一座毡房周围聚集了很多人，不断地有人从毡房进进出出。等我们到达时，几位专门迎接客人的年轻人走上前来牵住我们的马缰，把大汗淋漓的马匹牵到一边去了。

“在毡房门口，那些背着自己的小弟弟、小妹妹，嘴里嚼着口香糖的小女孩；脚穿父亲的大号皮靴，小脑袋上戴着父亲的大号毡帽的小男孩，以及不同年龄的妇女们，都低声说着‘有人来了！有人来了！’相互推搡着给我让开了门。他们可能以为我是斯德克的近亲。

“我走进毡房，看到毡房中央的被褥上躺着一位灰白胡须、脸色发青的老年男子。在他旁边，一个头戴白色缠头，手拿一本书的人正在呜呜嗡嗡地朗读《古兰经》经文。

“我刚走进毡房，他就摊开双手开始做祈祝，我赶紧跪坐到燃烧着一大堆牛粪的火塘旁边。那位莫勒多[①]摊开双手，嘴里念念有词，并让所有人随他一起摊开手掌祈祝，人们随着他嗡嗡唧唧的节奏等待了很长时间。我有些不耐烦了，如果真的是遭受黑蜘蛛、毒蛇或者其他类似东西蜇咬的话，对于病人而言每一分每一秒都十分珍贵，因为每过去一秒钟，这种病人的生命就会离死亡接近一秒钟。我很想不等这位莫勒多念诵完经文就立刻开始自己的工作，但又不好意思在这么多像凝固了的雕像一样摊开双掌、等待莫勒多结束口中正在

---

① 莫勒多：即伊斯兰传教士或神职人员。

念诵的经文片段、在莫勒多的带领下做祈祝的人们面前显得太唐突，只好也随着大家一起等待……习俗！习俗！……我能做点什么……如果他们知道我并不相信真主安拉，那他们可能会阻止我接近那位已经大踏步去往另一个世界的病人……念诵经文的仪式刚刚结束，我立刻开始为斯德克老人号脉。他脉搏的跳动让我吓了一跳……但是，也就在这个时候，他睁开眼睛开始说胡话了。他一会儿自言自语地咒骂真主，一会儿又向真主苦苦哀求，一会儿又向他老婆发号施令。'那件粗毛编织裤的裤腿你为何不缝补？'甚至有几次还破口大骂他老婆。他说胡话对他有好处，这说明真正的危险，如果真主保佑的话，也许现在才刚刚开始……

"我从医药箱里拿出体温计、注射器以及其他必需的治疗器材。那位头戴缠头的莫勒多看到我拿出这些东西，立刻合上手中的《古兰经》，扯着我的衣袖低声对我说：'行了，小兄弟！你不要枉费心机了。你这样做会成为真主的罪人。斯德克大哥这是被真主召唤。斯德克大哥是一个有先见之明的人，他五年前就知道自己的寿命有多少，生命会在哪里结束。你不要动他了！不要做和真主的意愿相悖的事情。真主安拉如果想收回什么，那他一定会收回。反正你的那些药物根本也不会起任何作用，你反而会在真主面前成为罪人……'他这样喋喋不休地试图阻止我。

"'莫勒多大哥！我想试一试，也许他真的会康复……'

"'不行！不行！造物主的旨意绝不能够改变和违背。你这都是白费功夫……更何况斯德克大哥是自愿干了这个事情……'

“‘他干了什么事情？到底是咋回事？’

“‘他呼唤了那个！’他说着用手指了指放在老人腿边的一个能装五百毫升水的玻璃罐子。

“我刚才没注意到那个东西，于是我立刻伸手拿起了那玻璃罐子。当我把放在玻璃罐上面的一本阿拉伯语书籍拿掉后，猛然看到玻璃罐里的东西时，也被吓了一跳。因为玻璃罐底有一只指尖大小的黑蜘蛛，就像人被挠痒时缩紧身体那样收紧四肢仰面躺着。黑蜘蛛，没错，就是它。我立刻认出了这只剧毒小动物就是黑蜘蛛。它看上去确实很小，却非常可怕，可以把人吓得浑身发抖。但这只黑蜘蛛到底是从哪里来的？因为它基本上生活在南哈萨克斯坦、土库曼斯坦等干旱的荒漠地区。它是如何到这里来的？在草原的冰寒环境中它是不可能存活的。我确实感到很惊奇。

“‘没办法，斯德克大哥的命运被真主安拉交到了这只蜘蛛身上。一切都像我所说的一样。主啊，请保佑你的子民，赐予他们幸福吧。’头戴缠头的人又开始念诵《古兰经》经文。

“又有几位老人走进毡房，看样子他们是专门过来与这位奄奄一息、正加速去往另一个世界的‘真主的子民’诀别的。但是，他们看到病人正处于昏迷状态、满口胡言乱语的情形，也只好静静地坐在一边，默不作声。我乘着这一阵骚动，抓紧时间往注射器里吸入高浓度消毒药剂，并用一点棉球蘸了蘸小瓶子里的酒精，擦拭了一下病人胳膊肘上方的肱二头肌部位，准备给病人注射消毒药剂，因为我已经证实了他被黑蜘蛛蜇咬的事实。在座的人们默默无声，他们似乎也对把病人从死亡边缘挽救回来抱着一线希望。但是，突然有一个面黄肌瘦，留着山羊胡子，面孔如同吸过鸦片一样蜡黄的人，扯住我的衣袖对我说：‘住手，小伙子！别折腾他了！你就让他安静地去吧。反正你的努力也是白费，你注射的药物也不会对他的病起任何作用。’

“‘我也在说这事。这个可怜的人有过一次幸免于难的经历，从那以后他就时时刻刻小心谨慎，躲避命运的危机，但是他又能跑到哪里去呢？’莫勒多接上话茬说。

“我丝毫不明白他们的这些话。‘他们为何要这么说？’这个疑问一直萦绕在我心头，但当时也没时间认真分析和研究他们的话。

“人们已经挤满了毡房。甚至有人透过毡房的一些破洞往里窥探。有些人说：‘莫勒多说得对！’但是也有些人说：‘打个针可能会有用，最起码他死前可以和自己的老婆孩子见上一面，道个别再走。’

“我没有听信任何人的意见，也没说一句话，而是默默地给病人打了两针。本来还在说胡话的病人渐渐安静下来。人们接二连三地进出毡房。他们以为斯德克大哥已经断气。哭闹声、叫嚷声响成一片，挽歌声此起彼伏，如同一首嘈杂的、充满悲伤的交响曲，直戳人们内心的痛点。斯德克的老婆、儿子艾散库勒以及其他一些亲属从山下赶来。哭叫声比先前更加响亮。老太太已经被人披上黑衣服，腰上也绑上了白布腰带。总之，让人有口难辩、无法言说。说起这些事就让人心寒。但斯德克当时还没有撒手人寰，身体依然热乎，脉搏也在微弱地跳动。

“‘你们不要这样！不要想当然地做出什么出格的事情，他可能会恢复意识。’我的这些话却根本没有人听。实际上我自己也不敢确定我说的话是否能够兑现。让我感到不可思议的是，人还没死，人们就要忙着操办丧葬仪式，这在吉尔吉斯的历史上也不曾有过。于是我决定在草原上多待一天，想方设法把斯德克从死神手中夺回来。

“第二天晌午，斯德克恢复神智，开口说话，喝了一碗羊肉汤之后，身上的浮肿也开始慢慢好转。他恢复健康让所有亲戚朋友都感到不可思议。但是当我知道了这件伤心事的来龙去脉之后，比他们还要惊奇。我从他自己以及他的孩子和亲属口中得知有关他的所有事情之后，一个怪人的人生轨迹清晰地投射在我眼前——这个人只是愚蠢地以为自己得了不治之症，每天所做的就是死心塌地等待死亡的到来，身上没有一处疼痛却像得了什么不治之症一样自我颓废、日渐憔悴，吃不下睡不着，根本不想和同龄人说话、交流，从前的笑容完全从脸上消失，他放弃所有的活计，放弃所有的念想，甚至逃避家庭、故乡和亲人。

“这件事情的来龙去脉是这样的……那是 1942 年，当时正是黑云压顶，战火纷飞，人们陷入无限悲哀之中，有人因突然间永远失去整个家庭而变得孤苦伶仃，有人因失去真心相爱的恋人而痛苦万分，人们的眼泪因遭遇无法忍受的苦难而如同河水一样不停地流淌。没有人知道战争何时才能结束，每周都有成排的士兵奔赴西部前线，村子里每周都有几个小伙子与家人及亲属告别，将毛织褡裢搭到肩上，手上提着装有小锁子的小木箱，前往巴勒克奇市报到。母亲、恋人眼泪汪汪地揪住儿子或未婚夫的衣袖，心中似乎暗暗地对自己说：‘这可能就是最后一次见面了。’她们眼睁睁地默默盯着他们，静静地陪着他们前行，踩着泥泞一直把他们送到大卡车跟前。每个人脸上似乎都写着同样的两个问题：‘今后的日子会怎样？我们还能不能见到彼此？’

“村子里能干活的青壮年男人的数量越来越少，农庄的工作也只能由小孩子、老头和妇女们来承担。农庄的工分少得可怜，因此偷盗、欺骗、投机等恶行大行其道，甚至出现了很多以歪门邪道欺骗民众为生的恶棍。

“毫无疑问，这个人自愿选择死亡的背后有很神秘的隐情，而且除了我之外所有人对此都心知肚明。

“我依然不敢详细探听缘由，这些陌生的人们，我根本不认识其中的任何一个。更何况我也是和他们一样的年轻人。我不知道自己要干什么，也不知道怎么控制自己的情绪，只是不停地给病人量体温，拉住他的胳膊给他测脉搏。斯德克的妻子、小姨子以及另外几个女人还是不停地唱着悲戚的挽歌，弄得人心里发慌，耳朵生疼。满眼泪花的艾散库勒则紧紧地盯着我，似乎想对我说：‘尊敬的医生啊，请您救一救我爸爸吧！他可不能就这样糊里糊涂、无缘无故地丢掉性命。’他虽然没有开口说出来，但我已经十分清楚地感觉到了他的心思。

“一位深谙伊斯兰经文的老人对我非常厌恶，胡说什么‘你是异教徒，你不相信真主，你最终会下地狱’之类的话来吓唬我，妄图阻止我。待我要骑马上路之前，他还把我拉到一边对我说：‘孩子，这件事你不应该做。无论如何，斯德克的生命就该交由黑蜘蛛裁定，加上这一次他已经两次背离真主赐予他的寿命，从造物主神圣而尊贵的手中滑脱了。但是你不知道斯德克的情况。他一直到死都会因为苦苦等待死亡而受尽折磨和煎熬，每一分每一秒都在等待死亡的到来，这要比死亡本身还要艰难、还要可怕。要死的人最好还是尽快死去。'

"我真的没有想到这一点。他已经摆脱了痛苦，但是，他后面的日子又会怎样呢？毫无疑问，他一定会怀疑自己已经完全摆脱了死亡的威胁，只要有任何风吹草动就会惊慌失措，担心自己的命运，担心自己本不该担心的寿命。

"也正是在这样忐忑不安的日子里，村子里突然出现了一位拿着占卜书的能掐会算的巫师。当然，有一些早已把亲人送上生死未卜的战场，为了保卫祖国、家乡和人民的安宁而让他们在战场上时时刻刻与生命顽强搏斗的农民，对于自己今后还能不能再次见到从战场上归来的亲人抱有一线希望，所以就会让占卜师占卜，看看自己的亲人在前线的情况。村子里的老头老太太们有些拿着家里仅有的一碗青稞炒面，有些拿着几个鸡蛋或者几元钱，络绎不绝地来到那位巫师投宿的人家，因为他们听说他非常厉害，打开占卜书就能说出你是伊玛尼拜，你有两个儿子上了战场，其中一位已经传来噩耗，另一个儿子还安康健在，你可千万不要对他失去信心，你一定能够见到他。占卜非常准确、灵验，就好像他知道世间所有事物一样，把一切都说得准确无误，头头是道。布尔玛罕大嫂也想试探一下占卜师的本事，便把五元钱送到他手上，问道：'我丈夫去了战场，已经很长时间没有音讯了，他到底是啥情况？请你给我讲一讲。’听到这话，占卜师立刻打开手中的占卜书，翻看了一番后回答道：‘你不要说谎，真主的仆人。这样的话你会成为罪人。你的丈夫在战争发生两年前就得天花死了。你身边有两个小男孩。你不要撒谎，最好为孩子们祈求安康吧。’占卜师就这样戳穿了布尔玛罕大嫂的谎言。这类传闻在那些善于嚼舌头的人们口中被添油加醋，说得神乎其神。

“人们听到上述传闻更是骚动不安，所有人都拿着家里能拿得出来的东西，比如一小袋炒青稞面、半个馕饼，甚至把为拌奶茶而珍藏的咸奶皮也拿来求见占卜师。而他无论收到什么东西都会给他们以真诚的祝福，会煞有介事地打开占卜书，滔滔不绝地给他们讲述远方前线的战况和战士们的近况。多数情况下都会以‘请耐心等待，他会回来的’‘你会收到来信，会有好消息’这样的话安慰来者。人们听到这样的安慰话语，则会以‘哦，那但愿真主保佑，能够实现我们的愿望，谢谢’来表达自己对占卜师的感激之情。有些人不仅亲吻占卜师手中的占卜书，甚至还亲吻占卜师那双并不十分干净的、不断地将收到的馕装入一个麻袋里，把炒面、奶皮分装到其他器皿中，将钱快速塞入衣服内层口袋中的手。

“陪伴在巫师身边的又黑又瘦、留着黑胡子的小伙子和住家主人招呼前来的访客，帮忙登记来访者并按照顺序安排接见等。

“这种事情无意中也落到了斯德克身上。斯德克本人就是一个有意思的人，有些人不太喜欢他，是因为他不相信真主，甚至有时候生气了还会亵渎真主，甚至诅咒或破口大骂一番。

有些老人便以‘喂！斯德克，你怎么能这么说话！如果被真主听到了，你会遭到怎样严厉的惩罚啊！’这样的话来吓唬他。每当这种时候斯德克便回答：‘在哪里？他在哪里？如果有的话，最起码来看望我们一次，帮助我们一下也好啊！如果他真存在的话，就让他帮我递一下这个。’他说着便把自己的大圆顶帽扔到了上座位置。在场的有些人噗嗤一笑，有些人则说：‘哎哎！别这样！真拿你没办法！’一边劝他，一边无奈地闭住嘴不断摇头。

“什么魔幻巫术，什么妖魔鬼怪，什么算卦占卜，他统统都不信。人们根本不敢在斯德克面前提及这些东西，因为只要提及就会受到斯德克的讽刺、挖苦和嘲笑。所以他听到有巫师来到了村里，根本就不屑一顾，撇一下嘴角，依然待在家里缝补自己的长筒靴子。

“‘喂！老太婆！那只裂了把儿的锥子在哪里？’斯德克开口问他老婆。但是他没听到任何回音。

“‘这该死的老太婆到底去了哪里？艾散库勒！喂，艾散库勒！嗯，人都到哪里去了？’斯德克到邻居家里，那里也没有一人。

“‘嗯！我老婆肯定也去了那边。怪不得她弄得锅碗叮当乱响呢。你等着！’斯德克气呼呼地拿起鞭子，朝那位巫师投宿的乌尔曼别特的家里走去。

“‘喂！弟媳妇！把你手中的两个馕给我吃了吧！别不信。我也能把巫师的那些话给你絮叨一番！’斯德克向路遇的一个年轻女人搭讪。

“‘大哥，您别开玩笑！’那女人有点不快地回答他。

“‘开玩笑也应该有个理由和限度。我们都应该知道这个限度。’旁边有人对他的言行不无指责地议论起来。

“‘喂！我那该死的老太婆是不是也在这里？’

“‘她刚进去！’立刻有人回复斯德克。

“斯德克用身体挤开把门的乌尔曼别特和巫师的帮手，走进屋，恰好看到自己的老婆刚刚让巫师打开占卜书准备算卦，她还把自己带过去的两个大烤馕放在了巫师的麻布口袋中。

“‘喂！老婆子！难道你也想当傻子吗！快回家把那只裂了柄的锥子给我找出来。’斯德克说着，把手中的鞭子插入靴筒。

“‘不要这样，老头子！我要给我的阿斯卡尔拜算一卦，已经很长时间没收到他的来信了。’老太婆带着恳求的口吻对他说。

“‘回家！他所说的我也能说，他能预测的我也能预测。走吧，回家去！’斯德克气势汹汹地重新把鞭子从靴筒里抽了出来。

“‘老大爷，您可不能这么说！’占卜师对斯德克说，‘我所占算的事情，您没有占卜书根本就没法知道。真主赐予的书里可都写着我们每个人的命运。’占卜师说着，打开了书中的一页。

“‘斯德克·布勒坤巴耶夫有一个儿子在前线当兵。’这一行用阿拉伯文撰写的内容无意中被斯德克瞧见了。所有这些内容都是乌尔曼别特写给他的，但村民们哪里知道这个秘密！

“‘根据这本书的内容，您已经得罪了真主，多次用自己

邪恶污浊的言语亵渎真主。老大爷，您可不能再这样了……’

“‘你这混蛋！你肚子如果真的饿了，想吃馕，过来吃就完了，不要装神弄鬼骗人，耽误人们干活，在这里招摇撞骗，趁早滚蛋。要不然我马上去把警察叫来。喂！老太婆，快跟我回家去！别在那里发呆了……’

“‘这位大爷，请您把馕拿回去。我免费给您算一卦。’占卜师用谦恭的语气对斯德克说道，‘您做什么样的梦，会有什么样的命运，您叫什么名字，祖上是什么人，我马上可以一一告诉您，请您相信我！’

“‘那个馕你留着吃吧！我可不是傻瓜……傻子才相信你的鬼话。’

“‘喂，斯德克！您就让他试试吧！看他咋说！让他算一算吧。’站在旁边的人撺掇他。

“就在斯德克抓住老婆的胳膊走出门时，占卜师突然打开占卜书滔滔不绝地大声念了出来：‘您叫斯德克，您父亲的名字是布勒坤拜，您有一个儿子在前线当兵，目前他正在斯大林格勒这个城市的城墙下参加保卫战，很快就会有来信……’

“平时根本不相信这些骗人妖术的斯德克可能是因为听到儿子的名字而有些心动，突然回转身追问：‘什么，你说什么？’

“‘您儿子是一个高个头白脸蛋的小伙子，是战争爆发的第二天参军上前线的，他当时结婚才三天。’占卜师抬起头观察斯德克的表情，想知道自己的话到底对斯德克产生了什么作用。

“‘这些我自己也知道，在场的人们也都知道，乌尔曼别特也知道。你要是真有本事的话就说一说我不知道的事情。’斯德克靠近占卜师逼问：‘你咋不说话了？因为我只是不知道自己何时何地因何而死去。其他事情我都了如指掌，心里有数。哈哈哈！’

“‘您的命在黑蜘蛛手中，它会夺去您的性命。’占卜师嘟囔了一句。

“‘哦，你这神仙，你是怎么知道的？’

“‘书里就是这么写的，老人家。您今天会做噩梦，梦中会出现一只黑猫挠伤您的脸，这时候您必须立刻起来做祈祷，祈求神灵保佑。然后，某一天如果梦到黑蜘蛛，那就是您寿命结束的时刻。但是这事情什么时候发生我确定不了。再见，老大爷！’

“听完这番话，斯德克没说什么，默默地走出了房门。他当时到底是否相信了巫师的话，他已经想不起来了，估计是并不相信。但是，从他第二天的行为来看，他从第二天起就真的相信了。因为，占卜师的有些话开始应验了。第二天早上他们收到了儿子的来信，信里说：‘我们还在斯大林格勒城下守卫，昨天参加了一场大战……’

“‘昨天那混蛋好像真的说对了。老太婆！’斯德克对老伴说。

“‘我说了你还不信，你这倔老头。他说的全都是真的，说一就是一，没有不应验的……’

“就在那天晚上，斯德克梦见了一只大黑猫。它正在偷吃刷锅用的一块羊尾巴油。还没等斯德克喊出“去！”来驱赶它，那该死的猫突然跑来，在他脸上挠了一下。从梦中惊醒的斯德克足足有两个小时没能重新入睡。

“‘该死的！那个流浪汉是不是真的懂一些事情！这可真有点意思……’

“又过了一会儿，他用胳膊肘轻轻地顶了一下老伴，说：‘喂！老太婆！起来！梦中有一只黑猫把我的脸挠伤了。’老两口叽里咕噜聊了一宿没合眼。不过斯德克也没有祈祷、祈求真主神灵。老伴把他的梦讲给了邻居，不一会儿全村都知道了这件事。到傍晚时，斯德克正独自坐着喝老伴为他熬的拌燕麦粉奶茶，乌尔曼别特突然来了，虚情假意地说自己是专门前来向两位老人请安问好的。

“‘喂！斯德克大哥。您气色很不好，您的身体和家里的牲畜都安然无恙吧？’

“‘还好，乌尔曼别特。’斯德克冷冷地敷衍了一句，然后“咕噜咕噜”地继续喝他的奶茶。

“‘斯德克大哥，请您以后别那么郑重其事地叫我乌尔曼别特了。’

“‘你那个巫师伙伴把他骗来的那些东西分给你多少？’

“‘好了，斯德克大哥。您可别瞎想，他可是真主身边的人，您可能也已经感觉到了……把燕麦粉递一下，我也尝一尝！’乌尔曼别特也往茶碗里放了一大勺燕麦粉，继续说道，‘他说的可都是实话，而且准确无误！您不能不相信。他给我算的卦也都非常准确，而且一个一个正在应验。’

“斯德克沉默不语，好像是心不在焉、假装没有听他说话，但他心里‘也许那占卜师说的确实是实话’的想法却像一只牛虻嗡嗡作响，萦绕在耳边，无法摆脱。

“‘再见了。斯德克大哥！我走了！但是您要记住，千万不要老是无缘无故发脾气、对谁都怒气冲冲，如果您做噩梦或者有其他什么异常情况，您最好首先祈祷真主保佑，举办一个宰牲驱邪仪式。既然命运注定，您可不能和已经被注定的命运死心塌地地抗争啊。反正我们大家最终的归宿都是一个地方，也就是另一个‘纯真’世界，也都会被埋在山脚下那一堆土下面。您应该多多忏悔，多多祈祷。哈哈哈！’乌尔曼别特在若有所思的斯德克肩膀上拍了拍，走出了房门。那天晚上斯德克一直到公鸡打鸣时还辗转反侧，思绪混乱，睁着眼睛无法入睡。凌晨时他才犯起了迷糊，就在他开始在梦中大喊乱叫时，儿子艾散库勒把他叫醒了。

“‘哎！真是！我的马驹，你正好在关键时刻把我叫醒了。我梦见那该死的乌尔曼别特和他那个巫师伙伴正骑着一只黑蜘蛛向我这边过来……’他抱了抱儿子说，‘来！你过来躺在我身边睡吧，调皮鬼！’

“第二天他和老伴商量后，只好宰杀了一只黄色的白额小山羊，架锅造饭请来邻居们举办了祈福仪式。人们都念叨着‘真主保佑吧！’为他祈福。但是，也就是从那天开始，一股隐隐的恐惧如同冰冷、黏滑的蚯蚓一样，悄悄钻入了斯德克心头，紧紧地缠住了他的心。

“‘我可能确实会死在黑蜘蛛手里’的想法每每在他十分开心地和老伴或者自己的同龄人彼此开玩笑、寻开心的时候突然冒出来，攥住他的心。每当这种时候，斯德克老人的神情就会突然改变，脸色也变得十分难看，笑声戛然而止，变得沉默不语。

“这个可怜的人不知道黑蜘蛛在伊塞克周边环境中并不存在，所以每天提心吊胆地过了很长一段时间，当他最后知道那种黑蜘蛛在这些地区并不存在，主要生长在南土库曼斯坦、南哈萨克斯坦戈壁地区时，他才稍稍放心，内心逐渐安定下来……‘只要我待在自己的村庄不外出，难道它能自己飞过来蜇我吗？’这个轻松的想法就像云开雾散一般使他长期以来愁眉不展的脸庞舒展开来……

“有一天，村长派人叫他去一趟村委会办公室。斯德克走进办公室，却看见里面除了村长之外，还有一个从地区来的人以及集体农庄书记。看见他们，一种异样的感觉陡然占据了斯德克的内心，使他感到不安。

“‘斯德克大哥，’女村长首先开口说道，‘我们想交给您一个重大任务。您要和地区来的这位同志一起去南边接优良种羊。’

“听到这句话，斯德克紧张得心脏堵到了嗓子眼，说不出话来。

“‘您可能是太高兴了，都不知道说什么好了。让我们认识一下吧，老大爷。我是兽医额司马依勒·喀斯木。’地区来的人说着伸出了手。

“‘不，孩子们！你们还是选别人去吧。我去不了。我孩子小，老伴身体有病……难道你们就找不到其他人了吗？’斯德克有些激动。

“‘斯德克大哥，您可不能这样讲。现在是战争时期，如果我们纪律不严明的话，就不可能取得战争的胜利，这件事很重要，我们必须培育出优良的绵羊品种……除了您之外，能够到远方完成这个重要任务的合适人选确实没有。您就不要推辞了。家里由我们帮着照顾。’

“如果不去，一定会遭到人们的斥责，而且这件事的重要性斯德克心里也很明白。但是，那荒漠戈壁……那里可是黑蜘蛛生长繁衍之地啊。那些黑蜘蛛不蜇自己送上门的傻瓜才怪呢。那可就是鬼门关啊。人们在战场上死去，难道我斯德克会死在小小的蜘蛛手里吗……

“‘不行！请你们照顾我一下，孩子们。我的一个孩子在前线，另一个年龄太小。老婆子身体虚弱又有病，如果她成了寡妇，谁来养活她啊！’斯德克开始请求。

“‘哦，尊敬的斯德克大哥，我们又不是派您去远征参加决战，您干吗这么说呢？’

“‘不不，孩子们！我只要到那里去就会送命……因为……因为……我找巫师算过命，他说我的命最终会被那里的黑蜘蛛夺去……’

“听到这话，额司马依勒兽医、女村长、集体农庄书记都拍着大腿哈哈大笑起来，一直笑到眼泪流了出来。

“‘哦，斯德克大哥，难道您也变成了一个笃信宗教、相信那些占卜书里的鬼话的人了吗？’集体农庄书记问道。

“‘那我咋办，孩子们！那占卜师说的每一件事都很准，没法不信啊！’

“办公室里的人们又一阵大笑。他们哪里知道这个恐怖的想法已经扎根在斯德克脑子里很长时间，不断吞噬着他的内心，让他坐卧不安，慢慢吞噬、毁灭着他的胆识和勇气呢。

"斯德克看着他们露出牙齿大笑，自己也情不自禁地笑起来，心里开始嘀咕：'相信那个流浪汉的鬼话，我好像也是一个傻瓜。'

"就这样，两天之后斯德克出发了。亲戚们为他送行时纷纷说：'祝您一路安康，万事如意。'他也一时把心中那如血吸虫一般纠缠他的恐惧感忘在了脑后。

"那个年代出远门的确非常艰难，即便这样，他们还是风餐露宿，经过两周的跋涉最终到达了目的地，很快接上种羊，踏上了归程。但是赶着种羊上路使整个行程变得更加艰难了。一方面要考虑如何才能把那些种羊安全接回来，另一方面，一路上还得给那些种羊找到草料，这确实并非易事。

"斯德克和额司马依勒沿着公路或铁路前行，一路上在很多车站停留住宿，然后继续赶路，有时候还会无奈地投宿在一些不认识的陌生人家里，甚至有两次还只能在野外过夜。这不，这天他们已经没有别的办法，只能再一次在野外过夜了。在铁路拐弯处有一座用来接待旅客的很小的房子，他们到达时，房子里已经挤满了人。而除了这座房子之外，那里再也找不到任何能够躲避风沙的地方了。各处都有一些隆起的土堆，幸亏天气晴朗。那里到底是什么地方，斯德克到死都没有弄清楚……

"他俩叽里咕噜聊了大半宿，话题除了战争和家人、亲戚、朋友以及社会外，也没有什么特别的……

"'人的优良素质在这种困难时期才能真正体现出来，斯德克大哥！'额司马依勒首先开口，'如果心存一丝一毫的私心杂念，或者坏脾气，或者其他任何恶念，这些在和平安宁时期根本就看不出来，但是在现在这种四处战乱、民不聊生、贫穷饥饿的困难时候，立刻就都凸显出来了，藏都藏不住，羞煞人们的眼睛。’

“‘嗯，老弟。培养人的意志和品质靠的不是幸福生活，而是苦难日子。你想一想，饥饿来临时什么人第一个被饿死？首先是那些自私贪婪之人被饿死。我可见识过这种情况。脸蛋发白，就像饱满的豆子一样，用食指压一下就会凹陷进去。什么惨无人性的事情、多少让人无法想象的欺骗诋毁强盗逻辑我没见识过！哎呀呀！祈求真主，可别让我们再见到那些可怕的事情了。’斯德克回想起自己经历过的那些苦难岁月，然后又不说话了。

“‘唉。这种事情现在也不少见。隐藏在人们中间的那些不怀好意的混蛋、恶棍们，只要艰难时刻来临，他们就像野地里的田鼠一样一个一个地从地洞里探出身子来。就像那些巫师、占卜师、强盗、小偷等坏蛋，你想把他们清除干净，却面对比他们更危险更可怕的外来入侵者……真主保佑，我们首先一定会打败法西斯侵略者，然后就应该把那些混蛋用他们自己的裤腰带一个一个勒死……’没有一点睡意的额司马依勒一边打着哈欠，一边继续闲扯。此时斯德克突然想起了一件事情，没有听清同伴的最后一句话，却开始陷入纷乱的思绪中。让他心寒的念头还能有哪个？还不是那个该死的占卜师对他说过的话！‘你的生命掌握在黑蜘蛛手中。’黑蜘蛛这种要命的东西通常生活在南方的干旱荒野地区……荒野……对！就在这样的荒野……也许……愿真主保佑……

“不知过了多长时间，耳朵里突然传来额司马依勒的声音：‘斯德克大哥，你醒醒。现在该我打一会儿盹了。您守着羊群吧！这个地方感觉有一点怪异，我们可不要把羊给弄丢了，落魄在这荒野中。’

“斯德克睁开眼睛，抬起头，迷迷糊糊中不断转头观望四周。额司马依勒在战争中受过伤的肺部呼哧呼哧地大声呼吸着，仿佛压扁的篮球在放气。

“过了一会儿，东方破晓……黑蚂蚱、旱地青蛙等夜间动物的鸣叫声组成的交响乐逐渐消停，大自然的音乐开始进入第二个乐章，白天活动的动物开始纷纷出场。没过多久，从远处的山巅之上出现的太阳用锋利的光线戳中了斯德克的眼睛。在夜晚的冰凉中躲入洞穴里的各种昆虫似乎在说：‘现在要重新开始为生活奔忙了。’然后纷纷从洞穴中跑出来晒太阳。在遥远的地方那些身强力壮的年轻人不断地流血牺牲，将热血洒在大地上，洒在草丛中，而这与太阳没有任何关系！该出来的时候它就会出来，该落下的时候它就要落下来，就这样日复一日。

“斯德克为了叫醒额司马依勒，把手伸向自己的帽子。正当他抓住帽子拿起来时，右手的小拇指感觉被什么东西蜇了一下。斯德克刚开始对此好像并不在意，但是当他拿起帽子看到帽子下面的东西时，却吓得心脏堵到了嗓子眼，眼珠差一点从眼眶中蹦出，吓出了一身冷汗。一只硕大的黑蜘蛛正慢慢往洞穴里爬去。

“‘额司马依勒！额司马依勒！我要死了！’他声音颤抖地大声叫喊起来。

“额司马依勒猛然抬起头问：‘怎么了！到底发生什么事

了？’起初他以为有人将种羊偷走了，但是当他看到那些种羊正低着头啃吃地上稀疏的草尖之后，莫名其妙地转过头看了斯德克一眼。

“‘额司马依勒老弟，我的寿数已尽，就请你把我的遗嘱带给我的老婆孩子吧！我早就知道我的命一直攥在它手里。我亲爱的额司马依勒老弟啊！我曾经对你们说过，你们却嘲笑我，我知道，早就知道……万物之主啊，如果我有什么罪过请你原谅吧。可怜的我原来要归入这里的黄土地啊。哦，我的儿子阿斯卡尔拜啊，难道还没见到你从战场归来我就这样离开人世吗！’斯德克老人说着说着就像驼羔一样号啕大哭起来。

“‘斯德克大哥！请您想开点，到底发生了什么事情？怎么就突然这样了？’

“‘你看，你看看这个！额司马依勒老弟啊。’斯德克将左手的小拇指伸出去让他看了一下。在指甲盖下方的第一个骨关节位置，有两个并不明显的针眼大小的红点。

“‘你看看，亲爱的额司马依勒老弟！我不是说过吗！我说过，我知道……这就是死神啊。’斯德克用手指了指蜘蛛的洞穴。

“‘黑蜘蛛！’额司马依勒立刻明白了。

“‘哎呀！斯德克大哥，请你赶快把手伸过来，趁着毒性还没有扩散。’额司马依勒急忙从口袋里掏出手帕并用牙齿扯下一个长条，然后将布条卷成绳状，把斯德克的左手小拇指从蜘蛛蜇过的地方上面一点紧紧地绑住。斯德克的小拇指很快发青、发黑，充满了血液。额司马依勒说了一声‘赶快走！’便紧紧拉住斯德克的手，深一脚浅一脚地小跑着朝铁路边那座小房子去了。

“小房子四周、屋里屋外都是等待火车的人们，他们都瞪大好奇的眼睛注视着手牵着手不顾一切向他们跑来的斯德克和额司马依勒两人，似乎在暗自疑惑：‘他们是不是疯了？’

“‘发生什么事情了？’一位乌兹别克口音的白胡子老人问他俩。

“‘喂！大爷，他的手指头被黑蜘蛛蜇了。’

“‘哎哟！斧头，斧头。快拿斧头来。快去值班员那里把斧头借来。’这时，有人拿了一把大斧头从屋里跑出来。

“斯德克‘啊！’地喊了一声，却不知道发生了什么。当人们将他的小拇指放到木墩上时，他才开始挣扎起来。

“‘反正，反正我都会死。我的命就掌握在它手上。这是真主的旨意。真主赐予我的命运也如此。占卜师说过。你们也不要让我太痛苦太受罪，最好让我轻松离开吧，尊敬的各位乡亲。额司马依勒，我有话要对你说。你就让我说完吧。你们放开我……”可怜的人就这样恸哭、挣扎着。

“但是两三个小伙子紧紧抓住斯德克，把他的小拇指放到了一个木墩上。旁边一位立刻举起斧头对准他发青的小拇指砍下去，‘咔嚓’一下就把他的小拇指砍断了，顷刻间鲜血从他手指上喷射而出。那只被砍断的小拇指像一只肥壮的紫红色虫子，飞出去老远才落到地上。斯德克看到自己的小拇指流着鲜血，似乎在太阳照射下吸收了能量一样在土里不断抖动，他就像一头流出肠子的狗熊一样竭尽全力‘啊！’地惨叫了一声。其他人则手忙脚乱，采用各种方法好不容易给斯德克止住了血。幸亏蜘蛛的毒液还没有在他体内扩散开。斯德克差不多有一周时间随时等待着死期的到来，但最终没有等到，他安然无恙地活了下来。真的，那十多天他每天都痛苦绝望地挣扎在死亡边缘，浑身疼痛，但最后却奇迹般活下来了。就这样，出了远门，得到亲朋的祝福，并且也希望自己能够一路顺利的斯德克最终却没有那么顺利，他出发时是十个手指头，回来时却只有九个。

“这件事情在村子里沸沸扬扬地传了大概一年之久才逐渐平息。斯德克的同龄老人们都会半开玩笑地议论：‘斯德克可不一般，他可是从真主的死刑判决中安全逃脱的家伙。’

“几个月之后，在前线参战的儿子来信说：‘我现在负伤躺在医院病床上，近期可能会回家。’斯德克将这个消息告诉邻里亲朋，并开始为迎接儿子积极准备，一时间把黑蜘蛛的事忘在了一边。但是一个月之后，他们没有见到儿子回家，却收到一张巴掌大的白纸片。斯德克全家陷入悲哀和痛苦之中。情绪低落到极点的斯德克有一天突然遇到了那位乌尔曼别特。

“‘喂，你这流浪汉。你心眼歹毒，不怀好意。如果没有你，我也不会失去这个，混蛋。’斯德克伸出胳膊，让他看自己那变得像秃牛的头一样缺失了小拇指的拳头，继续说道，‘你等着！我总会找你算这笔账。你等着，我一定要向所有人揭露你的真正嘴脸。’

“‘您可能以为自己有幸逃脱了真主的一次惩罚就可以高枕无忧了。斯德克大哥！您也等着，真主还会让您看到他无上的威严。真主的旨意不可改变。’乌尔曼别特立刻转身离去。

“毫无疑问，乌尔曼别特只是随口一说，并无实质含义，这话没有什么所指，也不需要对方回答，但是对于满腔悲情、痛苦不堪的斯德克而言，听到这话却有一种冷不防被兜头浇了一盆冷水的感觉。说者无心听者有意。那个黑蜘蛛给他带来的痛苦又一次被激活，又开始纠缠他内心的思绪，让他身心俱疲。他甚至担心黑蜘蛛还会出现在村子里，所以申请去比较寒冷的山里放牧，当起了牧民，因为只有这样他才可以在夏季的酷热季节去山里放牧，他知道山里绝对没有旱地的那种黑蜘蛛。但事与愿违，那可恶的东西怎么就跟着斯德克到达山间草原，还差一点要了他的命……

“有一天，斯德克的一个外甥从奥什来，带着一袋杏干、核桃和其他一些南方的土特产上山来看望舅舅斯德克。斯德克与外甥见面后嘘寒问暖，一边品尝倒入盆里的土特产，一边喝着奶茶拉家常。斯德克天南海北地聊，一边说着话一边伸手从盆里拿一颗杏干时，那圆鼓鼓的杏干好像是有生命似的滚动起来，猛一看好像还是那只黑蜘蛛。

“‘啊，夺命鬼呀！你甚至追我追到这里来了！我难道真的就逃脱不了你的追杀了吗？啊，造物主呀！难道你真的不会放过我吗？难道我非要按照命运的安排完结人生吗？若你真的需要我的命，那就拿去吧！拿去吧！五年来我时时刻刻都躲着你，好吧，你既然如此执着地非要夺取我的性命，那你就拿去吧！拿去吧！’

“痛苦绝望到极点的斯德克发疯似的号叫着，把自己的胳膊伸了过去。就这样，当斯德克第二次主动伸出手让黑蜘蛛蜇他，交代自己的遗嘱，然后就这样坦然面对死亡，准备自行了断生命的时候，我恰好出现，把这个可怜人从死神手中拽了回来。”

到这里，教授才把他的故事全部讲完……

“这个人现在还活着吗？”有人这样发问。

“不，他前年去世了。”

“是不是死在黑蜘蛛手里？”

“不是，他活过了八十，是老年病，正常死亡。是死在伏龙芝的医院里。他心脏不太好，要不然他至少还能活十年……”

“那，那个巫师的真正嘴脸后来是不是被他揭开了？”

“我过去的时候，头戴缠头坐在那里的就是乌尔曼别特……我与斯德克交谈了很长时间……他反反复复地不停强调：‘这是真主的旨意，是巫师的判断，我的命最终会被黑蜘蛛毁灭。’我动之以情晓之以理，费了很大劲才让他彻底明白那完全是骗人的谎言。我从图普镇返回时又一次在那里停留了一下，斯德克那时已经返回到了村子里。

“‘哎，医生兄弟，你来得正好，是你挽救了我的生命。如果没有你，今天可能就是我的四十祭日了。老太婆可能正领着一群婆娘为我哭唱挽歌呢。’他十分轻松地开着玩笑。不一会儿，他们已经宰了一只羊，先端上来一盘新鲜炒羊肉……

“斯德克恢复健康一两周之后，他正好来城里逛集市。他走进一家餐厅准备吃饭，却刚好碰见了先前那位巫师。他头戴白毡帽，正围着灶台忙着蒸包子。斯德克一眼就认出了他

并与他搭讪：‘喂！你不是那个占卜师吗？怎么现在放弃旧业改当厨师了？！’

“他回答道：‘哦，老人家！如果您饿得受不了，为了养活自己，您也会变成占卜师招摇撞骗，甚至会变成其他类型的妖魔鬼怪！’

“‘你这流浪汉，你当时不是咬定我一定会死在黑蜘蛛手里吗？！’

“‘任何人都可以欺骗你们这样愚味无知之人。’

“‘哦，就让真主来惩罚你吧！过来一点，我要把你的脸颊打碎。’斯德克怒火中烧，将他和他的祖先毫不客气地骂了个遍，举着鞭子追打了他一阵。那个占卜师则赶紧躲到厨房大锅的蒸笼之间，再也没有出来。

“谁相信占卜师，谁就有可能遭受像斯德克一样的厄运。”教授说着，发出了微笑。

玛纳斯-阿塔山的冰峰雪岭（节选）

钦吉斯·艾特玛托夫　著

刘慧颖　阿地里·居玛吐尔地　译

我一年大约要回我的故乡舍克尔村两三次，不然心里总有一种失落感。参加亲戚们的红白喜事，比如儿子娶媳妇，姑娘出嫁，参加去世亲人的葬礼，分担亲人们的痛苦，在坟堆上撒把土，完成一些应尽的义务。总之，对故乡心向往之就总会有理由前往。孩子们已经成了城里人，也都已长大成人，但是为了让他们牢记自己先祖生长的故土，我也尽量带他们一同前去，培养有着“城里人”身份的儿子们对乡里乡亲和同族人的亲近感。但是时代已经变化，不知道他们今后会不会也像我一样与村里的亲戚们彼此走动、常来常往。就让未来作证吧。但是，就像每一眼泉水都有一个泉眼一样，“祖国”这个伟大词汇也会有一个巴掌大小的、极为神圣的幸福之源。我的故乡就是舍克尔村（阿依勒）。

我们的舍克尔村是一个有着三百多户人家的非常典型的吉尔吉斯大农庄。每次回来都能发现几座新盖的房子。我们的村庄在逐渐发展，规模也不断扩大。阿依勒的位置处于“水源之地”，极适合农牧业生产，它坐落在塔拉斯山脉的山前地带，正好处在自古以来被称为玛纳斯山峰的双峰山的山脚下。据说英雄玛纳斯曾骑着阿克库拉神骏驰骋于这耸入云霄的高山上，登高望远，观察四周形势，防止敌人突袭骚扰安居乐业的百姓。毫无疑问，从这座高山上可以极目远眺周围的一切，它确实具有史诗般的气势。这就是在古老的过去，人民在苦难中求得的儿子，肩负保家卫国神圣使命的英雄玛纳斯，他就应该以这样的形象出现在以美好愿望为基础而产生的神话传说中。自那时起直到如今，从玛纳斯山的冰川上，一滴水融入另一滴水，一滴又一滴不断增加，为我们的舍克尔村注入了泛着白沫、清澈幽蓝的生命之水。它就是奔腾的库尔库列河。这条河养育着生活在这片土地上的所有生命……

每一次接近舍克尔村的时候，我总会万千思绪，百感交集。那是多么令人神往的景象啊！远处玛纳斯-阿塔山上被湛蓝苍穹映照的皑皑白雪，于无法企及的云彩之上熠熠闪光的冰峰，让人浮想联翩。定神注视那云中的山峰，时间仿佛在此被定格、凝固。往昔如何，今天又怎样，已无法辨别。仔细想想，似乎什么都没有发生，什么都未曾改变，世间万物皆犹十年前、二十年前，或者百年、千年之前。玛纳斯-阿塔山依然屹立如故，诞生时如何现在面貌依旧，伟岸的身姿岿然不可撼动。它头上的悠悠白云一如从前，飘浮、萦绕在它头顶上。而你还是那个光脚丫的小男孩，在晨曦初露时跑出家门，凝望着沐浴在阳光中的高山，并为之欣喜若狂。遗憾的是，这种让人沉醉的幻想往往稍纵即逝……

这次回舍克尔村，心潮之澎湃异于往常。这是有特殊原因的。《星火》杂志和《吉尔吉斯斯坦文化报》编辑部向我约稿，要我写一篇关于战争时期后方农村以及自己的乡亲们战时生活状况的随笔。

起初我是有疑惑的：该写点什么好呢？后方毕竟是后方，战争的苦难有什么好写的？战争应该在战火纷飞的前线、视死如归的勇敢、你死我活的激战、伤病员的痛苦表情等方面描写才行，其余都索然无味。即便是在接近舍克尔村时，这些疑虑也并没有消弭，我甚至一度想打退堂鼓。但是，在不断接近阿依勒时，凝望着从江布尔市走出不远就能看到的玛纳斯-阿塔山双峰上的亘古积雪，我又开始思潮奔涌。嗯，我还是有话要说。

实际上，我的童年、战争时期及战后时光都是在舍克尔阿依勒苏维埃（委员会），再加上阔克赛、阿尔奇古鲁这个地区的古尔库绕河岸度过的。那段岁月，其间的人和事，开始一一进入我的记忆之中，浮现在我的脑海里。原来，所谓时代其实就是那些历史的见证者、参与者，就是各种各样的人。

那里的人们也都是些踏实肯干的劳动者、披星戴月的农民、从事社会工作的积极分子。这样的人在任何一个集体农庄或国营农场中都能见到。现在，回想起战争，他们中的每个人都是那段战火纷飞的岁月和所发生的各种事件最具象且最深刻的体验者，每个人身上都折射着独特的战争印记。我还记得战争前夕的各种民众动员集会。那时候，对于祖国命运的共同责任成为每个人必须承担的、不可推脱的神圣职责。在地区中心举办的动员集会上，志愿兵方队参加完群众集会就直接奔赴前线。事情的本源就在这里。我现在才明白，在这场全民参与的大规模战争中，每一个人，不论男女老少，不论社会地位高低，不论在前线还是后方，不论健康还是生病，全都找到了自己最适合的位置，是的，是历史地位……不可能有任何其他说法。

所以，对我来说“战前”“战后”“战争期间”这些约定俗成的词汇具有特殊的含义。之于我，这些词语无论哪一个都并不只是一段简单的生活编年史，而是蕴含着我对生命认知的一段段艰难而不平凡岁月的记忆，蕴含着我们的社会成为全世界典范式社会经验的一段峥嵘岁月。因为，过去那场战争就像是全人类历史的分水岭，分出了战前和战后时期，它并不仅仅是将20世纪分为两个阶段的世界史分界线，而且还是当时每一个亲历者的坎坷命运与社会境遇，是考验人之为人的界限，是衡量人的行为和道德价值的标准。战争与每一个人正面相遇，我不知道这时候有谁能置身事外。如果有人试图这样做，那他不可避免地会成为人民的公敌，因为在战争考验着全体人民意志的时候，无一例外，没有一个人会轻松逍遥地存活。（我曾在自己的中篇小说《面对面》中涉及并探索了这个问题。）就这样，战争对每个人的人生道路提出了最为严峻的拷问，并且等待他做出严肃回答……

既然有这么多线索，我在这里不分享自己的个人经历是绝对行不通的。战争开始那年我十三岁。我们这一代人可以说从睁开眼睛就担负着保卫祖国的重任，并且也因为面对战争而开启了更宽广的世界。我本人甚至到现在都无法相信，十四岁的我已经作为阿依勒苏维埃村委会秘书开始工作了。在十四岁这个年纪我就要处理和解决硝烟弥漫的战争时期这个大农庄里涉及生活方方面面的相当复杂的社会和行政管理问题。但在当时，“提前走上工作岗位的干部”并不令人奇怪。1941年初中七年级毕业的、比我高一级的两个伙伴，一位是将自己的一生献给教育事业并且已经离世的莫穆别科夫·帕依兹别克，另一位是长期以来直到现在还担任舍克尔中学校长、曾获得共和国突出贡献教育工作者荣誉称号的别克玛穆别托夫·谢依塔勒。他们毕业时就留在学校教书，战后才获得接受高等教育的机会。弟弟伊利格兹小我三岁，现在是吉尔吉斯科学院山地与岩石物理结构研究所所长。战争期间他除了上学还同时兼任邮递员一职。他连续干了四年，直到战争结束。我为他感到自豪。当时他虽然只是一个小孩，但面对困难毫无怨言，任劳任怨完成自己的工作。一个十一岁的消瘦小男孩，一刻不停地奔走，踏过湍急的河水，到河对岸数公里外的邻村小邮局取回信件和成捆的报纸，分发给在田间野外劳作的人们，为他们读信、读报纸（当时有很多人不识字）。现在，像他那样十一岁的孩子，父母都不会允许他们单独到临街对面找小朋友玩耍。根据“吉亦岱”农庄村委会大会的推荐，伊利格兹还被授予“反法西斯战争胜利”奖章。他当时虽然是个孩子，却获得了那样的殊荣，是根据他付出的劳动和做出的贡献，完全是实至名归。这一点我也可以作证……

但事情的本质并不在于此。战争年代的孩子们如果真的培养出了能够让自己受用一生的不畏艰难困苦的优秀品质，那我也可以说，这要归功于长辈们的感化熏陶和典范表率作用。记得那是1942年冬季的一天，我被叫出家门，村苏维埃通讯员克涅什骑着他那匹老马赶来，对我说：“孩子，上马。村委会领导叫你过去，好像有重要的事情要交代。”说着，他把左脚从脚蹬上抽出，拽住我的肩膀把我拉上马背，让我坐在他背后。

他是我们村一个有趣的人。本名叫额布拉伊姆，但所有人都称他“克涅什”（“克涅什”来自“苏维埃”一词）。苏维埃政府成立后，贫穷且目不识丁的额布拉伊姆看到新社会的到来，便高喊拥护、赞颂苏维埃的口号，积极宣传和参加革命活动，他是20年代初整个阿依勒第一个以雇农身份成为苏维埃党代表的人，从此以后他就被人们称为“克涅什”，即“苏维埃”。他的确是个名副其实的不追逐个人利益的苏维埃人，这位已经去世的老人总是说：“我只要有一块面包、一束干草就够了，其他什么都不需要。为了苏维埃政权我会昼夜不歇地工作，直到无法把持马鞍，从马上摔下来。”国家需要捐助时，他毫不吝惜地把自己仅有的一只母山羊上交后认购公债。他的愿望也最终达到了。他担任村委会的通讯员，在马背上度过了一生，直到生命最后一刻。他去世之后，在玛纳斯-阿塔山脚下的居民中留下了好名声，直到现在还有人说“克涅什真是个好人啊”这样的话，并时时不忘纪念他。战争年代克涅什已经年迈，但他坚持真理，极有原则性且满腔热情，由于性格使然，我曾数次看到他在群众集会上的“自发”演讲，向群众解释自己的想法。当雇农时练就的敏锐、坚持原则和坚韧不拔的精神，从他发自内心的话语中就能体现出来。

正是这个人将我带到农庄苏维埃办公室。在那个只有破碎的玻璃窗，室内没有生火、寒冷无比的房子里坐着三个人：一个是从古尔库绕河对岸的阿尔奇古鲁村过来的花白胡子、身材高大的年迈牧羊人图尔杜巴耶夫·哈贝勒别克，他刚刚接受任命，前来接替已奔赴战场的前苏维埃主席的职位。另外两人，一个是从前线受伤归来的战士，胳膊和肩膀还缠着纱布绷带的集体农庄主席阿里舍尔·阿依达罗夫，还有一个是坐在他旁边，将拐杖斜倚在墙边的村苏维埃秘书卡雷依·努科耶夫。（这三位目前均健在：图尔杜巴耶夫·哈贝勒别克已经退休，是功勋集体农庄庄员；阿里舍尔·阿依达罗夫是烟草种植专家；卡雷依·努科耶夫则是邻村阔克-萨依村苏维埃主席。）

“你目前不得不把学习放在一边，”图尔杜巴耶夫老人当时这么对我说，“以后再完成学业吧，等战争结束以后。因为就连卡雷依也已经被推选为队长了。”说着，他朝卡雷依·努科耶夫点了点头，“其实他现在应该拄着拐杖坐在那里休息才对，但是集体农庄需要一个合格的队长啊。你也明白，我们这里除了他之外再没别人。没有队长，集体农庄的事情就只能停滞不前啊。我这个人是文盲，大字不识几个，一辈子都在放牧。我需要一个精明能干的帮手。所以我们几个经过商量，认为你能接手这项工作……”

就这样，我成了村苏维埃秘书。河对岸的阿尔奇古鲁村当时也归我们管辖。村主席是刚刚结束放牧转行来的牧人，我这个秘书则是还没有离开课桌走出校门的小男孩，而当时又正是战火纷飞的年代。那时的情况就是如此。生活却一如既往，按照自己的规律运转。比起昨天的要求，今天的更为严峻、艰难。艰难是一回事，该干的工作繁杂纷乱才让人疲于应付。被认为有知识的我也并不算是个有文化的人。区执委会的一份文件上明确写着必须要在村苏维埃地区进行“恶性转化”的文字。后来我们才知道，这是兽医专业术语，指的是用药剂为马群进行专业消毒、治病。而我看着文件，对图尔杜巴耶夫解释的却是：需要“动员”所有马群。他当时脸色发慌，吃惊地询问道：“那我们农庄没有畜力怎么生活？这到底是啥情况？怎么能这样呢？”然后我们便立刻启程赶往四十里以外的地区首府基洛夫卡。我们午夜出发，晌午才匆匆忙忙地到达那里。这件事令我很难为情甚至羞愧。更让我难受的是从区执委会出来后的事情：我骑的是一匹高头大马，因为是冬天，我穿着袄子，束着腰带，戴着皮帽。我本身就是一个个头不高的小男孩，又穿得如此厚重，所以连脚都够不到脚蹬！而我们还正急着要在银行关闭之前尽早赶过去。我连羞愧带着急，早已经满头大汗了。我原本打算先把马牵到一个水沟里再骑上去。图尔杜巴耶夫老人是一个身体健壮的人，他将我举起，扶我上了马背。我羞愧难当。像我这样还算什么村苏维埃秘书。跟小孩儿没有两样，还让人抱上马鞍！

“我以后不想工作了！”我非常不客气地对他说。

“没人看到！”图尔杜巴耶夫老人安慰我，“但你不想工作完全是耍小孩子脾气，你没办法不工作。另外你还需要提高自己的知识水平。战争一结束你就立即回学校吧，孩子！好，我们出发！不然我们就要迟到了。”

我时时会想起这些经历。时移世异，感谢命运，让我打小就有机会遇到那些虽然没上过什么学，但却有智慧有胆识的品质优秀之人，同他们共事、并肩奋斗。这些人之中就有村苏维埃主席、睿智的村长、曾经的牧羊人图尔杜巴耶夫。过了有一年半时间，一些有文化的负伤军人开始陆续回到农场，睿智的图尔杜巴耶夫老人便自动让贤，重新回到牧场操持旧业，放牧去了。多年以后我们在彼此都亲近的故人丧宴上重逢，滔滔不绝畅谈今昔之感。当然，我们的话题绕不过在村苏维埃共事的经历。我以为老人会旧事重提，取笑我当时是赶鸭子上架，但他没这么做，而是一本正经地说正事，对我的工作也给予了充分肯定。

在那个艰难困苦的年代，要按照时代的需求完成任务并不容易。几乎每天都有动员活动。上前线、参加劳动大军、下矿井、去森林中伐木，甚至还要去建设当时在建的秋伊河道等等，总之每一件事都非常紧迫，分派人员就像从大河里向各个沟渠或者耕地分流水源一样，把农庄里所有的劳动力都分派到不同的方向承担任务。我们并不是仅仅传达一下文件就算完成工作，图尔杜巴耶夫老人还很负责任地挨家挨户和每一位即将奔赴前线的人员以及他们的亲人谈话沟通，说服他们，亲自为他们送行及送上临别赠言，甚至还和他们一同前往区兵役局为他们送行，陪伴他们直到出发前最后一刻。有几次他还很信任地将这种使命交给我来完成。但是，尽管我竭尽所能试图把事情做得完美，但未必能像他那样出色完成任务。毕竟毛孩子还是毛孩子……

有一次发生了这样一件事。有个被召集去参加劳动大军的人未在指定期限到达村苏维埃报到。他严厉回绝了通讯员的催促。我只好急忙赶过去，那时他正在门外。那人很不待见我。老实说，他说得也并非没有道理。当时正是牲畜产仔的接羔季节，他必须每天照看羊群，拖家带口地游牧。他和年轻的妻子白天忙得手忙脚乱，晚上也有干不完的活计，无法休息。每天有工分收入那时候根本就是无法想象的事。这种时候他却要被派到远方去参加劳动……他只好用唯一一头老牛驮着家什赶紧从山上下来。他在阿依勒的房屋因长期无人照管而空空荡荡的，就连柴米油盐都没有。可是一头牛能驮回什么东西？杂乱无章的屋中家徒四壁，没有任何生活必需品。

“我丢下他们不管怎么行？”他指着一旁孱弱有病的妻子和裹着大衣蜷在一隅的瘦弱不堪的年幼的孩子们。

我不知道该对他说什么，但我明白指令就是指令，必须要执行，但却说不出口。

“您先出发吧，这边我们会帮助照顾和安顿的。”我真诚地对他说，但对如何安顿这个家庭却丝毫没有底气。

他无奈而凄楚地一笑：

“由你来安排照顾？”

“是的，我，我们的村苏维埃……”

“好吧，小孩儿。”他一边说，一边叹了口气，“好，你先走吧！我自己再想想办法。你走吧，我不会跑掉。我稍稍安顿一下就过去，即便把我派往天涯海角也行……”

我不无自责地低着头回到村苏维埃办公室并向图尔杜巴耶夫汇报了事情的原委。他眉头紧皱听我把话讲完，然后将胡子紧攥在手中，默默无语。这是他固有的习惯。

“你有什么想法？”过了一会儿他用深厚低沉的嗓音问道。

“我们只能帮帮他，”我说道，“他家里缺柴火和水。还要分发些面粉，他的小孩子们都饥肠辘辘，快要冻僵了。”

“这些我心知肚明。你再想想看有没有别的办法。你是否以村苏维埃的名义向他许诺了？如果是这样的话，你就应该设法兑现自己的诺言，否则人们就再也不相信我们了。你去找一下集体农庄主席，向他借一辆马车运干草、禾秸，另外再给他家批一点土豆、面粉之类，好让他明天安心上前线。出发前要让他明白，这里有苏维埃政府。尽管我们只有一老一小两个人，但我们依然代表着一级政府……”

要从集体农庄主席那里弄到急需的东西真是费力，而且我正碰上不合时宜的时间节点。他不仅捉襟见肘，而且还忙得不可开交、焦头烂额，每天都有很多棘手的事情需要处理：完成计划，上交这个，发放那个，分配这个，派送那个，等等。怎样才能条理清晰地把这些事情干完呢？没有人会对农庄说“拿去吧！这个给我！”全部都是“给！拿来。”似乎只是为了给予和付出才开展工作。但工作由谁来完成，派谁去工作？！谁也没闲工夫挨家挨户去分发麦秸、干草！参加集体劳动就让他先去吧，又不单是他一个人。举国上下都在作战，每个人都在前线，每个人都是战士。哪一个家庭丰衣足食，哪一个家庭没有燃眉之急，大家都在忍饥挨饿……看来我在这个时候找主席的确不合时宜，但我又怎么知道呢？他似乎将内心的郁闷都发泄到了我头上。但我也毫不退让地坚持，尽全力解释了，证明了，请求了。当时我们是在马厩里争论的，我在绝望的一刹那甚至都产生了抓起一旁的大草叉冲向对方的想法。经过一番争论，他对我如此说：“马就在那里。马具在那儿。禾秸在外面的谷场上，干草在大草垛里，但我没有人手，你自己看着办吧。”听到这话，我兴奋得差一点跳起来。于是我迅速把马牵过来，套上马车，将两个大草叉扔到马车上，一颠一颠地将破旧的马车飞快地驶到街上。我不能不着急啊！冬日很短，暮色很快就会落到山后。我把马车赶到表哥帕伊兹别克·莫穆别科夫家门口稍作停留。

他寄宿在亲戚家，父亲参军去了前线，母亲已经离世，而他自己，就像我之前提到的，在学校教书，当时他十五岁。还好帕伊兹别克此时正好在家。我和他一起去田里把草垛上的秫秸装了满满一车。返回的路上马车却被不小心弄翻了。我们费了九牛二虎之力才将马从车辕上解开，然后把马车扶正，重新套上马，又重新将秫秸装上车。黄昏时分我们才匆匆赶到了那人家里。此时他正在屋后的树林里砍伐树木、树根。斧头砍中树木的声音不断传入耳际。他接连不断地砍伐，不断有树木倒下。我们顾不上管他，先把秫秸从马车上卸了下来。过了一会儿他走到我们跟前，满身大汗，后背直冒热气。我们没有吱声，他擦拭着汗水先开口道："小伙子们，谢谢你们。我砍树是为了给家里准备一些柴火。过一段时间等干了之后，他们自己会把杨树劈成柴。可惜的是，有些柳树还没长高，我有点不忍心，但还是砍了。算了！如果我们能活到战争结束，我们还可以再栽种、呵护……"

我把主席签批给他家的面粉和土豆的指令书交给了他。我还精准地记得那是八公斤小米面粉和二十公斤土豆。我还对他说干草明天一早运过来。

"对不住，兄弟，方才我有点心烦，"他面露尴尬地解释道，"孩子还小，妻子近来经常害病。所以我最近心烦意乱，很郁闷。要不然我也不会这样。"

那天我和帕伊兹别克找来锯子，将砍倒的白杨锯成段，一直干到夜半月明。

好不容易摆脱野狗的追咬，我到家已经很晚了。躺下之后却没有一点睡意。更何况心里一直想着一大早必须起床，召集被动员的人前往地区首府。不止这些，还有很多需要处理的杂事都萦绕在脑际，思绪万千，当然没有睡意了。大脑里浮现出战争画面。在我想象中，战争只是密集的机关枪噼噼啪啪的连续射击，敌人如同钐镰砍下的野草一样纷纷倒下，我方军队捷报频传、把敌人追杀得狼狈逃窜的景象。我从电影里获得的图像就是这些。那时候我这种本真的幼稚想象在残酷的现实面前正在不断遭受毁灭性打击。村苏维埃没有收到“黑色纸张”，即来自前线的阵亡通知书的日子少之又少。每天听到的都是某某在战场上壮烈牺牲，某某勇敢地为国捐躯等让人心寒的可怕消息。按照传统，有人去世时通常应该由村里的长老们出面，郑重其事地去通报和安慰死者的亲属。最可怕的是——要告知烈士家属，然后全村人都为逝者哭泣。可是我必须负责将阵亡通知书交到烈士家属手中。这是一件非常残酷的事情。我不能立刻转交，只能拖着，等到人们基本摆脱了前面的阵亡者所带来的苦楚和绝望，披黑守丧之人恢复正常情绪之后，才正式交给他们。即便如此，每一次战战兢兢地从上一任秘书给我的公用野外皮包中掏出那巴掌大的、带有军章和少校、大尉或是司令部其他人员签字的纸质印刷通知书，对我来说都是一件无法忍受的、极为痛苦的事情。通知书的内容只有几行字。我每一次都小心翼翼地首先用俄语朗读一遍并将其翻译成吉尔吉斯语，然后便陷入沉默，不敢再作声了。此时沉重而空落的叹息声就像岩石簌簌作响地朝山下滚落，然后犹如山洪暴发一般响起，这声音让人内心发颤。我不敢抬起头看他们此时的表情。每当这种时候我都会遭到心灵的谴责和拷问，尽管这不是我的罪过。我只把通知书交给他们并低声说一句“请收好”。每当看着母亲们用热血沸腾、朝气蓬勃的亲生儿子换回这块巴掌大的纸张，将自己压抑已久的思念彻底释放，突然撕心裂肺般地号啕大哭起来的时候，我既不能站起身马上离开，又不能开口安慰她们。这种时候还能用什么样的语言来安慰她们呢？这时候我唯一的想法就是立刻冲出门外，抄起机关枪，对，就是机关枪，马不停蹄地一口气直奔前线，到达开具这个通知书的前线，在那里，一声愤怒的咆哮，用子弹打不尽的机关枪连发猛射法西斯分子，消灭他们！这当然是极度愤怒时产生的极端想法而已。我只是个孩子，还没长大成人，谁会给我机关枪！哪怕我个子再高点儿也好……

最后，我只能低着头，强忍愤怒和痛苦默默离开，将村苏维埃专用的野外皮包斜挎在肩上沿街而去，低垂的头颅绝不抬起来，因为包里还有另外一些阵亡通知书需要送出。

公家发的这种皮包通常是外勤通讯人员背在肩上的。关于我所背过的那个皮包的故事，我曾对我的同乡、吉尔吉斯电影制片厂现任总编、吉尔吉斯著名作家阿舍姆·贾克普别科夫讲述过。那是他哥哥阿依塔勒用过的包。阿舍姆当时还是刚入学的学生。阿依塔勒原本是一个善于交际的小伙子，待我们很好，常常组织我们玩打仗游戏，以带领“军队”取得胜利为乐。后来他一下子长高很多，成熟很多，在战争前夕就成为村苏维埃秘书。后来，轮到我担任秘书时，努科耶夫在给我交代事务时问我：“你有没有皮包？”不用说，我哪有什么皮包啊。上学时都是把书夹在贴身的腰带上。他当时从装满旧文件的柜子底部翻出这个皮包，递给我说：“给，拿着吧！这是阿依塔勒的包。自从他参军去了前线后，这个皮包被交回来就一直放在这里，一直闲置着。你拿去用，那么多纸张你也不可能总是拿在手上吧……”

就这样我拥有了阿依塔勒的这个皮包。我在包里发现了各种单据、旧发票、未来得及递交的征税通知单，还有一封用诗体撰写的题为“爱的箴言”的情书。显然，阿依塔勒还没来得及把信交给自己心仪的女孩就匆忙上了前线。也许是没来得及递交，也许是没找到合适的机会递交。我不知道。那个年龄给自己心仪的女孩递一封情书也不容易。我不知道如何处理那封信。信中未提及女孩的名字。只是注明了名字的首字母。我觉得让其他人知道这封信的内容不太妥当，便幼稚且想当然地把那封信撕毁了。后来，当阿依塔勒在前线牺牲的阵亡通知书也被装入那个皮包里面时，我才咬紧拇指为自己的草率行事感到非常后悔……

我的职责还包括按名单向前线战士的家属分发小盒手工火柴、切成方块的自制肥皂、针线、半瓶煤油……

我还能说什么呢！那都是些细小却充满苦衷的活计。

当人们都陷入苦难悲痛之中时，再苦再累也要忍受，在万般无奈中慢慢习惯。我老是在想，这一切何时才会终结？我老是在想，人们如何才能忍受如此反反复复不断压来的悲伤与苦痛？莫非这就是会使人弯腰但不会折断的严峻考验？但是，人们还是承担了最严峻的考验。人们承受住了。这才是人的伟大啊。人民显示出伟大的、不可名状的英勇，在残酷的战争面前并未屈服。无论有多苦，也没有发出一声痛苦的抱怨，人的忍耐力达到了极限。每当在生死攸关的时候都尽显人的伟大本性，勇敢地重新抬起头来，唤起希望，为了生存依然在满怀豪情地努力奋斗，绝无半点妥协和退缩。

关于战争年代的女性有很多值得赞美的故事。在外面辛苦地劳作，在家里担当勇敢的母亲，用多少语言来赞颂她们都不为过。倘若我是一名雕塑家，我将穷尽一生用青铜塑造战争岁月中的那些伟大女性形象。我会用自己所有的智慧、所有的情感将她们在20世纪所经历的苦难和柔情融入其中，充分体现她们在战争时期所表现出的勇敢、慈祥的圣母形象。

我还记得有一次，村苏维埃来了一位画家。他是一位年逾古稀的老人。他用自己的作品换取一点面粉作为报偿，为斯达汉诺夫式的女性[①]画肖像。我们天生丽质的阿西娅·杜巴娜耶娃小媳妇，最出色的生产小组长，乐观健谈的年轻美女，肖像画上的她却完全是另一副模样。似像非像。不晓得这幅画像是否被保存了下来。眼眸中显现出不屈不挠、悲壮而充满爱心的年轻、不安与悲伤的目光。我们站在画家旁边好奇地观看他创作。有人对着画像说，阿西娅可能并不认可画中的自己。

"画像中的妇女看上去就像所有那些等待丈夫归来的女性。"画家这样回答。

遗憾的是，我们的阿西娅最终还是没有等到自己的丈夫回来。她在期盼中努力工作着，不停地工作，她的青春就这样被消耗殆尽了……

一个少年，即便如何夸赞他勇敢，也仍然是个孩子。虽

① 社会主义竞赛中超额完成生产定额的先进工人，流行于苏联时期20世纪30—40年代，因顿涅茨克矿工斯达汉诺夫而得名。

然是孩子，但在战争年代他们却也担负起了最艰苦的工作。所有的艰辛与苦难都由他们和妇女们一道承担。十二三岁的男孩子都拉着铁犁在田里耕种，在田里收割，赶着马车运送粮食，俨然真正的庄稼汉。

1942 年，临近春播，我们决定在阿尔奇古鲁集体农庄的边缘额外开垦两百多公顷新耕地。“给前线多打粮食！”就这样简单的一句话便概括了一切。现在的条件下要开垦两百公顷土地并非难事，只要开着拖拉机跑一圈便可一气呵成。但是在那会儿，铁犁数量有限，还依靠马匹来开耕土地，要进行超计划的耕作简直就是可歌可泣的功勋。说实话也的确如此！安上双铧犁的四匹马在生荒地上干一整天活，最多也就能翻出差不多半公顷耕地。瞧，你们可以自己算一算……

为了完成这个艰巨任务，那一年参加耕地的小伙伴们只好将学习搁置在一边。我们自隆冬就开始养马备马。作为畜力的马匹需要每日精心照料，好让马匹养精蓄锐，因为不做好春天开垦土地的准备，毫无疑问，播种初期就只能停工。农耕最繁重的农活就是扶着犁开垦土地。这只有农村人才能体会到。

为了能够按时播种，从早春开始我们就到地里干活。冬天还没有完全离去。冻土还没有完全松软。我现在还记得，那时正值二月末。

为了察看开垦进展情况，我出发前往阔克赛的山坡。早上出发的时候，天色就灰蒙蒙的，阴云密布。刚到达那里，天空骤然下起了鹅毛大雪。四周被漫天大雪所笼罩，灰白一片。在飘摇的雪花中，小小耕犁人在漫天飞雪中劳作的画面从那时起就深深地印在我脑海中，至今不能忘怀。纷飞的大雪一边下一边开始融化，天空仿佛倒扣下来，随着纷飞的雪花撒落到地上。山下空旷寂寥的大地万籁俱寂，荒无人烟，只有雪花静静地落下。犁地的小伙伴们却一刻不停地驱赶着马畜，只能隐约听到他们驱赶马匹的吆喝声。耕犁沿着黑色的、横贯丘陵的地段一排排依次行进，他们的身影就像波涛汹涌的大海上茫茫雾霭中突然出现的小船，马匹和人逐个向前推进。忽然，山丘遮住了他们的身影，好似隐入海浪中消失不见了。不一会儿，又像是被海浪打翻了一样，只能听到伙伴们传来的吆喝声。我沿着耕地迎面向他们走去。

夏天长满青草的土地上耕犁艰难地行进着。四匹马早已累得喘不过气来，时不时向犁沟倾斜、挣扎。落雪瞬间在它们的热背上消融成白色的蒸汽。脚下的土地潮湿而泥泞，沾到耕犁上加大了阻力，铁犁很难往前推进。可怜的马匹什么困难没有遭受过。在那个年代，马和人一样，也遭受了无法想象的艰难困苦。那么，小伙伴们呢？那些扶着铁犁艰难前行的孩子们呢？头上顶着湿漉漉的、叠成两层的沉重的空袋子，娇小的身子被麻袋遮盖，下巴上滴落的是融化的雪水还是汗水无人顾及。他们只顾高声吆喝着驱赶马匹。在平常日子里，他们应该坐在暖和的炉灶前，不愿离开一步。但他们是战争时代的孩子，他们知道，什么是担当与责任。

漫天飘雪……这是玛纳斯-阿塔山因不满时代的艰辛而不停地飘落的白雪……在茫茫白雪中犁地的马匹和孩子们缓慢前行，模糊不清……大地朦胧一片……耕犁在行进，没有停止……在静静飘落的雪花中，我凭着他们发出的声音识别我的小伙伴们。他们是巴依提克、塔伊尔别克、萨塔尔、阿纳塔依、苏丹穆拉特。我的同班同学们。我不好意思走近他们，久久不敢走过去，我不想让他们看到我唰唰流淌的眼泪……

那年寒冬我们经历了一件可怕的事情。半夜里我被突然传来的猛烈的敲击窗户声惊醒。一个人从马背上俯下身，用马鞭敲打着窗户对我喊："快起床！快去马厩！马不见了！"

我忙不迭地穿上衣服冲出家门。路上还看到有人边跑边穿衣服，紧张得无法将胳膊塞入衣袖。快到马厩时，我听到响亮且焦急的嘈杂声。原来，午夜时分趁值班马倌熟睡，有人从门边上进入畜栏，偷走了边上两匹最好的马。马倌起初以为是马偶然挣脱了缰绳。但当他发现马笼头和缰绳以及马鞍全都消失不见时，才突然意识到自己的疏忽，连忙紧张地高声呼救……

我们骑上光背马，分散开来四处追赶。但即便我们追上盗马贼，又能做些什么呢？毕竟我们都是羽翼未丰的小孩。但我们还是四下寻找，直到拂晓时分，峡谷、小沟、荒废的地窝子、破墙角都寻遍了，哪儿都没有，杳无踪迹。盗马贼似乎轻车熟路。那些马可都是专门为了春耕而喂养的肥壮的马匹，我们感到痛苦绝望。正是为了耕种，孩子们才完全搁置学业来这里干活，但那些盗马贼却不管这些。如果顾及这些，他们还会偷马吗？

我这是刻意保持文本的题材，尽可能精简、凝练地描述这一切，要不然我小时候我们舍克尔村发生了多少应该描述的事情啊。那些年的所有往事都是我的同龄人共同经历的，没有人能置身事外。同村人还有很多有趣的事值得去分享，因为我们那一代人是从儿童世界一下子迈入战争深渊，迈入多灾多难的后方事务中的，这就要求我们具有超越小孩的成熟和勇气。

我们这一代人的命运就是这样。日子难上加难，但是目标最终得以实现。我们的努力没有白费。

正如哈萨克伟大诗人阿拜所说："生活如同海洋，后浪推前浪，前浪是兄长，后浪是小弟。"一代一代新老交替，随后还有新生的浪花成长，浩渺的大海生机勃勃，永不宁静。这就是大海的生活……

回想战争年代，我坚信，我们这一代人的精神信念，毫无疑问受到了老一辈的奋斗历程以及前线战士勇敢精神的熏陶和影响。对此我应该有很多话要说。当然，自古以来人类都是老一代与新一代衔接交替，永不停歇。在和平年代，这一过程是在自然状态下通过代代相继的经验和传统习俗得以延续的。而到了战争年代，一切都变得沸反盈天，毫无规矩，甚至杂乱无章。位于永恒的玛纳斯-阿塔山麓的静谧的舍克尔村也被卷入战争洪流之中。乡亲们响应号召，为保卫祖国纷纷奔赴遥远的前线，而那些被疏散的人也如同一股股洪流，纷纷来此避难。位于艾奇克里克山脉阿拉套山下的玛伊玛克会让站以及江布尔市，将我们与外界连接起来。从东到西、从西到东的列车日夜不停地疾驶。我们正是通过这条犹如伟大祖国大动脉的铁路来了解与敌人顽强抗争的壮举。

著名歌手兼诗人梅尔扎拜·乌库耶夫是我们村里首批上前线的战士之一。他用亲身经历最早给我们讲述了残酷的战争，给我们描述前线的情况，什么是坦克大战，手榴弹如何爆炸，什么是肉搏战，躲在战壕里的战士们心里首先想的是什么，前线医院是什么状况，战场的死亡又意味着什么，生命的价值何在等。他早已离世。而梅尔扎拜·乌库耶夫的诗歌一直被铭记，并且至今回响在玛纳斯-阿塔山山区……

梅尔扎拜·乌库耶夫是首位负伤之后返乡的战士。听说他从前线生还，乡亲们蜂拥而至，迎接他的归来，喜悦之情溢于言表。人们小心翼翼地将他从马车上抬下来，然后在他的胳膊下架上双拐。看到他的一条腿从胯部以下完全消失时，人们惶恐不安、惊讶地瞪大眼睛。这种情景在那之前从未有过。人们此前只见过一瘸一拐走路的瘸腿之人。这么多人当中哪能没有几个直不起身子走路的人呢？但是，像他这样胯部以下完全消失的，还从没有人见过。我们当时真的被吓着了……

从前他是一位年轻英俊的老师。他还曾有过一匹名扬四方的青灰色蹓蹄马，人称“梅尔扎拜的蹓蹄马”。梅尔扎拜头戴圆顶帽，骑着那匹青灰色蹓蹄马，让人羡慕不已。他有兴致时还会拨弄手中的考姆兹琴弦，亮起歌喉高唱一曲，令男女老少啧啧赞叹。就是这样一个小伙子，现在却失去了一条腿，拄着拐杖。他在战地医院长期疗伤，从一列军车转到另一列上，长途跋涉，最后回到故乡时，他的面色如同秋天的荒草般枯黄。他拄着拐杖站在乡亲们中间，与簇拥在他身边的乡亲们一起哭泣，一起欢笑。

那天晚上梅尔扎拜给前来探望他的众乡亲唱起自己在医院疗伤期间创作的前线歌曲，并放声即兴高唱“我亲爱的乡亲们，你们是否安然无恙……”给人们展示了一个新的世界。对于我们来说，这是一件大事，终生难忘。所有人都屏息聆听，默默沉浸在他的演唱之中，沉浸在他的战争故事情境中。每个人都思念远方前线的亲人，热泪盈眶。梅尔扎拜用他那浑厚的嗓音、即兴的歌词、动人的语言和充满情感的声调，歌唱自己在前线的所见所闻、并肩作战的亲密战友、时刻思念的故乡亲人……

梅尔扎拜给乡亲们演唱这些内容。他的故事中最让人感动的地方在于，当他完成在新西伯利亚的训练之后，随大部队上西方前线途中，要经过我们的玛伊玛克会让站。但是火车沿着塔拉斯山脉穿过隧道之后并没有减速，从玛纳斯-阿塔山前驶过，没能在触手可及的故乡停留片刻。于是梅尔扎拜便唱出了自己对故乡炙热的爱。那首激动人心的歌至今仍在村中传唱。那是他对阿拉套山脉如对父母般的辞别赠言，是我们的经典。歌词如下：

我怀着思念来到故乡，
我伸出手能否将你触摸?
我那充满传奇的阿拉套山，
我的思念将永驻心间。

双乳峰般的玛纳斯山，
我走近你怀着无限的思恋，
没能捧喝一口你的雪水，
却与你擦肩而过彼此越来越远。

阿拉套山是我美丽的故乡，
玛纳斯-阿塔峰如同花园，
在儿子们战胜野蛮敌人之前，
在我们凯旋之前，
祝愿家乡安宁祥和永葆青春。

那首歌很长，但我能想起来的只有这些。战争时期我们迎来送往多少勇士，数不胜数，而每当这种时刻，这首歌便成为我们不可或缺的必唱曲目……

事实上，《面对面》的主人公木尔扎库勒的原型就是这位梅尔扎拜。在中篇小说《面对面》中引用的那些民歌其实也是梅尔扎拜演唱的：

拉着六十节车厢的列车，
火车风驰电掣奔向战场，
留在故乡的伙伴们，再见吧，与故乡永远同在……

那年寒冬我们送走了村里所有年满十八岁的小伙子。他们虽然比我年长一点，但也是不久前还和我们一起玩耍的小孩，今天就要奔赴前线了。他们之中有一位叫朱玛巴依·奥隆别科夫的，是我的亲戚，也是朋友。他还完全是个没长大的少年。他曾在小学当教员，随后在集体农庄工作了一年，之后就奔赴前线，献身疆场。我到现在都为他的死而伤心欲绝，而像他那样的勇士数不胜数。记得当时还有一位名叫巴尔普耶夫·萨热姆萨克的年轻老师对我很好，后来他也在战场上英勇牺牲了。在我和巴伊思别克、赛伊特阿勒等人一起于 1943 年照的相片上，我身上穿着托合托孙的西服。那衣服看上去有些宽大、不合体的原因就在于此。托合托孙只比我大两岁，是 1926 年出生的。他曾在村里干过一段时间会计。我俩非常要好。记得当时那位来到我们村里的画家说我的衣服太破烂太邋遢的时候，站在一边的托合托孙跑过来，把自己身上的衣服脱下来给我披上。他也是上了前线便一去不返了。

每当我想起这些，每当马车要启程时，朱马巴依的歌声便在我耳边回响。

四轮马车穿过阿依勒，在街道上疾驰。我们则在车后追赶着。只有梅尔扎拜拄着拐杖站在原地，聆听着那告别故乡的歌声渐渐消弭，在路上久久地站着。

梅尔扎拜·乌库耶夫的确是村里德高望重、备受尊崇的长者。他从前线回来后一直到终老，始终担任会计，也当过集体农庄党委会成员。无论是集体农庄举办的各种集会，还是类似于迎接从前线负伤归来的战士的活动、家庭庆典，以及村里的红白喜事，总能看见梅尔扎拜的身影，人们盼望听到他珠玑般的至理名言和即兴诗歌，聆听他的教诲和指导性建议。战争年代，一首好歌可以减轻人们心中的苦痛。他是民众的贴心人，苦难时他带给人们为胜利而奋斗的希望与信念。他的歌的确有这样的魅力和作用。

战后，舍克尔村的很多青年都要感激那些像梅尔扎拜·乌库耶夫一样的前线战士。他非常担心我们因战争而荒废学业。到了 1944 年，战场已经转移到西部地区，战时后勤志愿者及许多伤员开始陆续返回，梅尔扎拜便催促我们回到学校。我们当中有一部分人已经回到课堂上开始上课。战后我去了江布尔畜牧兽医中等技术学校。故乡依然满目疮痍，人们深陷饥寒交迫之中。有一天课间我的同学告诉我说，有个拄拐杖的人找我。我跑到门外一看，竟是梅尔扎拜大叔。他捋着胡子在对我微笑。我欣喜若狂。

“我正好来城里办点事，就想着来看看你。你学习还好吧？”

我跟他汇报了我的学习及日常起居情况。他听后非常满意。

“走！我们出去一下，”他一瘸一拐地一边向学校门外走，一边对我继续说，“马车上有我给你带的东西。”

我们来到大门口。

“是啊，”梅尔扎拜大叔对我说，“我知道，你们很不容易，现在是非常时期。但你千万不要放弃学业。我们没有权利这么做。战争结束了。你如果有什么困难就跟我说，毕竟是同乡，我们总会有办法的，但书一定要读。”

梅尔扎拜·乌库耶夫的同龄伙伴，他最要好的朋友之一，我们村的首位联合收割机手、老共产党员托依鲁巴依·乌苏巴利耶夫，也是经常给我们提出人生建议引导我们的心灵导师。他现在子孙满堂，我们尊称他为“托依鲁巴依老人家”。他的儿子萨提依·托依鲁巴耶夫现在是“阔克赛”国营农场管理大牲畜种群的牧人，获得过荣誉勋章。萨提依的孩子也个个健康成长。此外，托依鲁巴依·乌苏巴利耶夫还有其他一些孙子辈的后代。老人家无论在家还是在集体农庄都备受尊敬。在庆祝卫国战争胜利三十周年之际，关于这位老人我有些话想提醒年轻人牢记。托依鲁凯[①]在战争年代是集体农庄最不可或缺的人物，所以尽管他若干次主动请缨上前线，地区领导就是不同意。他当时是多么难得的技术人员，我们从这一点就能够明白。他是周边地区唯一一位熟练的联合收割机技术员，而且负责周边若干个集体农庄的农业生产。他当时在收割机上工作的事迹，到现在都是传奇，说出来都没有人会相信。那种破旧不堪的联合收割机，现在不必说修理，肯定会被当成废铁卖掉。而托依鲁凯竟然可以赋予那破机器以生命，让它复活继续工作。我的小说《查米莉娅》中的联合收割机手的原型便是他。1944 年秋收季节，我曾一度担任他的助手。当收割机在行进中时，昼夜运转，我们也根本没法合眼休息。粮食收割期绝对不能耽搁，前线也等不及……我有时候认为自己生命中最可歌可泣、最难忘的一个季节就是那个季节，无论如何，它深深地铭刻在我的脑海里，永生难忘……在收割途中，托依鲁凯被毒蜘蛛蜇了，倒下失去了知觉。正在参加劳动的人们聚拢过来，用尽各种办法消毒治疗，人们伤心地哭泣，没有人例外。也许是人们的虔诚感动了上帝，总之经过两三天的调理治疗，托依鲁凯重新开着联合收割机驰骋在田间地头，开始为前线收割麦子了。我就是和这样的人肩并肩工作过。

又一年春季到了。大地披上了彩装，一群群绵羊带着幼羔在斜坡上徜徉，如同白云飘动。大路绵延伸向远方。往右

---

① 托依鲁凯：即“托依鲁巴依”的昵称。

边望去，耕田就像镜子一般，有一些是秋收作物，另一些是中耕作物。向左边望去，又是一片田野，但那是春收作物，拖拉机已经开始在田间穿梭。后方是烟筒，高耸入云，喷吐着烟雾。哈萨克城市江布尔的发展日新月异，而在古代，这里只是商队投宿的阿乌利耶-阿塔驿站。

远方是银光闪闪、在阳光下晒着自己亘古不变的冰峰雪岭的玛纳斯-阿塔双峰山岭……

我常常记起参加过莫斯科保卫战的滑雪兵连政治指导员，现在的江布尔州党委第一书记哈桑·别克图尔甘纳维奇·别克图尔甘诺夫说过的一句话：每一位士兵都肩负着阵亡战友永别时所委托的神圣使命，千万不要为战友阵亡而感到愧疚，一定要铭记先烈，自豪而自信地组建家庭，过正常人美好而纯洁的生活。为了人民的美好未来，那也是一场永不停息的战斗……

那些为祖国献出生命的英雄们，为了他们，我们有义务有责任这么做。

走在大路上，凝望着玛纳斯-阿塔山那如父亲般伟岸山脉上的冰峰雪岭，我所思索的就是这些……

愿你永远保持自己伟岸的身姿，玛纳斯-阿塔山！

译后记

入选本书三位作家的基本情况虽然在序言中已经交代，但在本书即将付梓之际，我还是觉得有必要把本人与三位作者相识、交流、交往的情况，以及入选本书的作品对读者做一个简短的说明。首先，更有必要向在本书的资料搜集、稿件校对等方面付出心血的我的两位博士后学生达吾提·阿布都巴热、左安秋；在联络作者授权方面给予帮助的吉尔吉斯斯坦学者巧丽潘·苏万阔交耶娃女士；本书翻译之前和翻译过程中多次交流，给予鼓励，对艾特玛托夫及苏联文学，尤其对生态文学方面颇有研究和体会的中国人民大学梁坤教授表示感谢。当然，尤其要对在本书出版过程中付出辛勤劳动，认真编辑，志存高远，精益求精，有追求、有担当的责任编辑周煜编审表达真切的谢意。

笔者与本书的三位作者均有相识、交流、交往的友谊。对于吉尔吉斯斯坦文学的整体认识已在本书序言中论及，在此不必赘述，而对本书三位作者的了解当然要先从艾特玛托夫开始。

20 世纪 80 年代初，我在上海交通大学科技外语系求学，攻读英语专业。当时，中国文学进入一个突飞猛进的新发展时期，文学开始成为全社会最关注和热议的中心话题之一。陌生而神秘、多姿又多彩的外国文学更是万众瞩目，备受读者推崇。王蒙先生曾说，对新时期中国作家创作产生重大影响的外国作家有卡夫卡、海明威、加西亚·马尔克斯和艾特玛托夫四位。毫无疑问，在那个特殊时期，上述四位中，唯一一位具有马列主义思想背景的艾特玛托夫更具有其特殊性。由此可见，艾特玛托夫对于新时期中国文学而言是值得我们关注的重要作家。在 20 世纪八九十年代，他的所有作品几乎都被翻译成中文在国内反复出版印刷，其长篇小说《一日长于百年》《断头台》在国外刚刚出版，就被国内不同的出版社选中，请不同的翻译家翻译，同时推出多种中文版本，由此就可以看出他在中国当时的受欢迎、受重视程度。

读大学期间，我曾痴迷一般反复阅读艾特玛托夫，陶醉于其作品中对于天山深处游牧生活的细致描述，不知多少次被《白轮船》中的小男孩以及《查密莉雅》中的女主人公的悲剧命运所感染而热泪盈眶。《大地母亲》中坚强而伟大的母亲和《第一位老师》中百折不挠、顽强不屈的老师形象，每读一次，感动一次。在国内文学题材还不够丰富的那个时代，阅读新颖独特的外国文学时获得的那种感受，那种震撼，可能是我们这一代人当时的共同经历。记得当时，文学是我们的精神和灵魂最主要的栖息地。当时，我曾与周边爱好外国文学的一些同学讨论艾特玛托夫，并听到有人说自己哭着读完《白轮船》的情形。正如我的老大哥朋友、蒙古族著名作家郭雪波所说，他当时作为文学青年与自己的同道喝酒聊天时，艾特玛托夫的作品总会是大家不厌其烦讨论的话题，假如有新的酒友想加入，如果不抛出一些关于艾特玛托夫的阅读感受作为谈资就会被认为落伍而遭到拒绝。现在的年轻文学爱好者听到这些，可能会觉得不可思议，但这种现象在20世纪八九十年代却是常态。更让笔者记忆犹新的是，记得当时收音机广播频道中（记不得是哪一个广播电台）曾有很长一段时间反复播放制作精良、由著名播音员配音并配有极富感染力的背景音乐的根据艾特玛托夫的《白轮船》《第一位老师》《大地母亲》《早来的仙鹤》等中篇小说改编的广播剧。播音员那情感丰富、浑厚而充满磁性的声音，剧情随背景音乐而传导出的那种真实情景再现，至今让我回味。

幸运的是，多年之后，我的愿望得以实现。我终于有幸能与心中的偶像、伟大作家艾特玛托夫面对面交流，这对于怀揣梦想的我而言无疑是此生最难忘而珍贵的时刻。2006年9月初，我应吉尔吉斯斯坦文化部的邀请，经中国社会科学院民族文学研究所批准，前去参加在该国首都比什凯克举办的首届世界史诗节及相关学术活动。9月5日，在世界史诗研讨会开幕式上我第一次见到了艾特玛托夫，他身躯高大，神态儒雅，眼神充满智慧，浑身散发着大师风范。他那浑厚而缓慢沉稳的声调，睿智的、充满哲理的、富有启迪的发言给我留下了深刻的印象。抓住会议间隙，我见缝插针，在吉尔吉斯斯坦友人、科学院院士A.阿布德乐达江的引荐下，得到了与艾特玛托夫单独会面交谈的机会。首先，我将特意带去的，当时人民文学出版社再版的他的三卷本文集给他呈上，而后揣着试探的心情，询问他今后有没有想再去中国访问的心愿。他听完我的话，先是好奇地询问了我的身份和工作，然后很认真、很明确地告诉我："我曾于1989年陪同戈尔巴乔夫访问过中国。中国是一个历史悠久，而且正在不断崛起、走向世界的伟大国家。我知道那里有我十三亿的读者。再次去中国访问，是我长期以来的夙愿。"

从比什凯克回来之后，我将这次赴吉尔吉斯斯坦访问的情况，以及艾特玛托夫非常想来中国访问的愿望向中国社会科学院民族文学研究所所长朝戈金做了汇报。鉴于艾特玛托夫在国内外文学界的影响力，其创作对于我国少数民族文学具有多方面的启迪意义，所领导也认为邀请他正当其时。于是，经过与中国社会科学院外国文学研究所沟通商定，邀请艾特玛托夫的工作很快启动，并得到社科院外事局的支持。我们很快便给他发去了邀请函，希望他于2007年4月前来中国访问。但事与愿违，由于他当时身兼数职，各种事务缠身，来中国访问的愿望最终没有能够实现。

2007年8月14日我又一次见到了艾特玛托夫。这一次，他在比什凯克市中心的、设在吉尔吉斯斯坦电影家协会的一个敞亮的办公室里专门接见了我，以及和我一同前去吉尔吉斯斯坦旅游的我的妻子和两个孩子。这是一次特别的安排，因为可以看到办公室门口有很多新闻记者等待着采访他。这一次见面，我就不再像第一次那样拘谨了。办公室内窗明几净，窗帘十分讲究，雪白的墙上挂着艾特玛托夫的一幅大幅油画肖像。经过一番寒暄，当我又一次呈上特意带去的中国社会科学院民族文学研究所邀请函时，他对上半年没有能够安排出时间如约前来中国访问而特别向中国读者表达深深的歉意。与此同时，他又一次表达了自己强烈希望来北京访问的心愿，并说他这次一定要为访问伟大中国做出最大努力。访问时间初步约定在秋季，正好在他 80 岁诞辰前夕。话语间，他也不无遗憾地谈及了担心自己身体状况的心情。这次见面，我还向他赠送了我国出版的大十六开本、足足有几公斤重、近一拃厚的吉尔吉斯文版《玛纳斯》史诗。这是根据我国《玛纳斯》演唱大师居素普·玛玛依演唱的 8 部 23 万多行的演唱文本、特意面向国外出版的版本，也是目前世界上结构最完整的《玛纳斯》史诗唱本。当时，他掂量着这部厚重的《玛纳斯》史诗文本所说的话至今萦绕在我的耳边："一个人能够把这样庞大的东西牢记在自己的脑海中，并以口头形式完整演唱出来，这是一个奇迹。我对居素普·玛玛依老人有着崇高的敬仰之情。中国人民能够出版这样的《玛纳斯》文本真让我感到高兴。"交谈中，他还回忆起自己第一次访问中国期间还曾通过电话从北京问候远在乌鲁木齐的居素普·玛玛依的情形，并仔细询问《玛纳斯》演唱大师当时的身体和生活状况，委托我们带去他真诚的问候。此后，我多次从当时陪同我的友人 A.阿布德乐达江院士那里得知，艾特玛托夫拿着我送给他的这部厚厚的《玛纳斯》史诗，曾多次向前来采访他的世界各国记者介绍柯尔克孜族人民的英雄史诗《玛纳斯》，以及享誉世界的当代《玛纳斯》演唱大师居素普·玛玛依。遗憾的是，这次约定访问中国的计划又一次因各种原因而一再推迟，直至作家病逝都未能实现。在我心中也留下了一个无法了却的深深遗憾。

2008 年春，为了庆祝艾特玛托夫 80 岁诞辰，俄罗斯导演维塔利·莫斯卡连科计划根据艾特玛托夫的《一日长于百年》拍摄一部同名四集影视剧。与此同时，还计划拍摄一部关于艾特玛托夫本人的纪录片，为作家的80寿辰献礼。艾特玛托夫也应邀参与全程拍摄。在前往俄罗斯联邦鞑靼斯坦共和国途中，艾特玛托夫因急性肺炎发作住院，后来转入德国纽伦堡一家医院治疗，但最终因治疗无效，于2008年6月10日与世长辞。从吉尔吉斯斯坦草原走向世界文学之巅的吉尔吉斯斯坦著名作家钦吉斯·艾特玛托夫就这样与世长辞了。随着他的离去，世界上少了一位20世纪的文学大师。他逝世后，作为他生前的好友，苏联最后一任领导人戈尔巴乔夫、俄罗斯总统普京、日本哲学家池田大作、哈萨克斯坦著名诗人穆赫塔尔·恰哈诺夫等熟悉、了解、景仰他的人们均对艾特玛托夫的文学创作和人格魅力给予了高度评价，这表明了他在世界人民心中的地位。

艾特玛托夫与世长辞，在世界范围内引起了震动。苏联最后一任领导人戈尔巴乔夫听到作家去世的消息惋惜地说："他是我伟大的朋友。""一位与我们所有人都很亲近的人走了。"俄罗斯总统普京评价说："他的逝世对我们所有人来说都是一个巨大的无法填补的损失""他作为一个伟大的作家、思想家和人道主义者的形象将永远留在我们心里。"鉴于他的文学创作成就，除了他的祖国吉尔吉斯斯坦之外，俄罗斯、哈萨克斯坦、土耳其、乌兹别克斯坦、塔吉克斯坦、阿塞拜疆等许多国家都把他看作是"自己的"作家，而且这些国家的领导人都曾先后对艾特玛托夫授予过该国"人民作家"的荣誉称号或国家最高勋章，以表彰他在人类文学艺术方面所作出的杰出成就。

20世纪后半叶浪潮翻滚的世界文学海洋中缺少了艾特玛托夫是不可想象的。他以其敏锐的视角，在苏联文学中以一骑绝尘的超前思维意识，接连不断地推出内容惊世骇俗、题材丰富多样的新作品。小说内容穿越历史、宗教、社会，将古代与当代衔接，将古代神话、史诗、基督诞生、文艺复兴、浪漫主义、现实主义、现代主义有机交融，科学幻想、神话思维、宇宙与人类、哲学探索等都在其作品中找到契合点，得以巧妙的融合与呈现。每当他有新作发表，都会在读者中引起强烈反响。他是苏联多民族文学的骄傲，是20世纪世界文学殿堂中的经典作家。正像迟子建所说，是“苏联文学的最后一位神父”。

2008年5月22日，笔者在中国社会科学院礼堂听完当时应邀前来我国访问、2006年度诺贝尔文学奖获得者、土耳其作家奥尔罕·帕慕克的报告，在提问环节，我向他请教，他作为诺贝尔文学奖获得者对艾特玛托夫作品的评价和看法时，他答道：“我对他非常敬佩，阅读过他所有的作品，尤其喜欢他以吉尔吉斯人民生活为背景的作品。”然后他又说，“艾特玛托夫完全有资格获得包括诺贝尔文学奖在内的世界上任何文学奖。”奥尔罕·帕慕克的高度评价足见艾特玛托夫在这位诺贝尔文学奖获得者心中的地位。当时，他回答完毕，礼堂里立刻响起热烈的掌声。艾特玛托夫生前曾若干次进入诺贝尔文学奖候选名单，但最终与奖项失之交臂，诺贝尔文学奖没有能在他的有生之年授予这位世界著名作家实为一件憾事。

笔者与本书《雪豹的后裔》的另两位作者玛尔·拜基耶

夫与苏勒坦·热耶夫的相识也都是各种机缘巧合。从20世纪末开始，随着中吉两个友好邻邦人文交流的不断加深，我曾多次应邀赴吉尔吉斯斯坦参加各类学术活动。其中，与《玛纳斯》史诗有关的学术活动居多。玛尔·拜基耶夫和苏勒坦·热耶夫的著作我都是在这一时期开始接触的。他们在吉尔吉斯斯坦文学界堪称先锋，作品不仅内容独特、想象丰富，具有深刻的思想性、哲理性，而且在叙事技巧、创作手法上都有自己独特的个性，代表了吉尔吉斯斯坦小说特殊的叙事风格和创作水平。我第一次阅读完他们的作品之后，就有一种想把他们的作品翻译成中文介绍给热爱文学的中国读者的愿望和冲动，尤其收入本书的《雪豹的后裔》（又名《远逝的日子》）是20世纪80年代我在上海读大学期间，从当时出版的某一期《世界电影》杂志上，读到吉尔吉斯斯坦电影《雪豹的后裔》获得柏林电影节银熊奖的消息时知道的一部经典作品。从对电影的简短介绍中，我就对电影剧本作者玛尔·拜基耶夫产生一种敬仰之情，并一直想寻找他的作品来阅读。这一愿望直到第一次访问吉尔吉斯斯坦，拿到作者亲笔签名的作品集之后才得以实现。我终于读到了这本享誉世界的《雪豹的后裔》的中篇小说原作。当然，《雪豹的后裔》的内容我早就非常熟悉。作品是以流传广泛、家喻户晓的远古狩猎时代的神奇猎人阔交加什的神奇经历为内容的民间古老神话史诗为蓝本改写的。整部作品充满了神秘的远古风韵和强烈的史诗色彩。后来，小说家玛尔·拜基耶夫的《黑蜘蛛》等其他一些作品，也给我留下非常深刻的印象，并被小说家熟练而独特的小说创作技巧、朴素的叙事风格以及作品缜密的结构、情节的突转起伏所感染。当时，阅读完就曾顺手翻译过其中的一部分内容。玛尔·拜基耶夫的小说充分体现了他作为一名剧作家的艺术创作风格，小说故事低潮与高潮交织，矛盾冲突不断，前后呼应，情节结构严丝合缝，完美无缺。本书中所选的两篇小说均为其代表性作品。此前，他的小说也曾在我国被翻译介绍，此次委托友人联系其作品翻译出版授权事宜时，作家态度也非常积极，令人感动。令人遗憾的是，就在今年年初，肆虐的新冠肺炎无情地夺走了这位令吉尔吉斯斯坦人民骄傲和自豪的世界级剧作家、小说家的生命。本书出版也只能慰藉他的在天之灵了。

苏勒坦·热耶夫是一位厚积薄发、富有才华的吉尔吉斯斯坦作家，出生于20世纪50年代末，比我这个60后大五六岁，也算是同辈。他的小说情节安排精巧，语言风格独特，是我比较喜欢的小说类型。我曾于20世纪90年代开始阅读他的作品，并被他的小说深深吸引。短篇小说《星期五的日子》《女人》《小偷》等短篇小说给人印象深刻。记得20世纪90年代中期，我将自己试译的他的短篇小说《星期五的日子》拿到新疆文联创办的《民族作家》编辑部，交到当时在那里担任编辑的当代著名诗人扬子手中，希望他提出意见。没想到，之后不久，这部小说就经扬子编辑，刊发出来了。刊物出版后不久，我曾托人将那期刊物送到苏勒坦·热耶夫手中。后来，听他自己说，他拿到刊印有自己小说的刊物，非常骄傲地说自己的小说拥有了上亿读者，向周围的亲朋好友们炫耀过一番。等我们见面时，两人如同相识已久的故人，相谈甚欢，成了亲密的朋友和知己。后来，我们又多次在比什凯克、北京等地见面。每一次见面，看到他不断取得创作上的成绩，不断赢得各国读者的青睐，并且多次获得包括中国上合组织“丝绸之路人文交流合作奖”在内的各种国际大奖时，我都会向他表示祝贺。他也不忘每次见面时就把自己新出版的著作，认认真真地签上名，赠送给我。我衷心祝愿他创作丰收，不断推出新的精品佳作奉献给各国人民。

译　者

2022 年 5 月 31 日星期二

于北京石景山鲁谷路